LA CANCIÓN
DEL ÁNGEL

T0321525

LA CANCIÓN DEL ÁNGEL

UNA NOVELA

SHEILA WALSH
Y KATHRYN CUSHMAN

GRUPO NELSON
Una división de Thomas Nelson Publishers
Desde 1798

NASHVILLE   DALLAS   MÉXICO DF.   RÍO DE JANEIRO

© 2011 por Grupo Nelson®

Publicado en Nashville, Tennessee, Estados Unidos de América. Grupo Nelson, Inc. es una subsidiaria que pertenece completamente a Thomas Nelson, Inc. Grupo Nelson es una marca registrada de Thomas Nelson, Inc. www.gruponelson.com

Título en inglés: *Angel Song*

© 2010 por Sheila Walsh y Kathryn Cushman

Publicado por Thomas Nelson, Inc.

Las autoras son representadas por la agencia literaria de Alive Communications, Inc., 7680 Goddard Street, Suite 200, Colorado Springs, CO 80920, www.alivecommunications.com.

A menos que se indique lo contrario, todos los textos bíblicos han sido tomados de la Nueva Versión Internacional® NVI® © 1999 por la Sociedad Bíblica Internacional. Usada con permiso.

Nota del editor: Esta novela es una obra de ficción. Los nombres, personajes, lugares o episodios son producto de la imaginación de la autora y se usan ficticiamente. Todos los personajes son ficticios, cualquier parecido con personas vivas o muertas es pura coincidencia.

Editora general: *Graciela Lelli*

Traducción: *Raquele Monsalve*

Adaptación del diseño al español: *Grupo Nível Uno, Inc.*

ISBN: 978-1-60255-425-2

11 12 13 14 15 HCI 9 8 7 6 5 4 3 2 1

Este libro es dedicado con cariño a mi amigo Eric Kuntz, quien me ayudó a escuchar la canción del ángel.

—Sheila Walsh

Dedicado a Carolina Cushman: Tú eres un brillante rayo de sol que llena de amor nuestra vida. El mundo es más feliz porque tú estás aquí.

—Kathryn Cushman

Porque él ordenará que sus ángeles te cuiden
en todos tus caminos.

SALMO 91.11

La primera luz del sol brilló en toda el ala. Ana se inclinó a través del asiento vacío a su lado, moviéndose lo suficientemente cerca de la ventanilla del avión como para ver el perfil de la ciudad que amaba hacerse cada vez más pequeño. Detrás había quedado el frenético ritmo de millones de personas, todas tratando de llegar al éxito en las duras calles que habían quedado abajo. Solo los mejores, o los más afortunados lo lograrían; el resto se convertiría en víctimas en el matadero que es la ciudad de Nueva York. Ana había demostrado que era lo suficientemente fuerte como para sobrevivir allí. Ella podía tener éxito sin la ayuda de nadie, por sus propios medios.

Pero ahora el avión avanzaba hacia el polo opuesto de todo lo que ella era, a una ciudad donde las casas de estilo antiguo adornaban las calles y los del lugar valoraban más la historia y su descendencia que las innovaciones actuales. El lugar cuya existencia era como un peso, un ancla que hacía mucho que debería de haber perdido la cadena. De alguna forma, la ciudad de Charleston no parecía haber perdido su estilo de vida.

Pero allí era donde vivía su hermana, la persona que hacía que este viaje fuera tolerable. Es probable que en este instante Sara estuviera limpiando la casa en forma frenética, barriendo el porche de adelante, y horneando sus famosas galletas de avena y chocolate —y mucho más de lo que las dos podrían comer. Ella las compartiría con los vecinos y cualquier otra persona que pudiera pasar por su casa en el curso de las festividades del fin de semana. Sara era muy parecida a Nana.

Con rapidez, Ana tomó una ejemplar de la revista *Diseño Arquitectónico* de su portafolio y comenzó a hojearla. *Allí estaba.* Una foto de una casa en la playa en algún lugar de la costa del estado de la Florida. Los colores eran brillantes, y había dibujos de motivos marítimos en la pared. Demostraba gusto, pero todo era tan... predecible. Ella tomó su libreta de dibujo y comenzó a rediseñar el cuarto.

Primero, el sofá necesitaba líneas más rectas, casi en ángulo recto. Y blanco sería el color perfecto. Con su lápiz, sombreó la textura del material, y luego agregó almohadones, haciendo que un par de ellos fueran totalmente negros. Dibujó una lámpara para la mesa, igual a la que había visto la semana anterior —cuadrados irregulares de bambú negro pegados uno al lado del otro, con una pantalla cuadrada encima— luego agregó un cuadro moderno, colgado sobre el sofá, en gris pálido con acentos de blanco y negro.

Todavía necesitaba algo más. La decoración monocromática requiere absoluta precisión en el diseño, un desafío que a Ana le encantaba. Comparó los dos cuartos. Su diseño todavía necesitaba más toques, pero ella estaba conforme con lo que había hecho.

—Tiene mucha habilidad —le dijo el hombre del otro lado del pasillo, que se había inclinado para ver su dibujo. Estaba vestido en forma casual, su cabello castaño era corto y un poco ondulado, y probablemente andaba por los cuarenta años de edad. Bastante buen mozo, y vagamente familiar.

Con un poco de vergüenza por haber sido observada mientras hacía los cambios, Ana se encogió de hombros. —Gracias —le dijo.

—¿Es diseñadora? —le preguntó.

—Sí, trabajo para una compañía que decora casas que están a la venta —ella se dio cuenta de que él tal vez ni sabía que había gente que hacía ese trabajo, pero no le importó—. El rediseñar cuartos que publican las revistas me ayuda a ser más creativa.

—¿Trabaja en Charleston?

—No, en Nueva York.

—Eso es algo que realmente me alegra oír —se inclinó un poco más y le mostró una sonrisa encantadora, completa con un hoyito en su mejilla izquierda—. ¿Tiene una tarjeta de su negocio?

Ana lo miró con una expresión de duda. —¿Piensa vender su casa?

Él se sonrió. —Podría decirse que sí —dijo, mientras sacó una billetera negra de cuero del bolsillo de atrás de sus pantalones vaqueros de marca, y tomó una de sus tarjetas de negocio. La balanceó tomándola de una esquina, con la parte en blanco hacia ella. —¿Intercambiamos?

¿Qué había de malo en eso? La tarjeta de Ana no tenía nada de su información personal, solo la dirección y el teléfono de su oficina. —Claro —le dijo, sacando de su pequeña cartera una tarjeta, y además tomó uno de los folletos de su trabajo que siempre llevaba consigo.

Después de que hicieron el intercambio, Ana miró la tarjeta del hombre. Casi se le cae de las manos. —¿Patrick Stinson? —lo miró sorprendida.

La sonrisa de él fue de oreja a oreja, pareciendo complacido de haber podido guardar un gran secreto. —Culpable —le dijo.

—¿Qué es lo que está haciendo en este avión de hacer mandados?

—Hay un evento al que debo asistir esta noche en Charleston. Este es un viaje sin escalas. El aeropuerto de Newark es mucho más conveniente para mí.

—Creo que yo esperaba que usted volara en aviones privados.

—Cuando estoy en viaje de negocios y viajo con un equipo de personas, eso es lo que hago. Cuando viajo yo solo, y es un viaje de ida y vuelta, bueno... trato de no contaminar tanto el ambiente —dijo guiñando un ojo.

—Señor, debe poner su asiento derecho. Vamos a aterrizar pronto.

—Está bien. Gracias —dijo con mucha amabilidad.

Ana no podía creer lo tonta que había sido. Había estado sentada en ese avión, al otro lado del pasillo de uno de los más grandes promotores inmobiliarios de Nueva York, y ni siquiera se había dado cuenta. En realidad no importaba. *Marston Home Staging*, la compañía para la cual ella trabajaba, aunque había realizado decoraciones en algunas residencias de la clase alta, la compañía Stinson estaba completamente en otro plano. Es probable que este hombre se riera con sus asociados sobre este episodio.

Pero, ¿por qué debería hacerlo? El trabajo de Ana era bueno, lo suficientemente bueno como para figurar, el año pasado, entre los «Mejores cien diseñadores que se deben tener en cuenta», publicado en la revista de la ciudad de Nueva York llamada *Diseño*.

Cuando el avión se detuvo en la puerta de desembarque, Ana se colgó su mochila sobre el hombro y descendió los escalones de metal hasta llegar a la pista de aterrizaje. El húmedo aire matinal se sentía como mucho más caliente que en su ciudad. Subió otra escalera y comenzó a caminar por la explanada. Pensó si tal vez debería esperar para que llegara Patrick Stinson, y hablar con él, pero entonces vio a Sara de pie, justo a la salida del lugar donde hacían los controles de seguridad, esperando por ella.

Su cabello rubio, lleno de rizos, y su moderno conjunto se veía como si hubiera sido planchado recientemente. —Ana, Ana, estoy aquí.

Ana se apresuró a llegar al abrazo de su hermana. —Bueno, me alegro de ver en persona a la que se va a graduar.

—Esa soy yo —le dijo Sara, abrazándola con fuerza—. Muchas gracias por venir. Bienvenida a casa.

—No me perdería esto por nada del mundo.

Se abrazaron por un momento, antes de dirigirse al lugar donde se busca el equipaje. En ese instante, Patrick Stinson pasó al lado de ellas, sonriéndole sobre su hombro izquierdo. —Que disfrute mucho su estadía en Charleston, Ana Fletcher. Me voy a comunicar con usted.

Y con eso desapareció por la salida, llevando su maletín de cuero en la mano derecha.

—¿*Quién* es? —le preguntó Sara sin ocultar el tono sugestivo en su voz.

—Alguien quien definitivamente *no* se va a comunicar conmigo.

—De alguna manera, siento que estás equivocada en cuanto a eso —le dijo Sara con una sonrisa—. Busquemos tu equipaje y vayamos a casa.

Capítulo 1

Las luces azules y rojas brillaban en los vidrios rotos y en el retorcido metal, reflejándose fríamente en la calurosa noche de Carolina del Sur. Ana Fletcher estaba sentada en el borde de la vereda, abrazándose las rodillas contra el pecho. *¿Cómo es posible que haya sucedido esto?* Cerró los ojos tratando de volver a tener algún sentido de normalidad, pero eso solo intensificó el terrible olor de los neumáticos calientes y de los fluidos del motor. Se dio por vencida y abrió los ojos.

Las luces estroboscópicas multicolores iluminaban muy bien la escena a su alrededor. Miró a un policía de uniforme negro gritando órdenes a través de un walkie-talkie. Cerca de ella, un bombero con uniforme amarillo le tiraba agua al motor lleno de vapor, y dos personas con uniformes azules estaban inclinadas sobre una camilla. Ella se hizo a un lado, como les había prometido a los paramédicos del servicio de emergencia. Si el estar sentada allí hacía que ellos pusieran toda su atención en Sara, entonces es lo que haría.

—Tome, creo que esto le hará bien —le dijo una mujer vestida con un traje de pantalones negro, dándole una botella de agua, la cual Ana tomó con gratitud.

—Gracias —le dijo y tomó un buche de agua, y después otro, sorprendiéndose de lo sedienta que estaba.

—¿Hay alguna otra cosa que pudiera hacer para ayudarla? —el cabello de la mujer se veía color cobre con el reflejo de las luces, y su rostro le pareció vagamente familiar, como alguien que Ana hubiera conocido hacía mucho tiempo—. ¿Necesita algo?

Ana sacudió la cabeza y dirigió la mirada hacia los paramédicos. —No, nada.

—Es su hermana —la mujer lo dijo como un hecho, no una pregunta, pero esperó como si le fuera a ser confirmado.

—Sí —le dijo Ana, quien vio a una tercera persona vestida de azul salir de algún lugar detrás del humo. Caminó hacia donde estaban los otros, tuvieron una breve conversación, y luego se apresuraron a ir al frente de la ambulancia.

La mujer le indicó con una señal. —Si se mete en la ambulancia ahora, antes que nadie se dé cuenta de lo que está haciendo, no la van a hacer bajar. Camino al hospital, ella va a escuchar su voz y sabrá que no está sola —la mujer habló con autoridad, como si entendiera la situación completamente.

Ana miró a través de las puertas dobles que estaban abiertas a todo el equipo esterilizado adentro. ¿Cómo era posible que Sara no estuviera aterrorizada en medio de todo eso? —Tiene razón —le dijo a la mujer. Se puso de pie con dificultad y caminó hacia el vehículo.

—Oiga, usted no puede viajar ahí atrás —la voz masculina sonaba como si el joven apenas hubiera pasado la pubertad, y completamente falta de autoridad.

Ana comenzó a ignorarlo por completo, poniendo un pie en el escalón, pero luego pensó un poco mejor. Manteniendo el pie plantado con firmeza, se detuvo y se dio vuelta. Él y otro paramédico estaban ajustando correas alrededor del cuerpo de Sara en la camilla, lo cual hizo que Ana tuviera más determinación. —Ella es mi hermana. No los voy a molestar. No voy a hablar, pero no la voy a dejar sola.

La paramédica que estaba con el joven echó un vistazo solapado en dirección hacia Ana, mientras ajustaba la última correa.

—Siéntese en ese rincón, el más alejado, contra la pared.

Su joven ayudante levantó la vista. —¿No la deberíamos hacer viajar junto al chofer?

—No hay tiempo para eso. Tenemos que apresurarnos. Ahora, uno, dos, tres.

Ana se agachó para entrar en la ambulancia, y sintió el olor a antisépticos mucho más fuerte mientras iba hacia el rincón de la parte de atrás. Los dos paramédicos actuaban en sincronización, y colocaron a Sara cerca de ella. Muy pronto todos estuvieron apretujados dentro, cerraron las puertas de la ambulancia, y su pequeño mundo se movía en un arranque de velocidad y sirenas estridentes.

Con Sara a solo centímetros de su lado, Ana quería tomarle la mano, acariciarle el rostro, cualquier cosa que le pudiera dar consuelo y le recordara que no estaba sola. Pero con una larga herida que le sangraba lentamente en la mejilla izquierda, y con el hombro derecho que se veía en un ángulo muy extraño, Ana tuvo miedo de tocarla. No le quería causar más dolor, así que tocó un mechón del cabello rubio de Sara que estaba sobre la almohada. Ana lo acarició, deseando con desesperación poder transmitirle algo de su fuerza con eso. —Persevera, Sara. Tienes que luchar. No te duermas.

Sara abrió los ojos y miró hacia donde estaba Ana, con sus ojos azules entrecerrados por el dolor. —Lo siento mucho. No sé... que fue lo que pasó.

Ana le habló con tanta suavidad como pudo. —Fue solo un pequeño accidente. No te preocupes, todo va a estar bien.

Con el movimiento del vehículo, Sara dio vuelta el rostro hacia la maraña de tubos, monitores de luces intermitentes, y gabinetes llenos de cosas en las cuales la gente no quiere pensar. Tenía los ojos abiertos, por lo cual Ana estaba agradecida, aun cuando su respiración se hizo dificultosa. Ana se enfocó en el sonido de cada respiro, de cada jadeo, de cada resuello. Mientras tanto ella escuchara todo eso, su hermana todavía estaba viva y respirando. Si fuera necesario, ella mantendría los pulmones de Sara respirando por pura fuerza de voluntad.

—Ooooh.

Ana se inclinó hacia delante. Iba a tocar a su hermana, pero de alguna forma detuvo la mano a menos de un centímetro de su cuerpo. ¿Qué es lo que estaba haciendo? No tenía adiestramiento médico. En realidad, apenas había pasado la clase sobre la salud en la secundaria. Pero tenía que hacer algo.

Ella le tocó el hombro a la paramédica, preguntándose por qué la mujer estaba ignorando lo que era obvio. —¡Ayúdela! Se está ahogando.

La paramédica no le hizo caso a la mano de Ana, y continuó desenrollando cierto tubo, su rostro sin casi registrar una reacción a la respiración difícil de Sara o al arranque de Ana. —No se está ahogando. Está tarareando.

—¿Qué? —dijo Ana mirando a su hermana.

El rostro de Sara no demostraba las contorsiones que se esperan con el dolor. Tenía abierta la boca; los ojos bien abiertos y fijos detrás del hombro derecho de Ana, en un lugar encima de todas las herramientas y aparatos. «*Glorioso*», dijo. Dio otro suspiro laborioso, pero los labios se le curvaron en una sonrisa. Levantó la mano derecha hasta que las correas de la camilla la detuvieron, luego estiró los dedos como si tratara de alcanzar algo. «*Los colores son tan brillantes, oh mí...*» Las palabras fueron apenas un susurro entrecortado. «*La canción... puro gozo*». De su garganta salió un sonido ahogado, y ella hizo un esfuerzo por respirar, pero todavía se las arregló para tararear a pesar de eso.

El paramédico estaba poniendo cinta adhesiva alrededor de un tubo que tenía en una vena, pero levantó la vista. —La morfina debe estar dando resultado.

—¿Le diste morfina? —la mujer que se había mostrado muy controlada, dijo con enojo en la voz.

—Ah, no, pensé que lo había hecho usted.

—No se le da morfina a un paciente con múltiples traumas sin instrucciones específicas. Especialmente con presión sanguínea inestable, que tiene dificultad para respirar, y cuando el camino al hospital es corto. ¿Lo entendiste?

—Sí, lo sé. Pero es que cuando ella comenzó a cantar, y a hablar con gente que no está aquí, bueno... creo que asumí que ella estaba bajo los efectos de narcóticos —el joven miró a Sara, que tenía los ojos cerrados mientras tarareaba, y luego volvió a su trabajo con la cinta adhesiva.

Desesperada por alguna forma de ayudar, Ana escuchó la canción. Tal vez le daría seguridad a Sara si ella también se unía cantando. Tal vez el sonido de una voz familiar le podía dar la fuerza para luchar, la ayudaría a mantenerla aquí. Pero Ana no reconoció la canción. Enfocó toda su concentración en escuchar, esperando oír algo que le sonara familiar. Pero no fue así. Y aun con la extraña voz de Sara, la melodía era preciosa.

—Yo he visto cosas como esta antes —dijo la paramédica—. Susurros asombrosos, expresiones de paz cuando no debería haber ninguna, y casi siempre una canción. Una vez aun pensé escuchar una melodía. Lo hace pensar a uno en qué es lo que hay más allá.

Con una sacudida final, la ambulancia se detuvo haciendo chirriar los frenos. Las puertas de atrás se abrieron, y una lluvia de luz, sonido y personas con uniformes blancos estaban esperando. Ana se inclinó y besó el mechón de cabello. —Sara, mantente fuerte. No te atrevas a dejarme. No ahora.

Sara no indicó haber escuchado nada, solo continuó mirando hacia arriba, a su lado derecho. —Ayúdame, Anita, por favor.

Ana se inclinó hacia delante, lista para hacer lo que fuera que su hermana le había pedido. —¿Cómo te puedo ayudar, Sara? ¿Qué necesitas que haga?

Levantaron la camilla, y una gran cantidad de personal se fue, llevando a Sara con ellos. —No, esperen —dijo Ana saltando de la ambulancia—. Sara, ¿qué necesitas? Dime lo que puedo hacer.

Una enfermera enorme en uniforme rosado se interpuso entre Ana y las puertas de la sala de emergencia. —Lo siento. A usted no se le permite entrar allí.

Ana esquivó a la enfermera. —Trate de impedírmelo. Ella me pidió que la ayudara, y yo la voy a ayudar —aun como persona delgada de un metro y sesenta centímetros de estatura, ella estaba segura de que su determinación haría lo que no podía hacer su estatura.

La enfermera la tomó del brazo, con tanta fuerza que casi hizo que Ana diera un sacudón hacia atrás. —La están llevando directamente a la sala de operaciones. Vamos a hacer todo lo más que podamos por ella, pero necesitamos que usted no se interponga en nada.

Ana trató de lograr que la mujer le soltara el brazo, pero no pudo. —Suélteme.

—Su hermana no era la única en el automóvil. Usted tiene que ir a uno de los cuartos de atrás y tenemos que revisarla —la voz calmada de la mujer tenía un tono de preocupación que no hacía juego con la mirada de su rostro que decía «mejor es que haga lo que le digo».

Pero Ana se enfrentaría a la Enfermera Dinámica sin pensarlo si eso hubiera significado ayudar a Sara.

Entonces ella vio a dos policías uniformados que venían en su dirección y decidió tratar un enfoque más calmado. Lo último que quería era ser expulsada de ese lugar. —Estoy bien. Todo lo que usted puede hacer por mí es cuidar a mi hermana.

—Dejemos que los doctores sean lo que decidan eso, querida.

Se le ocurrió a Ana que si ella estaba dentro del ala de emergencia en lugar de una sala de espera, tal vez podría oír lo que estaba pasando, y saber sobre Sara con mucha más rapidez. En realidad, el brazo izquierdo le dolía un poco, y sentía ardor en la mano y en la mejilla izquierda. Valía la pena correr el riesgo. —Está bien. ¿A dónde debo ir?

—Venga conmigo —la melaza que salía de la voz de la enfermera podría causar obstrucción en las arterias, pero no le soltó el brazo para nada. Simplemente comenzó a caminar lentamente hacia las puertas con el letrero de *Entrada a la sala de emergencia*.

Muy pronto pusieron a Ana en un cubículo en el cual solo había una cama y dos sillas pequeñas. La Enfermera Dinámica puso un pedazo de tela doblado de color celeste sobre la cama.

—Póngase esto y muy pronto uno de los doctores la vendrá a ver.

—Dígale que venga enseguida. Necesito respuestas.

—¿No las necesitamos todos? —la enfermera no se molestó en mirar hacia atrás cuando cerró las cortinas tras de sí.

Ana colocó los brazos a través de los enormes agujeros y estaba tratando de atar las cintas de la parte de atrás cuando escuchó la voz de un hombre del otro lado de las cortinas. —¿Señorita Fletcher?

Ana juntó la parte de atrás de la enorme bata lo mejor que pudo y se sentó al borde de la cama. —Sí, estoy lista —dijo mirando los cortes que tenía en el brazo izquierdo. No se veían muy profundos, por lo menos no para ella. —En realidad estoy bien. No quiero que me ponga puntadas en el brazo, será... —Ana levantó los ojos para mirar al doctor, excepto que no era el doctor. Era uno de los policías uniformados que había visto afuera.

—Siento mucho tener que hacer esto ahora, pero en realidad necesito formularle algunas preguntas.

Ana asintió con la cabeza. —Está bien.

Él se sentó en una de las sillas, con papel y lapicero en la mano. —¿Me puede decir qué sucedió esta noche?

—Yo... nosotras habíamos ido a comer. Sara, mi hermana, va a recibir su Maestría en Trabajo Social el viernes. Ella quiere ayudar a niños que viven en los barrios pobres de la ciudad —Ana no sabía por qué le estaba dando todos esos detalles. Ella sabía que no era la clase de información que él buscaba, pero de alguna forma era importante para ella que él entendiera quién realmente era Sara, ver que ella no era solo otra estadística.

—Parece que ella es una persona fantástica —su voz era amable.

—Sí, lo es, y es por eso que todo el mundo la amaba mucho.

El oficial se aclaró la garganta. —¿Recuerda el accidente?

—Íbamos de regreso a casa después de cenar en el centro. Nos detuvimos en la luz en la calle Calhoun, donde se cruza con Rutledge. Yo le estaba haciendo bromas sobre un muchacho que estaba coqueteando con ella. La luz se puso verde. Giré el cuello para decirle algo, y de pronto vi esos focos justo sobre su hombro, viniendo a toda velocidad. La luz era muy brillante —Ana se frotó los ojos, tratando de borrar la imagen—. No sé si Sara lo vio venir.

El oficial escribió algo en su libreta, indicando con la cabeza que había entendido. Luego levantó la vista, y con un tono de voz totalmente impersonal, le preguntó: —¿Había estado bebiendo su hermana?

—¿Qué? —dijo Ana saltando de la cama y señalando hacia la cortina—. ¡Salga de aquí!

—Mire, siento mucho tener que preguntarle esto. En verdad, siento mucho lo que sucedió para hacer que esta conversación sea necesaria. Sé que esto es muy difícil para usted, pero cuantas más respuestas obtenga, tanto mejor vamos a poder poner esta situación en contexto.

—El otro automóvil pasó la luz roja y nos chocó. ¿Por qué le debería importar a usted si Sara bebió una bebida alcohólica o no? ¿Por qué debería importar si ella estaba totalmente embriagada, si ese hubiera sido el caso?

Él no se mostró ofendido por esa explosión. —Solo estoy tratando de saber toda la historia.

—No —dijo Ana al tiempo que bajaba la mano y se volvía a sentar en la cama—. No, ella no bebió otra cosa excepto té.

Él asintió con la cabeza y escribió algo en su bloc de notas.

—¿Hay algunos otros detalles que me puede dar?

—Estábamos paradas en la luz. El primer automóvil en la línea, así que sé que la luz estaba verde cuando avanzamos. El otro auto apareció de pronto. Se movía a tanta velocidad, justo sobre el hombro de Sara. Siguió avanzando tan rápido... tan rápido... —Ana se frotó los ojos de nuevo—. No hay mucho más que le pueda decir.

—¿Hay algún teléfono con el cual me pueda comunicar con usted en caso de que tenga alguna otra pregunta en los próximos días?

Después de que Ana le escribiera el número de su teléfono celular, el oficial se puso de pie. —Muchas gracias por su ayuda.

Ana levantó la vista. —El otro conductor, ¿le preguntó a él si había estado bebiendo? Eso es lo que pasó, ¿no es verdad? Él estaba tan ebrio o drogado que no vio la luz, no vio nuestro auto —el recuerdo de las luces que se acercaban a toda velocidad le quemaba la vista a Ana—. Dígame que nunca le va a dar la oportunidad de hacerle esto a nadie más. Dígame que lo va a meter en la cárcel y que lo va a dejar allí.

—Me temo que no —puso el lapicero en su bolsillo, luego abrió un lado de la cortina. Esperó lo que dura un latido del corazón antes de volverse—. El hombre murió con el impacto.

—Oh —dijo Ana sacudiendo la cabeza, y comenzó a llorar de nuevo—. De alguna forma eso nunca se me ocurrió.

—La voy a llamar si tengo más preguntas —dijo desapareciendo a través de las cortinas y cerrándolas tras de sí.

Capítulo 2

—Lo que tiene son solos algunos cortes y moretones, pero usted parece estar bien. Estoy seguro de que va a estar adolorida por unos cuantos días, pero déjenos saber si experimenta dificultad para respirar, dolores abdominales severos o visión borrosa —la delgada mujer de pelo castaño con la chaqueta blanca tenía la mirada nublada de alguien que no ha dormido en días. Cada una de sus palabras demostraba lo extenuada que estaba, o tal vez fuera aburrimiento.

—Sí, claro. Bueno, ¿qué es lo que pasa con mi hermana? —los planes de Ana de tratar de escuchar habían fracasado totalmente. Lo único que había escuchado eran los ocasionales gemidos de la persona en el cubículo de al lado, y el sonido de alguien que estaba vomitando al fondo del pasillo, ninguna otra cosa. Ella necesitaba saber cómo iba marchando la operación. Necesitaba saber si la presión sanguínea de Sara todavía estaba bajando y si su respiración continuaba siendo superficial. Necesitaba saber si Sara iba a sobrevivir. —¿Está bien ella?

—Después de que se vista, hay una sala de espera al fondo del pasillo y a través de la puerta. Siéntese allí, y le notificarán tan pronto como sepamos algo —la doctora empujó la cortina y se fue.

Ana buscó su blusa blanca abotonada, pero lo que vio la hizo detenerse. El lado izquierdo estaba salpicado con la sangre de su hermana.

¿Cómo había sucedido eso? Este se suponía que iba a ser un fin de semana de fiesta, de celebración. Y nada de eso, ni siquiera cerca.

¿Por qué no había parado el otro conductor? ¿Por qué se había hecho esto a sí mismo y a ellas?

Tomó toda su determinación, pero después de unos pocos segundos de respirar hondo, Ana se las arregló para tomar la blusa, ponérsela y caminó trabajosamente hacia la sala de espera. Una mujer pelirroja y con demasiado maquillaje estaba sentada detrás de la ventanilla del mostrador. —Señorita Fletcher, si puede, tenemos algunos formularios que necesitamos que llene.

¿Si puede? —¿Qué es lo que tengo que llenar?

—Oh, solo los formularios usuales. Ah, pobrecita. Sé que no se siente como para bregar con esto ahora, pero no creo que tenga la información del seguro de su hermana, ¿no es verdad?

Ana le lanzó una mirada furiosa. —No, no la tengo. Tuvimos un accidente automovilístico. La cartera de ella está en el *auto*. Tampoco tengo mi cartera. Estaba en el mismo *auto*, el que está totalmente destrozado —Ana sintió que le temblaba la mano mientras se frotaba la parte de atrás del cuello. Ella iba a perder el control si tenía que contestar otra pregunta tonta.

Otra mujer, que estaba sentada bastante lejos, al costado izquierdo de la ventanilla y que Ana no había visto, movió su silla para que la vieran. —Espere, alguien trajo sus cosas —dijo, al tiempo que sacaba una llave del escritorio y se dirigía a un gabinete que estaba contra la pared de atrás. Un momento después, ella le dio a Ana dos carteras. Una era de cuero negro brillante, la otra era una cartera grande color rosado brillante, con grandes círculos blancos.

—¿Cómo llegó esto aquí?

Ella se encogió de hombros. —Las trajo alguien del accidente.

Ana buscó en la cartera rosada hasta que encontró la billetera de Sara. Estaba llena de tarjetas de descuento para el supermercado, librerías y lugares donde rentan videos. Finalmente encontró lo que parecía ser una tarjeta de seguro, se la dio a la mujer y respondió a las preguntas necesarias, lo mejor que pudo.

—Está bien, querida. Le informaré las noticias tan pronto como haya algo que informar. Se puede quedar aquí, si quiere. O, si prefiere, hay una capilla en el cuarto piso.

—Voy a esperar aquí, gracias —Ana no planeaba ir a ningún lugar hasta saber que Sara había salido de la sala de operaciones.

Sillas de vinilo color café estaban colocadas a lo largo de las paredes de la sala de espera. En el lado derecho del lugar había unas doce personas que parecían estar juntas. Ana se sentó en el lado opuesto y las observó, preguntándose qué clase de tragedia las había llevado a ese lugar.

En el centro del grupo había una pareja que parecía tener unos cuarenta años de edad. Era claro que la mujer no podía más, tenía el rostro cubierto de lágrimas, mientras su esposo la sostenía en sus brazos. Esa pobre gente eran personas que estaban sufriendo por una tragedia, al igual que ella. Ana sintió el peculiar deseo de correr hacia ellos y abrazarlos.

Unos pocos adultos estaban allí con ellos, pero la mayoría eran adolescentes. Los muchachos se veían musculosos y se movían con la seguridad de los atletas; las muchachas eran muy bonitas, de cabello largo y maquilladas, vestidas para llamar la atención.

Alguien abrió las puertas del fondo, y entró un hombre de cabello canoso y con una chaqueta blanca. Ana se puso de pie de un salto y se apresuró a ir hacia él, pero el hombre la ignoró y caminó hacia el grupo de personas. La conversación en voz baja se silenció cuando se reunieron alrededor de él.

Ana volvió a su asiento, pero no se preocupó en pretender que no estaba escuchando. Todos ellos estaban en la misma situación, y a ella le importaba mucho saber cómo les iría a sus compatriotas en esa situación. El doctor miró a la madre y luego habló: —Hay varias fracturas compuestas. Ahora mismo lo estamos preparando para operarlo, y va a ser un procedimiento bastante largo.

Operación. Fracturas compuestas. Ana se preguntó si el joven del que hablaban también había sufrido un accidente. ¿Había viajado su pobre madre en la ambulancia con él, mientras él tarareaba y hablaba con gente que no estaba allí? De nuevo las lágrimas ardieron en los ojos de Ana.

—¿Va a quedar bien? —la madre sollozó mientras hablaba.

—Va a tener que estar en reposo por algún tiempo, mucha terapia física, pero va a estar bien.

Ana casi dio un grito de alivio al escuchar eso. Habían llegado buenas noticias a ese lugar. Sintió que su propia esperanza aumentaba mientras esperaba escuchar el regocijo de la madre.

La mujer dio un profundo suspiro y se secó los ojos con un pañuelo. —Va a estar en su último año de la secundaria, y el fútbol es muy importante para él. ¿Podrá jugar este otoño?

Todos los buenos deseos de Ana cayeron al suelo. ¿Qué? ¿Toda esta conmoción era de parte de una mujer que estaba preocupada porque su hijo pudiera perder una temporada de fútbol? ¿No sabía ella lo que quería decir el dolor verdadero? Todo dentro de Ana quería caminar a través de la sala y decirle a esa mujer exactamente lo mucho peor que podrían ser las cosas... hablarle de Sara, quien se suponía que se iba a graduar en menos de cuarenta y ocho horas, acerca de las personas que quería ayudar, acerca del accidente que estaba amenazando acabar con todo eso.

Ana se inclinó hacia delante y se cubrió la frente con las manos. *Uno, dos, tres, cuatro. No hagas nada de lo que te vas a arrepentir. Mantén la boca cerrada. Cinco, seis, siete....*

—¿Hay algo que pudiera hacer para ayudarla? —la voz masculina que escuchó a su izquierda la sorprendió, y ella levantó la vista. Ella lo reconoció como uno de los adultos del otro grupo. Tal vez de la misma edad que ella. Podría haber sido un surfista, su cabello con mechones quemados por el sol, le caía hasta los hombros, un bronceado oscuro, una remera de marca, y chancletas.

—No —la palabra apenas salió de la garganta de Sara, que se le estaba cerrando con rapidez, así que negó con la cabeza. Ella miró fijamente hacia las puertas dobles por las cuales Sara había sido llevada solo hacía una hora. ¿Cómo era posible que solo dos horas antes ella hubiera estado riéndose con Sara mientras cenaban?

—¿Tuvo un accidente? —la voz de él se suavizó.

Ana asintió con la cabeza. —Sara, mi hermana está en la sala de operaciones ahora mismo.

—Sara. Me lo temía —él dijo el nombre casi con dolor, como si él también compartiera el sufrimiento de Ana. Miró en silencio hacia las puertas dobles, y Ana supuso que volvería a su grupo. En cambio, permaneció sentado al lado de ella, en un silencio un poco incómodo, sacudiendo la cabeza y hablando entre dientes. De pronto, se puso de pie de un salto. —Sé lo que puedo hacer —dijo y salió por la puerta sin volver la cabeza.

Ana miró hacia el grupo y notó que varios de los adolescentes, en particular los muchachos, estaban mirando en su dirección. Ella se sintió incómoda por el escrutinio continuo, aunque no estaba segura de por qué. ¿Por qué debería importarle que un grupo de adolescentes sureños la estuvieran mirando?

El cartel azul en la pared decía Capilla—Cuarto piso. Ana supuso que no habría ningún prerrequisito espiritual para estar en la capilla del hospital. Tal vez podría encontrar quietud en ese lugar.

Ella se dirigió a la pelirroja del mostrador. —Voy a ir a la capilla por un rato, pero necesito que me notifiquen de inmediato si viene el doctor de mi hermana.

La mujer asintió con la cabeza. —No se preocupe para nada por eso. Escriba el número de su celular aquí —y le dio un pedazo de papel a Ana—. Asegúrese de que no suene el timbre, ¿sí? Y si alguien viene aquí preguntando por usted, haré que la esperen aquí y la llamo para que baje. Pase un poco de tiempo con el Señor. Todos podríamos usar un poco más de eso.

—Claro —dijo Ana y le escribió el número de su celular en el papel, y luego buscó las escaleras. En ese instante no tenía paciencia para esperar el ascensor, y el subir los cuatro pisos la ayudaría a quitarse algo de la ansiedad. Subió los escalones de dos en dos.

Para cuando llegó al cuarto piso, tenía la respiración acelerada, lo que pareció agravar el peso aplastante que sentía en el pecho. Empujó la puerta de la capilla y encontró el primer indicio de alivio que había sentido en toda la noche. El lugar estaba vacío. Finalmente, algo estaba marchando a su favor.

La capilla no era lo que había esperado. No se veía como un lugar *religioso*, o por lo menos lo que ella pensaba que se debía ver un lugar religioso. No había bancas brillantes de roble, ventanas de cristales de colores o velas encendidas. Solo una cierta clase de altar de madera que parecía más una mesa de buffet o un mostrador. Encima de eso había una planta pequeña en un macetero, y lo que Ana asumió que era una Biblia. El almohadón para arrodillarse podría haber sido un almohadón decorativo colocado artísticamente. Había unas pocas sillas de madera en el lugar, y en el lado más lejos de la puerta, una pequeña fuente de agua gorgoteaba sobre un pequeño gabinete. El sonido del agua cayendo sobre las rocas le hizo recordar a Ana sus visitas ocasionales a los gimnasios. Sí, en realidad, era una capilla que se prestaba para la meditación.

Ella se sentó en la silla que estaba más cerca de la fuente de agua y más lejos del altar, sintiéndose aliviada de estar sola. Durante un largo tiempo se quedó sentada allí, y no hizo nada sino enfocar su atención en tomar y exhalar aire. Finalmente, volvió la atención al lugar. Cuando posó los ojos en la Biblia, miró hacia arriba, a los azulejos acústicos del techo y habló en voz alta. «¿Sabes?, ahora sería un buen tiempo para que te presentaras y ayudaras a Sara». Aun los ateos han orado cuando se han encontrado en situaciones desesperadas. Pero Ana sabía que eran palabras inútiles. Dios nunca se había manifestado antes, ¿por qué iría a empezar ahora? Una sola nota de un piano silenció sus pensamientos. No se había dado cuenta de que hubiera música allí. A esa nota siguió una segunda, y otra y otra hasta que se comenzó a formar una melodía. La música de piano continuó, tocando la misma canción, pero ahora no era una nota por vez. La música se hizo multifacética, rica, armoniosa. Ella descubrió que quería ir hacia la música, armonizar con sus bellos sonidos que la conmovían tan profundamente que casi escuchaba colores en las notas. Recostó la cabeza hacia atrás y cerró los ojos, simplemente escuchando y empapándose en la música.

El inusual ritmo de la música que parecía un oleaje la llenó de tal forma que parecía que la canción era parte de ella, como si cada célula en su cuerpo pulsara con el sonido. Un sentimiento de estar en el espacio aumentaba con cada nota, y ella quería estar allí y escuchar la música para siempre. Ahora, en ese instante, ella supo que todo iba a estar bien. El sentimiento, la canción... eran algo que ella nunca había experimentado antes. Excepto que... esa música tenía el mismo ritmo tranquilizador que Sara tarareó en la ambulancia.

Le tomó un momento darse cuenta que no solo tenía el mismo ritmo, sino que tenía el mismo tono.

Exacto.

El lugar le comenzó a parecer pequeño y mal ventilado, casi sofocador. Ana se puso de pie y abrió la puerta. Dio un paso hacia fuera, aspiró profundamente, y se preparó para huir de allí. Pero solo pudo dar un paso más, porque el surfista de abajo estaba frente a ella, aparentemente caminando de un lado a otro en el pasillo.

Él se sonrojó cuando la vio. —Lo siento, pero me dijeron que usted había venido aquí, y bueno, yo no quise entrar a la capilla y perturbarla, pero pensé que podría querer esto —le mostró un pedazo de tela de color verde brillante.

Ana miró lo que él tenía en la mano.

—Es una camisa. Yo... este... —el miró hacia la blusa de ella manchada de sangre en el lado izquierdo—. Bueno, pensé que tal vez se sentiría mejor si ... si, ¿sabe? —tragó saliva tan fuerte que ella lo escuchó—. Pensé en Sara, y usted se veía tan triste, y sentí en mi espíritu que tenía que ayudarla, y recordé esta camiseta que tenía en mi camioneta. Es nueva, nunca ha sido usada. La compré la semana pasada por alguna razón, y ni me había preocupado de sacarla de la camioneta todavía. Bueno, esto es difícil de manejar, y tal vez usted prefiera que yo me vaya, y me iré, pero solo....

—Gracias —Ana pensó que era mejor interrumpirlo porque no tenía ni idea del tiempo en que seguiría hablando—. Es un gesto muy gentil de su parte —y tomó la camiseta.

—Bien —dijo él mirando hacia el suelo al espacio entre los pies de ellos.

Algo de lo que él había dicho le empezó a hacer sentido. —¿Conoce a Sara?

—Y también a usted —hizo una pausa—. Usted es Anita, ¿verdad?

Ella asintió con la cabeza. —Ana.

—Es lo que pensé. Me llamo Ethan —él la miró como si eso explicara todo, lo cual no fue así. Después de unos pocos segundos de silencio, él continuó: —Ethan McKinney. Vivo en el mismo barrio que Sara... y solía vivir cerca de ustedes. Mi familia se mudó mientras cursaba el último año de la secundaria, en el tiempo en que usted todavía vivía aquí con su abuela.

—Oh, sí —Ana tenía un vago recuerdo de un muchacho nuevo en la zona. Pero, por tanto tiempo ella había evitado pensar en sus años de crecimiento, que no estaba segura.

—¿Va a estar bien Sara?

¿Lo iba a estar? Ana quería darle una respuesta optimista, o aun una respuesta burlona, pero las palabras no le salieron de la boca. —No lo sé —esas palabras le costaron mucho esfuerzo.

Ethan agachó un poco la cabeza, y fue tan sutil que Ana pensó que lo había imaginado. El silencio se hizo incómodo. Finalmente, él indicó hacia la capilla. —Voy a ir a orar por ella.

—Gracias —Ana comenzó a alejarse, pero se detuvo, de pronto no estaba lista para finalizar la conversación —. La música allí es muy inusual.

Él la miró sorprendido. —¿La música? No hay música en la capilla.

—Sí, hay —el arrebato de irritación la hizo sentir bien; fue una distracción temporal del miedo que sentía. Ella quería aferrarse a ese alivio por todo el tiempo posible —. Abra la puerta y verá.

—Está bien —dijo Ethan abriendo la puerta de la capilla e inclinándose hacia adentro.

Ella esperaba que él concediera, pero no escuchó nada. Nada en absoluto. Incluyendo la música. Ella aguzó sus oídos y se movió más cerca de la capilla. Nada sino silencio.

Ethan miró hacia el techo. —¿Está segura de que escuchó música aquí? Yo trabajé como voluntario en la remodelación de la capilla el año pasado y sé que no pusimos altoparlantes. En realidad, pusimos material aislante acústico extra para asegurarnos de que fuera un lugar tranquilo, como lo es ahora.

¿Qué es lo que está sucediendo aquí?

Ana no movió ni un músculo, escuchando con cada fibra de su ser. Enfocó la atención en el gorgoteo del agua en la parte de atrás del cuarto, esperando escuchar la canción. No escuchó música alguna, ni una sola nota de piano. —Es muy raro. No sé qué fue lo que escuché —pero eso era mentira. Ella *sabía* lo que había escuchado.

Ella había escuchado música, la misma canción que su hermana había tarareado en la ambulancia. La clase de música que se hace una con tu ser, así que nunca, jamás la puedes olvidar. Y la había escuchado en un lugar en el que no había piano, ni altoparlantes y con paredes a prueba de sonido.

Capítulo 3

Ana estaba en el cubículo del cuarto de baño, cambiándose la blusa, tratando de no pensar en lo que debía hacer. Enrolló su blusa blanca abotonada y la hizo un bulto apretado y miró a su pequeña cartera. Nunca cabría allí. Por primera vez sintió aprecio por la cartera rosada y chillona de Sara con sus hebillas de bronce y un laberinto de bolsillos. La misma cartera de la que se había reído antes. ¿Había sido solo dos horas antes que ella le había dicho a Sara que podría tomar el plato, cubiertos y vaso que tenía frente a sí en el restaurante, ponerlos en la cartera y que todavía habría lugar para otras cosas? Ella puso la blusa adentro, anhelando el día en que pudieran bromear sobre la ironía de eso.

El estribillo de la música de la fuente de agua permanecía fijo en su mente, y la ponía nerviosa. Ella había escuchado hablar de alucinaciones auditivas. ¿Estaba el accidente haciendo que ella escuchara la canción de su hermana en lugares donde no estaba la canción? Finalmente se estaba volviendo loca, lo que tal vez no fuera ninguna gran sorpresa. Tal vez ella debería volver a la capilla y escuchar una vez más, pero solo pensar en eso hizo que el aire a su alrededor pareciera pesado. Era hora de regresar al piso de abajo.

Ana movió el cerrojo de la puerta del cubículo, pero tuvo un momento de vacilación cuando recordó a la madre del jugador de fútbol. Miró su reloj y eran las 8:15. Habían pasado veinte minutos, de seguro que la mujer se habría calmado lo suficiente y ahora era seguro regresar al lugar.

Cuando Ana abrió la puerta del cubículo y vio su imagen reflejada en el espejo, casi soltó una carcajada. No solo se estaba volviendo loca, sino que ahora parecía una loca. La enorme camiseta verde tenía un dibujo en el frente de una casa antigua, en amarillo brillante que decía *Sociedad histórica de preservación de casas de Charleston*. Esto provocaría una reacción interesante de sus compañeros de trabajo en Manhattan. Los diseños de Ana siempre eran con líneas claras, de vidrio y cromo y de proporciones pequeñas. Ella tenía la regla de evitar las cosas antiguas, los cortinados y los escritos en las camisetas. Especialmente escritos que olían del pasado.

Antes de poder hacer nada sobre su nuevo aspecto, sintió la vibración de su teléfono celular en el bolsillo. Sin ningún otro pensamiento sobre decoraciones, ropa o melodías, contestó la llamada. «Voy para allá», dijo, cerró el teléfono y salió corriendo del lugar, y estaba bajando las escaleras cuando se dio cuenta que no se había fijado en quién era que la llamaba. Si nadie estaba allí cuando ella llegara a la sala de espera, entonces miraría en su celular las llamadas recientes recibidas. Hasta entonces, no tenía importancia.

Ana se detuvo de golpe en la sala de espera, ahora vacía excepto por un hombre de piel muy blanca, cabello oscuro y que usaba una chaqueta blanca. No se veía mucho mayor que el joven paramédico de la ambulancia, pero el nombre en su chaqueta decía Dr. Fred Zurlinden.

—Soy Ana Fletcher. ¿Me estaba buscando a mí? —Ana extendió una mano que él no pareció ver.

Esquivando la mirada, le señaló las sillas en el rincón.

—Tomemos asiento.

Ana no se quería sentar, quería estar de pie, pero se sentó sin vacilación. Cualquier cosa que condujera a recibir algunas respuestas rápidamente, eso era lo que ella iba a hacer.

—Señorita Fletcher, siento tener que decirle esto, pero aproximadamente a las 8:10, el corazón de Sara se detuvo. No la pudimos resucitar —el hombre recitó esos detalles como si los hubiera estado leyendo de una tarjeta. Todavía no la había mirado.

—¿Qué? —Ana escuchó su voz pero no pudo entender las palabras. No quería entenderlas. —¿Qué es lo que está diciendo? ¿Qué Sara... falleció?

Él asintió con la cabeza y dijo con el ceño fruncido, mostrando compasión: —Sí, lo siento.

—Pero... ella llegó aquí viva, estaba consciente, hablaba. La llevaron a la sala de operaciones para salvarla —la voz de Ana se hacía más fuerte con cada palabra, pero a ella no le importaba. Algo estaba mal, y todo el mundo debía saberlo.

El Dr. Fred Zurlinden miró su reloj como si tuviera trabajo que hacer y esto se lo estuviera impidiendo hacer. —Hicimos todo lo que pudimos, pero sus heridas fueron muy serias —miró hacia las dobles puertas, queriendo haber estado del otro lado—. ¿Quiere que llame al capellán, o a alguien para que pueda hablarle?

—No, no quiero que llame a nadie. Quiero que vuelva al lugar de donde vino y que salve a mi hermana. Esto es un error. Yo....

—¿Anita? —Ana dio vuelta a la cabeza y vio a una mujer que se acercaba a ella con los brazos extendidos. En algún lugar en la bruma que tenía en el cerebro, Ana se dio cuenta de que esa mujer la quería abrazar. Ella miró el cabello rubio y ondulado de la mujer, atado en una cola de caballo, con una cinta roja que hacía juego con su blusa sin mangas. Ella no era la madre del jugador de fútbol. La había llamado Anita, y solo Sara la llamaba así.

—Hola, Anita —un niño de cara redonda, que parecía tener unos doce años de edad la miró desde detrás de la mujer, pegado a su falda. Cuando ella vio los ojos almendrados detrás de los lentes de metal, hizo la conexión. Los vecinos de Sara. Un vago recuerdo le vino a la mente de que le habían sido presentados antes ese día, aunque no podía traer a su mente ninguno de los detalles. Sara había estado hablando del niño con mongolismo y sobre su madre, desde que ellos se habían mudado al lugar hacía unos años. ¿Cómo se llamaban?

Finalmente la mujer bajó los brazos que había mantenido extendidos, y le acarició el fino cabello a su hijo. —Me llamo Tammy, y este es mi hijo Keith. Nos conocimos hoy por la tarde. ¿Recuerdas? Vivimos en la casa de al lado de la de Sara.

Ana asintió. Los detalles no tenían importancia. No podían hacer que el doctor cambiara de idea en cuanto a Sara, no podían hacer que nada cambiara. Ana se volvió hacia él, pero el Dr. Zurlinden ya se había puesto de pie. —Veo que sus amigos están aquí para ayudarla. Las señoritas en el mostrador la pueden ayudar con los procedimientos necesarios —el hombre se alejó de allí, dejando sola a Ana con una mujer que no conocía, con el hijo de esa mujer, y con el conocimiento de que ahora ella el único miembro vivo de su familia.

Tenía treinta años de edad y estaba completamente sola. ¿Qué se suponía que hiciera con eso?

Con rapidez apartó la mente de ese pensamiento y se hizo volver al presente, a las necesidades urgentes del momento.

Ella se volvió hacia Tammy. —¿Cómo supiste que yo estaba aquí?

—Ethan me llamó y me dijo que habían tenido un accidente. Yo vine lo más rápido que pude, pero entramos justo en el momento en que el doctor te estaba dando las noticias. Oh, Anita, lo siento tanto —Tammy puso los brazos alrededor de Ana y lloró en su hombro—. Yo la amaba mucho.

Ana trató de darle unas palmaditas a Tammy en el hombro para ofrecerle cierta clase de consuelo, pero en lo que más se concentró fue en inhalar aire profundamente y pretender que estaba en otro lugar. Ella nunca se había sentido cómoda con personas extrañas que eran muy demostrativas, aun cuando vivía en el sur del país. Ahora, después de casi una década en Nueva York, el gesto la ponía terriblemente nerviosa. Trató de enfocarse en los detalles en un esfuerzo de mantener la sanidad y de llevar la conversación en otra dirección que no alentara el contacto físico.

—¿Ethan? ¿Por qué habría de llamarte?

—Bueno, creo que él estaba aquí porque un muchacho que conoce había tenido un accidente en una motocicleta, y mientras esperaba, te reconoció. Él es primo mío y sabe lo mucho que yo querría estar aquí por ella. Y por ti.

—Hmm. Está bien —Ana miró los azulejos del techo, agradecida por el estado de adormecimiento que se había apoderado de ella.

Tammy aspiró, enderezando su postura, se sonó la nariz y se secó los ojos. Ana tenía la clara impresión de que su falta de demostrar emoción ponía tan incómoda a Tammy como los abrazos de Tammy la ponían a ella. —Vamos, hagamos todo el papeleo y luego yo te llevaré a tu casa.

Casa. La casa de Ana —bueno, su apartamento actual— quedaba a casi mil quinientos kilómetros de allí. Pero ella asintió sin hacer comentarios. —Trae los formularios y llenémoslos.

Ana no se quería quedar allí ni un minuto más.

Para cuando salieron de la sala de emergencia una hora más tarde, Ana se sintió... desconectada. Solo vagamente había notado los continuos abrazos de Keith, quien había abrazado a todos los que se sentaron cerca de él. Keith también había hecho una imitación de Elvis, ¿o fue de Johnny Cash?, para todos los presentes en la sala de espera, dejando de hacerlo solo cuando Tammy lo hizo detener con una firme orden. Luego finalmente volvió su atención al televisor montado en la pared que mostraba un programa de televisión llamado *American Idol* (Ídolo norteamericano) que era una repetición, y ocasionalmente decía: «Ese Simón es malo». El comportamiento extraño de Keith solo agregaba al surrealismo de toda la tarde.

Ella siguió a Tammy y a Keith a un automóvil Saturn que debía tener unos doce años. Ana se sentó en el asiento del pasajero y esperó que fuera un viaje silencioso.

—¿Estás triste, Anita? —la forma de hablar de Keith era lenta y un poco difícil de entender. Desde el asiento de atrás, él se inclinó hacia delante y comenzó a frotarle el brazo. Ana trató de esquivar el inesperado toque.

Con mucha suavidad, Tammy le tomó la mano a Keith y se la puso sobre las rodillas. —Vamos a dejar tranquila a Ana. ¿De acuerdo, Keith?

—De acuerdo.

Viajaron varios minutos en silencio antes de que Tammy tratara de nuevo. —¿Sabes, Anita? Si prefieres no estar sola, puedes quedarte en nuestra casa esta noche.

Ana apreció el gesto, pero no se sintió tentada a aceptar. Ella estaba habituada a estar sola. Algo a lo que se iba a tener que acostumbrar aún más. —No, voy a estar bien.

—Bueno, si cambias de idea, ven a nuestra casa. No importa lo tarde que sea, solo toca el timbre.

—Por supuesto.

Tammy no parecía captar la indirecta de sus cortas respuestas.

—Vamos a venir de mañana para ayudarte a hacer los arreglos, ¿de acuerdo?

Ana asintió. —Gracias —a ella ni se le había ocurrido que era la persona que tenía que hacer los planes para un funeral.

Cuando Tammy dio la vuelta y entró a la calle bordeada de robles, disminuyó la velocidad y le preguntó a Ana: —¿Tienes una llave de la casa?

—Sí, tengo una llave —Ana tenía esa llave por los últimos veinte años, pero no había razón para que mencionara eso ahora. La canción de la capilla continuaba sonando en su mente. De pronto Ana se preguntó qué era, si tenía letra y si tal vez tenía un significado especial para Sara. De cualquier forma, era la música más poderosa que jamás había escuchado. Tal vez la deberían tocar en el... *¡No!* Esto solo era una pesadilla, y no había ninguna razón para estar pensando en canciones para el funeral de Sara.

Todo lo que ella necesitaba era tomar unos buenos tragos, irse a dormir y despertarse en Nueva York para darse cuenta de que nada de esto había pasado en realidad. Sí, ese era el plan.

Keith, quien había estado en silencio durante los últimos minutos, se inclinó hacia delante y comenzó a frotarle el brazo a Ana. —Me gusta esa canción.

Las palabras de él la sobresaltaron. —¿Qué canción? —¿había estado tarareando en voz alta? La radio no estaba encendida.

—Ellos me la cantan a mí a veces. Cuando me ayudan. ¿Te ayudan también a ti? —los ojos del niño brillaban con inocente esperanza.

—¿Quiénes te la cantan?

—Mis ángeles.

Ana no tenía ni idea de lo que esperaba que le dijera Keith, qué tipo de respuesta lógica podría darle él en medio de todas las cosas ilógicas que habían sucedido. Ella miró a Tammy. —¿Ángeles?

Tammy se encogió de hombros. —Parece que Keith puede ver y escuchar ángeles de vez en cuando —lo dijo con un dejo de cansancio en la voz, pero sin traza alguna de duda. Entró a la cochera y apagó el motor del automóvil.

—Está bien —no había nada más que decir. Ana salió del auto, preguntándose cuánto tiempo le tomaría encontrar algo que beber en ese lugar.

Capítulo 4

Sara se retorcía de dolor. Ana tenía el antídoto en la mano, pero sin importar lo rápido que corriera, no se podía acercar a su hermana. —No desistas, ya llego. Sara miró fijamente a la pared blanca. —Ayúdame, Anita, por favor.
Con cada palabra, la música en el fondo se hacía cada vez más fuerte hasta que fue difícil escuchar la voz de Sara.
—Sara, estoy aquí, estoy aquí —pero Sara no parecía oírla. Ella mantenía la mirada fija en la pared blanca al lado de su hombro—. Ayúdame, Anita, por favor —en forma trabajosa aspiró aire por última vez, y luego cayó sobre la almohada, su rostro de pronto lívido.

Ana se despertó de golpe, y tenía todo el cuerpo cubierto de transpiración. La música se disipó más lentamente que el sueño, pero nota a nota, también desapareció. Ella dio un profundo suspiro y trató de aclararse la mente, pero sentía como que le habían martillado el cerebro. El brillo del sol estaba directamente sobre sus ojos, y el resplandor parecía golpearle contra el cráneo. Le dolía todo el cuerpo por haber dormido en el sofá de dos asientos, pero no había podido ir al dormitorio. Eso hacía que las cosas fueran tan finales. El pensamiento de entrar a ese dormitorio —en el cual una vez ella había compartido una litera con Sara—, bueno, no era algo que Ana estuviera lista a hacer. No ahora. Nunca. Todo el tiempo que ella estuviera aquí, dormiría en el pequeño sofá.

Se dio vuelta para evitar el resplandor, pero el movimiento hizo que su estómago le diera un vuelco. Antes de tener tiempo para pensar, corrió al cuarto de baño, donde vomitó en el inodoro los restos de demasiada vodka y la celebración de la noche anterior. La ironía no se le escapó, aun en la agonía de la peor mañana después de la borrachera de su vida. Nada bueno de esta visita quedaría, aun los restos de la cena de anoche.

El grifo debía tener unos cincuenta años, y chirrió lo suficientemente fuerte como para hacerle doler la cabeza. Se mojó el rostro con agua fría, y buscó a tientas el cepillo de dientes que había dejado en ese estante ayer. En una vida diferente. En una vida donde había gozo por el futuro, a pesar de un pasado doloroso, una vida con esperanza, y la sonrisa radiante de su hermana.

Ella estaba allí, de pie en el único cuarto de baño de la pequeña casita que había pertenecido a su familia por más tiempo del que quería recordar. Ahora, esa pequeña casa y Ana era todo lo que quedaba. Ella salió del cuarto de baño, y los dos dormitorios estaban uno a cada lado. Si doblaba hacia la izquierda, estaría en el dormitorio que había compartido con Sara durante la mayor parte de sus años de crecimiento. Si doblaba a la derecha, estaría en el dormitorio de Nana. Ella sabía que ese era el cuarto que Sara había usado los últimos seis años, desde la muerte de Nana, pero para Ana ese siempre sería el dormitorio de Nana. Ella no podía ni siquiera pensar en ninguno de los dos dormitorios ahora, así que con firmeza cerró las dos puertas, asegurándose de escuchar el ruido del pestillo. Si solo pudiera hacer lo mismo con el recuerdo de su sueño. Y la música.

Caminó a través de la sala y se sentó en el mismo sofá, tapizado de un material rayado rojo y marrón, que le había servido de cama la noche anterior. Colocando los pies sobre una silla beige, miró a su alrededor. Eran los muebles antiguos de Nana, ella lo sabía, pero Sara los había retapizado hacía algunos años. Todavía se hundía, pero por lo menos se veía mejor que la tela floreada que tenían antes. A su lado se encontraba la mesita de café de Nana. No había cambiado. La madera era imitación arce, y la parte de arriba estaba cubierta por un vidrio, debajo del cual había docenas de fotos viejas. Nana siempre había puesto las fotos de Ana y de Sara que les tomaban en la escuela, junto a instantáneas de ellas. Sara nunca las había tocado después de la muerte de Nana —le había dicho que no sentía que las podía tomar.

Ana miró las fotos en la mesa y se detuvo en la foto de su madre, de pie frente al árbol de Navidad de Nana, sonriendo, con Sara en los brazos—que en ese entonces tenía tres años. Ana se veía en el fondo, una delgadita niña de ocho años, con el cabello castaño peinado en dos colas de caballo, mirando hacia donde estaba su mamá, lo que parecía una buena distancia. Ana quitó la cubierta de vidrio ovalado y la colocó sobre la alfombra, a su lado. Luego tomó la foto y la puso con la parte de arriba hacia abajo. Miró la siguiente foto, esa de Sara y Ana, descalzas, sentadas en el columpio del porche. Nana estaba sonriendo detrás de ellas. Ana tocó la foto con el dedo, segura de que casi podía escuchar los chillidos de alegría y la risa suave de Nana, el aroma de las magnolias, y... recordar la pregunta que había invadido cada parte de su niñez... ¿por qué su madre no la había amado?

Ana puso la palma de la mano sobre la mesa y la movió haciendo círculos hasta que todas las fotos estuvieron desordenadas y unas encima de las otras. Colocó el vidrio sobre la mesa. Ahora no estaba tan plano, pero no le importó. Por lo menos, ahora las fotos no parecían estarla mirando fijamente. El esfuerzo le hizo dar un dolor de cabeza muy grande.

Entró a la cocina arrastrando los pies y abrió el gabinete de encima del refrigerador, esperando que allí fuera donde Sara guardaba los medicamentos. Y allí los encontró. Sara no era una persona que tomara muchos remedios porque había solo tres cosas: una crema para cuando uno se lastima la piel, gotitas para los ojos y aspirinas. Ana estaba muy agradecida por las aspirinas. Se puso cuatro en la boca y se las tragó sin agua. Dudaba que la fueran a ayudar mucho, pero por lo menos debía tratar. La botella de vodka estaba todavía sobre el mostrador, ofreciéndole otra forma de mitigar el dolor que sentía esa mañana. Ana estaba a punto de tomar la botella, cuando escuchó el chirrido de la puerta mosquitera cuando se abría, seguido de un suave toque en la puerta de la cocina.

Las cortinas de encaje que cubrían los vidrios eran finitas y Ana pudo ver que era Tammy. Ella consideró alejarse de allí y pretender que no había visto ni oído nada—dejarla afuera, y junto con ella, la realidad que su presencia le trajo.

En cambio, abrió la puerta lentamente, y la sostuvo para que entrara Tammy. Ella le dio unos suaves golpecitos en el brazo; entonces apareció Keith desde atrás de ella, e hizo lo mismo.

—Hola, Anita —dijo con una sonrisa y se paró al lado de ella, aun cuando su madre había continuado caminando hacia la cocina—. Hice algo para ti.

Sacó un pedazo de papel del bolsillo y comenzó a desdoblarlo. Ana vio cuando los lentes se le bajaban un poco sobre la nariz. Él los empujó hacia arriba, luego abrió el siguiente doblez, y el siguiente. El proceso pareció tomar una eternidad. Mientras tanto, ella se estaba preparando para decirle un cumplido sobre el gato o el perro o el paisaje de sol que él habría dibujado para ella, pero cuando el doblez final se abrió, Ana simplemente le clavó la vista, preguntándose en qué forma responderle.

—Gracias, Keith, es precioso —fue lo que finalmente se las arregló para decir, que aunque era algo menos que una exageración no era la verdad.

Él sonrió con timidez y señaló a una figura hecha como de palitos con cabello castaño largo. —Eres tú —le dijo, y luego señaló a otra figura que usaba enormes colgantes en forma de aros, con los brazos hacia arriba, tratando de alcanzar una enorme mancha dorada—. Y esa es Sara.

Ana señaló hacia una figura que no supo qué era. —¿Qué es eso?

—El ángel de Sara. Él le canta para hacerla sentir mejor.

Keith y su madre no habían llegado al hospital hasta después de que Sara había muerto. Por cierto que él no tenía forma de saber que hubo cierta clase de música en la ambulancia. —¿Qué es lo que te hace pensar que el ángel de Sara le cantó a ella?

Él se encogió de hombros, sintiéndose un poco avergonzado, y caminó hacia su madre. —No se supone que lo diga. Solo lo sé, eso es todo.

Tammy lo encerró en el círculo de sus brazos. —Está bien, querido —ella apoyó el mentón sobre la cabeza de su hijo y elevó la vista. Su mirada se dirigió hacia el lado derecho de Ana, exactamente en el lugar en que Ana sabía que estaba la botella de vodka medio vacía, sobre el mostrador de la cocina.

En un esfuerzo por llevar la conversación a otro lugar, Ana dijo: —¿Por qué no estás supuesto a decirlo?

Keith se volvió para mirarla, secándose una lágrima detrás de sus lentes con armazón de alambre. —No les gusta.

—¿A quiénes no les gusta? ¿A los ángeles, quieres decir? Se supone que sea un secreto, ¿no es verdad?

—No a los ángeles, a la gente.

Ana miró a Tammy, quien estaba acariciándole el cabello a Keith con su mano izquierda. Ella se encogió de hombros.

—Algunas personas de nuestra iglesia han —ella hizo una pausa tan larga que Ana no sabía si iba a continuar hablando— *pedido* que Keith no hable acerca de ver ángeles o de escucharlos.

—¿Por qué? —Ana pensó en eso por un minuto. Personalmente podía entender que la declaración de Keith podría poner incómoda a la gente, pero de alguna forma, en este contexto, no hacía sentido. —¿No es eso lo que se supone que haga la gente en la iglesia? ¿Hablar sobre Dios y los ángeles, y cosas por el estilo?

Tammy se encogió de hombros y besó la parte de arriba de la cabeza de Keith. —Parece que no mucho sobre los ángeles.

—¿De veras? ¿Por qué?

Keith se inclinó más cerca de su madre y le susurró algo. Ella le respondió en otro susurro, y luego él dijo algo más.

Tammy levantó los ojos hacia Ana con una sonrisa como disculpándose. —¿Podríamos usar el cuarto de baño?

Ana asintió en la dirección en donde estaba el cuarto de baño. —¿Sabe dónde está, o debo indicarle?

—Créeme, lo sabemos —dijo Tammy con una sonrisa—. Gracias.

Mientras los dos caminaban hacia el cuarto de baño, Ana tomó un vaso de la alacena y lo puso debajo del grifo. Tal vez un vaso de agua fría la ayudaría a sentirse mejor. Escuchó el sonido de un automóvil en el frente, y corrió la cortina sobre el fregadero de la cocina para ver a un automóvil Corvette gris entrando a la cochera.

Unos segundos después, salió del automóvil una mujer fornida, de cabello gris y corto, llevando una canasta grande en la mano. Caminó por la cochera, luego abrió el portón de la media pared que rodeaba parte del frente de la casa. Pero en vez de seguir hacia delante para llegar al porche del frente, la mujer se detuvo. Ana se tuvo que inclinar mucho para ver qué era lo que la mujer estaba haciendo. Después de colocar su carga sobre una silla, ella comenzó a desdoblar un mantel y a colocarlo sobre la redonda mesa.

Ana se apresuró a abrir la puerta del frente, pero dejó la mano en la manilla por si acaso esa mujer estaba loca, y ella tenía que correr adentro. Pero sospechó que la mujer se había equivocado de dirección. —¿Puedo ayudarla?

—No, querida. Soy yo la que te vino a ayudar —dijo en voz muy alta y con un acento sureño muy marcado, y no se veía maquillaje alguno detrás de los lentes rectangulares.

—Creo que se debe haber equivocado de casa.

—Oh, querida Anita. Lo siento. Me olvidé. Soy Danielle, y yo amaba mucho a tu dulce hermana. Estoy aquí para ayudarte de cualquier forma en que pueda hacerlo.

—Justo a tiempo, como siempre, Danielle —Tammy caminó al lado de Ana hacia el techado porche—. Y a ella le gusta que la llamen Ana.

¿A tiempo? —¿Puedo preguntar de que se trata todo esto?

Tammy la miró confundida. —Bueno, te dije anoche que estaríamos aquí a las ocho para ayudarte a comenzar a planear, ¿no recuerdas?

A través de los borrosos recuerdos de anoche, Ana sí recordaba que ella le había dicho algo por el estilo. —Sí, me acuerdo —Ana se pasó los dedos por su despeinada cabellera—. Creo que asumí que *nosotros* quería decir tú y Keith.

—Estoy aquí, Anïta. Vine a ayudarte —Keith salió de detrás de su madre y le tocó el brazo a Ana.

—Ah —en forma involuntaria, Ana dio un paso para alejarse de Keith.

—Sí, tú sí que viniste para ayudar —con suavidad Tammy le quitó la mano a Keith—. Siento no haber sido más específica. Estoy tan acostumbrada a que Danielle sea parte de nosotros que me olvidé que tú tal vez no lo sabrías.

Danielle había comenzado a colocar platos alrededor de la mesa. —Traje panecillos dulces y fruta, y oh, cuando pasé por el lugar donde venden rosquillas rellenas, vi el letrero encendido, así que no pude resistir, y paré y compré algunas. Espero que esto esté bien.

—Por supuesto —dijo Tammy.

Ana miró a Tammy. El impacto de los acontecimientos de la noche anterior y la confusión de esa mañana debido a haber bebido anoche, la dejaron demasiado débil como para asimilar lo que estaba sucediendo, muchos menos expresar una queja, por el momento. —Entonces, ¿qué es lo que estamos haciendo?

—Ahora mismo tomaremos nuestro desayuno; pensé que sería bueno comer afuera. Espero que te parezca bien —Danielle colocó su canasta en el suelo, entonces se sentó en la silla más cercana y miró esperando una respuesta—. Tammy, te toca a ti pedir la bendición sobre la comida. Comencemos. Tenemos mucho que hacer.

Tammy se sentó, y lo mismo hizo Ana, contenta de que aquí había alguien más que pudiera pensar.

—Me voy a sentar al lado tuyo, Anita —dijo Keith al tiempo que arrimaba su silla más cerca a la de ella, y tomó su mano mientras todos inclinaban la cabeza. Todos menos Ana.

Ella miró al grupo a su alrededor, finalmente dejando la vista en el rostro de Tammy, mientras esta decía: «Querido Padre, gracias por proveernos esta comida y por tenernos los unos a los otros. Gracias por compartir a Sara con nosotros por el tiempo que lo hiciste. Gracias porque ella está disfrutando la calidez de tu amor ahora mismo. Ayuda a Anita a que sienta tu paz y tu presencia, y danos sabiduría a todos en los días por delante. Amén».

—Amén —respondió el grupo al unísono.

Keith le dio un apretón a la mano de Ana antes de soltársela.
—Amén.

—Bueno, hablemos de los planes —dijo Danielle mirando a Ana—. ¿Preferirías tener la comida después del funeral aquí o en la iglesia?

—No había pensado en eso.... Están haciendo mucha remodelación en la iglesia, y el salón donde se hacen las reuniones de confraternidad se ve terrible ahora. Creo que la deberíamos hacer aquí, ¿no crees? —Tammy miró a Ana, esperando una respuesta.

—Claro, me parece bien —tanto como Ana odiaba que la mandonearan, hoy estaba muy agradecida por eso.

—Qué bueno que estás de acuerdo. Yo ya me había tomado la libertad de hacer algunas llamadas telefónicas. La comida debería comenzar a llegar aquí el domingo por la tarde, así estará lista para el lunes —Daniella hizo esta declaración en forma impersonal, entonces comió otro pedazo de su panecillo dulce.

—Danielle, ¿qué habrías hecho si ella hubiera dicho que la quería en la iglesia? —Tammy miró hacia la mujer mayor, con una expresión entre perplejidad y contrariedad en el rostro.

—¿Sabes, Tammy? Te lo he dicho una y otra vez que no hay ninguna razón para preocuparse por cosas que podrían haber sucedido pero que no sucedieron —sus ojos verde claros brillaban mientras hablaba—. Pero para responder a tu pregunta, es simple. Los hubiera llamado de vuelta y les habría dicho que había un cambio de lugar. No es nada que no se pueda arreglar. Pero puesto que no sucedió, sigamos con lo que tenemos que hacer.

Danielle miró a su bloc. —Debemos escoger un vestido para Sara, y Anita, tú tienes que ir y escoger un féretro. Tammy, tú ve con ella. Yo llevaré la ropa a la funeraria cuando la tengamos lista. ¿De acuerdo?

—Por supuesto.

—¿Dónde está Sara? —preguntó Keith al tiempo que se ponía el último trozo de panecillo dulce en la boca—. Voy a buscarla —y con eso comenzó a caminar hacia la puerta.

Tammy se puso de pie de un salto y lo tomó del brazo. —Sara no está aquí, querido. ¿Recuerdas? Ella ahora está con los ángeles.

Keith miró a su alrededor, confundido. —¿Cuándo regresará?

Ana tuvo que hacer un esfuerzo enorme para mantener la calma. La pregunta de Keith, no, la respuesta a la pregunta, era demasiado para ella. Sara nunca más iba a regresar.

—Vamos a estar con ella algún día. Pero por ahora, ¿por qué no le coloreas un dibujo?

—Bueno —dijo Keith caminando hacia el lado más lejano del porche, y comenzó a dibujar en un bloc de papel que su madre le había dado.

Danielle leyó con rapidez y mucha eficiencia la lista, y en muy poco tiempo todo el mundo sabía las tareas asignadas para ese día.

—Muchas gracias a las dos —Ana apenas podía formar las palabras—, por organizar todo esto. No sé lo que hubiera hecho sin la ayuda de ustedes —ella se sentía como adormecida de todo lo que sucedía a su alrededor, desde el accidente hasta esta demostración sobrecogedora de apoyo de parte de mujeres que ni siquiera conocía.

El rostro de Danielle mostró sorpresa por esa declaración.

—Bueno, por supuesto que yo organicé todo esto. Ese es mi don especial. Eso y dar órdenes, y soy muy buena en lo último.

—Eso sí que es verdad —dijo Tammy poniendo los ojos en blanco, al tiempo que sonreía—. Y puesto que mi don especial parece ser recibir órdenes, nos llevamos muy bien.

—Sí, es por eso que yo te dejo que estés a mi lado. Admiro a las mujeres inteligentes, y el hecho de que tú me escuchas muestra tu genialidad —Danielle frotó el respaldo de la silla vacía que estaba a su lado, y de pronto su rostro cobró seriedad. —No sé qué vamos a hacer sin Sara. La necesitamos para hacer que nuestro grupo esté completo.

Una ola de dolor que casi la ahoga embargó a Ana; era preciso que ella se controlara. —¿Cuál era el don de Sara?

—La compasión —Danielle se frotó la frente y se inclinó hacia delante hasta que puso los codos sobre la mesa—. ¿Cuántas veces nos hemos sentado alrededor de esta misma mesa y hemos hablado y orado hasta que no quedaba nada por lo cual orar?

Tammy se acercó y puso un brazo sobre el hombro de Danielle.

—Ella querría que nosotras hiciéramos lo mejor que podamos, lo sabes bien.

—Lo sé, pero ¿cómo lo vamos a poder hacer?

Danielle levantó la vista, se secó una lágrima, y dijo: —Además de eso, ella tiene el mejor patio de todos. ¿Dónde cree ella que vamos a poder hacer las celebraciones? —dijo, comenzando a llorar y reírse al mismo tiempo, y pronto Tammy hizo lo mismo. Las dos se secaban los ojos, lloraban, reían y se abrazaban la una a la otra.

Keith se dirigió hacia ellas. —¿Estás bien, mamá?

Tammy le dio unos golpecitos cariñosos en la mano. —Estoy bien, querido.

Danielle se inclinó hacia Ana. —Parece que lo único que podemos hacer es adoptar a Anita en nuestro círculo. Anita Fletcher, bienvenida a nuestra familia de desubicadas. Tal vez seamos un grupo de rarófilas, pero por lo menos estamos en esto juntas.

Tammy se le acercó y puso sus brazos alrededor de Ana, y lo mismo hizo Keith.

Ana no estaba segura de cómo se sentía acerca de ser adoptada. Pero no parecía tener elección en ese asunto.

La vieja computadora de Sara se encontraba en un pequeño escritorio en el lado opuesto de la sala. Un escape momentáneo era lo que Ana necesitaba después de buscar entre la ropa de Sara esa mañana. Necesitaba algo para aclararse la mente.

Sí, debería sentarse y navegar en el Internet. Tal vez podría hacer una pequeña investigación sobre música inexistente, para poder entender cabalmente lo que le había sucedido ayer. Después de haber investigado los hechos, por lo menos podría dejar esta parte de sus recuerdos en el pasado.

Ella escribió las palabras «alucinaciones auditivas», en Google, y aparecieron docenas de enlaces, e hizo clic en uno de ellos.

Un estudio del año 1894 concluía que diez por ciento de la gente ha experimentado alucinaciones alguna vez en la vida.

Interesante. Diez por ciento es un número grande. Si lo de ella fue alguna clase de alucinación, entonces no estaba loca.

Ella revisó y leyó algunos otros sitios Web.

A medida que revisaba rápidamente otros sitios Web, notó que se repetía la frase «bastante común en situaciones psicóticas, y por lo general se manifiesta por medio de voces». Por lo menos, el caso de ella no era que escuchó voces espeluznantes. Pensó que debería estar agradecida por eso. Y que lo supiera, no padecía de ninguna psicosis, otra razón para estar agradecida. Pero el hecho era que había escuchado algo que no estaba allí.

Continuó leyendo, determinada a encontrar algo concreto que explicara la canción que había escuchado. Finalmente encontró un artículo sobre la *paracusia*. Este es el nombre científico para alguien que escucha cosas que no están allí. Para Ana, sonaba mucho mejor que *alucinación*, especialmente cuando ella era la involucrada. Lo que es aún mejor, decía que esa paracusia, cosas tales como silbidos, aplausos y *música*, a menudo ocurre debido a condiciones extremas.

Eso le hizo sentido.

Las condiciones no podían ser mucho más extremas que lo que habían sido ayer. Era obvio que todo el episodio fue consecuencia del estrés del accidente. El hecho de que la inexistente música de la capilla sonara como la canción de Sara era debido a que las heridas de Sara por el accidente estaban en el centro de su estrés. Por supuesto que era eso. Y el sueño de ella de esa mañana era su mente tratando de aceptar el trauma de perder a Sara. A medida que la realidad de lo que había sucedido fuera aceptada, la paracusia disminuiría. No escucharía la canción en sus sueños, no despertaría pareciéndole que el sonido todavía estaba en el cuarto, y muy pronto olvidaría que había escuchado esas notas en cada célula de su cuerpo. Por lo menos esperaba que fuera así de simple.

Capítulo 5

A las cuatro de la tarde, el terrible dolor de cabeza de Ana continuaba, pero por lo menos estaba sola. Por el momento. Cerró las cortinas, porque tenía algunas otras cosas que considerar ahora, cosas que no tenían nada que ver con el accidente, con Sara o con los planes del funeral. No iba a ser algo más agradable, pero por lo menos le era familiar. Marcó el botón número dos en su lista de números de llamada automática.

—Marston Home Staging, habla Jen, ¿cómo puedo ayudarle? —la voz agradable de Jen se oyó calmada a través de la distancia.

—Hola, Jen, soy yo.

—Ana, no puedo creer que te haya llevado todo este tiempo retornar mis llamadas —dijo las palabras como si fueran un cantito, con voz burlona—. Supongo que anoche te debes de haber acostado muy tarde. Eso es. Sacaste a tu austera hermana para una celebración antes de la graduación, ¿no es verdad? Te dije que la podías hacer descarriar si tratabas lo suficiente. Sí, cuanto más tú hablabas de lo buena que es, tanto más sabía yo que la podrías hacer cambiar. Un punto para las chichas liberales. Así se debe hacer, Ana —dijo con una risita—. Y no te preocupes por nada aquí. Por supuesto que Margaret se ha vuelto medio loca tratando de comunicarse contigo, pero yo le dije que la recepción de los teléfonos celulares no era muy buena en algunas partes de Charleston, y que es por eso que tú no estabas devolviendo las llamadas. Como siempre, te protegí.

—¿Devolverte las llamadas? —el celular de Ana había estado apagado todo el día, ella no esperaba que nadie la llamara—. ¿Por qué me han estado llamando?

—No tan rápido. Antes de comenzar a hablar de negocios, me tienes que decir qué hay en la lista de celebraciones para esta noche. ¿Salir a cenar? ¿Ir a bailar más tarde? ¿Vino? ¿Tragos de tequila? ¿Hasta qué punto puedes empujar a tu hermanita de conducta rígida e integridad moral? Es viernes por la noche. Detalles. Quiero todos los detalles —ella hizo una pausa, posiblemente esperando una respuesta aguda, o por lo menos una de las respuestas sarcásticas típicas de Ana.

Ana no pudo pensar en absolutamente nada que decirle. Dio un suspiro profundo, y luego se concentró en la pronunciación propia de cada palabra. —Ha habido un pequeño cambios en los planes. Sara no se va a graduar mañana, después de todo.

—¿Qué? ¿Hiciste el viaje en avión hasta allí, y ella perdió su último semestre de la Universidad? ¿Me estás haciendo una broma?

—No, ella no perdió ningún curso. Sucedió... un accidente.

—¿Accidente? —la voz de ella tomó un tono serio, pero era obvio que todavía estaba esperando la frase de remate del chiste—. ¿Qué sucedió?

—Un automóvil pasó una luz roja, y chocó del lado del conductor. Sara... —el solo decir las palabras le trajo a la mente el rostro pálido de Sara apoyado en la sábana, la sangre, el tarareo—. Ella no sobrevivió.

Jen jadeó. —No.

Ana dio otro suspiro profundo para asegurarse de poder hablar antes de tratar otra vez. —El lunes es el funeral. No creo que pueda volver a la oficina antes del miércoles por la tarde.

Fue algo raro, pero una vez que el foco de la conversación se volvió del accidente en sí a tratar de hacer cosas normales, se le hizo más fácil hablar.

—Oh, Ana —la voz de Jen sonaba mucho más baja ahora—. Lo siento mucho.

Ana miró a las mesas de las alacenas completamente llenas de comida y dijo: —Yo también.

Hubo un minuto completo de silencio. Aun la vivaz Jen había sido callada por las noticias. Finalmente, Ana dijo: —Bueno, volvamos a los negocios. ¿Por qué era que estabas tratando de comunicarte conmigo?

—Oh, sí. Parece que tú, Ana Fletcher, recibiste una llamada telefónica de nada menos que el señor Patrick Stinson.

—Estás bromeando —Ana pensó acerca de la sorpresa de haberlo conocido en el avión... parecía que había sido en un mundo aparte—. ¿Qué fue lo que dijo?

—No mucho. No quería hablar con nadie que no fueras tú. Pero pienso que tal vez tú tuviste cierta clase de encuentro con él.

—No creo que califique exactamente como encuentro.

—Creo que lo debes haber impresionado en lo que fuera que sea. Nos pidió tu teléfono celular. Yo le dije que no se me permitía dar ninguna clase de información personal. Margaret casi me mata cuando supo que le había dicho eso, pero bueno, yo no soy la clase de persona que le va a dar tu número personal a alguna clase de asediador de personas, ¿no?

—Gracias, Jen, me siento mucho más segura al saber que tú estás de mi lado.

—Lo sé, bueno, yo te protejo. Margaret se alteró muchísimo y yo pensé que le iba a dar un ataque de apoplejía aquí mismo en la oficina. Entonces —Jen comenzó a hablar en voz tan baja que Ana casi no la podía escuchar—, noté que ella había regresado a la oficina y tenía la puerta cerrada por un momento, así que inventé una excusa y entré «buscando una carpeta». ¿Adivina con quién estaba hablando?

—Jen, tú eres una espía.

—Bueno, uno tiene que hacer lo que tiene que hacer. Entré justo en el momento en que ella le decía que nuestra compañía estaría muy interesada en hacer las decoraciones para su nuevo edificio. Ella me clavó la vista y me indicó con la cabeza que quería que saliera de la oficina, pero yo me quedé allí lo más que pude. Tanto que de hecho, cuando estaba saliendo por la puerta, la escuché decir: «¿Solamente con Ana?», en la voz chillona que usa cuando está estresada. Te apuesto que le dijo que solo trabajaría contigo.

—¿De veras?

—Sí. Y si las miradas de Margaret pudieran matar, yo estaría muerta ahora mismo, pero todavía no ha dicho nada sobre eso.

—Jen, ¿y qué si ella hubiera salido y te hubiera despedido en ese instante?

—Oh, ella está tan fascinada con la idea de conseguir un proyecto de Patrick Stinson que ya se ha olvidado de mí. Escucha... y esto es solo para tu información.... El rumor que escuché es que él se puede volver un poco agresivo... un poco demasiado amigable con las mujeres con quienes trabaja, y él trabaja alrededor de muchas mujeres. Estoy segura de que tú lo puedes manejar, pero para que lo sepas.

—Gracias por la información. Si llego a trabajar con él, me voy a asegurar de mantenerlo en línea.

—Estoy segura de que sí —Jen se rió—. Bueno, Margaret ha estado prácticamente bailando desde que él llamó, a pesar de todo lo demás.

El pensamiento de que Margaret bailara hubiera hecho reír a Ana en cualquier otra ocasión. Hoy no lo hizo. —¿A pesar de todo lo demás?

—Bueno, ¿sabes? El asunto de Beka —Jen hizo una pausa de algunos segundos—. Quiero decir, Beka te llamó, ¿no es verdad? Asumí que ella ya te hubiera llamado.

—¿Qué asunto de Beka?

—Margaret llamó a Beka a su oficina, temprano esta mañana, antes de todo esto, y le dijo que a fines de este mes ella ya no tendría más trabajo aquí.

—¿Qué hizo qué? —Ana se puso de pie de un salto—. Transfiere esta llamada a Margaret.

Beka había sido la mejor amiga de Ana desde los días en que fueron compañeras de estudio en *Parsons*. Desafortunadamente, la relación de Beka con Margaret siempre había sido tensa, lo que la había hecho un blanco fácil.

—No le digas que te he contado nada, ¿de acuerdo? —la voz de Jen se hizo aún más baja—. Tú sabes cómo reacciona ella.

—Ni una palabra, te lo prometo.

—Está bien. Espera un minuto —hubo una pausa larga, en la cual se escuchó música; Ana estaba segura de que Jen le estaba diciendo a Margaret lo que le había sucedido a Sara. Ella también estaba segura de que Margaret no se lo mencionaría. Se oyó un clic en la línea.

—Ana, tengo noticias sorprendentes. Patrick Stinson nos llamó y quiere que *Marston Staging* se haga cargo del edificio *Stinson Towers*. Ya he comenzado a hacer los preparativos para la reunión. Yo quiero que tú seas la diseñadora principal del proyecto.

Ella quería que Ana fuera la diseñadora principal. Claro que sí. ¿Creía en realidad que Ana no averiguaría que Patrick Stinson había pedido por ella específicamente? Bueno, dos personas podían jugar este juego. —Está bien. Por supuesto, quiero que Beka trabaje en la presentación conmigo.

—Me temo que eso no va a ser posible —ella dejó escapar un suspiro dramático—. Desafortunadamente Beka se va a ir dentro de algunas semanas. Y hasta entonces deberá trabajar en sus propios proyectos para dejarlos terminados. Pero yo trabajaré a tu lado en cada etapa del trabajo.

—¿Beka se va? ¿Encontró otro trabajo o algo? Ella no me había dicho que se iba.

—Los tiempos son difíciles, y yo he tenido que tomar algunas decisiones difíciles.

—Margaret, si recuerdas, el mes pasado yo acepté que me bajaran el sueldo una cantidad bastante grande para evitar que algo así sucediera. Beka hace un trabajo muy bueno, y tú sabes que ella necesita este trabajo; ella necesita el seguro de salud más que nadie en la compañía.

La hija de Beka tiene artritis, y los costos del tratamiento son muy altos. Margaret lo sabía muy bien, pero como de costumbre, actuó según sus propios intereses.

—Escucha, yo tampoco quiero despedir a Beka. El mes pasado pensé que había encontrado una persona que invirtiera dinero en la compañía, alguien que actuara como un asociado silencioso del negocio, pero eso no resultó. Ahora me enfrento a la dura realidad de la economía de hoy. Desafortunadamente, Beka tuvo que sufrir esto.

—¿Y qué me dices si conseguimos el trabajo de Stinson?

—Por supuesto que entonces haríamos una reevaluación —ella hizo una pausa momentánea—. Estoy segura de que tú harás todo lo que sea necesario para que lo consigamos. De hecho, ya he encontrado algunas fotos del proyecto más reciente de ellos. Te las voy a mandar por correo electrónico para que las veas. Quiero que veas lo que se ha hecho, y que tú lo hagas dos pasos mejor.

—Dos pasos mejor. Definitivamente —Ana dijo las palabras, sin casi saber qué era lo que estaba afirmando que haría.

—No espero nada menos, aunque entiendo que has tenido algunos *asuntos* allí. Sé que es muy difícil, y sé que te sientes abrumada, pero esto es importante —Margaret hizo una pausa de algunos segundos, y Ana pensó que tal vez le iba a dar el pésame—.

Te dejo para que vuelvas a tu trabajo —fue lo que dijo, y Ana escuchó cuando ella colgaba el auricular.

Está bien, entonces.

Ana marcó el número del teléfono celular de Beka, y apenas esperó a que Beka hablara antes de decirle: —¿Por qué no me llamaste?

—Oh, querida —Beka estaba hablando con voz muy baja, obviamente para evitar que la escucharan en la oficina, pero era obvio que estaba embargada de emoción—. ¿Cómo te podría abrumar con esto ahora? Hace menos de doce horas que me llamaste para decirme lo de Sara. Yo no te podía poner esta carga ahora.

—Para eso son las amigas.

—Por favor, cuídate. Daría cualquier cosa por poder estar allí, lo sabes, ¿verdad?

—Sí, lo sé.

Y lo sabía. También sabía que necesitaba hacer algo por Beka, y lo haría, sin importar lo que fuera.

Tammy le acarició el cabello a su hijo y le cantó suavemente por mucho tiempo después de que él se durmiera llorando. Solo ahora había comenzado a entender la verdad de que Sara había fallecido, y que nunca volvería a ellos. La comprensión le había llegado lentamente, y luego lo sobrecogió. Él había llorado hasta que se le acabaron las fuerzas, y no pudo hacer otra cosa sino gemir hasta que se durmió.

—Descansa bien, mi amorcito —le susurró, y luego se inclinó para darle un beso en la cabeza. Pero todavía no se fue de su lado al costado de la cama.

¿Cómo podrían seguir sin Sara? Ella había sido como el tercer miembro de su familia, su vida era una parte muy grande de la de ellos, y de seguro que las cosas iban a ser mucho peores sin ella.

Tammy pensó en una fría noche de invierno del año pasado. Sara había servido chocolate caliente para los tres de una jarra de porcelana pintada de diversos colores. Tammy había tocado la elegante curva del asa. —Es preciosa.

—Gracias. Era de la madre de mi abuela. Su padre pintaba porcelana en su país de origen. Es lo único que ella trajo cuando se mudó aquí.

Keith tomó un sorbo del chocolate caliente. —También hace buen chocolate.

Sara le sonrió. —Yo creo lo mismo, Keith. Hace el mejor chocolate caliente —ella usó una servilleta para secar una gota del pico por donde salía el líquido—. En realidad no tiene valor por ser antigua, pero me encanta la historia que tiene.

Un instante después, Keith se levantó de la mesa, se tropezó en la pata de su silla, y le pegó a la jarra, la cual cayó al piso haciendo un ruido que hizo eco en toda la cocina. Los pedazos de porcelana quedaron en un charco de chocolate a sus pies. Sara aspiró, y se cubrió la boca con la mano. Sus ojos estaban muy abiertos por el horror de lo que había pasado.

Keith se inclinó hacia el desastre que había en el piso. —Soy estúpido. Muy estúpido. Rompo todas las cosas.

Sara caminó hacia él, con los ojos brillantes por el asomo de las lágrimas. Ella se agachó al suelo a su lado, y lo envolvió en sus brazos. —Gracias, Keith.

Él levantó la vista hacia ella, y sus palabras lo sorprendieron lo suficiente como para detener su arrebato. —¿Por qué me das las gracias? Era algo lindo y especial, y yo lo rompí.

—Bueno, tienes razón en cuanto a que era lindo y especial —ella dio un profundo suspiro, y Tammy supo que estaba luchando para controlarse—. Pero desde hace mucho tiempo he estado pensando que algo tan bello no debería ser puesto en un estante donde nadie nunca lo ve excepto en las raras ocasiones en que tomamos chocolate caliente. He estado pensado en romperlo y llevar los pedazos a un amigo que hace baldosas de mosaico. De esa forma, lo podría poner en algún lugar en que lo viera todo el tiempo. Me podría hacer feliz todos los días.

—¿De verdad? —Keith se secó las lágrimas—. ¿Lo dices de verdad?

—Por supuesto —dijo Sara al tiempo que asentía firmemente. Tammy sospechaba que estaba tratando de convencerse a sí misma—. Ahora, ve a lavarte las manos mientras yo recojo los pedazos. Espera y verás, va a ser muy hermoso.

Dos semanas más tarde, Sara trajo una pequeña baldosa de mosaico y se la regaló a Keith. Ella tenía una parecida en su gabinete en la cocina, pero Keith tenía el caño por donde salía el líquido, intacto, sobresaliendo de su mosaico. —Keith, quiero que pongas esto en un lugar donde siempre podrás recordar que aun algo que parece roto, en las manos de un artista, puede transformarse en algo más hermoso que el original.

—Como Jesús hace por nosotros —dijo él en su fe singular y simple, y luego colocó su mosaico sobre su cajonera, en el soporte que Sara había traído para que lo colocara en él. Aun ahora, en la oscuridad, Tammy podía ver la forma en la cajonera de Keith. Él frotaba sus dedos en esa baldosa los días en que las cosas no le salían bien. —Me hace recordar —decía él.

—Yo también necesito recordar —susurró Tammy mientras salía del cuarto.

Ella no estaba segura de cómo iba a enfrentar los siguientes días llevando el peso de su dolor. Y Keith, bueno, su comportamiento iba a ser difícil de manejar mientras continuaba bregando con todo eso. Hoy, él había ido desde la pregunta de «¿Por qué estás triste?», hasta llorar desconsoladamente porque extrañaba a Sara. Eso era algo que probablemente iba a suceder una y otra vez durante los siguientes días. Tammy sentía que no tenía la fuerza necesaria para enfrentar eso.

Ella fue a la cocina y comenzó a vaciar la lavadora de platos, mientras recuerdos retrospectivos de Sara le pasaban por la mente.

La imagen que parecía ser más frecuente era la de Sara sentada a la mesa de la cocina, con el rubio cabello escapándose en todas direcciones de su despeinado moño, usando una remera, pantalones de hacer ejercicio y lentes que se veían como los que usa Sarah Palin. Grandes libros de estudio alrededor de ella en la mesa, y con un lápiz en la boca, otro en la mano, y un tercer lápiz detrás de la oreja. Siempre se veía muy cansada cuando tenía exámenes o cuando tenía que entregar algún informe. ¿Con cuánta frecuencia la había envidiado Tammy? ¿Qué se sentiría al estudiar hasta el punto de sentirse extenuada, y en el proceso estar realmente avanzando hacia una meta?

En el caso de Keith, enseñarle en la casa era la mejor opción, lo cual hacía que trabajar desde su casa fuese la mejor forma de ganarse la vida. A ella le gustaba mucho su negocio de costura, pero no tenía esperanza de continuar sus estudios, de un trabajo mejor, o aun de tener dinero extra a fin de mes.

Ella abrió la cortina y miró hacia la casa de Sara. Había luz en la cocina y el difuso brillo del televisor en la sala. Pobre Anita. De pronto, Tammy se sintió egoísta por sentir lástima de sí misma. Ella todavía tenía a Keith, y a Ethan. Ana estaba sola, sin familia en absoluto. Tammy ni siquiera se lo podía imaginar.

Debía hacer algo para ayudar a Ana, ¿pero qué? Pensó en los almohadones que había estado haciendo para Sara y decidió que ahora los haría para Ana, para que supiera que aquí todavía había personas que se preocupaban por ella y que la ayudarían en toda forma posible. Tammy sabía que no dormiría esa noche hasta que terminara los almohadones.

En su cuarto de costura, miró todas las costuras que tenía que terminar para mañana por la tarde. Tendrían que esperar. Ahora, tomó la tela que había elegido hacía unas pocas semanas. En aquel momento, los colores brillantes habían parecido muy apropiados. Sara se estaba graduando, su hermana venía a visitarla por primera vez en muchos años. La tela tenía los colores de nuevos comienzos y de principios felices. Ahora parecían los colores equivocados. Pero ellos tendrían que seguir adelante, porque Sara querría que ellos fueran felices. Tal vez, por esta pequeña atención, Anita recibiría un poco de alegría.

El reloj ya había pasado la una de la madrugada cuando Tammy finalmente se puso de pie y caminó a través de la cocina hasta la lavandería. Comenzó a lavar la ropa oscura, y luego caminó hacia donde tenía una pila de los dibujos de Keith.

El primero era un dibujo de Sara. Tammy podía identificar la figura de Sara, con los enormes aretes, tirándole una pelota a la figura de Keith, con sus lentes de metal. Tammy no pudo decidir si llorar o reírse cuando vio el dibujo. Por lo menos, pensó, esta es una manera saludable de que Keith procese su dolor.

El siguiente dibujo era de Ana, con su cabello oscuro, abrazando a Sara, con grandes lágrimas tristes corriéndoles por el rostro a las dos, y el resplandor dorado que solo podía ser un ángel que las miraba hacia abajo. El último dibujo era de Sara, con una enorme sonrisa en el rostro, en las nubes, rodeada de ángeles. En este dibujo en particular, el sol estaba coloreado con un rostro sonriente, y aun las nubes tenían rostros sonrientes. Keith había escrito: «Lo roto fue hecho hermoso».

Ahora las lágrimas brotaron libremente al tiempo que Tammy cerraba los ojos. «Gracias, Señor, por dármelo a mí».

—¡Mamá, Mamá! —la voz llena de pánico de Keith le llegó desde el dormitorio—. ¡Mamá!

Tammy corrió por el pasillo y entró al dormitorio de su hijo.

—Estoy aquí, querido. ¿Qué es lo que necesitas?

—Sara. ¿La van a traer de vuelta los ángeles?

—No, amorcito. No la van a traer de vuelta.

—Por favor, por favor, haz que la traigan de vuelta.

Una nueva oleada de lágrimas, una nueva oleada de dolor, otro día en la vida de Tammy.

Ella abrazó a su hijo tiernamente, y de nuevo susurró: «Gracias, Señor. Gracias».

Ana miró por la ventana del costado hacia la casa de Tammy. Ella no sabía cómo hubiera podido pasar ese día sin la ayuda de ella, y sin embargo, algo acerca de Tammy la hacía poner un poco incómoda. Y Keith, bueno él sí que la ponía incómoda, muy incómoda.

Su conversación sobre los ángeles y sus dibujos de ángeles, agravaban sus alucinaciones, sus paracusias, hasta que la canción tocaba una y otra vez en su mente, haciendo que todo pareciera muy real. Eso no era algo que ella quisiera reforzar.

Ana fue a la computadora, escribió la información de su cuenta, y encontró un correo electrónico de Margaret. Abrió las fotos de los últimos diseños de Stinson, y pareció como que la piel le apretaba cada vez más en el cuerpo, y sentía la tensión en el rostro, el cuello y el pecho. Se hacía peor con cada nueva foto que miraba. El primer cuarto tenía dos sofás grises, de cuero, uno con dos brazos, y el otro con uno, y una alfombra negra en un piso negro. Un florero azul de cristal soplado a mano agregaba un toque de color y contrastaba perfectamente con la estructura geométrica. Serenidad y sofisticación. Esos diseños eran maravillosos. ¿Cómo se suponía que ella fuera dos pasos más adelante de eso?

A Ana le gustaba crear nuevas formas de que se vieran los espacios, de destacar las cosas positivas de un lugar, pero no parecía nunca alcanzar la perfección. Ella recordaba la sala de la familia James. ¿Cuántas veces había cambiado de posición las mesitas de café, y arreglado una y otra vez las piezas de arte, y movido las sillas unos pocos centímetros? Ella sabía que aun ahora, si entrara a esa sala, encontraría algo que mover. Miró la foto que tenía en la pantalla y pensó que el diseñador que había hecho ese cuarto nunca tuvo que mover nada por segunda vez.

Bueno, Ana necesitaba ponerse a trabajar, prepararse para hacer su trabajo lo mejor posible. Tomó su bloc de dibujos, y se preparó para rehacer ese cuarto. Tenía el lápiz en la mano, listo... pero no se movía. El problema era que para Ana, la creatividad requería que pusiera todo su corazón. Y en este momento, ni siquiera podía sentir su corazón.

Un poco después de la medianoche, cuando tenía el cursor sobre el botón de apagar la computadora, el pensamiento que la había estado molestando en una parte remota de la mente se convirtió en una demanda urgente. Tal vez era porque se sentía cansada, o lo que era más probable, el dolor le había causado salirse de la realidad por un momento. Cualquiera que fuera la razón, fue a la pantalla de Google y escribió «ángeles».

Las dos primeras referencias eran sobre el equipo de béisbol de California. Ana se rió en voz alta. Solo entonces de dio cuenta de lo tensa que había estado esperando la respuesta, como si esperara leer «Personas que pierden la mente y escuchan cantar a los ángeles», que fuera la primera y más importante referencia. Era hora de volver a la realidad.

Miró un poco más abajo e hizo clic en otra referencia. El sitio ofrecía una impresión de un ángel personalizado. Después de llenar un formulario indicando las características físicas que quería en un ángel, un artista lo pintaría y se lo enviaría «por la modesta suma de $29.99».

Cambiando de táctica, escribió «canciones de ángeles», lo que la guió a un video de YouTube de un grupo de niños de cinco años de edad que usaban aureolas y que cantaba «¡Al mundo paz, nació Jesús!» Ana se sonrió. Por cierto que esta búsqueda era una pérdida de tiempo.

En un último esfuerzo por cerrar este capítulo para siempre, ella escribió «ángel y sonido de agua». Esta búsqueda le proveyó una lista de sitios que vendían ángeles en globos con nieve simulada o estatuas de ángeles para jardín, pero una referencia la intrigó lo suficiente como para que ella hiciera clic. Se abrió con un dibujo de un ángel y las siguientes palabras:

Cuando los seres avanzaban, yo podía oír el ruido de sus alas: era como el estruendo de muchas aguas, como la voz del Todopoderoso, como el tumultuoso ruido de un campamento militar. Cuando se detenían, replegaban sus alas.
Ezequiel 1.24

Ana sabía que ese era un versículo bíblico, pero no tenía nada que ver en absoluto con la música, y ¿era en realidad acerca de los ángeles? Simplemente se refería a ellos como «seres». Pero sin embargo, de alguna forma *estaba* conectado.

Mucho después de haberse acostado aquella noche, la música comenzó a fluir y refluir, al igual que la marea, en su mente. Se durmió recordando las palabras del versículo... «el ruido de sus alas... como el estruendo de muchas aguas»... mientras el recuerdo de la canción fluía en su mente, las notas le sonaban en el cerebro como cuando las olas azotan la playa.

La música no había perdido nada de su poder, no mostraba señales de detenerse. Ana esperaba poder mantener la sanidad mental a través de los días que le esperaban.

Capítulo 6

El olor del césped recién cortado permanecía en el ambiente, tal vez anclado por la humedad que saturaba el aire de la primera parte de la tarde. Todo lo referente a ese día se sentía... pesado. Aun las nubes se veían menos esponjosas y más como una pasta fofa. El calor del mes de mayo caía sobre cientos de lápidas. Ana observó cuando la última persona que vino a acompañarla se subió a su automóvil—regresando a sus familias y a sus vidas. Ahora, por última vez, ella podía estar sola con su hermana.

—Me voy a quedar contigo —le dijo Tammy al tiempo que ponía un brazo alrededor de los hombros de Ana.

—Yo también —dijo Keith, y se colocó entre las dos mujeres, con un brazo alrededor de una, y el otro brazo alrededor de la otra—. Yo también me quedo.

Ana tomó una bocanada de aire, haciendo todo lo más posible para que la voz le saliera con amabilidad, aunque le tomó mucho esfuerzo. No quería disgustar a Keith, quien había llorado abiertamente y a voz en cuello durante el funeral y el servicio al lado de la tumba. Por un lado, ella quería decirle a Tammy que se lo llevara, por otro lado le envidiaba la falta de poder dominarse. En cuanto a ella, se propuso no dejarse llevar por las emociones, por lo menos hasta esa noche, cuando estuviera sola. —Me gustaría pasar unos pocos minutos a solas con ella.

—Por supuesto que sí, querida. Lo siento. Ni siquiera pensé en eso. Voy a ir a la casa para ayudar con la comida. Te veo allí.

—¿Quieres que me quede contigo, Anita? —Keith levantó la mirada hacia Ana; tenía los ojos rojos e hinchados—. Voy a estar callado, si quieres.

—Keith, querido, vamos a ver a Ana en la casa. En este momento ella necesita un tiempo a solas.

—¿Pero qué si ella me necesita? —la voz de Keith aumentaba el volumen a medida que se agitaba más—. Ella me puede necesitar. No la puedo dejar.

Ana se dio cuenta de que otra ola de histeria estaba por llegar, y ella quería que Keith se fuera de allí antes de que eso se presentara con toda la fueraza. Se inclinó de modo que sus ojos estaban casi al nivel de los de él. —Está bien, Keith. Voy a estar aquí mismo. Solo quiero hablar con Sara una última vez. Ve ahora y ayuda a tu madre, ¿de acuerdo? —ella esperaba que su voz sonara con un tono de confianza y no de agitación.

Keith asintió con la cabeza y se pasó la mano debajo de los lentes. —Está bien. Prométeme que me llamarás si me necesitas.

—Cuenta con eso —Ana se dio vuelta y dio un paso hacia la tumba de Sara—. Solo voy a estar unos pocos minutos detrás de ustedes.

—Está bien. Vámonos, Keith.

—Adiós, Anita. Chau.

—Adiós —a pesar de sí misma, Ana dio vuelta la cabeza. Tammy tenía a Keith de la mano, y poco menos que lo estaba empujando hacia el automóvil. ¡Gracias a Dios!

Keith caminaba con la cabeza vuelta hacia Ana, y continuó mirándola hasta que se subió al automóvil. En el momento en que Tammy estaba cerrando la puerta, Keith se elevó en el asiento y comenzó a saludar frenéticamente a Ana. Aun a la distancia, Ana

podía darse cuenta de la emoción en su enorme sonrisa. —Los
ángeles están aquí, están contigo. Tú vas a estar bien. Hasta pronto, Anita. Bien —se recostó en el asiento, se ajustó los lentes y continuó saludándola con la mano mientras el auto se alejaba.

—Ángeles. Claro.

Mientras el sonido que hacían los neumáticos sobre el camino
de grava se hacía cada vez más tenue, Ana se enfocó en la realidad. Volvió su atención al féretro, que estaba colgando de correas
anchas de color azul sobre la tumba abierta. El director de la
empresa funeraria estaba de pie a unos pocos metros de distancia.
La miró con ojos solemnes. —Puede pasar aquí algunos minutos,
si quiere. Voy a ir a hacer una llamada rápida.

—Gracias.

Ana estaba usando el mismo vestido negro, sin mangas, que
había planeado usar para la graduación de Sara. Se sentía como
que no estaba bien usarlo ahora para esto. «Oh, Sei-sei», dijo Ana
el sobrenombre que no había usado para su hermana por más de
quince años. Solo el sonido le trajo una nueva ola de dolor. Pasó los
dedos a través del féretro de acero de Sara, sorprendiéndose por lo
frío que estaba a pesar del calor y la humedad del día. «Se suponía
que este fuera un tiempo muy feliz. Tu maestría, qué logro tan
grande. ¿A cuántas familias hubieras ayudado? ¿Cuántos niños
podrían haber sido salvados de una vida de abusos? Todos esos
estudios, toda esa compasión. Perdidos.

«Sé que tú crees en Dios, y espero para tu bien que Él sea
real y que ahora tú estés en el cielo. ¿Pero cómo puede ser? Si él
fuera real, ¿no hubiera permitido que tú hicieras todas esas buenas
obras? Toda la gente que te conocía siempre ha dicho lo perfecta
que eres. De seguro que un Ser Todopoderoso hubiera notado eso.
¿Por qué él te ha llevado a *ti* y ha dejado a alguien como yo aquí?»

Ana recordó la insistencia de Keith de que los ángeles estaban
aquí ahora. Observando en este mismo instante. Se estremeció
cuando miró hacia la lápida de su abuela al lado del hoyo en la

tierra que muy pronto sería el hogar de Sara. «Nana también creía, y mira para qué le sirvió: una hija despreciable, una muerte llena de dolor, y su única buena nieta que murió en un accidente automovilístico el día antes de su graduación. Esa clase de creencia no tiene poder. Yo soy la única persona en quien puedo contar, y voy a obtener mis sueños a mi propia manera».

Sus sueños. A su propia manera. Todo dentro de sí consolidó ese momento, y con absoluta claridad vio lo que tenía que hacer.

«Sara, Nana, ustedes fueron las únicas que creyeron en mí, y quiero agradecerles por eso. Sé que no siempre he sido digna de esa fe, pero todo eso está a punto de cambiar. Les prometo a las dos ahora mismo, que voy a hacer todo lo más posible para vivir de la forma en que ustedes pensaban que debía vivir, para tener éxito en todo lo más posible». Ella miró la lápida de Nana. «Algo que tú nunca tuviste la oportunidad de hacer porque tuviste que criarnos a nosotras». Luego volvió la vista hacia el féretro de Sara. «Tú estuviste tan cerca. Tan cerca. Les prometo a las dos que voy a hacer lo mejor que pueda de mi vida, comenzando ahora mismo».

El director de la empresa funeraria caminó hacia donde estaba ella. «Señorita, debemos comenzar ahora, si no tiene inconveniente».

Ella se besó los dedos y luego los puso sobre el féretro. «Adiós, Sei, sei. Te amo». Ana dio unos pasos hacia atrás y observó mientras bajaban a su hermana en la tumba. Las palomas celestiales que adornaban el féretro habían parecido demasiado llamativas hacía unos pocos días, pero ahora la confortaron al posar la vista en la última vez que estaría cerca de Sara en esta tierra. Ahora estaba contenta de haber dejado que Tammy la convenciera. Tammy tenía razón. Era lo que Sara hubiera querido.

Ana caminó hacia donde estaba su automóvil alquilado, temiendo lo que le esperaba. Estaba segura de que si escuchaba una vez más decir: «Ella está con el Señor», o «Ella está en el cielo», o «Ella es feliz ahora», perdería el juicio por completo. Ana sabía que la gente tenía buenas intenciones, y no quería deshonrar a Sara siendo ruda. Así que ella había estado recitando la letra de todas las canciones de los Beatles que podía recordar, tratando así de mantener la mente ocupada. Podría decir «Muchas gracias por acompañarnos», mientras recordaba la canción «The Yellow Submarine», o «Sargent Pepper's Lonely Hearts Band». Estaba presente en cuerpo, pero no en espíritu. Ese era un talento que había perfeccionado a través de los años.

Se sentó en el automóvil y aseguró la puerta, sin todavía poner la llave en la ignición. Con el gusto de la promesa que les había hecho a su abuela y a su hermana todavía fresco en la boca, abrió su cartera y sacó la tarjeta que había colocado allí unos días atrás. Marcó el número. «Habla Ana Fletcher. Por favor, ¿podría comunicarme con el Señor Stinson?»

Las últimas noches Ethan había tenido muchas pesadillas. Anita estaba buscando ayuda, se estaba ahogando en las olas de la marea, y nadie parecía escucharla. Él era el único que podía llegar a ella, pero sus brazos y sus piernas parecían muy pesados. Demasiado pesados. No podía llegar adonde estaba Anita. La expresión del rostro de ella antes de hundirse era siempre la misma: vacía, distante, sola.

Ahora, mientras él miraba a todos los automóviles estacionados a lo largo de la calle, escuchaba los murmullos de docenas de personas dentro de la casa, él se dio cuenta que había visto la misma expresión en el rostro de ella hoy durante el funeral. Él no sabía de ningún otro miembro de la familia que estuviera presente, y tampoco había amigos que la acompañaran. ¿No tenía a nadie? ¿Por qué sentía él que era el único que podía ayudarla?

Ethan dio una excusa para salir afuera, y caminó un poco hasta que vio que el automóvil de ella entraba a la cochera. Quería hacer algo para ayudarla. ¿Pero qué?

Caminó hacia el garaje y esperó que ella tomara sus pertenencias y saliera del auto. ¿Qué era lo que le podría decir que tuviera algún significado para ella?

—Hola —le dijo.

Ella se sorprendió de verlo, aunque había conducido su automóvil por el lado de él. —Hola —le dijo ella con los brazos cruzados sobre su pecho—. ¿Qué es lo que haces aquí?

—Bueno, no te voy a preguntar cómo estás, porque esa es una pregunta tonta, pero quería ver si puedo hacer algo, alguna cosa que te ayude. ¿Necesitas algo? Sé que también esta es una pregunta tonta, pero me gustaría hacer algo. Cualquier cosa.

Al principio Ana sacudió la cabeza indicando no, pero luego miró a todos los automóviles estacionados a ambos lados de la calle, y asintió con la cabeza. —Haz que toda esta gente se vaya de aquí, para que yo pueda tener un colapso en paz —lo dijo con casi una sonrisa, tal vez tratando de hacerle pensar que era una especie de broma, pero Ethan estaba bastante seguro de lo que ella quería decir.

Él le hizo una guiñada, tratando de parecer que participaba de su conspiración. —Te digo lo que voy a hacer. Voy a entrar, y me quedaré un rato, haré un poco de lo que se espera que haga socialmente. Luego haré una especie de discurso diciendo que estoy seguro de que tú estás muy cansada, y que es probable que necesites tiempo a solas, esa clase de cosa. Voy a ver a cuántos puedo arrastrar conmigo cuando salga —ella se veía extenuada, así que no sería muy difícil tener éxito.

—Apreciaría mucho eso.

—Entonces, considéralo hecho.

Los dos entraron por la puerta de la cocina. Ethan se apresuró, abrió la puerta mosquitera, y tomó el pestillo de la puerta.

—Entremos.

Ella se detuvo antes de entrar y lo miró. —Muchas, muchas gracias.

—De nada —dijo Ethan mientras sostenía la puerta hasta que ella hubo entrado, luego la siguió justo para ver que Danielle ponía un brazo alrededor de los hombros de Anita.

—Oh, ven aquí y toma algo y come un poco —ella la llevaba hacia el improvisado buffet que habían colocado en la mesa del gabinete de la cocina.

—En realidad no....

—Oh, no empieces con eso. Debes mantener las fuerzas. Veamos, ¿Qué te parecen estos pequeños sándwiches y té dulce? Nadie pasa hambre cuando yo estoy a cargo. Además, en realidad no has vivido hasta que no hayas probado mis famosos buñuelos de hongos. ¿No es verdad, Cindy?

La anciana señora Edwards las miró desde su lugar en la mesa del buffet. —Deja que la pobre muchacha escoja lo que quiere comer, Danielle, por favor —luego miró a Ethan—. Parece que el joven Ethan ya está ofreciendo su ayuda. Ella no nos necesita a ninguna de nosotras, las mujeres mayores. ¿No te acuerdas de cuando eras joven?

Ethan contuvo la respiración. La señora Edwards había pasado los últimos cinco años tratando de que él se casara. Pero seguramente que no iba a comenzar con eso en un momento como este. Él dejó escapar el suspiro que había estado conteniendo, cuando la señora extendió la mano y tomó el brazo de Anita. —¿Cómo te estás sintiendo, querida?

—Ella se va a sentir mucho mejor cuando coma algo. Ahora, dime qué es lo que quieres aquí —Danielle tomó un plato y comenzó a llenarlo mientras Ana miraba, casi boquiabierta.

Ethan sonrió, agradecido por esas mujeres que habían amado a Sara y que harían cualquier cosa para ayudar a su hermana. Ahora él debía comenzar a socializar con la gente y ayudar de cualquier forma que le fuera posible.

Grupo tras grupo, él se unió al círculo, y participó en la conversación sobre lo maravillosa que había sido Sara. Y eso era cierto.

Una persona maravillosa. Él pensó en todas las formas en que había ayudado a Tammy y a Keith en los últimos años, la forma en que su sonrisa podía alegrar el día de una persona. La pérdida para ellos era casi insoportable. No tenía sentido, y era algo que no se podía negar. Pero la preocupación del momento de Ethan era la hermana mayor de Sara; él no se podía sacar la apremiante sensación de que la tenía que ayudar. Así que dijo algunas cosas sobre Sara, y luego agregó: —Pobre Anita, se ve totalmente extenuada —plantando así ese pensamiento en la mente de todos los presentes.

Él vio que Ana caminaba hacia donde estaba la señora Williams, una mujer de más de ochenta años, de cabello gris y lentes trifocales. Se acercó justo a tiempo para escuchar que la señora Williams le decía: —Sara era una persona muy dadivosa. Siempre estaba ayudando a la gente, me llevaba a todos lados después de que me rompí la cadera, me traía comestibles del supermercado. Y no hacía eso solo por mí, sino también por mucha otra gente. El cielo tiene ahora la flor más hermosa en el jardín de los santos.

Ana se atoró con el café que acababa de sorber y comenzó a toser. —¿En el jardín de los santos? —dijo.

—El lugar donde el Creador siempre se puede deleitar en ella, al igual que lo hicimos nosotros mientras ella estuvo aquí en la tierra.

Algo en el rostro de Ana le hizo pensar a Ethan con bastante seguridad que ella estaba llegando al punto de la histeria. Él necesitaba hacer algo, y pronto. —Señora Williams, por favor, ¿me podría ayudar con algo por un minuto?

Ella levantó la vista hacia él, su rostro demostraba que estaba más que dispuesta. —Por supuesto.

—Por este lado —Ethan la alejó de Anita, luego se inclinó y le susurró—, Ana se ve tan extenuada. Me pregunto, ¿no cree que tal vez deberíamos comenzar a insinuar que tal vez sea hora de que la gente regrese a sus hogares para que ella pueda descansar?

La señora Williams asintió con un movimiento enérgico de la cabeza. —Tienes razón. Yo estaba pensando lo mismo. Voy a ir adonde están Mildred y Ethel y les voy a decir que creo que ya se han quedado demasiado tiempo.

Ethan estaba casi seguro de que ella no había estado pensando lo mismo, pero ahora era su aliada, y él no iba a poner reparos.

—Gracias, yo voy a hablar con la familia Seidl y con la familia Langmo.

—De acuerdo —la señora Williams caminó más rápido de lo que Ethan la había visto caminar en mucho tiempo. Ahora era una mujer con una misión.

Ethan se dirigió adonde estaba Elli Seidl. —Este ha sido un día muy triste, ¿verdad? Sara era una persona tan maravillosa—, él le dijo tocándose el rostro con las manos y mirando hacia donde estaba Ana—. Creo que me voy a ir ahora. Sé que ha sido un día muy largo para Anita, y ella tiene muchas cosas que hacer. La pobre muchacha debe estar extenuada. Creo que me voy para que ella pueda descansar.

—Oh, sí, probablemente tienes razón. Creo que nosotros también debemos irnos.

En cinco minutos, comenzó un éxodo masivo. Ethan caminó al lado de Ana, quien se estaba despidiendo de algunos de los presentes. Ella lo miró, y él asintió con la cabeza, un gesto casi imperceptible. Ella se frotó el cuello y movió un poco la cabeza en la misma forma. Parecía que era el comienzo de una amistad silenciosa.

¿*El jardín de los santos?* Ese fue el comentario que casi comenzó el colapso inevitable, completo con gritos y lágrimas, Ana estaba segura, pero sabía que eso era algo que tenía que evitar, por lo menos hasta que esta gente se fuera y ella pudiera estar sola. Trató de recordar las palabras de «Eleanor Rigby», ¿cómo empezaba esa canción? ¿Algo sobre

Eleanor en la iglesia? No se acordaba de las palabras, pero el proceso de tratar de recordar por lo menos le trajo un control momentáneo.

Ethan había sido como el líder carismático del grupo, porque casi todos comenzaron a despedirse siguiéndolo a él. Ana nunca había sentido tanta gratitud hacia alguien.

Ahora ella estaba sola, excepto por Danielle, Tammy y Keith.

—Estas cacerolas todas van de vuelta a la iglesia —Tammy secó con una toalla el último de los recipientes rectangulares, y lo colocó junto a los otros seis o siete—. Todos los demás tienen el nombre en la parte de abajo.

—Sí —dijo Danielle al tiempo que levantaba la vista del bloc en el que estaba escribiendo—. Los voy a llevar mañana —dijo, mirando hacia Ana y luego señalando hacia el mostrador: —Esas son las tarjetas de las flores, etc., que estoy segura de que querrás responder.

Mirando alrededor del lugar, Danielle preguntó: —¿Hemos terminado?

—Sí —le dijo Tammy mientras limpiaba el mostrador—. Ana, tú tienes nuestros teléfonos, ¿no es verdad? Sabes que nos puedes llamar a cualquier hora del día o de la noche, y te ayudaremos en lo que sea.

—Sí, los tengo —Ana miró hacia la lista escrita a máquina que Danielle había puesto en la puerta del refrigerador—. Muchas gracias por todo.

—Estamos a tus órdenes —le dijo Danielle con un abrazo, y luego ella, Tammy y Keith salieron, caminaron por la cochera y le hicieron adiós.

Ana estaba bastante segura de que Tammy no se iba a ir hasta que le dijeran que se fuera, y puesto que ella estaba lista para estar sola, se dispuso a hacerlo. —Dios las bendiga. Gracias por todo lo que han hecho —la parte de «Dios las bendiga» había sido una adicción intencional, puesto que Ana había aprendido que eso, al hacer un comentario en el sur del país, parecía hacerlo aceptable.

Qué lástima que Sara no estaba aquí para verlo. Ella había pasado los últimos años quejándose de que Ana se había vuelto muy «neoyorquina». ¿Qué fue lo que había dicho una vez cuando Ana le estaba contando sobre un conflicto en la oficina? *«Anita, te estás volviendo toda una yanqui».* Sí, eso fue lo que dijo, y lo expresó con horror en la voz, como si estuviera declarando que Ana tenía la peste. Sara.

El pensamiento casi la hizo caer de rodillas. Sara. Ya no estaba aquí.

—Oh, lo hicimos con gusto. Estoy contenta de haber podido hacer algo para ayudar. Sara te amaba tanto. Sé que ella hubiera querido que yo me preocupara por ti —Tammy extendió las manos y tomó las manos de Ana—. Estoy segura de que Sara está mirando hacia abajo y está sonriendo ahora mismo. Sé que ella está feliz de que nos hayamos hecho amigas —Tammy le soltó la mano, comenzando a caminar hacia la casa de Sara.

Bueno... tal vez se requiera un poco de la franqueza neoyorquina para que esta mujer se vaya. Pero Ana estaba determinada a ser tan cortés como le fuera posible, por lo menos durante esos dos días, y lo haría por Sara. —¿Sabes, Tammy? Estoy realmente cansada. Creo que me voy a dar un baño caliente y a acostarme temprano, ¿sí?

—Claro que estás cansada. Ve a relajarte en un baño caliente. Acuéstate temprano. Eso es lo que deberías hacer. ¿Quieres que me quede por un rato?

—¡No! —la voz fue dura, pero Ana no la pudo controlar—. Ya has hecho tanto. Creo que me hará bien estar un tiempo a solas.

La expresión de Tammy era de duda, pero se detuvo y miró hacia su casa. —Está bien, pero tienes que prometerme que me llamarás si necesitas algo.

Ana levantó dos dedos, lo cual creía que era algo que hacían los *Scouts* indicando «palabra de honor», pero no estaba segura, puesto que nunca había pertenecido a las *Girl Scouts*. —Te lo prometo.

—Bueno, te veo mañana por la mañana, y voy a traer algo para el desayuno.

¿Desayuno? Era hora de otra ronda de diplomacia.

—¿Sabes? Yo no tomo desayuno. ¿Qué te parece si te veo en otro momento?

—Oh... bueno... seguro. Entonces vendré mañana por la tarde. Vamos, Keith, tenemos que ir a casa.

—Hasta pronto, Anita —Keith puso sus brazos alrededor de Ana y le dio un apretado abrazo—. Te amo.

Esas palabras sorprendieron a Ana hasta lo más profundo de su ser. —Yo... —ninguna otra palabra le salió. Ella lo abrazó fuertemente, pero cuando el deseo de llorar en su hombro se le hizo casi insoportable, se apartó. Tenían que irse, y pronto, o ella iba a perder el control allí mismo frente a ellos. Ana se enfocó en respirar profundamente.

—Vamos, querido, tenemos que ir a casa —Tammy tomó a Keith de la mano, pero miró hacia Ana—. Me llamas si necesitas algo. Voy a estar aquí más rápido de lo que puedes colgar el auricular. Te dí mi teléfono, ¿verdad?

—Sí, no te preocupes.

—Está bien. Vamos, Keith. Vamos a volver a ver a Ana mañana.

—Adiós —dijo Keith de nuevo, y luego se volvió para seguir a su madre.

Ana entró a la casa y cerró la puerta del frente detrás de ella. En ese momento es cuando comenzó a desplomarse.

Capítulo 7

Ana flotaba en un mar suave, envuelta completamente en su calor. No podía recordar cuándo había sentido tanta paz, tanta felicidad, tanto amor. Mientras continuaba flotando, se dio cuenta de una vibración a su lado que parecía ir y venir con el ritmo de las olas rompiendo en la distancia —pero no, no eran olas. El sonido era como... de alas. Cada una batía al ritmo de las otras, creando una música única. Paz. Estaba llena de un amor tan sorprendente que le penetró hasta lo más profundo de su ser. Ella quería estar allí para siempre.

Un dolor constante en la espalda comenzó a sacarla de esa escena, pero todavía escuchaba el suave sonido de la música. No era alto —parecía llegarle de la distancia—, pero la canción era inconfundible. No sabía si estaba despierta o dormida, así que hizo un esfuerzo para sentarse, y luego encendió la lámpara que se encontraba en la mesita al lado del sofá. Finalmente, la música se disipó y desapareció.

Era obvio que había sido un sueño. De nuevo. Su situación corriente era lo suficientemente parecida a una pesadilla sin todas estas tonterías molestándole en la mente. Esos sueños, esa música, era necesario que cesaran. Ahora mismo. Según el reloj de la pared, la aguja había pasado apenas las 2:00 de la mañana. Estiró sus acalambradas piernas, tomó el control remoto del televisor, y pasó el resto de la noche empujando botones en forma absurda, sin dejar ningún canal el tiempo suficiente como para ver qué estaban mostrando. No se podía relajar lo suficiente como para considerar dormir, aunque no estaba segura si era debido al dolor o al temor de soñar con la música celestial.

Era Keith, él era el que le estaba haciendo esto a ella. Él era el que la tenía pensando en ángeles y en alas y en canciones —*paracusías*— que era mejor olvidar. Tal vez sería mejor que evitara verlo hoy.

A medida que el sol naciente comenzaba a brillar a través de las cortinas de encaje, se paró para estirarse. Después de varias noches durmiendo en ese sofá demasiado pequeño y que se hundía, podía sentir cada uno de sus treinta años de vida, y pensó que tal vez sintiera algunos que todavía no había vivido.

Mañana por la tarde, volaría de regreso a su casa. Si solo pudiera soportar otro día y medio en ese lugar, estaría lejos de los recordatorios constantes de lo que había perdido. La borrosa confusión de nombres y rostros que jamás recordaría. Sonrisas tristes, abrazos apretados, palabras musitadas en tonos apagados. Y las flores, las cuales recibía en forma interminable. Eso a pesar de que ella había pedido donaciones a organizaciones de caridad en lugar de las flores. Comenzó a revisar la pila de tarjetas que Danielle le había dado.

Una tarjeta, en particular, le llamó la atención.

Con profundo pésame, Patrick Stinson

La enfureció que Margaret le hubiera informado. Él lo había sabido ayer cuando ella llamó a su oficina, y si el motivo de Margaret había sido convencerlo para que trabajara directamente con ella, o para ganar su simpatía y obtener el contrato, era algo que Ana no sabía. De alguna forma sospechaba que Patrick no era un hombre muy dado a la simpatía cuando se trataba de los asuntos de trabajo. Pero por lo menos esto era un recordatorio de que ella tenía otra vida, con sueños que se podían alcanzar, en otro lugar, lejos de todo esto.

En algún momento, durante las demandas del día de ayer, ella había formulado un plan. Ahora ella estaba en el asiento del conductor, y ahora era el momento de hacer la llamada para que las cosas comenzaran a moverse.

Sonrió cuando presionó el botón de llamadas automáticas en su celular, el torrente de adrenalina la estaba haciendo sentir mejor de lo que se había sentido desde hacía días. —Marston Home Staging, habla Jen. ¿En qué puedo ayudarla?

—Hola, Jen. Necesito hablar con Margaret.

—Bueno, bueno, yo siempre pensé que la gente pasaba tiempo en el sur del país para hacer las cosas más despacio y volver a usar sus buenos modales. No sabía que podía funcionar al revés y hacer que algunas personas se pusieran más nerviosas y rudas.

—Lo siento. Lo hice sin pensar. Por favor, y gracias.

Jen se rió. —Eso es mejor. No es súper amable, pero mejor de todos modos. ¿Estás bien?

—De verdad, Jen, gracias. Estoy bien.

—Oh, claro. Claro. Se supone que ahora yo acepte eso como la pura verdad. Espera un segundo y te comunico.

Escuchó el clic del teléfono casi instantáneamente. —Ana, qué bueno hablar contigo. ¿Estás haciendo algún progreso en la presentación de Stinson?

—Es sobre eso que te estoy llamando para hablar contigo. Margaret... —Ana inhaló aire en forma profunda—. Esto es lo que pasa. Yo he trabajado para Marston Staging por seis años. Me he esforzado todo lo posible, y soy la que ahora ha traído la oportunidad del proyecto más grande que jamás hemos tenido.

—Has trabajado duro, sí. Tú fuiste la que conoció a Patrick Stinson, sí, pero casi no puedo creer que eso solo sea lo que lo trajo a él a Marston Staging.

—Qué raro, porque cuando hablé por teléfono con él ayer, me dejó saber que había sido yo la que lo trajo a él aquí —Ana hizo una pausa lo suficientemente larga como para dejar que eso le penetrara en la mente a Margaret—. ¿Te dijo algo diferente a ti?

—En realidad no veo....

—Fíjate, no tiene importancia. Tú dijiste que estabas buscando un inversor, un asociado silencioso. ¿Por qué no puedo ser yo esa persona?

—¿Qué es lo que estás pensando?

—Voy a vender la casa aquí el año que viene; podría usar ese dinero para la compra de acciones. Pero mientras tanto —Ana se humedeció los labios con la lengua y dio un suspiro de valor—, quiero el cincuenta por ciento de las ganancias del proyecto de Stinson, y quiero que Beka permanezca siendo parte de la empresa.

—Ya veo —dijo Margaret, y quedó en silencio por varios segundos. Esta clase de ultimátum hubiera logrado un despido en cualquier otro momento, pero con la promesa del proyecto de Stinson Towers por delante, Margaret no haría nada irreflexivo—. He aquí lo que estoy dispuesta a concederte. Si logramos el trabajo de Stinson, puesto que tú jugaste un papel en traerlo a nosotros, yo estaría dispuesta a dejar que tú recibieras el treinta por ciento de las ganancias. Y *sí* tú puedes conseguir el dinero en los próximos doce meses, yo estaría de acuerdo en dejar que comenzaras a comprar acciones en la compañía, pero no excederían nunca el cuarenta y cinco por ciento del total; yo todavía retengo la mayor parte; todavía retengo el control final.

Ana pensó en eso por un momento. —Está bien. Trato hecho.

—En cuanto a Beka, no tenemos los recursos para continuar empleándola. Por supuesto, que el proyecto de Stinson cambiaría eso de inmediato. Estoy de acuerdo en mantenerla empleada hasta que sepamos si conseguimos el trabajo de *Stinson Towers*. Si no conseguimos ese trabajo, ese día ella sería despedida de inmediato.

—Margaret, eso es....

—Eso es más de lo que ella tendría de todos modos, y simplemente no puedo ofrecer más.

—Está bien, entonces. Trato hecho.

—Ahora, apresúrate y haz lo que tienes que hacer para conseguir ese trabajo.

—Ese es mi plan —dijo Ana y cortó la llamada, bastante contenta consigo misma. Ella había dado el primer paso para lograr su meta.

«¿Ven, Nana y Sara? Ya estoy en camino. ¿Qué es lo que piensan de esto?»

El único sonido fue el del motor de una cortadora de césped que estaban usando dos casas más abajo, lo cual era suficiente para Ana. Ahora que estaba enfocada en una meta concreta, ella planeaba sacarse de la mente todo lo demás, para siempre.

Caminó sin hacer ruido hasta la cocina, y se sirvió un tazón de cereal, cortando una banana en rodajas y agregándosela al cereal antes de ponerle la leche. Comió un poco, luego puso el café en el filtro y encendió la cafetera. Hoy tenía que hacer algunos mandados, y el plan era salir después del desayuno, pero antes del almuerzo, esperando no estar en la casa cuando Tammy llegara para hacer su visita de buena vecina.

En ese instante sonó el timbre de la puerta. Aparentemente, ya era demasiado tarde.

Ana estaba usando una camiseta vieja del equipo de básquetbol de los Boston Celtics, y pantalones de hacer deportes que tenía desde hacía diez años por lo menos, y que eran unas dos tallas más grandes que el que ella usaba. Y sin mirar, sabía que tenía el cabello revuelto como todos los días al levantarse de la cama. Esperaba que Tammy la mirara, llegara a la conclusión de que había despertado a Ana, y que se sintiera tan culpable que desapareciera por algún tiempo, llevándose consigo a Keith, y a su conversación que la hacía soñar con ángeles. Sí, esto debería darle un susto.

No fue sino hasta que Ana comenzó a abrir la puerta que se dio cuenta de su error. Tammy nunca tocaba el timbre, porque nunca entraba por la puerta de adelante, siempre iba directamente a la puerta de la cocina. Ana se encontró cara a cara con Ethan McKinney.

Había algo como el esbozo de una sonrisa en el rostro de Ethan, mientras dio vuelta el rostro un poco, tratando de no mirarla a los ojos. —Mira, lo siento. No tuve la intención de despertarte. Recién me acordé de un mandado que tengo que hacer para mi trabajo, pero hay algo de lo que quería hablar contigo, así que tal vez pueda volver esta tarde, si está bien contigo —él estaba caminando hacia atrás mientras hablaba, todavía sin mirarla.

—En realidad no me despertaste. Estaba desayunando.

Él había bajado del porche y estaba en el patio, así que Ana tuvo que inclinarse hacia fuera de la puerta para poder verlo.

—Oh, bueno. Como te dije, tal vez pueda pasar más tarde, y tal vez te llame primero, pero ahora tengo que ir a hacer algunos mandados. Hay algunas cosas que tengo que hacer, pero no sé por qué no pensé en ellas hasta ahora.

Por primera vez desde el accidente, Ana sintió que una verdadera sonrisa quería aparecer desde algún lugar en su interior. Ethan y sus frases una detrás de la otra podían ser muy divertidas, un cambio muy refrescante del estilo cortante y directo que encontraba a menudo en Nueva York. Finalmente Ethan llegó al portón de hierro de la cerca que rodeaba el jardín. Tiró del picaporte, que hizo ruido y más ruido pero no se abrió. —Esta cosa siempre se tranca. No sé por qué Sara nunca me dejó cambiarla —él habló entre dientes a medida que empujaba y tiraba, y empujaba otra vez.

Ana comenzó a preguntarse si debía ir hasta allí y ayudarlo, pero pensó que tal vez lo avergonzaría más de lo que ya estaba. Finalmente, el portón se abrió, y Ethan dio una furtiva mirada hacia atrás. Ana lo saludó con la mano, levantando un dedo a la vez. Él asintió con la cabeza una vez, con el rostro color carmesí, y se apresuró a llegar a su camioneta.

Ana realmente se rió mientras cerraba la puerta tras de sí. Volvió la atención a la tarea de hacer café, pero cuando escuchó el ruido de la camioneta de Ethan yendo marcha atrás por la cochera, tuvo el extraño impulso de correr las cortinas y mirarlo sin que él la viera. Pero el temor de ser descubierta fue suficiente para que no lo hiciera.

Terminó de desayunar, luego tomó una ducha caliente y larga. Hizo muy poco para aliviarle la tensión, pero por lo menos había tratado.

Cuando estuvo lista para salir de la casa, determinó hacerlo sin encontrarse con Keith o Tammy. Lentamente retiró las cortinas, solo unos pocos centímetros, miró hacia la casa de Tammy, buscando cualquier indicio de una visita inminente. No parecía haber nada moviéndose en esa dirección, así que salió apresuradamente por la puerta de la cocina, resistiendo la tentación de agacharse y eludirla. Ella se apresuró a entrar al garaje por la puerta del costado, luego trancó la manilla. Por ahora todo iba bien. Subió a su automóvil, también trancó las puertas y encendió el motor antes de empujar el botón que abriera la puerta del garaje por control remoto. Su escapada tal vez hubiera parecido similar a la de una película de espías de segunda clase, pero hasta ahora, había dado resultado. Cuando escuchó el sonido de las puertas abriéndose, contuvo la respiración—no estaba segura si lo estaba haciendo por temor de que Keith apareciera sorprendiéndola, o por temor del envenenamiento por el monóxido de carbono—, hasta que las puertas se abrieron para mostrar una cochera vacía. Qué bueno. Esta vez lo había logrado.

Ethan estacionó su camioneta en la cochera, era un hombre con una misión. Hoy, ahora mismo, iba a encontrar algo que hacer para ayudar a Ana, hacerlo lo más pronto posible, y luego seguir con su vida como antes. Los sueños, la abrumadora compulsión de que ella necesitaba su ayuda, y su completa falta de pensar con claridad cuando estaba con ella terminaban aquí. Ahora mismo. Se bajó de la camioneta y empezó a caminar con rapidez.

Eran casi las dos; de seguro que Ana estaba levantada y ya había salido. Aun cuando él estaba relativamente seguro de que sería así, le tomó todo el valor que tenía tocar el timbre. ¿Cuántas veces podía hacer cosas que le producían vergüenza en presencia de ella? Trató de escuchar el sonido de pisadas que se aproximaban a la puerta, pero solo hubo silencio. Volvió su atención a la superficie de la puerta de roble, de color dorado. Era una puerta vieja y estaba gastada. Por cierto que necesitaba ser pulida. Tocó el timbre por última vez, y lo siguió con un toque fuerte en la puerta. Nada.

Tendría que volver más tarde. Se dio vuelta para irse, y vio el automóvil arrendado de Ana estacionado en la calle, y a Ana caminando hacia la cochera llevando una caja grande. Ella estaba inclinada hacia atrás, con los brazos extendidos lo más posible, y con el rostro rojo por el esfuerzo. Corrió a alcanzarla. —Oh, qué bueno que llegaste. Ay, ¿te ocupé la cochera con mi camioneta? Lo siento, no estaba pensando. Asumí que tu automóvil estaría en el garaje. Nunca se me ocurrió que tú no estarías aquí, y que llegarías a tu casa y no ibas a poder entrar a tu garaje, y que estarías cargando algo pesado....

—No te hagas problema.

—Déjame llevarte eso —dijo Ethan tratando de tomar la caja. Era aparente que todavía había algunas otras formas de enredar las cosas.

—No te preocupes. En realidad no lo tienes que hacer.

—Por supuesto que sí —cuando tomó la caja en las manos, él gruñó—. Esto es muy pesado. Ahora sí que me siento muy mal. Yo no te habría bloqueado la cochera si lo hubiera sabido, porque la última cosa que quiero hacer es dificultarte las cosas.

—Lo sé —lo dijo con una cierta clase de suspiro.

¿Qué quería decir eso? ¿Estaba cansada Ana? ¿O cansada de él? ¿O solo triste?

Ella lo guió a la cocina y él la siguió adentro. —Puedes colocarla sobre el mostrador.

—Sí, señorita —él la siguió adentro, mirando lo que había alrededor. Había papeles ordenados en pequeñas pilas en toda la mesa de la cocina. Él colocó la caja donde Ana le dijo, y miró hacia los papeles. —Esto parece mucho trabajo.

Ana asintió. —Sí, creo que va a ser mucho trabajo. Aparentemente no es necesario tener mucho dinero para tener que buscar muchos papeles relacionados con la propiedad.

Ethan miró la caja que había puesto sobre el mostrador. Era cierta clase de caja a prueba de fuego, inundaciones y terremotos. Casi se rió por la exageración, pero supuso que después de todo lo que le había pasado a ella, Ana no estaba dispuesta a arriesgarse con nada. Él tenía que ayudarla de alguna forma, simplemente lo tenía que hacer. —Bueno, esa es una de las razones por las cuales pasé por tu casa hoy. ¿Hay algo que pueda hacer para ayudarte? Lo haré con mucho gusto.

—Tengo todo organizado —ella se encogió de hombros—. La mayor parte de los papeles, es algo que tengo que hacer yo como la última sobreviviente de la familia.

Esas palabras le sonaron a Ethan como muy finales, muy pesadas. Esto no lo estaba llevando a él a nada. —¿Qué me dices de la puerta del frente?

—¿La puerta del frente? —diciendo cada palabra lentamente como si quisiera aclarar que lo había escuchado bien.

—Tiene... que ser pulida y pintada de nuevo. Es algo que yo puedo hacer, arreglarla para que se vea bien.

Ana lo miró sorprendida, con los labios apenas abiertos. —La puerta del frente —dijo y medio sonrió comenzando a sacar la cinta adhesiva de la caja que estaba sobre el mostrador—. Es probable que necesite eso, pero lo puedo hacer la próxima vez que venga aquí.

—Los pisos también necesitan ser pulidos y barnizados —¿en qué se estaba metiendo aquí?—, y las paredes también necesitan una mano de pintura.

—Todo lo cual puedo hacer yo misma.

Qué cosa, esta muchacha es testaruda. Es independiente más allá del punto de ser razonable. —Estoy seguro de que lo puedes hacer. ¿Pero no tienes cosas más importantes que hacer con tu tiempo?

Ella dejó de hacer lo que estaba haciendo, y levantó la vista de la caja. —Ahora que pienso en eso, tengo muchas cosas que hacer en esta casa antes de ponerla a la venta. Si conoces a un hombre de confianza que pudiera hacer algunas cosas aquí, creo que eso sería bueno.

Ethan se puso las manos en la cabeza y trató de mostrar una expresión de ofensa. —¿Cómo es posible que siquiera puedas hacer esa pregunta? ¿Un hombre de la localidad que pueda hacer estos trabajos? Eso es casi un insulto. Creo que he sido herido más allá de lo que se puede sanar. ¿Cómo puedo soportar que me hagas esa pregunta a mí?

Ana se inclinó sobre el mostrador, con los brazos cruzados, y casi una sonrisa en el rostro. —¿Qué es lo que está mal con esa pregunta?

—Yo, querida amiga, soy un constructor por excelencia. Jamás permitiría que una amiga mía contratara a un hombre que hace reparaciones para que la ayudara.

—Bueno, no sé si yo puedo pagar lo que cobra un constructor.

Él se puso la mano en la frente, y movió la cabeza hacia atrás, imitando los gestos que hacen las personas que están en apuros.

—Ahora sí que estoy muy ofendido —elevó la voz una octava, y habló con un acento mucho más cerrado—. En una situación como esta, jamás permitiría que me pagaran. Creo que voy a desmayarme si esta conversación continúa.

Ana se sonrió con esta dramatización, pero muy pronto su sonrisa desapareció cuando cruzó los brazos y se apoyó en el mostrador. —Bueno, yo no recibo obras de caridad.

—Tu hermana siempre decía lo mismo. En realidad, mi regalo de graduación a ella iba a ser algunos arreglos en la casa; de esa forma, ella hubiera tenido que aceptarlos con cortesía. Siempre le decía a ella, y ahora te lo digo a ti. Ayudar a un amigo o amiga no es caridad. Ayudar a un amigo es lo que hace que un amigo sea un amigo. De hecho, ¿qué clase de amigos seríamos si no nos ayudáramos mutuamente? Después de todo, eso es lo que hacen los amigos, se ayudan unos a otros porque son amigos —Ethan estaba comenzando a preguntarse por cuánto tiempo tendría que seguir hablando antes de que ella lo interrumpiera. La interrupción llegaría, siempre llegaba. Pero se le estaban acabando las cosas que podía decir sobre la amistad. Pero todavía él estaba decidido a seguir hasta que ella cediera—. ¿Cuál sería el motivo de la amistad? Los amigos....

—¿Aun si es un amigo al cual no has visto desde hace diez años?

Él trató lo más posible de permanecer serio después de todo lo que le había costado obtener la victoria. —Bueno, veamos, tú eres decoradora de interiores, ¿verdad?

Ana se encogió de hombros. —Sí.

—Bueno, entonces, ¿qué te parece si hacemos un intercambio de trabajos? Si tú me ayudas con una propiedad o dos, entonces yo te ayudo a ti. Va a ser un intercambio equitativo, tu especialidad por la mía.

—Eso sería justo. ¿Son tus propiedades o los dueños son otras personas?

—Oh, son de otras personas. La mayoría de las casas en las que trabajo han tenido uno o dos dueños... a veces en los últimos cien años—él sonrió—. Quisiera que me dieras tu opinión de un par de propiedades que estoy remodelando para que los dueños las puedan vender.

—¿En qué forma te estaría ayudando? A ti te pagan por tu trabajo, ya sea que alguien compre la casa o no, ¿no es así?

—Bueno, claro, pero yo quiero ayudar tanto como me es posible —Ana comenzó a indicar no con el movimiento de la cabeza, y Ethan se dio cuenta de que se había metido en la trampa de recibir caridad—. Lo que quiero decir que a mí me conviene que las cosas que remodelo se vendan con rapidez. La gente se entera de que mi trabajo hace la diferencia. ¿Te das cuenta de lo que quiero decir?

Los ojos de Ana brillaron. —Eso tiene sentido. Es lo mismo en mi negocio. ¿Pero casas viejas? Ah... —ella puso los ojos en blanco— esa no es mi especialidad.

—Pero es algo que puedes hacer, ¿no?

—No tengo planes concretos sobre cuándo voy a regresar aquí, tal vez sea dentro de varios meses.

¡Victoria! Es hora de cerrar el trato antes de que ella me salga con otro argumento. —Bueno, tú pareces una persona honesta, y ya sea que seas especialista en esto o no, me voy a arriesgar. ¿Debemos cerrar el trato con un apretón de manos, o hacemos un contrato oficial? Porque aquí en el sur, un apretón de manos es la firma de que una persona cumplirá su palabra, pero si no piensas que yo sea muy honesto, bueno entonces lo podríamos hacer como se hace en Nueva York. Sé que en esa ciudad grande uno tiene que tener más cuidado acerca de estas....

Ana extendió la mano. —Está bien, entonces, trato hecho.

La mano de ella se sintió muy frágil en la de Ethan. Una tostada por el sol y la otra pálida. Una grande, la otra chica. —Parece que tenemos un acuerdo —dijo él soltándole la mano y mirando hacia la puerta. —¿Quieres que hablemos sobre esto durante la cena? El restaurante Magnolias todavía hace la mejor sopa de cangrejos de la ciudad —la invitación le salió de la boca antes de darse cuenta de que había planeado ofrecerla.

Ana se quedó totalmente quieta por dos segundos. Finalmente dijo: —¿Podemos posponer la invitación? Tengo mucho papeleo que preparar antes de irme mañana, y además todavía hay mucha comida aquí de la de ayer.

—Está bien, posponemos la cena. Te lo voy a recordar —esta vez habló poco. Él quería que ella supiera qué era lo que iba a hacer.

Ana se dio vuelta para continuar sacando la cinta adhesiva de la caja, y con brevedad miró sobre su hombro. —Bueno, voy a seguir con todo este papeleo.

—Está bien, entonces. Te veo cuando regreses la próxima vez —él salió por la puerta, esperando que su próxima visita fuera pronto.

Capítulo 8

Ana necesitaba dar una caminata. Después de varias horas de revisar el papeleo, creía que la cabeza le iba a explotar de tanta información. Sí, una rápida caminata alrededor de la manzana tal vez le aclararía un poco la mente.

Sin embargo, no había muchas posibilidades de que pudiera caminar alrededor de la manzana sin que Tammy y Keith la vieran. Pero sin embargo, tanto como había tratado de evitar verlos, de cierta forma casi esperaba poder verlos.

Se puso unos shorts de hacer gimnasia y una remera color lavanda, zapatillas de tenis, y decidió salir por la puerta de la cocina en lugar de la del frente. La casa de Tammy estaba en la esquina, así que la parte de atrás daba al costado de la casa de Sara. Ana quería darles suficiente tiempo para que la vieran, si querían salir y hablar con ella. Ella sabía que eso era una tontería. Tammy estaría muy contenta de que Ana pasara por su casa para conversar, pero de alguna forma ella no podía forzarse a ir allí, y nadie salió. Parecía que tendría que hacer la caminata sola.

Al final de la cochera, ella dobló hacia la derecha, planeando caminar en círculo alrededor de todo el vecindario, el cual en realidad no era tan grande. Un poco más adelante de ella vio a una mujer delgada, usando pantalones amarillos de correr, y una camiseta blanca que le llegaba hasta las rodillas. Ana le dijo «hola», al pasar por su lado.

La mujer se enderezó, su cabello rojo brillaba con la luz del sol. —Oh, hola. Lo siento, no te vi. Voy a hacer una caminata para enfriarme. ¿Te importa si camino contigo?

—Claro que puede caminar conmigo —Ana vio el rostro de la mujer, y de inmediato la reconoció. —Tú estabas en... quiero decir, me diste de beber agua la otra noche. En el centro. El accidente automovilístico.

La mujer asintió. —Pensé que tu rostro me era familiar. Me alegro de ver que estés bien. —Con el rabillo del ojo, Ana podía ver que la mujer le estaba estudiando el rostro. —¿Cómo está tu hermana?

—Ella... ella falleció.

—Lo siento mucho —la forma en que lo dijo le trajo un poco de consuelo, no era una forma de demostrar lástima con un poco de bochorno, ni tampoco la forma muy efusiva. Simplemente le dijo lo que sentía. —Me llamo Eleanor.

Ella se veía como de un poco más de cuarenta años, pero una mujer de la mitad de su edad envidiaría su piel suave y su clásica belleza. Y su cabello era del color más hermoso que Ana jamás había visto... no exactamente rojo y tampoco castaño.

—Me llamo Ana.

—Gusto de conocerte —ella caminó al lado de Ana, y ninguna de las dos habló por casi cinco minutos.

Finalmente, Ana le preguntó a Eleanor. —¿Dónde vives en este vecindario?

—Oh, ¿yo? En realidad no vivo aquí. Soy corredora de bienes raíces, y mi especialidad es la zona de West Ashley, así que a veces vengo a trotar aquí, para ver cómo andan las cosas por estos lados. Además, es un lugar bonito y plano. El camino que circula este lugar es un kilómetro y medio, así que me resulta fácil ver mejor mi tiempo cuando troto. Siempre pienso que voy a correr en algunas carreras de diez kilómetros, tal vez una en la que se corre la mitad de una maratón. Y qué me dices de ti, ¿te gusta correr?

—No mucho. Donde vivo, voy a un gimnasio.

—¿Entonces no vives en este lugar? De alguna forma pensé que vivías aquí.

—Crecí en este lugar, pero no he vivido aquí desde hace muchos años. Mi hermana vive... vivía aquí. La casa de al lado de la esquina.

—¿La que queda al lado de la de Tammy?

—Esa misma. ¿Conoces a Tammy?

—No la conozco personalmente, pero conozco a Keith. Él es un niño maravilloso.

Ana asintió. —Yo lo acabo de conocer.

—Ah, pero uno no puede dejar de amarlo cuando lo conoce. Mucha gente parece sentirse incómoda con él, pero nunca entendí por qué. ¿Te hace sentir incómoda a ti? —no había ni una pizca de reproche en la pregunta, solo curiosidad.

Ana se encogió de hombros. —Él habla mucho sobre los ángeles; en realidad *cree* verlos y escucharlos. Me hace sentir, no sé, un poco rara.

—¿No crees en los ángeles?

—En realidad, no. Si en realidad existieran, y si en realidad le hablan a Keith, ¿por qué no hacen más para ayudar?

—Tal vez Keith es exactamente de la forma en que Dios quiso que él fuera. Estoy segura de que él realmente ve ángeles, le son enviados para un propósito que está más allá de nuestra comprensión. Y si alguna otra persona, digamos que tú por ejemplo, fuera a ver ángeles o escucharlos, tal vez sería por un propósito totalmente diferente.

Ana se estremeció. —Hablemos de otro tema, ¿sí?

—Buena idea —dijo Eleanor al tiempo que levantaba el rostro hacia el cielo por un instante, con los ojos cerrados—. ¡Qué día tan increíble!

—Sí. No hace demasiado calor... todavía.

—¿Has conocido a Ethan, el primo de Tammy? Esa es su casa, aquella —Eleanor le señaló una casa blanca con postigos verdes, y una veleta, de las que determina la dirección del viento, en forma de ballena sobre la chimenea. Parecía la clase de lugar en la que Ethan viviría.

—Sí, lo conozco, pero no sabía que esta era su casa.

—Yo lo ayudé a buscarla. Esta no es ni siquiera cerca de la casa que él *podría* comprar, pero es absolutamente el lugar perfecto para él —dijo ella sonriendo con satisfacción.

—¿Qué es lo que la hace tan perfecta?

—Esta zona se considera el lugar donde nació la ciudad de Charleston, ¿lo sabías? Ese vecindario tal vez tenga unos sesenta años, pero la primera colonización permanente fue aquí en West Ashely—para ser exacta se llamó Charles Towne Landing. Al igual que Ethan, las raíces aquí son muy profundas. Su padre construyó nuevos condominios de lujo en la costa de Florida, pero Ethan siempre ha podido ver el potencial que existe en un lugar, en algo que la mayor parte de la gente pasaría por alto. Requiere trabajo duro, cuidado y atención, y cuando termina, todo el mundo verá la belleza que estuvo allí todo el tiempo.

—Me imagino que es muy bueno en su trabajo.

—Su trabajo siempre sale publicado en revistas de su profesión, y tiene una lista de espera de casi un año, pero no cobra lo que podría cobrar, y mantiene un equipo de trabajadores pequeño, porque dice que no quiere que el trabajo y el éxito lleguen a ser su prioridad.

—Entonces, ¿cuál es su prioridad? —a estas alturas ya habían llegado al frente de la casa de Sara, y Ana se detuvo, esperando la respuesta.

Eleanor le sonrió de una forma que insinuaba un secreto que había guardado por mucho tiempo. —Tendrás que preguntarle eso tú misma.

—¡Llegaste! —el grito de Keith retumbó en la cochera mientras corría hacia ellas. Se detuvo entre las dos mujeres y las miró, como si no estuviera seguro a cual de las dos debía abrazar primero. Finalmente, abrazó a Ana, y se volvió a Eleanor—. Yo sabía que ustedes podrían ser amigas.

—Keith, Keith, ¿dónde estás? —la voz de Tammy venía del patio de atrás.

—Estoy enfrente, mamá. Con Ana y....

Eleanor se agachó para abrazar a Keith. —Tengo que irme ahora. Te veo pronto, ¿sí? —y entonces miró a Ana—. Me alegro de haberte conocido. Déjame darte mi tarjeta—. Ella buscó en un bolsillo con cierre en sus shorts y sacó una pequeña billetera. La abrió, sacó una tarjeta y se la dio a Ana.

Al lado de una foto en la que Eleanor sonreía, ella leyó:

Eleanor Light
Puedo ayudar a que sus sueños se hagan realidad
843-555-5723

—Gracias. Te voy a llamar.

—Espero que lo hagas —dijo Eleanor al tiempo que se alejaba trotando.

Keith la tomó de la mano y le dijo: —Ahora ven conmigo. Necesitamos pasar un tiempo juntos sin que nos interrumpan.

—Bueno, no creo que lo pueda hacer. En realidad necesito... —Ana miró a Keith, y sus ojos azules tenían una expresión de seriedad. Tanto como ella quería evitar conversaciones que la molestaran, no le podía decir no a esa expresión—. Eso me parece muy bien.

Y lo que es extraño, como que le pareció bien.

CINCO ACCIDENTES AUTOMOVILÍSTICOS RELACIONADOS AL ALCOHOL, leyó el titular en el periódico matutino, y supo que no iba a seguir leyendo. No quería saber los detalles del accidente de ellas o el nombre del hombre que las había chocado, si tenía familia, o trabajo.

Ella pasó a la otra sección del periódico *News and Carrier*, pero el daño ya se había hecho. Las emociones comenzaron a invadirla con más fuerza de lo que podía pensar. ¿Por qué no había podido controlar la bebida aquel monstruo? ¿Por qué no había podido tener un poco más de dominio propio? Si quería vivir en forma alocada, ¿por qué había salido a manejar aquella noche? Ella pasó una y otra página, sin en realidad ver las noticias, hasta que llegó a un titular que le llamó la atención con suficiente fuerza como para calmarle la ira: STINSON, ANTIGUO RESIDENTE, VISITA CHARLESTON.

La historia se encontraba en la sección del periódico sobre las noticias de la ciudad, una sección que muy pocas veces Ana siquiera miraba. Ella acercó el periódico a sí, para poder leer el resto de la columna que escribía Charlene Pemberston.

Patrick Stinson, famoso constructor neoyorquino e hijo de la señora Marisol Stinson, de Charleston, asistió anoche al teatro Dock Street Theatre. Vino, no solo para asistir a la ópera *Flora*, sino también para después ser parte de una cena en honor de su madre. Marisol Stinson fue agasajada por su incansable labor a favor de la ópera, del festival Spoleto en general, y de todas las artes en la ciudad de Charleston.

La presencia del señor Stinson no les pasó inadvertida a las solteras más elegibles de Charleston. Nunca estuvo sin una bella acompañante. Cedric, su joven sobrino parecía complacido de tener a su tío de visita en la ciudad, aunque cuando le preguntaron su único comentario fue: «Su avión está averiado en Nueva York, y no lo pudieron arreglar a tiempo. Él me había prometido llevarme a volar con él, pero ahora no lo puede hacer».

Esta columnista, por lo menos, espera que Cedric

continúe recordándole la promesa a su tío, para que haga venir a este encantador hombre de vuelta a Charleston. Muy pronto. Eso espero.

¿Su avión descompuesto en Nueva York? Entonces no tenía nada que ver con la contaminación del medioambiente. ¿Y qué en cuanto a ser sincero? Tal vez Ana debería ser muy cuidadosa en los tratos —de negocios y de todo otro tipo— con el encantador Patrick Stinson.

Capítulo 9

Ana nunca había estado tan contenta de ver el perfil de la ciudad de Nueva York en toda su vida. Aquí, el mundo tenía sentido; ella tenía control firme de su destino. Ahora solo tenía que asegurarse que su destino involucrara conseguir el negocio del edificio Stinson Towers.

Tomó un taxi que la llevó directamente a su oficina, donde, entre otras cosas, la esperaban una pila de facturas. Las puertas del ascensor se abrieron en el familiar piso décimo. Ella caminó por el largo pasillo, haciendo rodar su maleta, y pasando por puertas que llevaban desde oficinas de abogados, hasta cierta clase de fabricantes de plástico. Esto es lo que más le gustaba de esa ciudad: la variedad.

Se detuvo frente a las puertas de vidrio que llevaban a Marston Home Staging. Aquí es donde ella pertenecía; y esperaba poder volver a tener cierta clase de equilibrio. Entró a la pequeña sala de espera, que estaba muy bien decorada en diferentes tonos de beige y azul. Para Ana, era demasiado color «café», pero a Margaret le gustaban los colores «cálidos». Qué raro, pero su estilo de decorar era lo único que podía describir a Margaret con el adjetivo «cálido». Pero, aguantar las brusquedades de Margaret valía la pena si todo salía como lo había planeado.

Jen le sonrió desde el escritorio de la recepción. —Gracias a Dios que estás de vuelta. Aquí ha sido un loquero.

—Siempre es así aquí.

—Sí, pero hoy es peor que nunca. El piso superior del edificio de la Quinta Avenida tiene un problema con el vencimiento de los documentos, y toda la mañana la señora Trumbull ha estado llamando cada cinco minutos, preguntando por qué no hemos arreglado ese asunto. El trabajo de Sylvia en el apartamento en Chelsea no se concretó, y la señorita Simpkins decidió al último minuto que sí quiere que le decoremos su propiedad de tres dormitorios que queda cerca de Gramercy Park, pero no quiere hablar con nadie sino contigo. Ella dijo que tú te habías ganado su confianza.

Ana sacudió la cabeza, en parte porque se sentía exasperada, y en parte por la satisfacción de saber que aquí la necesitaban. —La voy a llamar ahora mismo —y comenzó a caminar hacia la fila de cubículos donde estaba su escritorio, pero se detuvo—. ¿Está Margaret en su oficina?

—Sí, pero, si yo fuera tú, no la iría a ver, porque está del peor humor que jamás le he visto.

Ana miró en la dirección de las puertas de vidrio en la pared de atrás, y decidió ser valiente. —Creo que me voy a arriesgar. Si no salgo dentro de unos pocos minutos, envía el equipo de rescate de misiones peligrosas, ¿sí?

—Como si un equipo de rescate te pudiera ayudar en ese caso —ella hizo una pausa de un segundo—. Tal vez si sus armas estuvieran cargadas con balas de plata, o si hubiera un exorcista en el grupo o algo así, pero aún en esos casos, tengo mis dudas.

Ana dejó su maleta al lado de su escritorio, y revisó rápidamente la pila de papeles que la esperaban. Iba a ser una larga noche antes de que pudiera regresar a su pequeño apartamento. Hora de comenzar, pero el primer asunto de su lista era enfrentar a Margaret.

Ana tocó la puerta de vidrio a medida que la empujaba y se inclinaba hacia adentro. Como de costumbre, Margaret estaba sentada detrás de su escritorio, con su Bluetooth detrás de la oreja. Con una mano le indicó a Ana que entrara, y con la otra le indicó que guardara silencio. —El contrato que usted firmó indica específicamente que nosotros no aceptamos la carga de la responsabilidad por la venta de la propiedad.

Puso los ojos en blanco y sacudió la cabeza mientras escuchaba lo que le decían del otro lado de la línea. —Lo que le dije fue que de acuerdo a un artículo publicado en la revista *Newsweek*, la casa promedio que ha sido decorada profesionalmente se vende en siete días, comparado con un promedio de ochenta y siete días para una casa que no ha sido decorada. Por cierto que no le garantizamos que su apartamento se vendería en siete días.

Margaret movió la cabeza de lado a lado, estirando el cuello. Era un chiste en la oficina que nadie estuviera cerca de ella si la veían con su tic nervioso o estirando el cuello. Así que Jen tenía razón. Este no iba a ser el momento correcto para una conversación en la que se debían tomar decisiones.

Ana le señaló hacia la puerta y movió la mano en forma de despedida, indicándole a Margaret que regresaría a su oficina y que la vería más tarde, no era algo tan apurado. Pero Margaret se puso de pie de un salto en un movimiento defensivo y movió la cabeza indicando *no*, con firmeza. Le señaló la silla en la cual Ana había estado sentada.

Oh-oh.

—Con mucho gusto continuaré esta conversación con usted más tarde, pero ahora tengo una reunión. Creo que si usted lee el contrato se dará cuenta que no va a ser necesario hablar de nuevo. Adiós —Margaret presionó un botón en el teléfono en su escritorio, se quitó del oído el aparato que usa para hablar, y se volvió a sentar en su asiento—. Qué estúpida. No puedo creer cuanta gente *idiota* hay en el mundo. ¿Cómo pueden sobrevivir la niñez?

—No sé —dijo Ana al tiempo que ponía las palmas de las manos hacia arriba e intentó encogerse de hombros como cierta forma de apoyo.

Margaret sacudió la cabeza de nuevo, como si quisiera quitarse la conversación de la mente. —Bienvenida.

Ana asintió. —Es bueno estar aquí. Parece que tengo algunas cosas que debo revisar.

—Sí, pero lo que es más importante, tenemos una reunión con Patrick Stinson mañana por la mañana a las nueve. Confío en que tengas todo preparado para eso.

—Sí, estoy lista —técnicamente no era verdad. Ana había trabajado un poco con eso durante los últimos días, pero había tenido asuntos más importantes en su calendario. Tenía varias horas por delante para perfeccionar los planes esa noche.

Tal vez era el cansancio, o tal vez era el dolor que hizo que a Ana no le importara la posibilidad de una explosión, pero de pronto soltó: —Por supuesto, que después que tengamos seguro el negocio con Stinson, voy a tomarme un poco de tiempo libre en los próximos meses para arreglar el asunto de la propiedad de mi hermana. Pero voy a seguir al tanto del trabajo de aquí.

—¿Tu hermana? —Margaret hizo una pausa momentánea, como si tratara de recodar que Ana en realidad tenía una hermana—. Tu hermana, claro, me apenó mucho escuchar eso —esto era el límite del sentimentalismo cuando se trataba de Margaret, pero Ana lo recibió por lo que era—. Por supuesto, pero te voy a necesitar aquí en el futuro inmediato, hasta que tengamos el negocio de Stinson completamente asegurado.

—Por supuesto. Bueno, hablando del caso, me estaba preguntando qué le dijiste al resto del personal en cuanto a nuestro acuerdo.

—Ni siquiera una palabra, por supuesto. No quiero que se pongan a hablar y a especular, lo cual los distraerá de su trabajo. Solo le dije a Beka que continuaríamos necesitándola mientras trabajemos en el proyecto Stinson, y que si se logra, mis planes son que ella siga trabajando aquí.

Tú has decidido no despedirla, ¿verdad? Ana asintió con la cabeza.

—Entonces está bien. Tengo trabajo que hacer; mejor es que vaya a hacerlo.

Ella salió de la oficina y se encontró con Beka, quien le puso los brazos alrededor. —¿Cómo te sientes?

—Estoy bien —Ana necesitaba cambiar el foco de la conversación, si iba a mantenerse calmada—. ¿Cómo está Gracie?

Beka continuó mirando a Ana con una expresión de preocupación mientras le respondía—. Cada día está mejor. El nuevo remedio que le dieron es muy bueno.

—Me alegro de saberlo.

Beka sonrió y le apretó el brazo a Ana. —Muchas gracias, Ana, por haber traído el negocio de Stinson.

—¿Qué es lo que te hace pensar que yo tenga algo que ver con el negocio de Stinson?

—Oh, bueno. No soy estúpida. Escuché que Jen estaba diciendo que él había llamado aquí preguntando por ti. Aun cuando estábamos en la universidad, lo cual es como hace unos doscientos años, tú eras la que siempre conseguía las cosas importantes, para no mencionar la atención de alguien como Patrick Stinson. Además, Margaret nunca me hubiera dado una segunda oportunidad, eso tuvo que venir de ti.

—Si alguna vez necesito los servicios de un detective, te voy a llamar a ti. Tú tienes que ser la persona más observadora del planeta.

—Sí, y al observar la tensión que tienes en los hombros, me imagino que tienes que sentarte y comenzar a trabajar. Ahora, deja de perder tiempo con los empleados y ponte a trabajar.

—Sí, señora —Ana le hizo el saludo militar.

—A propósito, quiero que vengas a cenar a mi casa dentro de unos días. Tengo una nueva receta de vegetales refritos que te va a encantar.

—Me parece bien —dijo Ana al tiempo que se sentaba frente a su escritorio, deseando que la nueva ola de dolor se quedara enterrada firmemente hasta que llegara a su casa esa noche. El trabajo, el trabajo duro era lo único que la ayudaría a pasar por esto. Tal vez el negocio con Stinson era lo que la mantendría en sus cabales. Bueno, sí, tenía que ponerse a trabajar si quería una oportunidad de tener éxito.

Eran casi las dos de la madrugada cuando Ana se subió al ascensor que la llevaría a su pequeño apartamento en el piso octavo. Cuando entró, encendió una vela aromática, y caminó hasta la cocina, esperando por lo menos encontrar algo que comer, pero lo único que ocupaba su refrigerador, además de algunos condimentos y aderezos para ensalada, eran dos latas de jugo de tomate, un refresco de dieta, y una caja de agua embotellada.

Ana sacó una botella y le desenroscó la tapa. Necesitaba ir al supermercado, pero tendría que esperar hasta mañana por la noche.

Bueno, por lo menos estaba en su hogar. Miró alrededor del pequeño lugar, y se sintió invadida de alivio. La cama negra con un edredón blanco, el sofá blanco, los mostradores blancos, la pequeña mesa de cromo para tomar café. Oh, se sentía muy bien de estar de vuelta en su pequeño y ordenado mundo, sin importar lo caótica que fuera la vida a su alrededor.

Abrió la puerta del pequeño balcón y miró hacia la calle abajo, donde todavía había mucha actividad a pesar de ser tan tarde de noche. Sí, este era su mundo. Y aquí en su propio mundo, ella ansiaba una buena noche de descanso. Sin pesadillas, sin recuerdos, y sin despertarse de sueños en los cuales escuchaba música que no estaba allí.

—Como dije antes, esta es una presentación muy buena, y su compañía también tiene una reputación muy buena —dijo Patrick Stinson mirando a Margaret sobre las fotos que ella había colocado sobre su escritorio—. Definitivamente veo el potencial de una larga relación de trabajo entre ustedes y nosotros.

—Estoy en total acuerdo. Tiene sentido —el tono en la voz de Margaret fue tan calmado como si alguien le hubiera dicho que el cielo es azul, pero su dedo meñique comenzó a dar golpecitos sobre el escritorio.

—Y debo agregar que creo que la señorita Fletcher tiene el tipo de enfoque que trabajará muy bien con nuestro equipo. Quiero verla a ella personalmente involucrada en este proyecto —miró a Ana en ese momento con una expresión casual, pero había un cierto brillo en sus ojos que sugería otras intenciones. Le sonrió con su sonrisa que insinuaba un pequeño hoyuelo en la mejilla, mostrándose casi demasiado seguro de sí mismo para el gusto de Ana.

La advertencia de Jen le vino a la mente, pero ella no estaba demasiado preocupada. Ella había visto a muchos hombres de esa clase a través de los años, y sabía cómo manejarlos. Ahora le seguiría la corriente, mostrándose inocente e ingenua, lograría que firmara el contrato, y luego cuando Patrick Stinson comenzara a cruzar la raya, Ana le explicaría que ella no mezclaba los negocios con el placer, pero gracias de todos modos.

Por supuesto que Patrick Stinson era más encantador que la mayoría, y muchas personas dependían de este contrato. Ana tendría que ser un poco más cuidadosa que de costumbre para no ofenderlo, pero por lo menos no ahora.

Él tomó uno de los dibujos y lo examinó más detenidamente. —¿Por qué no pasamos un poco más de tiempo reflexionando sobre todo esto y nos reunimos de nuevo después de que yo tenga un poco más de tiempo con mi equipo?

Margaret ya estaba asintiendo. —Perfecto.

—¿Puedo invitarlas a almorzar, señoritas? Podríamos continuar hablando sobre el proyecto.

La invitación parecía un poco atractiva. Ana quería guardar alguna distancia entre ella y Patrick Stinson hasta que el negocio estuviera seguro, no había necesidad de buscar problemas. Además, almorzar con Margaret nunca era un pensamiento feliz.

Ella se puso de pie y se colgó la cartera del brazo. —Estoy segura de que ustedes dos van a querer hablar sobre los detalles, así que los dejo para que lo hagan. Tengo varias cosas que atender en la oficina.

Margaret le tomó el brazo a Ana y siseó. —No creo que sea nada que no pueda esperar, Ana —y luego miró a Patrick—. Por supuesto, ir a almorzar nos parece muy bien.

Y así fue que Ana pasó las dos siguientes horas sin poder hacer el trabajo que debía hacer, y escuchando comentarios cada vez más insinuantes de labios de Patrick Stinson. *Era* un hombre encantador, y Ana encontró que disfrutaba de su compañía. Esto parecía poner nerviosa a Margaret, lo cual hacía que fuera mejor. En algún lugar remoto de su mente, Ana sabía que eso era peligroso, pero después de unos momentos, pensó que tal vez simplemente no le importaba.

Capítulo 10

Para la cena, Ana ordenó comida china para llevar a su casa, demasiado cansada como para intentar un viaje al supermercado. De pie, al costado del mostrador de su cocina, comía el pollo en la cajita, sin molestarse en servírselo en un plato, mientras trataba de revisar la gran pila de correo que había recogido cuando llegó. Encontró la variedad acostumbrada de cuentas, el último ejemplar de la revista *Elle Decor*, y muchas propagandas. Entonces un sobre celeste pálido le llamó la atención. No tenía la dirección del que lo había enviado, pero el sello de correo decía Charleston. Ella abrió el sobre y vio dentro un solo pedazo de papel blanco, doblado. Lo sacó y lo abrió, y clavó la vista en un dibujo hecho con rayitas de una persona con cabello largo y oscuro, y lágrimas que le corrían por el rostro y caían al suelo. En el costado del papel había otra figura, de una persona un poco más baja, con lentes grandes. Entre las dos figuras había una especie de mancha grande dorada, casi en forma de pulpo. De inmediato supo quiénes eran los del dibujo. Ana y Keith, y un ángel entre los dos.

Ella había pasado las últimas veinticuatro horas convenciéndose de que no le importaba nada de lo que había en Charleston. Casi había logrado sacarse de la mente a toda la gente, todos los eventos y toda la música, hasta que el dibujo de un niño le trajo de golpe todo eso de nuevo. Esto era algo en lo que no se podía dar el lujo de pensar; necesita sus fuerzas costara lo que costara. Hizo una bolita con el papel y lo tiró en la papelera.

Dejando el resto del correo sin mirar, caminó hacia el balcón. Había algo confortante en el sonido de la gente abajo en la calle, el sonido absurdo de muchas voces, algunas reían, otras gritaban, y otras simplemente hablaban. Todas se mezclaban en una clase de sonido que le hacía adormecer la mente y que impedía que ninguna voz en particular fuera importante. Eso es lo que le gustaba a Ana. Voces que estuvieran a una distancia segura. No demasiado cerca. Nadie que la abrazara y le dijera que la amaba. Y definitivamente no hablar de canciones que no existían, cantadas por ángeles que no existían. Sí, una buena dosis de la monotonía de la realidad era todo lo que necesitaba Ana para que se le aclarara la mente.

Trató de volver a enfocarse en su trabajo. Esa tarde había estado dibujando una cocina para la señora Benson. Algo todavía no parecía estar bien; parecía que faltaba algo.

Cuando el agotamiento pareció abrumarla, salió del balcón y entró. Una rápida mirada a la pila de correo, luego otra en la dirección de la papelera, le dio una idea. Lo que la cocina de la señora Benson necesitaba era más color—colores vivos, parecidos al dibujo de Keith y su pulpo dorado. Gabinetes de color amarillo brillante, y aun un cielo raso amarillo. Haría contraste con el color azul de los mostradores de mármol, lo cual haría que la cocina entera fuera una obra de arte abstracto.

Antes de darse cuenta de lo que hacía, caminó hacia la papelera y alisó el dibujo de Keith. Parecía que las manos estaban actuando por su propia cuenta mientras alisaban los dobleces y las arrugas. Luego caminó hacia el refrigerador y colgó el papel en el clip que generalmente colgaba su lista de comestibles o de cosas importantes que debía hacer.

Ella se tocó los labios con los dedos, y luego los presionó sobre el dibujo. —No me impresionan mucho tus ángeles, pero la combinación de colores es fantástica. Gracias, Keith.

Esa noche Ana soñó con Keith. Vio su rostro de un blanco fantasmal, sus labios pálidos, y lo escuchó dando bocanadas para respirar. Detrás de él había un ángel —al principio era del tipo regordete de querubín que se ve a menudo en los cuadros. Entonces el cielo se volvió dorado, tomando un brillo fosforescente que continuó cambiando hasta que se convirtió en una de las criaturas en forma de pulpo color oro de Keith. Se escuchaba música alrededor, llenando el cuarto, el edificio y aun el aire que él respiraba. Keith sonrió débilmente al resplandor que estaba sobre él. «Yo sabía que vendrías», dijo con voz rasposa, «lo sabía».

Ana se despertó sobresaltada, con la misma canción todavía sonándole en la mente. ¿O era aquí en su apartamento?

En ese momento supo una verdad que esperaba no tener que enfrentar. La canción, la locura la había seguido a Nueva York. Nunca tendría la mente libre de pensamientos sobre Charleston, no estaría libre de las *paracusias*, hasta que sus vínculos a ese lugar estuvieran cortados.

Se vistió lo más rápido que pudo, luego tomó un pedazo de papel y un lápiz y fue a la cafetería de la esquina. Allí tomó un té sin cafeína con leche, y escribió una lista de todas las cosas que tenía que hacer para preparar la casa para ponerla a la venta, luego las enumeró en orden de prioridad. Ella contrataría a Ethan para que hiciera los trabajos. Si ella realmente le pagara, su acuerdo de intercambiar trabajos sería anulado, y no se sentiría culpable por no regresar allí y ayudar.

Sintió alivio al ver que las cosas podían ser tan fáciles, por lo menos en papel, y salió del lugar con un renovado sentido de propósito. Financieramente, ella iba a tener que arriesgarse hasta el límite, pero los resultados finales, el trabajo de Stinson, su nueva asociación con Margaret, y su sanidad mental, harían que todo valiera la pena.

Cuando llegó a la oficina, eran apenas unos minutos después de las siete. Nadie llegaría hasta dentro de una hora, y sería un tiempo bueno para adelantarse en su trabajo. Excepto que las luces estaban encendidas y la puerta de la oficina de Margaret estaba abierta. Eso no era un buen augurio. Aun menos lo era la nota escrita a mano que Ana encontró sobre su escritorio: *Ven a verme tan pronto como llegues.*

Ana no se podía imaginar qué era lo que había salido mal desde que había visto a Margaret con tanto ánimo ayer. ¿Se había olvidado ella de hacer algo? Ella ya le había dado curso a una gran cantidad de los papeles que estaban en su escritorio, y la presentación a Stinson había sido bien recibida. Durante el curso de la tarde de ayer, Ana se las había arreglado para calmar a la súper tensa Stephanie Simpkins, y le había prometido que pasaría a verla hoy por la tarde para poner en marcha su proyecto de Gramercy Park. Bueno, cualquiera que fuera el problema de Margaret, lo mejor era enfrentarlo ahora. Ana tenía un día de mucho trabajo frente a ella, y necesitaba comenzar a trabajar.

—Buenos días, Margaret —Ana la saludó mientras entraba a la oficina.

Margaret se puso una mano en el corazón. —Menos mal que estás aquí. Anoche recibí una llamada de Patrick Stinson. Definitivamente quiere trabajar con nuestra compañía.

—Esas son muy buenas noticias —y lo eran, pero algo en la tensión en la voz de Margaret le dijo que algo no estaba bien.

—Sí, sí, lo son. Él está haciendo que sus abogados revisen los contratos, pero aparentemente no se han puesto de acuerdo en otro asunto. Él me ha pedido que sigamos adelante, y mientras tanto comencemos con el trabajo preliminar de este proyecto.

—Nosotros nunca hacemos eso —las palabras se le escaparon a Ana antes de poder pensar para no decirlas.

Margaret le clavó la vista, con su pintada ceja izquierda tan levantada que parecía llegarle hasta el nacimiento del cabello. —¿No lo hacemos? —sus palabras fueron frías y duras.

—Esa es tu regla; es obvio que sabes que no lo hacemos. Nunca hemos comenzado a trabajar en un proyecto antes de que los contratos estuvieran firmados y sellados.

Margaret estiró el cuello, moviendo la cabeza de lado a lado. —Es verdad. Pero nunca hemos tenido un cliente con la influencia de Patrick Stinson. Si lo podemos mantener feliz y ganarnos sus proyectos, el cielo es el límite de lo que podremos hacer.

Ana sabía que Margaret tenía razón. Ella también sabía que Patrick Stinson no tenía el mismo incentivo; él no tenía razón alguna de asegurarse de que Marston Home Staging estuviera feliz con el arreglo. Pero, Margaret era la jefa. Si ella quería correr riesgos con su compañía, esa era su prerrogativa, por lo menos hasta que Ana llegara a ser socia. Por ahora, también le ayudaba a Ana obtener lo que quería. —Está bien. Comenzaré a organizar las cosas.

—Muy bien. A propósito. El jueves por la noche, la Compañía Stinson va a celebrar una recepción informal en su nuevo proyecto de condominios en la Calle Ochenta y Seis, y Patrick Stinson quiere que nosotros estemos presentes allí.

—¿Por qué? —ellos no habían sido los que habían decorado el proyecto, y ya habían visto las fotos. No tenía sentido.

—No importa por qué. Él es nuestro cliente, es el cliente *más grande que jamás* hemos tenido. Si él quiere que asistamos a un evento, no me importa si es la ceremonia de su hijo para celebrar que ya es adulto, o el funeral de su madre, vamos a estar presentes allí.

Un evento que se realiza de noche es la situación ideal para cruzar líneas en una relación, algo que Ana sabía que debía evitar por el momento. —¿Es preciso que vayamos las dos?

—Como dueña de la compañía, por supuesto que asistiré, y tú, como la diseñadora que Patrick Stinson pidió en forma específica para su proyecto, por supuesto que tú también estarás presente allí.

—Es obvio que me encantaría estar presente allí. Es que estaba planeando viajar a Charleston el jueves por la noche, y tomarme un fin de semana largo —dijo esas palabras antes de darse cuenta. Pero decidió que tal vez, en este caso, era mejor enfrentar a niños de doce años que tenían alucinaciones que la alternativa.

—¿El fin de semana que viene? ¿Estás pensando en irte el fin de semana próximo? —la voz de Margaret tenía un tono casi chillón, revelando un raro incidente de pérdida de control—. Eso no es posible. Debes cambiar tus planes, porque es preciso que estés presente en ese evento. Este no es el momento de ofender a Patrick Stinson.

Margaret no tenía ni idea, pero eso era precisamente lo que Ana estaba tratando de hacer, de mantener una distancia prudente, y evitar cualquier ofensa futura. —Creo que podría cambiar mi vuelo para el viernes por la mañana, y entonces regresar el martes por la mañana —si Margaret supiera que no había comprado los pasajes, y que en realidad el viaje todavía no había sido planeado, ella se lo haría cancelar, y Ana no podía permitir eso. Por lo menos el vuelo de la mañana siguiente le daría una excusa para irse temprano de la fiesta.

Margaret se frotó la frente. —¿Puedo asumir que este será el último de esos viajes por algún tiempo?

—Es posible que haya más, pero los mantendré a un mínimo, y siempre serán los fines de semana —hizo una pausa y luego agregó—, por supuesto que me aseguraré de estar al día con mis proyectos aquí; no voy a permitir que los viajes afecten mi trabajo.

—Este es el peor de los tiempos para eso. ¿No podrías dejar que la casa quedara como está por un mes o dos? ¿Qué es lo que se va a perjudicar?

Más de lo que Margaret pensaba, pero era mejor ajustarse a los hechos concretos para que ella pudiera entender. —Margaret, creo que hicimos un trato que me va a permitir comprar parte de la compañía para ser socia, así que tengo mucho incentivo para cerrar el trato con Stinson. Además, creo que recordarás que hace unos meses estuve de acuerdo en que me redujeras el salario bastante para impedir que esta compañía tuviera que despedir empleados, y sin embargo algunos empleados han sido despedidos. Ahora apenas puedo cubrir mi alquiler y mis gastos; no puedo asumir la carga financiera de una segunda casa —Ana no mencionó el hecho de que esa casa estaba completamente pagada, y que la única carga financiera era Internet, el cable de televisión, la electricidad y el agua—. Voy a asegurarme de que la oficina se pueda comunicar conmigo en todo momento.

—Es mejor que lo hagas, o si no —había cierto dejo de gravedad en su voz.

Capítulo 11

Mientras Ethan entraba a la cochera de Tammy, miró hacia la casa del costado que estaba vacía, para asegurarse de que las cosas estaban normales, y nada había sido perturbado. Estaba vigilando el lugar, eso era todo. No tenía nada que ver con Anita, o con el todavía urgente sentimiento de que se suponía que la ayudara de alguna forma, aun cuando ella estaba en Nueva York, y a pesar de —o tal vez debido— a su manera de ser muy independiente, que rechazaba todas las ofertas de ayuda.

¿Por qué era que cuanto más ella afirmaba que *no* necesitaba ayuda, tanto más determinado estaba él a ayudarla? La independencia de Sara nunca le había afectado de esa manera, pero con Ana era casi una obsesión. Pero, entonces también estaba la única peca en su mejilla derecha que él tenía el deseo casi incontrolable de tocar.

No, nada de eso importaba. Probablemente era un hábito antiguo, puesto que él tenía tantos buenos recuerdos de cuando Sara vivía, cuando él había almorzado con Tammy y Keith, y Danielle en el patio. Lo que sea que hagas, no le preguntes a Tammy si ha escuchado de Ana. *Si haces una sola cosa que demuestre tu debilidad, de seguro que a esa la seguirán más.*

—Ethan, hola —Keith estaba bajando los escalones, saludándolo con la mano aun antes de que Ethan se bajara de la camioneta—. ¿Estás listo para jugar? —él tenía una pequeña pelota de fútbol americano en la mano.

Ethan se bajó de la camioneta y levantó ambas manos. —Claro que sí. Tírame la pelota, estoy listo.

Keith tiró la pelota, y casi se cae en el proceso, la cual cayó a más de un metro de donde estaba Ethan. —Oh, oye, no soy muy bueno para esto. Lo siento, Ethan.

—Como te he dicho antes, amiguito, aun los atletas profesionales pasan un tiempo de calentamiento antes de los partidos importantes. Yo debería haber estado más cerca para nuestros tiros de calentamiento.

—Keith, ¿no te dije que no demandaras la atención de Ethan tan pronto como él llegara? —Tammy estaba en la puerta, con las manos en las caderas, con una mirada que demostraba frustración, risa y extenuación.

Ethan levantó ambas manos. —Es culpa mía. Le dije que me tirara la pelota.

Tammy puso los ojos en blanco y sonrió. —Por lo menos podrías traer primero el postre, especialmente si hiciste la parada de costumbre en el supermercado y compraste una caja grande de helado para postre. Va a estar en tu camioneta y se derretirá.

—¿Quién, yo? —Ethan trató de parecer ofendido, pero estaba bastante seguro de que Tammy sabía bien lo que estaba pasando—. Para que sepas, no hice eso. Te traje galletas de chocolate hechas en casa.

—¿Tú? ¿Hiciste galletas de chocolate?

—No te dije eso. Lo que te dije es que *traje* galletas de chocolate.

—Entonces, ¿quién las hizo?

—¿Recuerdas la casa estilo colonial que estoy remodelando? Su hija menor acaba de graduarse de la secundaria, y anoche tuvieron una gran fiesta familiar. Esta tarde me mandaron a casa con dos cajas de la comida que les sobró.

—¿Así que nos estás trayendo sobras?

—Yo no usaría ese nombre, suena como algo horrible.

Tammy se rió. —Bueno, ve a buscar las galletas de chocolate antes que empiecen a derretirse.

Ethan abrió la puerta del lado del pasajero y sacó el plato de galletas que estaba cubierto con una envoltura de plástico transparente. Entonces giró la cabeza hacia la casa de Sara. —Este vecindario nunca va a ser el mismo, ¿no es verdad?

—No, no lo va a ser —Tammy dijo moviendo la cabeza—. La extraño tanto —dijo secándose las lágrimas—. ¿Quieres saber algo extraño? Keith se la pasa hablando de «Anita» y de los ángeles que la están cuidando, y me he dado cuenta de que también extraño a Ana. Casi tanto como a Sara, lo cual suena verdaderamente extraño. Bueno, tal vez sea porque Keith le manda un nuevo dibujo de ángeles todos los días, y yo soy la que los llevo al correo, es por eso que la tengo tanto en la mente. La acabo de conocer, pero de alguna forma siento que ella es parte de este lugar. Parece una locura, ¿no lo crees?

Ethan entendió más de lo que Tammy se podía imaginar. —¿Sí? Lo que quiero decir es que ella parece ser una neoyorquina de pies a cabeza. ¿Crees en realidad que ella podría pertenecer a este lugar?

—¿Y tú no? —le formuló la pregunta en forma directa. No había manera de no darse cuenta de lo que quería decir.

—Bueno, yo ... —*no seas débil, no te atrevas a ceder ni un centímetro.*

—Oye, Ethan, ¿estás listo?

Una cosa que Ethan podía decir acerca de Keith era que el niño tenía un tino fantástico del momento oportuno. —Sí, estoy listo, amigo.

La pantalla del computador de Ana proyectaba una luz verde alrededor de su cubículo. Definitivamente, el lugar necesitaba mejor luz, ¿cómo se suponía que se sintiera inspirada cuando tenía que trabajar en un ambiente con una luz espantosa?

—¿Te he dicho últimamente cuánto aprecio que hayas conseguido el proyecto de Stinson? —Beka se inclinó sobre la pared parcial que separaba sus lugares de trabajo—. Bueno, sé que te lo dije ayer, ¿pero te lo he dicho hoy?

Ana miró a su amiga y vio cansancio en sus ojos, y en ese instante supo que cualquier cosa que fuera necesaria para no perder ese proyecto, valía la pena. —Me podrás agradecer si todavía estoy viva cuando terminemos esto.

Beka se rió, sin tener ni idea de la verdad que había en las palabras de Ana. —Sí, claro, Señorita Maravilla. Tú actuación es aún más maravillosa que los cuartos que diseñas. Te apuesto a que ni siquiera te vas a sentir perturbada. Creo que ya sabes exactamente lo que vas a hacer en las veinte unidades de la planta baja. ¿Tengo razón?

No fue hasta ese momento que Ana se dio cuenta que podía aparentar algo con tanta eficacia. La ayudaba a calmarse, porque se dio cuenta que ni siquiera Beka se había dado cuenta de lo asustada que estaba. —Casi —no tenía sentido bajar la guardia. Beka necesitaba la fuerza de Ana, y ella seguiría pretendiendo por el mayor tiempo posible.

—Oye, tengo que llevar algunas cosas al apartamento del piso superior cerca de Central Park, ¿sabes?, el que queda en Museum Mile. ¿Tienes tiempo para venir conmigo? Todavía no estoy segura de lo que voy a hacer en las terrazas y me gustaría que me dieras tu opinión.

—Nunca te han gustado los muebles que he elegido para las decoraciones exteriores —Ana sonrió porque sabía que el gusto tradicional de Beka no concordaba con los diseños más modernos de ella.

—Lo que estoy pensando es en el jardín. Tú siempre has tenido muy buen ojo para las proporciones —Beka la miró—. ¿Por favor? Podemos ir y pasar por el museo durante la hora del almuerzo. Tienen una exhibición de uno de mis artistas favoritos, y hay un par de cuadros que jamás me canso de mirar. Creo que cuando los miro siento que se me llena el alma.

Ana tenía un montón de papeles que tenía que darles curso, pero sabía que si no iba, Beka tampoco iría. Si alguien tenía que tomarse algún tiempo para recuperarse, era ella. —Claro, me parece bien.

—Gracias, Ana, no hay nadie como tú.

—Sí, sí, eso es lo que siempre dices cuando me convences para que haga algo.

—Es cierto —dijo Beka con una sonrisa inmediata.

—Déjame terminar lo que estoy haciendo. Solo me llevará unos pocos minutos.

—Por supuesto, Ana, tómate todo el tiempo necesario. Como solía decir la señora Crawford en la clase de Desarrollo del diseño: «La excelencia no puede ser apurada, estoy contando con su genio como diseñadores para que nos hagan ricos y famosos a todos algún día».

Ana sabía que Beka *estaba* contando con ella. No para hacerse rica, sino para sobrevivir. Ella esperaba que las cosas dieran buen resultado.

—Está bien. Ven aquí y fíjate en esto. ¿No es sorprendente?

Ana miró, tratando de esforzarse para darse cuenta de lo que Beka podía ver en ese cuadro. —Bueno, ah, es lindo, creo.

¿Lindo? *¿Lindo?* Ana lo miró.

—¿No puedes ver la emoción que se ve en ese lienzo?

—En realidad no. Además no es un lienzo; está pintado en madera. Fíjate lo que dice aquí: «Pintado en madera».

—¿Podrías dejar de ser tan poco imaginativa y mirar? Dime lo que ves.

—Bueno, veo a una mujer muy pálida, con una mirada depresiva, que tiene un pedazo de papel en la mano.

—Usa la imaginación. Es una carta. ¿Quién se la ha enviado? Su amado, diciéndole que va a regresar mañana. La expresión en su rostro no es depresión sino añoranza. Ella no tiene lo que quiere ahora mismo, pero lo va a tener pronto, así que casi lo puede saborear. Sus sueños están a punto de realizarse.

—¿Desde cuando tú usas palabras como estas?

—No soy yo. Es ella. Eso es lo que ella está pensando, y así es como lo expresé. No seas tan seria.

—Sí, no voy a ser tan seria con el próximo cuadro. Este es un poco más de mi estilo. Una ciudad que se está incendiando. Sí, eso debe de haber sido algo apoteósico.

—Oh, no sigas.

—Fíjate, lo pintó la misma artista, Camille Corot. Ella debe de haber cambiado un poco durante sus últimos años. En lugar de esperar que su amado regresara por ella *al otro día*, ella decidió divertirse como si hoy fuera el *último día de su vida* —A Ana le encantaba tomarle el pelo a Beka, porque últimamente ese era el único momento en que veía sonreír a su amiga. Ana dejó de hablar cuando vio una figura en la parte superior del cuadro. —Oh, mira, hay un ángel allá arriba arrojando todo el fuego, ¿no? ¡Qué raro!

—Sí, es un cuadro sobre Sodoma y Gomorra, no seas tonta. Ahora, sigue caminando. Ves, este es otro cuadro de ese *pintor*. Es uno de mis artistas favoritos.

—¿Camille Corot es el nombre de un hombre?

—Su nombre completo es Jean Batiste Camille Corot, si eso te aclara algo.

—Más de lo que me interesa saber, no te preocupes. Sigamos y vayamos a ver algo de arte moderno. Mi alma también necesita ser alimentada.

—Espera, el siguiente cuadro es uno de mis favoritos: *Agar en el desierto*.

Ana miró la pintura de una mujer, probablemente una madre, de rodillas al lado de un niño que estaba en el suelo, que parecía que pudiera estar muerto. La madre tenía una mano levantada hacia arriba, y la otra en su frente, llorando desesperadamente al lado del niño. —¿Qué es lo que puedes ver en este cuadro? Se pasa de deprimente, es fatalista.

—No, lo tienes que observar para ver todo el cuadro.

—Déjame ver, tú has creado una historia también para este cuadro.

—No lo tuve que hacer, está en la Biblia.

—¿Qué?

—Tú sabes quién es Abraham, ¿no es verdad?

—Más o menos.

—Bueno, Agar era la sierva de Abraham, bueno en realidad la sierva de su esposa Sara, y cuando Sara no pudo tener hijos, ella le dijo a Abraham que durmiera con su sierva, para que le diera un hijo. El niño que yace en el suelo es ese hijo. Se llamaba Ismael.

—¿Qué? Dime qué clase de esposa haría algo semejante. ¿Y qué clase de sierva estaría de acuerdo con eso?

—Los tiempos eran diferentes, eso es todo.

—Creo que sí. Entonces no les gustó el niño cuando creció, ¿o qué fue lo que pasó?

—Finalmente Sara tuvo su propio hijo, Isaac, e Ismael no lo trataba muy bien.

—No creo que necesite la imaginación para darme cuenta de eso.

Beka se rió. —No, creo que no. De todos modos, finalmente Sara se enojó tanto que consiguió que Abraham echara a Agar y a Ismael. Ellos huyeron al desierto.

—Dime de nuevo. ¿Por qué quieres mirar un cuadro de esa historia?

—Mira hacia el cielo. ¿Ves el ángel?

Ana lo vio, como volando sobre los árboles en el fondo. —¿Qué pasa con el ángel?

—En los momentos más difíciles de mi vida, yo sé que hay ángeles que me cuidan.

Ana sabía que Beka tenía una fe muy profunda, aun cuando muy pocas veces hablaban sobre eso. —No parece estar haciéndole mucho bien a ella.

Ni a ti ni a Gracie.

—Vas a ver que sí. En un segundo, ella escuchará la voz del ángel diciéndole que de su hijo saldrá una gran nación. Ella va a encontrar un pozo de agua en la próxima escena. Ese ángel está con ellos, aun cuando todavía no lo saben.

A Ana le pasó por la mente el recuerdo de la cantidad de dibujos de ángeles que había actualmente en el cajón superior de su tocador. Ella no podía tirarlos a la basura, tanto como quería hacerlo. Un dibujo en particular mostraba a Ana mirando hacia el cielo, muy parecido a lo que Agar estaba haciendo ahora, con un ángel en el trasfondo. —Tengo... tengo que regresar a la oficina.

Beka se aproximó y la abrazó. —¿Tienes idea de lo preciosa que eres?

—¿Preciosa? Creo que me siento ofendida.

Ana vio el cabello rojo un segundo antes de ver el rostro, pero la reconoció instantáneamente. Pero, no podía ser.

—Bueno, hola, Ana. Qué bueno encontrarte aquí —Eleanor Light se aproximaba del lado izquierdo, vestida con un traje pantalón beige y sonriéndole—. ¿Mirando algunos cuadros de Corot? Él es uno de mis pintores favoritos.

—También de los míos —Beka sonrió—. Me llamo Beka.

Eleanor le extendió la mano. —Me llamo Eleanor —dijo y miró a Ana—. Pero de alguna forma no creo que sea uno de los favoritos de Ana.

—Me gusta el que tiene la carta —no había razón para no ser cortés.

Beka le tocó el brazo. —No te gusta. Me dijiste que lo detestabas.

—Ah... Tal vez eso fue antes de ver los otros cuadros, pueden ser un poco más impactantes que el primero —dijo Eleanor al tiempo que se aproximaba al cuadro de Agar como si lo estuviera estudiando—. Es extraño, pero siempre he encontrado que cuando una pieza de arte me perturba, hay algo en ella que debo aprender sobre mí misma. Me pregunto qué es lo que este cuadro nos está tratando de enseñar.

—Que nos concentremos en el arte moderno —Ana trató de reírse, pero no resultó; debía cambiar el tema—. ¿Qué es lo que te trae a Nueva York?

—Oh, estoy aquí por asuntos de negocio por unos cuantos días. Pensé que sería agradable visitar el museo mientras estoy aquí —Eleanor se acercó más al cuadro sobre Sodoma y Gomorra—. Es interesante, ¿no?, los diferentes trabajos que tienen los ángeles. Este está destrozando la ciudad; este otro está ayudando a un desamparado en el desierto. Una descripción de trabajo bastante diferente —dijo, mirando su reloj.

—Oh, bueno, no quiero ser descortés, pero me tengo que ir. Qué bueno que nos conocimos, Beka —luego, tocando el brazo de Ana, le dijo: —Espero verte pronto —y con eso salió del lugar caminando con rapidez.

Beka suspiró. —Tiene el cabello más bello que he visto. Es exactamente el mismo color de la bandeja de bodas estilo moroco, hecha de cobre que acabo de comprar para la decoración del apartamento de la familia Brown. Te la mostré, ¿no es verdad?

—Vámonos de aquí.

—Eleanor tiene razón. Te *sientes* perturbada.

—De vuelta a la oficina. Ahora.

Capítulo 12

A través de las muy limpias ventanas que iban desde el piso hasta el cielo raso, Ana observó a las bien vestidas personas, caminando por el recién construido vestíbulo. Mientras se bajaba del taxi, se preguntó si había sido sabio no traer a un acompañante. Estaba segura que no conocería a nadie en ese lugar, y no estaba con el ánimo de hablar de cosas incidentales. De hecho, ella no tenía ánimo de hablar, punto.

Pensó en que ojalá que hubiera llamado a Richard. Él siempre estaba dispuesto a acompañarla a una fiesta. De alguna forma, Richard siempre podía hablar con la gente en una fiesta, sacándole esa presión a Ana y, sin embargo, nunca se mostraba pesado. Él era uno de sus acompañantes favoritos para un evento como este, y por lo general estaba disponible para llamadas de último momento. Pero ella quería entrar allí y salir lo antes posible, y las cosas siempre eran más complicadas cuando había otra persona que considerar.

—Bienvenida. ¿Su nombre, por favor? —una mujer con un traje pantalón negro estaba de pie frente a una mesa cerca de la puerta.

—Ana Fletcher.

La mujer asintió con una sonrisa. —La señorita Fletcher —dijo mirando a la lista de nombres y haciendo una marca. Entonces, señalando hacia donde estaban los invitados, le dijo: —Las bebidas se sirven a ambos lados del vestíbulo. Por favor, entre, y espero que se divierta —dijo con una sonrisa.

—Gracias —Ana caminó hacia donde estaba el bar, tratando de decidir si tomar un par de tragos que la calmaran esta noche valdría la pena el sentirse amodorrada mañana. Por supuesto. El mozo, vestido de camisa blanca y chaleco negro le preguntó: —¿Qué puedo servirle?

—Chardonnay, por favor.

El hombre se dio vuelta y sacó una botella verde de un balde con hielo, la cual tenía el tapón un poco flojo. Antes de que él pudiera servirle el vino, una voz de detrás de Ana dijo: —No le des eso. Ana es una invitada especial. A ella dale lo mejor que tenemos.

El hombre asintió sin decir palabra alguna y sacó algo de debajo del mostrador. Ana volvió la cabeza para ver a Patrick Stinson. —Eso no es necesario.

—Por supuesto que lo es. Si vamos a trabajar juntos por mucho tiempo, quiero asegurarme que te traten bien cuando estás en mi territorio, al igual que tú me tratarás bien en el tuyo —los ojos café oscuro estaban enmarcados por pestañas oscuras. Todo en cuanto a él era... *perfecto*.

Sí, definitivamente debería haber venido acompañada. —Gracias. Espero que sea así en nuestros próximos proyectos.

—Yo también —él levantó su vaso en un brindis silencioso, y Ana tocó su vaso con el de él—. Pienso que tal vez más tarde, esta noche....

—Patrick, has superado todo lo anterior. Este es el mejor edificio que has construido —le dijo el hombre que usaba un traje de Armani, lo cual fue distracción suficiente para romper el hechizo magnético de Patrick Stinson.

Es hora de que vaya a otro lugar. Ella dijo algo de que había visto a alguien en el otro lado del salón, y escapó cuando todavía tenía la oportunidad.

—Hola, me llamo Meredith. Tú debes ser la nueva decoradora.

Ana miró a la bella rubia que estaba frente a ella y se preguntó quién sería. —Sí, me llamo Ana Fletcher, y voy a trabajar en el proyecto de Stinson Towers.

Meredith movió la cabeza y su rubio y ondeado cabello descansó sobre la piel de su hombro. —¿Qué es lo que piensas en cuanto a los arreglos de los condominios de este lugar?

—Todavía no los he visitado, pero he visto fotos. Para decirte la verdad, nunca he visto nada tan sorprendente —Ana podría haber agregado que no era digna de seguir esas pisadas, y que estaba súper asustada pero no lo hizo, y simplemente agregó—. Un cuidado increíble sobre los detalles.

Meredith le clavó la vista a Ana por un largo momento, como si estuviera tratando de creerle o no. Finalmente dijo: —Yo fui la que los diseñó.

Ana se sintió ruborizar. No le parecía correcto estar en una fiesta para celebrar el trabajo hecho por una persona a la que ella estaba reemplazando, y por cierto que no había sido idea suya. —Bueno, entonces, estoy muy contenta de conocerte. Creo que eres una persona muy talentosa.

Meredith asintió, pero luego sus ojos mostraron duda. —Tal vez tú puedas mantener la atención de él por más tiempo que yo. Te deseo mucha suerte —ella movió la cabeza de forma que el cabello le voló sobre los hombros y se alejó en dirección al bar.

Ana la continuó mirando por algunos segundos. ¿Amargura? ¿O tal vez otra advertencia legítima de mantener distancia entre ella y Patrick Stinson?

—Ana, te ves tan encantadora como siempre —el cuarto esposo de Margaret vino y se detuvo a su lado.

—Gracias, Edward. ¿Dónde está tu encantadora esposa?

Él se encogió de hombros y bebió hasta lo último de su *martini*. —Está por aquí, en algún lado. Tú conoces a Margaret.

—Sí, la conozco.

Ana sonrió como si fuera gracioso que Margaret evitara estar con su esposo en las fiestas, o que debía hacerlo porque él bebía demasiado en situaciones sociales. Ella comenzó a hacer una excusa para alejarse, pero vio a Patrick caminando hacia donde estaban ellos. —Así que, Edward, ¿quieres hacer un tour conmigo? Me muero de ganas de ver este lugar, y me gustaría que me acompañaras.

—Por supuesto. Pero primero hagamos una pequeña parada en el bar.

Dos horas después y varias más paradas en el bar, Ana se las arregló para salir del lugar y hacer parar un taxi. Mientras el vehículo se acercaba a la acera, ella escuchó una voz detrás. —Por cierto que no te vas a ir tan pronto. ¿Te resultó aburrida mi fiesta?

—Fue la fiesta perfecta. Tengo un vuelo temprano mañana, así que me estoy escapando un poco temprano.

—¿Te estás yendo de la ciudad cuando mi trabajo está comenzando?

—Tengo que regresar a Charleston por unos pocos días, es un asunto relacionado con la propiedad de mi hermana.

El asintió. —¿Sabes? He estado pensando en comprar algunas tierras en el sur. Tal vez debamos hablar de ideas sobre algún proyecto cuando regreses.

Ana asintió. —No te preocupes. Todavía voy a estar trabajando en tu proyecto, aun cuando esté allí.

—Qué bien. No quisiera que te olvidaras de mí cuando te vayas —no había ninguna sutileza en su tono de voz. Esto iba a ser complicado.

Ana lo miró y como si estuviera recitando un informe sobre el tiempo, le dijo: —Que disfrutes el resto de la fiesta.

Se subió al taxi y le hizo adiós con la mano al apuesto Patrick Stinson.

Capítulo 13

Ana llevaba su maleta con ruedas por el Aeropuerto Internacional de Charleston, se puso en la línea para alquilar automóviles, y condujo hasta la casa, todo funcionando en piloto automático. Había cosas que tenía que hacer, y las estaba haciendo enfocándose en la siguiente tarea que tenía por delante. Esa era la única forma en que podía avanzar.

Entró a la cochera de la casa de Sara, y dejó que los neumáticos siguieran por las dos angostas franjas de cemento separadas por césped, el cual ya debería de haber sido cortado. Frenó el automóvil. Su piloto automático se desconectó, y la realidad la embargó. Ana se veía obligada a navegar este curso sola. No fue hasta este instante, cuando miró las paredes de la casa de estuco gris, que había sido su hogar en sus años de crecimiento, que el total impacto de su soledad... la absoluta finalidad de eso... la sobrecogió. Estaba sola. Siempre iba a estar sola. Las dos únicas personas que la habían amado ya no estaban... Nana, quien había muerto de cáncer hacía varios años, y Sara que se había ido hacía dos semanas. Ana era una mujer de treinta años de edad, con una vida entera de soledad en su futuro.

Los sollozos le salieron en explosión del pecho, mientras estaba todavía en su automóvil, sin haber apagado el motor. La mente subconsciente tenía un sentido terrible del tiempo. ¿Por qué no podía ser esto cuando ella estuviera de vuelta en Nueva York, en su propio apartamento? ¿Cuándo ella pudiera lidiar con esto de otras formas?

—Anita, ¿estás bien? —la voz se sentía muy suave del otro lado de la ventanilla, pero todavía supo que era Keith. Cuando ella levantó la vista, la cara de Keith estaba a unos dos centímetros del vidrio, y tenía las dos manos sobre los ojos y apretadas contra la ventanilla.

Ana casi le gritó: —Estoy bien —sin preocuparse de bajar la ventanilla. Con lentitud sacó el pie del freno, y cuando estuvo segura de que no le iba a aplastar los pies a Keith, dejó avanzar el auto hasta llegar al pequeño garaje que estaba separado de la casa. Buscó en su maletín de mano para encontrar el control remoto. Hurgando debajo de la billetera, su iPod y el último ejemplar de su revista de diseños, finalmente encontró el aparatito de plástico y presionó el botón. Miró cuando la vieja puerta de madera se elevaba lentamente, y despacio entró el automóvil. Apagó el motor y se preparó para el próximo asalto de Keith.

—Te ves triste.

Claro que Keith la había seguido, con la cara pegada a la ventanilla del lado del conductor. Tenía las manos sobre el lugar donde había dejado algunas marcas unos segundos antes. En la extraña luz que se filtraba dentro del garaje, la cara de Keith se veía pálida. Muy pálida. Le trajo una escena retrospectiva de su sueño en Nueva York.

Con cuidado, Ana abrió lentamente la puerta, cuidando de no golpearlo. Se pasó las manos por el rostro y salió del auto. —Hola, Keith. Me alegra verte, pero estoy muy ocupada ahora. Te veo más tarde, ¿de acuerdo?

Ella pasó por su lado camino a la puerta del frente. Una vez que estuviera dentro de la casa podría cerrar la puerta con llave y llorar sola.

—Oh, Ana, estoy muy contenta de verte. Esperábamos que regresaras pronto —el acento de Tammy le pareció más marcado que de costumbre, tal vez porque Ana había pasado una semana en Nueva York, o tal vez porque estaba apurada, lo cual le había hecho notar la forma de hablar más lenta.

Ana volvió el rostro. Tal vez fuera fácil lograr que Keith no lo notara, pero con una sola mirada, Tammy se daría cuenta de que había estado llorando. —Sí, vine para hacer algunos trabajos en la casa. En cuanto arregle este lugar, lo voy a poner a la venta —dijo Ana al tiempo que habría la puerta mosquitero y ponía la llave en la cerradura.

El silencio que siguió la hizo creer que Tammy debía de haberse dado cuenta de la indirecta o que se había ofendido lo suficiente como para irse. Ella miró sobre el hombro izquierdo para confirmarlo. En cambio, vio a Tammy, parada en los escalones del frente, con la boca abierta. —¿Vas a vender este lugar?

Ana hizo girar la llave. —Bueno, sí, no hay nadie que lo pueda cuidar. No sería práctico mantenerlo —dijo entrando en la casa y poniendo su cartera sobre la mesa, sabiendo instintivamente que Tammy y Keith la seguirían.

Había olor a humedad en el lugar. Había estado vacío por menos de dos semanas, y parecía que el estar inhabitado ya había comenzado a perjudicarlo. Escuchó los pasos de Tammy a sus espaldas, y se le ocurrió una idea brillante para una táctica nueva. —Yo sé que tú quieres que el vecindario continúe siendo un lugar bonito, y no me gustaría que tengas que vivir al lado de una casa que nadie cuida. El césped ya está muy descuidado, ¿y te das cuenta del olor en este lugar? Hace apenas un poco más de una semana que estuve aquí.

—Creo que asumí... que esperaba... que tal vez considerarías vivir de vuelta aquí. Sé que esta casa ha estado en tu familia por mucho tiempo. No pensé que la querrías vender tan pronto.

Había muy pocas cosas sobre su pasado que Ana quería recordar y retener, y la casa de estilo tradicional de Charleston no era una de ellas. Ella negó con la cabeza y dijo: —No lo creo —y que Tammy interpretara eso como quisiera.

—Lo siento mucho —Tammy no dijo nada más, pero tampoco hizo ningún movimiento que indicara que se iba. Esta mujer era la persona más lenta que Ana había conocido para darse cuenta de una indirecta.

—Bueno, voy a ir a buscar mi maleta ahora, voy a ir a comprar comida, y hacer algunas cosas por el estilo. Te veo más tarde, ¿de acuerdo? Gracias por pasar a verme, perdóname, por favor.

—Claro, por supuesto. Por supuesto que tienes cosas que hacer —Tammy se volvió para mirar a Keith, quien se había quedado en la puerta sonriendo con timidez a Ana—. Keith, ayudemos a Ana a traer sus cosas del automóvil, ¿sí?

—Claro —el niño desapareció sin decir otra palabra, y Tammy lo siguió.

—No es necesario que lo hagan —Ana supo que eran palabras desperdiciadas mientras las decía—. Soy perfectísimamente capaz de hacerlo yo misma.

—Por supuesto que no es necesario, y no importa lo que eres capaz de hacer por ti misma. Queremos ayudarte de cualquier forma que podamos, ¿no es verdad, Keith? Eso es lo que hacen los amigos, se ayudan los unos a los otros. De hecho, yo también tengo que ir al supermercado. ¿Por qué no vamos todos juntos? Cosas como esa son mucho mejores cuando se comparten con una amiga.

—No, en realidad....

—Insisto en que lo hagamos. Déjame ir a buscar mi lista y cerrar la casa. ¿Quieres que pase a buscarte o quieres que vayamos caminando?

Ana se imaginó a Keith, quien había permanecido inmóvil en la puerta, hablando sobre ángeles mientras Tammy esperaba en el automóvil afuera. —Iré a tu casa. Dame algunos minutos.

—Está bien, ven a mi casa cuando estés lista —Tammy y Keith caminaron por el césped hasta su casa.

¿Qué es lo que había sucedido aquí? Ana vivía en Nueva York, ¿no se daban cuenta? Ella trabajaba en el mundo de negocios y no tenía miedo de enfrentarse a quien fuera. Entonces, ¿por qué era que esta mujer, que tenía el cabello con una mala permanente, y su hijo que rondaba por todos lados, se las arreglaban para que Ana hiciera algo que no quería hacer, y eso ocurría una y otra vez?

Entonces recordó su sueño y comenzó a hacerse preguntas. ¿Se lo estaba imaginando, o el rostro de Keith parecía más pálido hoy?

Ana sacudió la cabeza. Aparentemente, todavía no podía controlar la imaginación cuando estaba en Charleston. Era hora de que superara eso. Esas cosas no eran reales, y por pura determinación, Ana se las sacaría de la mente.

Capítulo 14

—Te vamos a ayudar a entrar tus comestibles —Tammy había salido del automóvil y estaba sacando las bolsas del maletero antes de que Ana pudiera protestar. Keith la siguió, llevando un paquete de doce botellas de agua vitaminizada, y tarareando suavemente.

—Danielle va a estar muy triste por no haberte visto. Ella está en el extranjero, ¿sabes? ¿Te dijo algo sobre su safari para sacar fotos?

—¿Safari? ¿En África? —A Ana le costaba imaginarse a Danielle en algún otro lugar que no fuera una casa con aire acondicionado y todas las comodidades.

—Sí, cuando va en ese tipo de viaje, está ausente por dos meses. Creo que ese es uno de los beneficios de no haberse casado nunca. Creo que es la libertad de jubilarte de la forma en que quieres —Tammy se vio un poco nostálgica mientras lo decía—. No va solo de vacaciones, ella es voluntaria de la organización Visión Mundial, que ayuda a que pueblos rurales puedan encontrar agua potable. Oh, las historias que te contará cuando regrese —ella tomó su cartera—. Te ayudaré a guardar tus compras.

—Realmente, yo lo puedo hacer. Sé que compraste helado y se te va a derretir mientras hablamos —el insistente estilo de ayudar de Tammy la estaba abrumando. No era que Ana en realidad no lo apreciara, sino que simplemente no necesitaba la ayuda.

—Gracias por llevarme al supermercado; te veo más tarde —esto sonó un poco más del estilo neoyorquino, directo, de lo que quiso expresar, así que agregó—. Ya has hecho tanto por mí, y te lo agradezco.

Ana sabía cuál sería el próximo movimiento de Tammy. Algo por el estilo de: «Acabo de comprar carne para asar, y es muy grande solo para Keith y para mí. ¿Quieres venir a cenar con nosotros?» Ana se estaba preparando para un firme «no», cuando Tammy le dijo: —Está bien, ya todo está guardado. Te veo mañana, ¿de acuerdo?

¿Qué? Esto la sorprendió a Ana lo suficiente como para no poder pensar en qué forma contestarle. Se las arregló para decir: —De acuerdo, me parece bien.

Lo más extraño fue que cuando Tammy cerró la puerta, Ana sintió una pequeña punzada de rechazo. Ella no había sido *tan* tajante, ¿o sí? ¿Por qué Tammy no la había invitado a cenar?

Era ridículo. Absolutamente ridículo.

Ana puso la leche en el refrigerador, luego colocó dos tomates en el antepecho de la ventana para que terminaran de madurar, de la misma forma en que Nana lo había hecho. Esa pequeña nostalgia le trajo de vuelta el dolor que había sentido más temprano hoy, y se puso a llorar de nuevo. Esta vez no eran sollozos, sino lágrimas de tristeza que continuaban rodándole por las mejillas.

Sonó el timbre. —Un segundo —gritó, esperando que fuera lo suficientemente alto como para ser escuchado—. Se lavó el rostro con agua fría y se lo secó con una toalla de cocina, entonces fue a abrir la puerta.

—Hola, ¿cómo estás? —Ethan McKinney estaba de pie en el escalón de la puerta, con el cabello todavía un poco húmedo—. Escuché que habías llegado.

Ana no le tuvo que preguntar dónde había escuchado la noticia. Ella miró furtivamente hacia la casa de Tammy, preguntándose si esta era la razón por la cual ella no había mencionado la cena. —Sí, llegué hace poco, y todavía estoy arreglando mis cosas.

Él asintió con la cabeza. —¿Interrumpí algo? —él tuvo cuidado de no mirarla directamente a los ojos. Ana supuso que él se podía dar cuenta que había estado llorando y que había escogido ignorarlo. Estaba agradecida por eso.

—Oh, estoy guardando los comestibles. ¿Quieres entrar y tomar algo? —ahora sería un buen momento para hablar con Ethan sobre su nuevo plan. Ella había querido llamarlo desde que había resuelto qué es lo que iba a hacer cuando estuvo en la cafetería.

Él mostró cierta duda. —Bueno, no quiero molestarte. Lo que quiero decir es que sé que acabas de llegar y estás arreglando tus cosas, y sé que has tenido un viaje largo, y sé que las cosas aquí....

—No, está bien. Por favor, entra —le dijo mientras abría un poco más la puerta para que él entrara—. Tengo que guardar un par de cosas en el refrigerador, pero hay algo de lo que quiero hablar contigo. Ven a la cocina.

—¿Está bien si te ayudo? Estoy seguro que voy a guardar las cosas en los lugares equivocados, pero pienso que en realidad no hay mucho que puedas poner en otro lugar cuando guardas las verduras en el refrigerador, ¿verdad? —tomó una bolsa de verduras y caminó hacia el refrigerador—. ¿De qué me quieres hablar?

Ana puso el pan y las galletas de trigo en un gabinete que servía de despensa. —Tengo que preparar esta casa para la venta más rápido de lo que había pensado originalmente, y tengo mucho trabajo ahora en Nueva York, sé que hicimos un acuerdo para intercambiar trabajos, pero creo que las cosas serían más simples si yo te contrato a ti y dejo que tú termines todo el trabajo mientras yo no estoy aquí.

—No tengo problema de trabajar mientras tú no estás aquí. Pero como te dije, en tu caso no voy a trabajar como contratista.

—Entonces voy a tener que encontrar a otra persona que pueda contratar —Ana se dio vuelta y se apoyó en el mostrador, con los brazos cruzados sobre el pecho.

Ethan la miró sin cambiar de expresión, y finalmente dijo: —¿Cuánto tiempo te vas a quedar en la ciudad?

—Me voy el martes.

—Está bien. ¿Qué te parece si mañana alquilo un par de lijadoras y comenzamos a trabajar en los pisos de madera —dijo mirando hacia el piso rayado debajo de la mesa de la cocina—. Están bastante rayados. Yo podría estar aquí después del mediodía y por lo menos podríamos hacer los cuartos de atrás.

—Es posible que esta sea la última vez que vengo por bastante tiempo. Te lo digo. Es posible que no tenga oportunidad de pagar mi parte del trato.

—Ese es mi problema, ¿no es verdad? —Ethan apoyó la palma de la mano en la pared de al lado de la puerta de la cocina—. ¿Sabes? Si sacamos esta pared y usamos el espacio de este pequeño pasillo, podríamos agregar una buena despensa tipo closet vestidor. Estoy seguro que ayudaría mucho en cuanto al precio en que puedas vender la casa. Las cocinas y los baños es lo que la gente mira —él volvió el rostro hacia Ana, y luego se ruborizó un poco—. Creo que no tengo que decirte eso, ¿verdad? Sabes de eso tanto como yo, tal vez más, porque estoy seguro que en Nueva York....

—No es una idea mala —¿cuántas veces se puede interrumpir a alguien sin ofenderlo? De alguna forma, con Ethan, ella estaba muy segura de que finalmente encontraría la respuesta.

Ana miró hacia la pared y consideró lo que él le había dicho. Ella estaba acostumbrada a los espacios pequeños, puesto que vivía en un apartamento de un cuarto en Nueva York, pero sabía que la mayoría de los compradores de hoy en día preferían una cocina grande. —Aumentaría bastante el precio de lo que yo planeaba hacer, ¿pero crees que le sacaría el valor cuando venda?

—Te lo dije. No te voy a cobrar.

—Y yo te dije que no recibo caridad. Además, hay que considerar los materiales para las paredes, etc. Solo los materiales van a costar bastante dinero. Y ... llevaría más tiempo del que esperaba pasar en este proyecto.

—Eso no me molestaría.

Ana no estaba segura si él se refería a los materiales o al tiempo adicional. Ella escogió creer que era los materiales. —Déjame pensar en esto, pero es posible que estés en lo cierto.

—¿Quieres ir a Magnolia esta noche? Podríamos trabajar en los planes mientras comemos.

—No creo... —Ana estaba buscando una excusa en la mente, algo que pareciera válido y que no hiriera sus sentimientos cuando sonó su teléfono celular—. Perdóname por solo un segundo.

—Por supuesto —dijo mientras se inclinaba contra el mostrador, con las manos a ambos lados del cuerpo, viéndose totalmente cómodo.

Ana caminó hacia la sala. Ethan todavía la podría escuchar allí, pero por lo menos no estaría hablando frente a él. —Habla Ana.

—Sí —el tono de voz de Patrick Stinson era entre suave y meloso—. Te llamo para asegurarme de que estás pensando en mí, tal como prometiste que harías.

—Como te prometí, estoy pensando en tu proyecto. Hoy trabajé en algunos de los dibujos en el vuelo, afinando algunas de las cosas sobre las que hablamos, y comencé a trabajar en algunas ideas nuevas.

—Qué bien. Eso es lo que me gusta oír, quiero que nuestra asociación continúe avanzando porque creo que formamos un dúo muy bueno —luego hizo una pausa, Ana supuso que esperaba cierta clase de acuerdo. El hecho de que él había usado la palabra *dúo* en lugar de *equipo* no le había pasado por alto a ella. En lugar de responder, ella simplemente dejó que el silencio entre los dos fuera una especie de escudo.

Finalmente, él se aclaró la garganta y se rió. —Creo que me gusta tu estilo, Ana Fletcher. Regresa pronto a Nueva York —y con eso, la comunicación se cortó. Ana cerró el celular, luchando contra una sensación incómoda, casi mala que le invadió el pecho. Era tonto, él no había hecho o dicho nada realmente malo. Tal vez era otro síntoma de su imaginación hiperactiva. Se estremeció, y luego regresó a la cocina.

Allí, todavía recostado contra el mostrador, estaba Ethan McKinney, el rey de las frases una detrás de la otra y con demasiadas explicaciones. Algo en cuanto a su presencia la hizo sentir mejor; parecía sacarle el gusto malo que le dejó la conversación. Tal vez cenar con un ser humano normal era lo que necesitaba. —¿Sabes? Cenar en Magnolia me parece muy bien.

Ethan la miró por encima del borde del menú. —Me di cuenta que había muchos frijoles verdes y cosas por el estilo en tus comestibles, pero ya sea que evites comer comidas grasosas o no, no puedes comer en el restaurante Magnolia de Charleston y no tomar la sopa de cangrejos. No sería correcto.

—No lo creo. Yo crecí en Charleston, así que no se debe esperar que haga todo lo que hacen los turistas.

—Eso depende. ¿Cuánto tiempo hace que no has estado aquí, sin contar que viniste hace dos semanas?

Lentamente, Ana tomó su servilleta y se la colocó sobre las rodillas, luego tomó un poco de agua. —Algunos años, creo —dijo mientras continuaba mirando el mantel blanco.

—¿Cuántos son algunos?

Ana tomó un poco de agua. —Siete —dijo la palabra en un susurro, como si le doliera decirla.

Él lo sabía. Tomó un poco de su propia agua. —Desde el funeral de tu abuela.

—¿Cómo lo sabías?

Sara a menudo había hablado sobre tratar de lograr que Ana viniera a visitarla. También había hablado de su dificultosa niñez y cómo Ana había huido de Charleston, como si el irse de ese lugar de alguna forma removiera el dolor. El campo de estudio de Sara la había llevado a psicoanalizar la mayoría de las cosas y a todo el mundo, pero el que Ana se negara a regresar la perturbaba en forma particular. —Bueno, fui al funeral de ella, y recuerdo haberte visto allí. Eso fue justo después que recibí mi licencia de contratista, y sé que he tenido mi negocio por más de siete años. Todo tiene sentido.

Ana jugó con los cubiertos, con los ojos bajos. Tal vez él se había adentrado demasiado en territorio personal, lo cual siempre parecía suceder alrededor de ella. Él suponía que después de haber vivido una década en el norte del país, ella estaba acostumbrada a ser un poco más reservada. Se recostó hacia atrás en su silla, y sonrió. —Bueno, si han pasado siete años, entonces eres una turista, así que, sí, tienes que tomar la sopa. De hecho, tenemos que dejar un tiempo para visitar algunos de los lugares más históricos, y tal vez aun una visita a Fort Sumter. Tenemos que aclimatarte.

Ana levantó la vista, claramente sorprendida por el cambio de tema. Se inclinó hacia delante, con los codos sobre la mesa, y le dio una media sonrisa. —Nunca he sido una persona demasiado apasionada por la historia.

—Es que nunca has tenido el guía turístico apropiado.

Peligro a la vista. Peligro, peligro. Permanece enfocada; piensa con claridad. Ethan se inclinó hacia ella, impulsado aun contra su voluntad. —Creo que conozco a la persona correcta que te podría hacer cambiar de opinión.

Ella era una mujer muy hermosa. La luz de la vela danzaba en sus ojos y parecía brillar en su cabello oscuro.

—¿Están listos para ordenar? —de pronto la camarera estaba de pie al lado de ellos, mirando a Ana.

—Sí. Quiero una ensalada con aderezo de mostaza, sin mezclarlo en la ensalada —le sonrió a Ethan—. Y un tazón de sopa de cangrejo.

—Esa es mi chica —no, no lo era, pero un muchacho podía soñar, ¿no es verdad?

Capítulo 15

La sensación de completa paz se disipó con el sueño de Ana, desapareciendo en el instante en que despertó, dejando un vacío en su estela. Ella anhelaba regresar al lugar seguro que la había rodeado, al calor, al amor. Ahora solo le quedaba la música, y parecía continuar por toda la casa aunque sabía que estaba completamente despierta. Pero eso no podía ser.

Escuchó. Sonaba como si viniera de algún lugar de la parte de atrás de la casa. ¿Qué era lo que estaba *mal* en ella? Bueno, le iba a dar una estocada a esa *paracusia* de frente. «No eres real», dijo en voz alta, mientras salía de debajo de la frazada y caminaba la corta distancia entre los dos dormitorios. Ella se quedó inmóvil, ni siquiera atreverse a respirar. ¿Venía desde detrás de la puerta de su antiguo dormitorio?

Tomó la manilla de la puerta, y de alguna forma se las arregló para hacerla girar, aunque todo dentro de sí le decía que no lo hiciera. Empujó la puerta, dando un paso involuntario hacia atrás, mientras se abría lentamente. Entonces fue cuando la música cesó.

Ana se arriesgó a mirar dentro. El cuarto estaba casi por completo en la oscuridad, las cortinas de su niñez, que tenían una protección para no dejar pasar la luz, todavía no dejaban pasar luz después de todos esos años. Estuvo allí unos segundos, y luego encendió la luz.

La vieja lámpara de su tocador se encendió, pestañeó por un segundo o dos, y luego se apagó. Bueno, cambiar un bombillo era algo muy fácil. Fue al gabinete donde guardaban las sábanas y toallas donde había visto algunos bombillos, sacó uno de setenta y cinco vatios fluorescente, y regresó al dormitorio. Dejó la puerta abierta y la luz del pasillo encendida; atravesó el cuarto y levantó las persianas. La luz matutina penetró en el lugar, creando un rectángulo en el piso al lado del tocador. Ana cambió el bombillo, repitiendo entre dientes: «No era real; no era real».

La lámpara cobró vida, y Ana miró a su alrededor. *¿Ves? No hay nada aquí.* Ella respiró con más facilidad. La colcha era diferente de la que tenía cuando Ana había vivido allí. En aquellos tiempos había sido blanca con aplicaciones rosadas. Ahora era una combinación de flores en tonos púrpura y rosado que la hizo pensar en mujeres ancianas con sombreros y guantes blancos. ¿Qué la había impulsado a Sara a comprar tal género con tantas flores?

Ana caminó hacia el closet y lo abrió, para ver qué podría haber dentro. Una pequeña aspiradora, un plumero y una bolsa de plástico transparente en la que había ropa de cama—una de las cosas era tan grande que parecía ser una frazada o edredón. Ana abrió la bolsa. Claro, era un edredón azul oscuro, casi del color de los pantalones vaqueros, y un juego de sábanas blancas. Parecían casi nuevas.

Bueno, lo primero que debía hacer era cambiar la ropa de cama. No solo ese otro edredón se vería mejor para mostrar la casa en el futuro, sino que eran algo en lo que tal vez ella pudiera dormir. Después de varias noches en el sofá, eso se estaba convirtiendo en una buena posibilidad. Ella no se podía imaginar que su psiquis se pudiera aquietar debajo de la colcha con el diseño de flores brillantes como un letrero de luces neón y dudaba que un futuro comprador lo pudiera hacer. Los colores naturales siempre les permitían a los compradores imaginarse una casa.

Las blancas sábanas tenían el olor de haber sido lavadas recientemente, pero no sabía el tiempo en que habían estado guardadas. Para estar bien segura, puso las sábanas en la lavadora que estaba al lado de la cocina, y tiró el edredón al lado de la puerta del frente. Tendría que encontrar una lavandería con una lavadora lo suficientemente grande como para poder lavarlo. Esa sería parte de su misión hoy.

Ahora se dedicaría a otras cosas para preparar la casa. El asunto número uno en la agenda de hoy era medir las ventanas. Lo mejor era que comenzara en este mismo cuarto.

Cuando comenzó a medir las ventanas dobles, sus pensamientos volaron a la cena de anoche con Ethan. Él se había visto perfectamente cómodo y en control, muy diferente del Ethan que ella había conocido antes. Esta fase de él era de una persona que estaba en control. Ella tuvo que admitir que era reconfortante, aunque el lado de su personalidad un poco torpe también tenía su encanto. Era algo muy refrescante, después de haber pasado demasiado tiempo con las personas farsantes y demasiado impecables que conocía en Nueva York.

En realidad no importaba. Ethan era el tipo de hombre que se casaría, criaría un par de hijos y viviría en una casa con cerca blanca. Definitivamente no había futuro en esa clase de unión. Era hora de dejar de pensar en eso y medir las siguientes ventanas. Se dirigió al cuarto de Nana.

La ropa de Sara todavía estaba colgada en el closet, y sus libros todavía estaban apilados sobre su tocador, como esperando su regreso. Aun su reloj digital marcaba la hora con sus números rojos, como si nada hubiera cambiado. El cuarto olía un poco polvoriento, pero debajo de todo eso, aun después de todos estos años, había otro aroma. Olía como... *Nana*. Un poco como esas bolsitas aromáticas, crema de las manos y pastelitos, todo combinado en una fragancia nostálgica que casi era demasiado para poder soportar. Se dio vuelta y salió del cuarto, sin siquiera medir las ventanas.

El toque en la puerta de la cocina solo significaba una cosa. Ana abrió la puerta y se encontró con Tammy y Keith, atisbando como de costumbre. —Buenos días, ¿cómo dormiste? —Tammy entró mientras le formulaba la pregunta.

—Bastante bien.

No era tanto el problema de dormirse sino más la parte de despertarse lo que le daba problemas a Ana. Aunque no lo iba a mencionar.

—Mira, Ana. Hice esto para ti —Keith le mostró una figura, hecha con su acostumbrada manera de dibujar con rayitas, completamente rodeada de un cielo dorado. Sin embargo, esta vez no se veían los miembros que la hacían parecer un pulpo; solo brillantes luces a su alrededor—. Están todos alrededor tuyo, ¿ves?

El dibujo le recordó a Ana sobre su sueño del cálido mar. Mucho. —Sí, lo veo. Gracias —y fue a colocar el dibujo en la puerta del refrigerador, mientras la invadió el recuerdo de la sensación de paz.

—¿Sabes? Si tienes dificultades en quedarte aquí sola, nosotros estaríamos muy contentos que te quedaras en nuestra casa —Tammy estaba mirando hacia la frazada y la almohada en el sofá de la sala, y sacudió la cabeza casi en forma imperceptible—. Sé que te lo dije antes, pero quiero que sepas que la oferta sigue en pie, y quiero asegurarme de que lo entiendas.

—Sí, lo entiendo. Pero en realidad estoy bien sola. Todavía no estoy lista para dormir en mi antigua cama. El sofá es todo lo que necesito. Es bastante cómodo.

—Puede ser como medio metro muy corto —Tammy continuó mirando la ropa de cama en el sofá, pero tomó la bolsa grande que tenía en la mano derecha y la puso sobre el mostrador—. Hice una cosa para ti. La hice durante tu última visita, pero nunca me pareció el momento oportuno para dártelo —la voz se le entrecortó.

—¿Hiciste algo para mí?

Tammy inhaló profundamente y asintió. —Sí —dijo sacando de la bolsa unos almohadones decorativos con el mismo material que actualmente estaba en la cama de su antiguo dormitorio—. Hice el cubrecama para que lo tuvieras el día en que viniste por primera vez, pero tuve algunos otros proyectos apurados y no pude terminar los almohadones a tiempo. Después del accidente... bueno, quise hacer algo especial para ti, así que los terminé.

Ana sintió como que se le cerraba la garganta. —¿Tú... tú hiciste el cubrecama en el cuarto de huéspedes?

El rostro de Tammy mostró una sonrisa radiante de orgullo. —Culpable. Sara siempre estaba haciendo algo para ayudarme a mí. A mí me gustó mucho hacer algo por ella para variar. Mencionó que pensaba que el cuarto era demasiado oscuro con el cubrecama azul, y temía que tú lo fueras a encontrar depresivo. Así que la sorprendí haciendo algo con un poco más de color.

Le pasó por la mente a Ana que el cubrecama azul del que hablaban estaba en el suelo, al lado de la puerta del frente, esperando un viaje a la lavandería. Solo podía imaginarse lo herida que se sentiría Tammy si lo viera allí. Ana podría decir que se estaba deshaciendo del cubrecama, pero eso requeriría una mentira piadosa, la cual muy fácilmente saldría a la luz una vez que ella cambiara la ropa de cama. Así que en cambio puso su brazo alrededor del hombro de Tammy y la alejó de la posible vista. —Gracias por traerme los almohadones. Voy a ponerlos en la cama. Que tengas muy buen día —ella le señaló la puerta de la cocina a Tammy mientras decía eso.

—Voy contigo. Me gustaría ver cómo luce todo el conjunto.

A estas alturas, eso no debería de haber sorprendido a Ana. Ella hizo un rápido cálculo sobre cómo podía llevar a Tammy al cuarto y traerla de vuelta sin que viera la puerta del frente. —Claro, vamos por este lado —a propósito Ana se colocó entre Tammy y la puerta mientras caminaban—. Veamos cómo lucen, ¿sí?

—Se verán muy lindos —la voz de Keith directamente detrás de ellas tomó a Ana de sorpresa. Ella no había pensado acerca de lo que él podía ver o decir.

Solo cuando estuvieron a salvo dentro del dormitorio, Ana pudo suspirar aliviada. Misión cumplida.

Tammy arregló los almohadones en la cama, luego inclinó un poco la cabeza y se dio unos golpecitos con el dedo índice en el mentón. —¿Sabes qué? Tal vez son demasiadas flores aquí. Tal vez debería haber hecho los almohadones con colores sólidos, como púrpura o rosado —miró a Ana—. Tú eres la decoradora de interiores. ¿Qué es lo que piensas?

Ana hizo una pausa antes de contestarle. Si ella confirmaba que Tammy estaba en lo correcto, lo probable era que haría más almohadones y que le traerían más almohadones. Las cosas solo podrían empeorar de aquí en adelante. —No estoy muy segura. Hace bastante tiempo que no hago decoraciones con motivos de flores.

—¿De verdad? ¿Qué es lo que usas, entonces? —Tammy sonaba totalmente escandalizada.

—Bueno, los colores que uso mayormente son blanco, negro y cromo. Es como mi marca registrada.

Tammy puso ambos labios dentro de su boca, y Ana sabía que eran solo sus buenos modales sureños los que le impedían demostrar lo que sentía con una expresión facial. Algo en cuanto a esto hizo que Ana quisiera reírse. Pero en ese instante la lámpara pestañeó, se apagó por un segundo, y luego iluminó el cuarto de nuevo. —Qué cosa, acabo de reemplazar ese bombillo.

—Tal vez haya un cortocircuito en la lámpara. Eso le acaba de pasar a mi lámpara favorita y Ethan le cambió los cables. Él es un muchacho tan maravilloso —Tammy comenzó a caminar hacia la puerta del dormitorio antes de que Ana se diera cuenta.

Con rapidez la alcanzó y se colocó entre Tammy y la puerta del frente para el camino de regreso. Esto probó no ser necesario, porque Keith comenzó a hablar entre dientes detrás de ellas, sonando agitado, pero formando palabras que Ana no podía entender. Tammy se dio vuelta mientras caminaban. —¿Qué te pasa, cariño?

—No sé por qué... ¿Por qué harían eso?

—¿Harían qué? —le preguntó Tammy.

—El bombillo está pestañeando.

Ana supuso que el pestañeo de la luz debía de haberlo asustado. Es probable que el pobrecito tuviera que regresar a su hogar. Ella miró a Tammy. —Gracias por traerme los almohadones. Has hecho tanto por mí que me siento un poco culpable. Quisiera poder hacer algo por ti.

Tammy inclinó la cabeza hacia un lado y estudió a Ana por un momento. —Bueno, si en realidad quieres, hay algo que puedes hacer por mí.

Nunca se le había ocurrido a Ana que Tammy pudiera aceptar esa oferta. ¿En qué se había metido ella ahora? —Por supuesto, ¿qué es lo que puedo hacer por ti?

La lenta sonrisa de Tammy debería de haber sido la primera clave de que Ana tenía que correr. Rápido.

Pero una media hora después, Ana se encontró en la casa de Tammy, de pie sobre un pequeño banquito, ahogándose en metros de satén azul que le colgaban de la cintura en forma de campana. El cuerpo del vestido era varias tallas demasiado grande, lo que hacía que el cuello le colgara de los hombros, mostrando la camiseta negra que tenía puesta debajo. Ella podía aguantar todo esto, pero lo que casi le hizo perder la calma era la falda estilo campana que estaba usando debajo del vestido. Tammy no le había mencionado que esto era parte del trato.

Tammy hablaba sin parar mientras se movía alrededor de Ana, con la boca llena de alfileres. —No me acuerdo si sabes que yo hice el vestuario para varias de las personas que trabajan en las plantaciones históricas alrededor de la ciudad.

—No, no me lo dijiste —definitivamente no se lo había dicho.

Ana miró el interior de la casa de Tammy. Tal vez fuera un poco más pequeña que la casa de Sara, y los muebles eran viejos y estaban muy usados, pero la palabra «sombrío» no se podía aplicar al lugar. Almohadones de colores brillantes adornaban cada posible mueble, y las cortinas, de colores muy vívidos, estaban llenas de volantes. Ana pensó que ahora entendía el gusto de Tammy, o su falta de gusto, un poco mejor. Era obvio que no tenía muchas de las comodidades físicas, así que trató de hacer el lugar lo más brillante y alegre que pudo. Ana como que la admiraba por eso.

Keith estaba sentado muy feliz a la mesa de la cocina, que tenía una cubierta imitación formica, dibujando con sus crayones en un pedazo de papel blanco. Ana tenía que admitirlo, había algo en cuanto a su simple dulzura que le estaba llegando a ella. Observó la concentración del niño, y una vez más pensó que se veía un poco pálido. No, ella no iba a seguir con ese tema. Era hora de que se mantuviera firmemente plantada en la realidad.

—Qué bueno, hemos terminado. Muchas gracias —Tammy todavía tenía por lo menos seis alfileres en la boca.

—Me alegro de haberte podido ayudar —había algo más que un poco de verdad en esas palabras; se sentía bien—. ¿No es peligroso que hables con todos esos alfileres en la boca?

Tammy levantó la mano y se los sacó de la boca. —Sí, estoy segura de que lo es. Pero es mucho más conveniente, ¿sabes lo que quiero decir?

—Sí, creo que sí —Ana se sacó el vestido por sobre la cabeza, con cuidado de evitar el dobladillo lleno de alfileres—. Bueno, debo irme ahora.

—De nuevo, gracias.

—Toma, Anita —Keith permaneció sentado, pero le extendió un dibujo hecho con crayones mientras Ana pasaba a su lado.

Ella se detuvo y lo recibió de su mano. —Gracias, Keith. Es muy lindo —parecía ser una mesa, pero no estaba muy segura, y una lámpara, reflejando una luz amarilla en la pared.

Él lo señaló. —¿Ves? Es tu cuarto, ¿no?

Ana asintió. —Se ve igual a mi cuarto. Me gusta mucho la forma en que la lámpara brilla en la pared.

—No brilla.

—¿Estás seguro? Me parece muy brillante a mí.

—Ese es el ángel —dijo señalando la mancha brillante en la pared—. Allí, el ángel al lado de la lámpara.

A Ana la hizo sonreír su inocencia. —No era un ángel, Keith. Y eso es solo una vieja lámpara. Eso es todo.

—¡No! ¡Era un ángel! —lágrimas de enojo le llenaron los ojos—. Estaba allí. Yo lo escuché.

—¿Qué es lo que escuchaste, Keith? —Tammy se acercó y se arrodilló al lado de su silla.

—Música. Música de ángeles.

—¿En la lámpara? —le preguntó Tammy.

—No. En la pared. La música está en la pared. Te apuesto a que Anita también la escucha.

Ana se apresuró a ir hacia la puerta, con el dibujo en la mano. —¿Sabes? Estoy esperando que Ethan llegue en cualquier momento con las lijadoras para arreglar el piso. Es mejor que vuelva a la casa —ella no podía salir de allí con suficiente rapidez.

Capítulo 16

Varias horas después, Ana recostó su cansado brazo en la lijadora.
—Estoy pensando en poner piso de baldosa en la cocina.

Ethan sacudió la cabeza y sonrió. —Nada de eso. Sé lo que
estás pensando, y no hay nada que te vaya a dar una excusa para no
lijar estos pisos... *todos* los pisos —habían pasado las últimas horas
lijando los pisos de los dormitorios, Ethan trabajando en el antiguo dormitorio de Ana, y ella trabajando en el antiguo dormitorio de Nana—. Además, las baldosas son demasiado caras para tu
presupuesto, lo sabes, y le quitarían algo del encanto hogareño de
la casa original.

Ana sentía el polvo en el rostro, el cabello y aun entre los dientes. —Bueno, tal vez tengas razón en cuanto a tratar de no hacer
este trabajo, pero yo no soy muy dada al encanto hogareño de la
casa original. Así que si la pudiera modernizar un poco, me encantaría hacerlo.

Él se tapó los oídos con las manos. —Nunca más quiero escuchar esas terribles palabras cerca de mis delicados oídos.
¿Modernizar esta hermosa casa antigua? —luego se agachó y elevó
su mano derecha sobre la cabeza, y puso la izquierda sobre el piso.
—Por favor, perdónala, porque no sabe lo que dice.

Ana trató de regañarlo, pero en algún punto de su intención, soltó la risa. Él también comenzó a reírse, luego lentamente se puso de pie y comenzó a caminar hacia ella, mirándola directamente a los ojos mientras lo hacía. Se detuvo cuando estaban apenas unos centímetros aparte. —Es bueno verte reír, aun cuando estás cubierta de aserrín —los dedos le tocaron suavemente una mejilla, enviando partículas de aserrín café rojizo al suelo.

El corazón de Ana comenzó a latir con más fuerza, luego dejó de latir cuando él dio un paso más cerca. La mano de Ethan se movió hacia el hombro derecho de Ana, y ella esperó sentir su abrazo.

Un ruido ensordecedor llenó el lugar. Él había pasado el brazo por encima del hombro de ella para encender el interruptor de la lijadora. —A trabajar, ahora —la sonrisa de su rostro era casi demasiado engreída.

Ana lo vio alejarse. Era algo bueno, en realidad, que nada había pasado. ¿Quién necesitaba complicaciones en este lugar, cuando había suficientes complicaciones en Nueva York? Patrick Stinson tal vez no fuera el epíteto de las relaciones largas, pero por lo menos compartían algunos de los mismos intereses.

El siguiente periodo de descanso fue temprano por la tarde. Ana preparó sándwiches de pavo y queso, mientras Ethan cambiaba la lija en las máquinas de grado 80 a 150. —Ahora sí que estamos progresando.

—En dos cuartos —Ana dijo las palabras en tono de queja, solo para hacer una especie de broma. Este era trabajo duro.

—Paciencia. Paciencia. Los que esperan reciben cosas buenas. O en nuestro caso en particular, podríamos decir que pisos buenos... salen de pisos malos, a los que trabajan duro durante varios días.

—Hmm, nunca supe que eras filósofo.

—Es uno de mis muchos talentos ocultos —él tomó su sándwich y fue a sentarse al lado de ella a la mesa de la cocina—. Tienes que reconocer que fue un chispazo de genio conseguir dos lijadoras para que podamos hacer el doble del trabajo.

—Señor McKinney, reconozco tu genialidad, y eso me alegra. Pero voy a estar muy contenta cuando hayamos terminado esta parte del trabajo.

—Aun después de haber terminado de lijar, vamos a estar muy lejos de terminar. Vamos a tener que barnizar los pisos, luego ponerles tres capas de poliuretano. Vas a tener que dormir en la sala por el resto del tiempo que te quedes aquí.

Ana se encogió de hombros. —No es problema.

—¿Y cuándo crees que vas a regresar?

—Después que me dejes que te contrate. Voy a regresar cuando la casa esté lista para ponerla a la venta.

—Oh... Vamos a lo de siempre. Si quieres que haga algún trabajo mientras tú no estés aquí, no hay problema, pero no lo soy ahora, ni tampoco nunca lo seré, empleado tuyo, señorita Fletcher.

—Esto es tan injusto. ¿Sabes? No te voy a dejar hacer todo este trabajo gratis, sin devolverte algún favor.

—Lo lamento mucho —su voz no denotaba mucha tristeza—. Así que, ¿cuándo dijiste que regresarías?

Ana le dio un mordisco a su sándwich, simplemente porque quería tiempo masticando para pensar en una respuesta. Finalmente, se encogió de hombros, resignada al hecho de que, por lo menos ahora, él había ganado esa batalla. —No estoy muy segura. Para decirte la verdad, en realidad no estaba pensando en regresar este fin de semana, pero las cosas como que se dieron así. Pero me gustaría terminar esto tan pronto como sea posible.

Después de terminar de almorzar, Ethan se puso de pie y dijo: —Está bien, ahora cambiamos de cuarto. Tú trabajas en el de la derecha, y yo en el de la izquierda.

—¿Por qué?

—Porque a veces es más fácil ver algo que otra persona no ha visto, que ver tus propios errores.

—¿Estás diciendo que dejé algunos lugares sin lijar? —Ana no estaba segura si él le estaba haciendo una broma o si se sentía ofendida.

—Por supuesto que no. Lo que estoy diciendo es que es posible que yo haya dejado algunas partes sin lijar. Yo soy el peor para esto. La mente se me pone en piloto automático, comienzo a soñar despierto, y muy pronto he arruinado una sección entera del piso o lo que sea en lo que esté trabajando.

—Sí, claro —Ana estaba casi segura de que Ethan solo quería una excusa para revisar el trabajo de ella; después de todo, él era el constructor. Pero ella también quería que ese trabajo estuviera hecho correctamente, aun cuando esto tuviera que significar que ella tuviese que volver a su antiguo dormitorio. Bueno, tal vez eso era algo bueno. En la brillante luz del día, nada parecía tan fantasmal como había parecido de mañana temprano, y con el tremendo ruido de las lijadoras, no había muchas posibilidades de escuchar música.

Con todos los muebles apilados en la sala, su antiguo dormitorio era solo un lugar vacío. No se sentía como el lugar donde ella había pasado mucho tiempo.

Antes de aun poner a funcionar la máquina, caminó por el lugar inspeccionando para ver si había algunas partes que parecieran no haber sido lijadas en forma apropiada, determinada a mostrarle a Ethan uno de sus errores antes de que él encontrara uno de los de ella. No pudo encontrar siquiera un pedacito que no hubiera sido lijado. Ella escuchó el ruido proveniente del otro cuarto, y encendió el interruptor de su propia máquina.

Comenzó contra la pared y luego siguió con el closet. De pronto, un recuerdo la sobrecogió de tal manera que pensó que había ido hacia atrás en el tiempo. Se vio a sí misma, a los siete años de edad, sentada en el rincón de ese closet, con las rodillas arrimadas a su pecho, y los brazos sobre las rodillas, tratando de no perder la calma, porque si se dejaba llevar por sus sentimientos, de seguro que explotaría en un millón de pedacitos, al igual que su corazón ya había explotado.

¿Cómo podían haber salido las cosas tan mal? Ese día había comenzado como cualquier otro, un día típico en la escuela —no, había comenzado mejor que un día típico—, porque finalmente le había ganado una carrera a través de las barras a Jaci Sharitz. Nana la había ido a buscar a la escuela para caminar con ella de regreso a casa aquel día, excepto que algo era diferente. Nana estaba prácticamente bailando.

—¿A que no sabes quién va a venir esta noche? Bueno, tu mamá vendrá.

—¿Mamá? ¿De verdad? —Ana también estaba casi bailando. Tal vez su madre había encontrado el trabajo que había estado buscando y podrían ser una familia de nuevo—. ¿Ella va a estar aquí? ¿Esta noche?

Ana había bailado en un círculo, viendo que su vestido de verano hacía como una especie de hongo de algodón floral a su alrededor. Hoy era el día perfecto.

—No solo esto, ella nos va a traer una sorpresa muy especial.

—¡Ohhh! ¡Una sorpresa! —de nuevo Ana dio unas volteretas, y las flores rosadas de su vestido bailando con ella—. ¿Qué es?

—No te lo puedo decir. Si te lo digo no sería una sorpresa, ¿no es cierto?

—Te apuesto a que puedo saber qué es.

Por la mente de Ana comenzaron a pasar visiones de su madre de pie en el porche, con un plato de galletas que acaba de hornear ella misma, o tal vez un suéter que había tejido... o la última versión de la muñeca *Cabbage Patch*. Ella saltaba de alegría, tratando de no sonar como un bebé. Quería que Nana le dijera a su madre que ahora ya era una niña grande. Con esa meta en la mente, Ana corrió directamente a su dormitorio tan pronto como llegó a su casa. Guardó bien una media en el cajón de su tocador y lo cerró para que se viera bien y completamente cerrado, arregló con cuidado los almohadones y los animales de peluche sobre su cama, y luego fue a buscar un trapo para quitarle el polvo a cada mueble, por lo menos dos veces. Todo debía estar perfecto cuando llegara Mamá.

Se escuchó la campanilla del timbre.

Ana corrió lo más rápidamente que pudo, pero Nana había llegado a la puerta antes que ella, bloqueando la puerta del frente con su cuerpo. Ana se paró en puntas de pie, buscando ver el bello rostro de su madre.

Nana se inclinó hacia delante para tomar una maleta o algo por el estilo. —Hola, querida. Déjame tomarte en brazos. Oh, no lo puedo creer —cuando enderezó el cuerpo, tenía un *bebé* en sus brazos. Nana daba vueltas y más vueltas en círculo. —Mira, encanto. Eres tan hermosa. Y te estás convirtiendo en una niña grande, ¿no? —ella besó al pequeño bebé en la frente, en la cabeza, y en los brazos.

Oh, un segundo, por favor. Los abrazos de Nana eran siempre para *Ana*, no para ese bebé. —¿Quién es?

Entonces Nana se volvió, mostrando mucho gozo en su rostro. —Oh, querida, ven a ver a Sara. ¿No es preciosa? Tiene dos años y es tu hermana, Sara.

—¿Mi qué? —solo en ese momento fue que Ana vio a su madre de pie en la entrada, de pie, pero medio inclinada hacia delante.

Su madre le sonrió de la forma en que a veces sonríen los adultos cuando quieren que los niños crean algo que no es verdad. —Hola, tesorito. Te extrañé mucho.

Ana miró a su madre, luego a su abuela que estaba bailando, y entonces al bebé. —¡No! —dijo y salió corriendo a su dormitorio, trancando la puerta detrás de sí, y metiéndose en el fondo de ese closet. Ella se ocultó detrás del camisón de franela que tenía una fragancia fresca de la secadora, entonces se sentó, meciéndose hacia delante y hacia atrás, una y otra vez, tratando de comprender lo que acababa de pasar.

Su madre, que la había dejado allí hacía tanto tiempo mientras «buscaba trabajo», había traído a ese bebé aquí. Era su hermana, claro. Ana tenía solo siete años de edad pero no era tonta. Aparentemente su madre tenía el dinero suficiente para criar a esa malcriada por dos años.

Entonces fue cuando supo la verdad. No era verdad que su madre se había ido para buscar un trabajo, como siempre le había dicho. La verdad era que se había ido para buscar una hija mejor.

Unos pocos días más tarde, Ana estuvo de vuelta en ese closet, de nuevo acurrucada abrazándose las rodillas. Mamá se había ido y se había llevado a esa niñita llorona con ella, y había dejado a Ana aquí. Ella no era lo suficientemente especial.

De pronto la lijadora dejó de funcionar, lo que sacó a Ana de ese recuerdo. Gracias a Dios por los problemas mecánicos que ocurrían en el tiempo oportuno. Ella apagó el interruptor y fue al otro cuarto.

Ethan apagó su lijadora tan pronto como ella entró al lugar.

—Eh, ¿qué es lo que pasa? ¿Ya encontraste un lugar que no lijé?— la mirada de él se esfumó de su rostro cuando vio la expresión de ella—. ¿Te lastimaste?

¿Se había lastimado? Bueno, no de la forma que él pensaba. Ella volvió el rostro hacia el otro cuarto, agradecida de una excusa para no enfrentar su mirada sagaz. —La lijadora dejó de funcionar. No sé qué pasó.

—Bueno, veamos —él la siguió al otro cuarto, sacó la máquina del closet y encendió el interruptor. La lijadora comenzó a funcionar perfectamente. Él sonrió y la apagó—. ¿Estás tratando de encontrar una excusa para no trabajar?

—No —dijo ella tomando la manilla—. Yo estaba trabajando y de pronto se paró. Entonces la apagué.

—No me interpretes mal. No te quise ofender —él encendió el interruptor de nuevo y luego lo apagó—. Trabaja bien ahora. Tal vez se recalentó o algo por el estilo.

—Sí, tal vez eso fue lo que sucedió —Ethan todavía la estaba mirando con una expresión de preocupación, así que ella señaló hacia la puerta—. Sal ahora, y sigue trabajando, no tenemos tiempo que perder aquí.

—Bueno, como jefa eres una auténtica tirana. Creo que voy a pedir un aumento de sueldo antes de terminar todo el trabajo —sonrió al tiempo que desaparecía por el umbral de la puerta.

Ana continuó lijando, proponiéndose pensar solo acerca del presente. Pensó en el proyecto de Stinson y comenzó a imaginarse los apartamentos modelo que ella decoraría. Necesitaría algunas cosas más lujosas que de costumbre, pero había un proveedor con el que había trabajado algunas veces que tenía los muebles finos que ella quería. Y ellos eran buenos en cuanto a esperar por el pago, algo que necesitaría hasta que los contratos estuvieran firmados y los pagos comenzaran a llegar. Lo primero que haría el lunes sería llamarlos y hacer una cita con ellos.

Ella se imaginaba una luz de cristal Baccarat para el vestíbulo, y mármol negro en la cocina. Mientras veía el lugar en la mente, enfocándose en los mostradores negros, otro recuerdo la atacó de pronto. Esta vez, sus recuerdos la encontraron de pie detrás de una puerta negra.

Nana había puesto a Ana en su automóvil, sin decirle nada acerca del lugar adonde iban, pero Ana estaba contenta por el viaje a Summerville, y no pidió detalles. Ella tenía ocho años de edad, y después de haber viajado lo que le parecieron horas, Nana dobló en un camino de campo. Ella todavía se acordaba de la pequeña casa de ladrillo con postigos negros y puerta negra.

—Ven conmigo, querida. Tengo una sorpresa que quiero mostrarte.

—¿No se enojará la gente que vive aquí porque nos estacionamos en su cochera?

—No, querida, no se van a enojar. Me parece que te van a gustar mucho —Nana la guió hacia el porche delantero y tocó el timbre.

Ana necesitaba ir al baño con mucha urgencia, y esperaba que quien fuera que vivía en ese lugar viniera a la puerta, y muy pronto. La puerta se abrió, y allí estaba el bebé llorón, ahora un año mayor.

—Anita, mi hermana, mi hermana está aquí —la niñita llorona saltaba de un lado a otro.

La madre de Ana vino a la puerta, miró a Ana y dijo: —Bienvenida a tu hogar, querida.

—¿Hogar? —Ana miró a Nana y luego a mamá.

—Sí, querida, tú vienes para vivir conmigo. Vamos a estar juntas siempre —Mamá se veía muy feliz.

Su madre la quería. En realidad, de veras que la quería. Quería que viviera con ella para siempre. El gozo del momento explotó dentro de Ana con una intensidad que no podía creer.

—Uhhh —la niñita llorona señaló a Ana, quien hasta ese momento no había sentido que tenía las piernas mojadas.

La lijadora se detuvo de nuevo, y Ana salió corriendo del cuarto, sin parar hasta que llegó a la puerta del frente, tratando de dar suspiros profundos. ¿Qué es lo que estaba sucediendo aquí? ¿Por qué el ataque de golpe de todos esos recuerdos, y por qué tan reales? Ella se puso las manos sobre las rodillas y continuó haciendo esfuerzos para respirar.

—Anita, ¿estás bien? —Ethan estaba a su lado, aunque ella no había escuchado el sonido de la puerta al abrirse.

—No me digas Anita. Me llamo Ana —ella se enderezó pero no miró hacia donde él estaba—. Estoy bien. Solo necesitaba un poco de aire fresco.

—Bueno, está bien, *Ana,* hay suficiente aire aquí, si eso es lo que necesitas —él se inclinó contra la puerta y esperó.

Finalmente, ella lo miró. —No fue mi intención ser tan brusca.

—Estoy contento de verte aquí afuera. Cuando vi que dejaste la lijadora encendida, pensé que te habían raptado o algo por el estilo, porque sé que nunca dejarías tu trabajo a propósito —le dijo con un sonrisa.

—¿La lijadora estaba prendida?

—Sí, fui allí para ver cómo te iba con el trabajo, y vi que la lijadora marchaba por todo el piso. La apagué y vine aquí, preparado para pelear con los animales salvajes que tal vez te hubieran traído aquí.

Dejó marchando la lijadora. Ana trató de no prestarle atención, cambiar el tema, y pretender que no importaba. Pero sí importaba. O tal vez, *no importaba.* Ella necesitaba probarse a sí misma que no importaba, y debía hacerlo ahora mismo. —¿Sabes qué? Esa pared, la pared en la cual está enchufada la lijadora, es el mismo enchufe en el que tenía mi lámpara hoy temprano, y la lámpara seguía apagándose aún después de que le cambié el bombillo. ¿Podemos revisar el enchufe para ver si hay un corto circuito?

Pero Ana no estaba interesada en un corto circuito en absoluto. Ella estaba pensando en todas las coincidencias y en la música de Keith, y en los dibujos de Keith, y en su persistente histeria acerca de una música que nunca había habido allí. Ella quería abrir la pared y probarse a sí misma que allí no había absolutamente nada. No problemas, no música y no ángeles.

Capítulo 17

—Todo se ve bien. Las conexiones están bien seguras. El voltaje se lee bien en el medidor —Ethan elevó la vista del enredo de cables ahora suspendido en la tapa que colgaba del enchufe—. No sé cual es el problema, pero no parece ser con este enchufe.

Ana tomó la gran linterna de la caja de herramientas de Ethan y apuntó la luz al pequeño hoyo en la pared, buscando... ¿qué? ¿Alas? El pensamiento era ridículo. Por supuesto que no había nada. Nunca había habido nada. Jamás. Colocó la linterna de vuelta en la caja, sintiéndose tonta. Y aliviada.

Ethan comenzó a colocar la tapa en su lugar, pero tenía problemas para alinearla. La sacó de nuevo, arrimó el rostro a la pared, y tomó su linterna. —¿Qué es esto?

—¿Qué? ¿De qué estás hablando?

—Hay algo aquí —apartó el rostro y metió la mano dentro de la pared.

El corazón de Ana dejó de latir. —¿Algo... vivo?

—No. Por lo menos espero que no. Y si es algo vivo, espero que no sea venenoso. ¿Has aprendido alguna vez a sacar el veneno de una mordedura de serpiente?

—¡Saca la mano de allí!

—Oh, deja de dar chirridos como una niñita. Es... —con un poco de esfuerzo y de contorsiones, metió la mano un poco más profundo en la pared—. Es un papel —dijo finalmente cuando sacó la mano en la que tenía un rollo de papel asegurado con una gomita.

—¿No es algo misterioso? —elevó la vista y movió las cejas, pero Ana no estaba de humor para bromas.

—¿Qué es eso?

—No sé. Es tu casa. ¿Lo quieres abrir? —él se lo alcanzó.

Ana mantuvo las manos firmemente apoyadas en el piso y movió la cabeza. —Ábrelo tú.

El papel estaba amarillento, y la gomita se partió tan pronto como Ethan la estiró un poco. Él estiró el papel y miró la página, con el ceño fruncido por la concentración. —Es una carta escrita a mano. «Para mis hijas, de parte de Lorelei». ¿Conoces a alguien que se llama Lorelei?

—Sí.

Solo el escuchar ese nombre hizo que Ana quisiera taparse los oídos y salir corriendo. Trató de mantener una expresión neutral, pero eso requería mucho esfuerzo.

—¿Una prima?

Ella bajó la vista y se miró las manos, las cuales tenía apretadas muy firmemente. —Mi madre —las palabras le dolían mucho como para decirlas en otra cosa que no fuera un susurro.

—Bueno, creo que esa es la señal de que deje de leer, porque no es asunto de mi incumbencia. Toma, asumo que quieres leer esto. ¿Quieres que te deje sola para hacerlo?

Mientras él le daba el papel a Ana, sus bordes se enrollaron de nuevo. —¿Sabes qué? Creo que la voy a leer más tarde. Quiero terminar el asunto de la lijada hoy —Ana tiró el papel al piso con tanta indiferencia como si fuera una hoja de propaganda de las que llegan en el correo.

Ethan la miró sin cambiar la expresión. —¿Estás segura sobre eso?

—Muy segura —Ana enchufó la lijadora en otro interruptor y comenzó a trabajar.

Eran apenas unos minutos después de las cinco de la tarde cuando terminaron de lijar y de limpiar todo el polvo que había quedado. Ethan estaba lleno de fino aserrín, de pie a cabeza. Su cabello rubio, aclarado por el sol, y que se veía debajo de su gorra, mostraba pequeñas partículas de aserrín color café. Ana le sonrió. —Es mejor que vayas a tu casa y te bañes. Definitivamente te debo una cena, y me rehúso a ser vista en público con un hombre que se ve como te ves tú ahora, aun cuando acabas de trabajar un día completo en mi casa.

—No voy a permitir que ninguna mujer me pague la cena. No sé cómo hacen las cosas en Nueva York, pero aquí en Charleston, un hombre todavía es un hombre, y yo soy el que va a pagar la cena.

—¿Ves? Este es el problema que tienes. Estás totalmente metido en todo lo que es anticuado. Casas viejas, pisos viejos, y costumbres antiguas. Fíjate en las cosas nuevas que hay en el mundo, es mucho más liberador poder vivir en el momento.

—Ahí es precisamente donde estás equivocada. Necesitamos lo antiguo para....

Se escuchó un toque a la puerta.

—¿Ves? Aun el universo está de mi parte. ¿Te das cuenta del tiempo apropiado del toque a la puerta?

Ana sonrió y caminó hacia la puerta. Puesto que el toque había sido en la puerta de la cocina, ella no tenía que preguntarse quién sería. Abrió la puerta y dijo: —Adelante, Tammy y Keith.

Ella sabía que ellos entrarían. Pero si les hacía la invitación a entrar, por lo menos podría mantener cierto sentido de control.

—Están a punto de escuchar a Ethan explicarnos por qué está todavía con las costumbres de hace varias décadas.

—Sí, y entonces Anita —él dirigió una mirada en su dirección—, perdóname, *Ana,* nos va a iluminar con su explicación sobre los estilos de vida desechables.

—¿Qué?

—Ethan, no sabía que estabas aquí —a Keith se le cayeron los lentes con el entusiasmo. Se agachó para recogerlos, pero continuó riendo muy entusiasmado—. Oh, ¡vaya!

—Hola, amigo, ¿cómo estás?

—Bien —la sonrisa de Keith le cubrió todo el rostro—. ¿Quieres jugar al fútbol conmigo?

—Bueno, en estos momentos estaba saliendo de aquí para ir a mi casa y prepararme para llevar a cenar a Ana. La tuve trabajando muy duro todo el día, y ella tiene hambre.

—Ana viene a mi casa a cenar. ¿Vas a venir también tú?

Tammy se rió mostrando un poco de incomodidad. —Lo que Keith quiere decir es que vinimos para ver si Ana quería venir a nuestra casa para la cena. Ethan, no sabía que tú todavía estabas aquí. No vi tu camioneta afuera.

—La estacioné en la parte de atrás. Estábamos descargando equipo pesado, así que la estacioné al lado del porche trasero.

—Bueno, vamos a hacer hamburguesas en la parrilla, y vine para ver si Ana quería comer con nosotros. Tú también puedes venir —ella pasó la mirada de uno al otro, y Ana pudo ver con claridad dar vueltas las ruedas de una casamentera—. Por supuesto que tal vez ustedes dos quieren ir a comer a algún lugar juntos.

—Por favor, Ethan. ¿vas a venir a mi casa?

Ethan miró a Ana y luego a Keith, y se veía claramente que no sabía qué hacer. Y por primera vez, parecía no saber qué decir. El efecto era encantador, a pesar de su terquedad.

—No estoy haciendo ninguna concesión. Sugiero un cese de fuego. Digamos que por esta noche, la cena la pone Tammy.

Ethan sonrió con amabilidad. —Ninguna concesión. De acuerdo. Vamos a continuar esta discusión más tarde. Te vas a dar cuenta del error de tu forma de pensar. Estoy seguro de eso.

Más tarde. Ana pensó que le gustaba el sonido de esa palabra. Se sintió incómoda con ese pensamiento, y se volvió hacia Tammy.

—¿Qué puedo traer?

—Nada. He estado escuchando el sonido de maquinaria todo el día, y me siento mal pensando lo duro que estás trabajando y el hecho de que no he hecho lo suficiente para ayudarte. Ya fui al supermercado y compré todas las cosas. Quiero que vengas a mi casa, que te sientes y que descanses.

Tammy continuaba sorprendiéndola. Ella tenía una vida que la mayoría de la gente consideraría dura al punto de ser debilitante, y sin embargo se esforzaba por ayudar a Ana, alguien que casi no conocía. Tammy y Sara habían sido amigas íntimas, pero la generosidad de Tammy iba más allá de eso. Ana se encontró preguntándose qué era lo que la hacía actuar así.

Ethan dijo: —¿Tengo tiempo para ir a mi casa y ducharme?

—Créeme, querido, te vamos a dar tiempo —Tammy movió la cabeza, mirando a Ana y luego a Ethan, y luego de nuevo. —Ustedes dos, arréglense y vengan a mi casa lo antes que puedan. Es hora de una buena comida y de un tiempo de buen compañerismo.

—Hasta luego, Anita, te veo dentro de un rato —Keith le sonrió tentativamente a ella y luego miró a Ethan —. Voy a tener mi pelota de fútbol lista.

—Querido, Ethan ha estado trabajando todo el día. Él está demasiado cansado como para jugar al fútbol esta noche.

—Ahí vas otra vez, Tammy, pensando como una muchacha, lo cual creo que está bien, porque eres mujer. Pero yo soy hombre, y nunca estoy demasiado cansado para jugar al fútbol, especialmente con mi compañero, Keith.

Tammy lo miró y creyó ver el brillo de las lágrimas en los ojos de ella. Tammy le dijo *gracias* con los labios, pero en silencio.

—Vamos, Keith, tenemos que preparar la mesa para cuatro.

—Sí —Keith abrazó a su madre—. ¡Vamos a tener una fiesta!

Los dos salieron por la puerta seguidos de Ethan. Él se volvió para mirar sobre el hombro mientras llegaba al último de los escalones. —Te veo dentro de un rato.

Ana asintió. —Me parece bien —y eso es exactamente lo que sentía.

Ana entró a la vacía casa, sorprendida de cuánto estaba anticipando el atardecer por delante. Era casi como tener parientes, ser parte de una familia.

El pensamiento la hizo mirar al papel enrollado, una carta escrita por la madre que casi no había conocido, que en esos momentos se encontraba sobre el mostrador de la cocina. Parte de ella quería leer la carta; otra parte la quería quemar. ¿Qué cosa buena podría salir de esto? Si ofrecía explicaciones, Ana no quería saberlas. ¿Qué razón podía justificar llevar a las hijas a la casa de Nana, y luego irse a medianoche, sin que nadie la oyera, dejando solo una nota que decía: «Me voy»? ¿Cuántas veces su madre le había ofrecido lo que parecía amor o aceptación, para solo irse del lado de ellas de nuevo? Y si la carta pedía perdón....

De pronto el aire en la casa le pareció cargado. Bueno, no había recogido el correo hoy y es muy probable que hubiera cuentas que pagar. Salió de la casa, y a propósito evitó mirar la carta de su madre al pasar, y caminó hacia el buzón. Se detuvo para recoger algunas hojas caídas en el concreto y se salió un poco del camino para arrancar alguna hierba.

—Te ves como una persona que está tratando de evitar algo.

Ana levantó la vista, sorprendida de ver a Eleanor agachada al final de su cochera, atándose una zapatilla de correr. —Hola, Eleanor, ¿y qué es lo que te hace pensar eso?

Su cabello, que estaba atado firmemente en la parte de atrás, todavía brillaba en el sol mientras ella se puso de pie. —Bueno, no creo haber visto nunca a alguien caminar tan lentamente, y tú has encontrado más excusas para detenerte de las que yo me hubiera podido imaginar.

Ana se rió. —Me descubriste —ella notó que el rostro de Eleanor se notaba colorado—. ¿Acabas de terminar de correr?

—Sí, hoy superé mi mejor tiempo por veinte segundos.

—Te felicito.

—Sí —dijo al tiempo que tomaba su pie derecho con ambas manos, estrechando los músculos de la pierna—. Muchas veces siento ganas de no correr por la tarde, pero ¿sabes lo que siempre encuentro que es cierto?

—¿Qué?

—Que si hay algo que no quieres enfrentar, cuanto antes lo enfrentes, tanto mejor —dejó su pie derecho y tomó el izquierdo—. Y si parece demasiado grande para manejar, lo divido en pequeños pedazos. Los días que no creo poder correr tres kilómetros, me pongo la meta de uno, o aun medio. Pero no me permito no cumplir con mi meta de correr.

—Es probable que tengas razón.

—¿Sabes cuál creo que debería ser tu meta?

—¿Cuál?

—Una ducha. Parece que tienes medio kilo de aserrín en el cabello.

—Sí, pero sin embargo vas a apreciar esa parte cuando llegue la hora de vender esta casa.

—Estoy segura de que sí. Que pases una buena tarde —Eleanor se alejó trotando por la calle, con su cola de caballo meciéndose en el aire.

Tal vez Ana debía enfrentar la carta. Pero ahora, gracias a su lenta caminata, no tenía tiempo. Debía apurarse si iba a llegar a lo de Tammy antes que Ethan.

Capítulo 18

Tammy sonrió. Ana estaba observando a Ethan y a Keith a través de la ventana de la cocina. Aun cuando Ana estaba cortando las verduras, su atención estaba definitivamente en otro lugar. *¡Oh, las posibilidades!*

Ana volvió la cabeza por un segundo y vio que Tammy la estaba observando. Señaló con el cuchillo. —Ethan es muy bueno con Keith.

Tammy asintió con la cabeza, aunque dudaba de que Anita lo hubiera notado. —No sé lo que haría sin él.

Ethan corría con el brazo izquierdo en el aire y gritando: —¡Estoy esperando un buen pelotazo! ¡Tira la pelota con todo lo que tienes!

Keith tiró la pelota no de la forma en que la tiraría un jugador profesional de fútbol americano. Era obvio que no iba a llegar adonde estaba Ethan, así que Ethan rectificó el curso, corrió hacia delante, y se lanzó hacia delante para tomar la pelota. Levantó los brazos con la pelota en sus manos, como para mostrarle al árbitro que la había atajado y luego gritó: —¡Anotación!

—¡Sí, sí, sí! —Keith levantó el brazo indicando la victoria—. ¡Sí!

Ethan le tiró la pelota de vuelta a Keith. Le pegó en las manos, pero le rebotó, pegándole en la cara. —Ay —Keith se puso las manos en el rostro.

En ese momento, una camioneta negra se aproximaba por la calle, y se escuchaba música muy fuerte por la ventanilla abierta. Un joven adolescente sacó la cabeza por la ventanilla. —¿Qué es lo que te pasa, retardado? ¿No puedes atajar la pelota? —las ruedas rechinaron mientras el vehículo se alejaba rápidamente, con el sonido de la risa de los jovencitos haciendo eco en el vecindario.

Tammy sintió que los dedos se le apretaban con más fuerza en el asa del pelador de verduras. A ella le hubiera gustado sacar a esos jovencitos, por un solo día de sus vidas fáciles —con sus camionetas negras, sus equipos deportivos y sus citas los sábados de noche—, y ponerlos en el lugar de Keith. Dejar que experimentaran lo que se siente cuando entras a un lugar lleno de personas extrañas, esperando ser bien recibido, porque él siempre recibía bien a las personas, solo para encontrarse ignorado, separado del grupo, o que se rieran de él. Y sin embargo, Keith sobrevivía esto una y otra, y otra vez. Si todos los demás pudieran ver que el que creían que era débil en realidad era el más fuerte de todos ellos.

—¿Cómo puedes soportar esto? —Ana arrojó la punta de un pepino en la basura—. ¿No te gustaría correr tras de esos muchachos y hacerles entrar buenos modales por la fuerza?

Tammy sacudió la cabeza de un lado a otro, tratando de lograr que su voz sonara más calmada de lo que se sentía. —A veces. En realidad, muchas veces —dijo mientras cortaba un tomate en rebanadas—. Me gustaría que pudieran detenerse el tiempo suficiente como para realmente verlo. Ver lo maravilloso que es.

A Ana se le notaba la tensión, y detuvo el cuchillo en la mitad del pepino. —Yo estoy muy contenta de haber tenido esa oportunidad.

—Lyle —es mi ex esposo—, me dejó al poco tiempo de que nació Keith. Él estaba muy disgustado cuando nos enteramos de que Keith tenía mongolismo, y luego tuvo cólico y comenzaba a gritar antes de anochecer. Creo que el pensamiento de vivir con un hijo discapacitado lo asustó tanto que se fue.

—Cuando estaba embarazada de Keith, ¿sabías que él... que había algo...?

Tammy colocó las rebanadas de tomate en un plato en forma de abanico, y luego comenzó a cortar la lechuga. —No durante la mayor parte del embarazo. Yo no era una mamá muy joven, así que me hicieron los exámenes, ¿sabes?, inclusive el del fluido amniótico. Todo salió normal, así que estábamos haciendo planes para un bebé sano. Pero dos meses antes de que Keith naciera recibimos una llamada de la oficina del doctor. Había habido un error. Me habían enviado a mí los resultados de otra mujer, y a ella le enviaron los míos.

El cuchillo en la mano de Ana resbaló, y le cortó el dedo. —Ay —colocó el dedo debajo del chorro de agua de la pileta de la cocina y miró a Tammy—. No puede ser. La otra mujer pensó que su bebé....

Tammy asintió. —Sí, ella pasó la mitad de su embarazo pensando que su bebé tenía mongolismo. Yo pasé la mitad del mío pensando que mi bebé era perfectamente sano.

Tammy recordaba que se había encerrado en su dormitorio y que había llorado durante tres días seguidos después de haber recibido la llamada. Se había negado a hablar con nadie y casi no había comido. En ese momento pensó que su vida estaba arruinada. —Mirando hacia atrás, veo la mano de Dios en todo esto. La otra mujer todavía estaba embarazada cuando se dieron cuenta del error, así que obviamente había planeado tener el bebé y estaba preparada para bregar con todos los problemas. Yo... bueno, para decirte la absoluta verdad, yo no podría haber hecho lo mismo.

Ella continuó arreglando la lechuga en el plato, con el rostro enrojecido por la vergüenza. —No es algo de lo que me enorgullezca, pero es la verdad —ella miró por la ventana a Keith, quien ahora estaba sentado a la sombra de su roble favorito, haciendo girar la pelota de fútbol en la mano mientras hablaba con Ethan—. No tuve fe en Dios hasta que Keith nació. Ahora me doy cuenta de que Dios supo siempre que yo necesitaba a Keith, y que Keith tenía un lugar especial en el mundo. Así que estoy agradecida de que todo ocurrió de esa manera.

Y era la absoluta verdad, a pesar de que su vida a menudo era muy difícil.

—¿Crees en realidad, bueno, que Keith ve ángeles?

—Sí, lo creo. Pienso que él se distrae menos con las cosas que nos distraen a la mayoría de nosotros, así que puede ver cosas que los demás no vemos.

Ana se frotó los costados de la frente con las manos, como si ese pensamiento le diera dolor de cabeza. —Si hay ángeles con él, ¿por qué no lo ayudan a atajar una pelota cuando hay muchachos malos pasando por el lugar? Lo que quiero decir es, ¿cuál es el propósito si todo lo que hacen es ir por todos lados persiguiendo a la gente?

—¿Persiguiendo? —Tammy miró a Ana—. Has usado una palabra interesante.

Ana se encogió de hombros. —¿Qué otra cosa lo llamarías? Una cantidad de espíritus volando por todos lados, apareciendo en forma arbitraria pero que no hacen mucho más?

—Allí es donde te equivocas —Tammy miró hacia afuera, donde Ethan le estaba demostrando una cierta clase de atajar la pelota y Keith estaba sonriendo, pero con la cabeza apoyada en el árbol—. Hay un versículo en la Biblia acerca de los ángeles que dice: «¿No son todos los ángeles espíritus dedicados al servicio divino, enviados para ayudar a los que han de heredar la salvación?». Yo creo que sirven a Keith de la forma en que él necesita ser servido, no con fuerza física, sino con fuerza espiritual. Keith tiene un problema en el corazón, el cual a menudo lleva a problemas en los pulmones. Se enferma por largos periodos. Los ángeles no lo sanan, solo Dios puede hacer eso, pero Keith siempre sale del otro lado con más fuerza, y con más paz de las que tenía antes de enfermarse.

—Él y Ethan se divierten mucho juntos. Keith ya se ve un poco agotado de tanta diversión —la voz de Ana tenía un tono muy subido de alegría, el que usa la gente cuando trata de cambiar el tema en una conversación difícil.

—Sí, Keith no tiene mucha resistencia. Se dormirá antes de comer si no ponemos todas estas cosas en la mesa —Tammy se inclinó y habló por la ventana—. Oye, Ethan, por favor, ¿puedes sacar las hamburguesas de la parrilla? Todo lo demás está casi listo.

Ethan se puso de pie de un salto. —Ahora mismo —y unos pocos minutos después, Ethan entró con un plato lleno de hamburguesas.

Ana hizo un sonido como de queja. —No como mucha carne, de hecho, no recuerdo cuándo fue la última vez que comí una hamburguesa, pero tengo que decirles que el olor del carbón y el humo han hecho que con alegría deje de lado, por un día, mi tendencia a comer alimentos más buenos para la salud.

—Sabía que al final te íbamos a hacer pasar a nuestro lado. Vas a estar comiendo pollo frito dentro de muy poco tiempo —Ethan colocó el plato en la mesa.

Tammy reconoció el brillo en sus ojos. Él se estaba enamorando de Anita, no había duda en cuanto a eso. Iba a hacer un comentario, pero no quiso interrumpir ninguna conexión que pudiera estar sucediendo.

—¿Oh, sí? —Ana se rió—. No cuentes con eso. Yo creo que ha llegado el tiempo de que visites un lugar donde se come *sushi*.

—Siento asco. Ni te lo esperes —dijo e hizo el movimiento de meterse un dedo en la garganta, completo con el sonido que se hace cuando se tienen náuseas.

—Eso es. El guante ha sido arrojado. Mi nueva meta en la vida es verte comer comida japonesa.

—¿Comida japonesa? Me encanta la comida japonesa. ¿Puedo ir con ustedes? —Keith pestañeó en la dirección de Ana, con una sonrisa más pronunciada de un lado de su rostro.

—Querido, nunca has comido ese tipo de comida —Tammy le dio un beso en la frente—. Ve ahora a lavarte las manos.

Keith caminó hacia el fregadero de la cocina e hizo lo que le ordenaron mientras decía: —No importa, a mí todavía me gusta.

—¿Y cómo es posible que lo sepas?

—Si le gusta a Anita, también a mí me gusta.

Ana caminó hacia él y lo abrazó. —Entonces, por cierto que tú deberías venir con nosotros. ¿No es verdad, Ethan? —ella lo miró por encima del hombro, mostrando desafío en los ojos.

Ethan tomó la botella de salsa de tomate del mostrador de la cocina y la llevó a la mesa. —Oye, amigo, a ella no le gusta que la llamen Anita. Llámala *Ana*, ¿de acuerdo?

—¿De verdad? —Tammy miró a Ana, esperando un argumento—. Nosotros te hemos estado llamando Anita todo este tiempo. ¿Por qué nunca nos dijiste nada? Me siento horrible.

Ana se encogió de hombros. —Así es como me llamaba todo el mundo cuando yo era pequeña, cuando vivía aquí. Cuando me mudé a Nueva York, pensé que era hora de que creciera. Desde ese entonces mi nombre es Ana. Por supuesto que para Sara, siempre fui Anita —Ana volvió a su asiento—. Sin embargo, no creo que la conversación fuera sobre mi nombre. Creo que estábamos hablando sobre la comida japonesa y de que Keith quería ir a comer con nosotros.

Keith estaba saltando de un lugar a otro, diciendo: —Sí, sí.

Ethan miró hacia donde estaba el niño. —Parece que soy la minoría.

Tammy le dio un golpecito con la toalla. —Me parece que no fue un asunto de minoría sino de que fueron *más vivos* que tú. Pero de cualquier forma, perdiste.

—Me parece que me engañaron —Ethan ocupó su lugar en la mesa, pero la mirada en su rostro le hizo pensar a Tammy que después de todo, Ethan había sido el ganador.

Capítulo 19

Ethan estaba de pie al lado de Ana, frente al fregadero. Él enjuagaba los platos, y luego se los daba a ella para que los colocara en la lavadora de platos. Ella estaba muy cerca de él, muy cerca, y cada vez que volvía la cabeza, el aire se llenaba de una fragancia de frutas muy agradable. Él quería inclinarse más cerca de ella y aspirar la fragancia. En cambio, quitó con un poco más de vigor lo que quedaba de salsa de tomate, mostaza y frijoles de los platos.

—No puedo recordar cuándo fue la última vez que comí tanto. Hacía años que no comía una hamburguesa —Ana se colocó una mano sobre el estómago y emitió un quejido.

—Tienes que admitirlo. Después que diste el primer mordisco, te estabas preguntando qué fue lo que te poseyó para dejar de comer hamburguesas.

El hombro de ella rozó el de él. —Está bien, lo admito. Pero en estos momentos, recuerdo exactamente por qué dejé de comerlas. Ahhh.

—Te apuesto a que en Nueva York siempre comes en restaurantes lujosos.

—No muy a menudo —dijo colocando un plato en la lavadora de platos, con duda en su expresión—. Solo a veces.

Ethan se preguntó quién llevaba a Ana a buenos restaurantes en Nueva York. Casi podía ver al hombre, que usaba un traje caro y hablaba con acento europeo. —Charleston también tiene algunos lugares buenos, ¿sabes? Le debería de haber dicho a Tammy que íbamos ir a cenar a un restaurante esta noche.

—Yo fui la que le dije que vendríamos a comer aquí, si recuerdas. Y para ser perfectamente sincera, no recuerdo cuándo comí una cena tan buena —ella jugó con los tenedores que tenía en la mano, luego los colocó en la lavadora—. Es algo raro, pero tanto evité venir aquí en los últimos años, de alguna forma en la cena, esta noche, casi me sentí como que había regresado... a casa —y enderezó el cuerpo.

La mano de Ethan pareció moverse por sí misma. No se detendría hasta que tocara el cabello de ella; lo sabía, pero no parecía poder controlar la mano. Su cabello castaño oscuro tenía un peinado simple —ella lo usaba largo y lacio— y se veía tan suave, tan sorprendentemente suave. Él quería tocarle el cabello desde la primera vez que la vio. Sus dedos estaban a unos dos centímetros del cabello de Ana cuando escuchó el ruido de la puerta del dormitorio de Keith al ser cerrada en el pasillo a sus espaldas. Dejó caer la mano a su costado, la meta había sido frustrada. Por lo menos en ese momento.

—Está profundamente dormido —dijo Tammy mientras caminaba para unirse a ellos—. Les quiero dar las gracias a los dos por haber venido aquí esta noche. No tienen idea de lo mucho que significa para él, y para mí, recibir visitas.

—Gracias por invitarnos —Ethan y Ana dijeron lo mismo al mismo tiempo.

Los tres se rieron.

—Bueno, creo que es mejor que camine con Ana hasta su casa —Ethan confiaba en que su voz hubiera sonado lo suficientemente casual como para parecer socialmente aceptable, aunque estaba bastante seguro de que parecía como el tonto desesperado que era.

—¿Qué, crees que me van a asaltar entre aquí y allá? —Ana lo miró, con los ojos brillantes de... algo que parecía coqueteo o irritación. ¿Cómo se suponía que un hombre pudiera saber la diferencia?

—Bueno, por lo general yo diría que no, este es un vecindario muy seguro. Pero he escuchado rumores de que ha sido vista recientemente en la zona una persona de Nueva York que parece loca. Tú sabes cómo son esos neoyorquinos. No se sabe lo que pueden hacer. Creo que debemos organizar una vigilancia entre los vecinos, y bueno, no quiero enviarte sola en la noche para que enfrentes esa clase de peligro.

La risa de ella le dio esperanzas de que fuera coqueteo. —No me digas que un caballero sureño dejaría que una pequeña muchacha del norte lo asustara.

—En primer lugar, *yo* no dije que tuviera miedo; lo que dije fue que es mejor que esté aquí para protegerte a *ti*. Segundo, no me confundas con un caballero.

—Bueno, me equivoqué —dijo Ana al tiempo que se acercó a Tammy y la abrazó, lo cual pareció sorprenderlos a ambos—. Buenas noches. Estoy segura de que los voy a ver a los dos mañana —la forma en que lo dijo sonaba como que en realidad quería verlos. Una señal muy buena.

—Puedes contar con eso —Tammy le dio un abrazo a Ethan y luego fue a abrir la puerta para ellos. —Buenas noches.

Ethan y Ana caminaron lentamente por el jardín hacia la casa. Estaban lo suficientemente cerca como para que Ethan pudiera tomarle la mano; y sintió que los dedos se le crisparon con el pensamiento. Pero no quería hacer nada tonto a estas alturas, ¿y cómo se suponía que supiera cómo reaccionaría ella?

Ahora ya habían llegado a la puerta de la cocina. Ethan hizo uso de todo el valor que le quedaba, y extendió la mano y tocó la mano de Ana. —Oye, ¿quieres ir conmigo a la iglesia mañana por la mañana? Comienza a las nueve, y Tammy y Keith también van a estar allí.

—¿A la iglesia? Oh... —Ana lo miró directamente a los ojos y su voz fue firme, casi dura—. Yo no voy a la iglesia.

—¿No vas a la iglesia? —Ethan sabía que su voz no ocultaba su sorpresa—. Bueno, pensé que puesto que vives en Nueva York, habría muchas iglesias entre las cuales escoger una, pero tal vez en una ciudad tan grande es difícil encontrar una iglesia que tenga lo que uno busca, ¿no? Yo creo que te gustaría la iglesia de aquí. Sara asistía a nuestra iglesia, y muchos de sus amigos también asisten. Tammy va allí, y también Keith... creo que ya dije eso, ¿no?

—Ethan, cuando dije que no asisto a la iglesia, lo que quise decir es que yo no creo en Dios.

¿Qué? ¿Cómo es posible que hubiera sido tan ciego que nunca se hubiera dado cuenta de eso? Él retiró la mano y la dejó caer a su lado, la finalidad de eso le quemaba en las venas. Ella no era la persona para él. Como inconversa, Ana no podía ser otra cosa que una amiga. Y por cierto que él sentía más que amistad hacia ella.

Ella todavía lo estaba mirando, con una expresión de desafío en los ojos, esperando una respuesta, pero el choque le hizo difícil pensar en una respuesta coherente. —¿De verdad? Yo asumí, quiero decir, tú eres hermana de Sara, y tu abuela... bueno, ella era... ¿sabes?... creo que pensé que con esa clase de familia, tú serías....

—Sí, esa clase de familia. Fíjate adónde las llevó.

—¿Qué quieres decir?

—Bueno, mi abuela sufrió terriblemente durante meses antes de que el cáncer le quitara la vida. Sara murió trágicamente dos días antes de recibir su maestría en trabajo social. Y aún Tammy. Ella cree, tiene un hijo discapacitado a quien adora. Reconozco eso, pero su vida es muy dura. Si Dios existe, ¿por qué no cuida mejor a la gente que realmente cree en él?

Ethan se apoyó en el marco de la puerta y la miró. Más que ninguna otra vez de las que había estado cerca de ella, él quiso haber podido saber lo correcto para decírselo. Hablar de su fe era algo muy natural para él en la playa. Sus palabras parecían salir sin dificultad, en medio de un grupo de muchachos llenos de testosterona o alguna otra sustancia que les hacía fluir la adrenalina, cuando estaban esperando la ola correcta para hacer surf. Aquí, lejos de ese ambiente, y de pie en el mismo porche en el que había estado mil veces, no podía decir nada. Las palabras correctas parecían no salirle cuando estaba con ella, aun ahora cuando era muy importante. *Dios, ayúdame. Ella tiene tantas heridas, y teme que la van a ahogar si las expone. Ayúdame para mostrarle que no tiene que enfrentar esto sola.*
—Bueno, no estoy seguro de poder entender a Dios, y por cierto que no voy a tratar de explicarte cómo es él. Pero yo sé que él ama a tu abuela, y a tu hermana y a Tammy, y aun a su hijo, más de lo que jamás te puedas imaginar.

—Si creer funciona contigo, entonces está bien, pero no funciona conmigo —dijo ella mientras cruzaba los brazos sobre el pecho.

Esto no iba bien. No *iba* a ir bien. Ethan no creía que era la persona adecuada para tener esa conversación con Ana, y necesitaba irse de allí antes de empeorar las cosas. —Bueno, creo que... —él no pudo terminar la frase ...*continúa, Ethan... vale la pena que lo hagas*—. Es que....

Ethan vio un titileo bajo la dura mirada de los ojos de ella, y en ese momento entendió. Ella era una niñita asustada que se escondía detrás de palabras que pensaba que la mantendrían segura.

—Quisiera que abrieras tu corazón, Ana. Debes bregar con tu pasado en lugar de tratar de pretender que el dolor no existe.

—¿Y cómo podrías saber eso?

—Es tan claro como la pared que has construido alrededor de ti. Debes aprender a creer en algo de nuevo.

Ana lo miró con intensidad, y el brillo de una lágrima se vio en sus ojos. —Yo... —dijo pestañeando dos veces y mirando hacia otro lugar—. No sé en qué forma hacerlo.

Entonces abrió la puerta, entró a su casa, y cerró la puerta sin mirar hacia atrás.

De nuevo, él había dicho algo incorrecto. Todo lo que quería hacer era ayudarla, pero lo que siempre hacía era empeorar las cosas.

Capítulo 20

Cuando finalmente Ana se acomodó en el sofá con su frazada aquella noche, no podía tranquilizarse y dormir. El lugar tan estrecho le impedía moverse y darse vuelta, así que finalmente se levantó y comenzó a caminar de un lado a otro, lo mejor que pudo entre los muebles apilados por todos lados.

Ella vio la carta que habían encontrado escondida en la pared, que estaba sobre la mesita de noche de Sara, y pensó en lo que le había dicho Eleanor. Era mejor que enfrentara esas cosas de inmediato. Y de poco a poco. Sí, tal vez podía leer solo un párrafo o algo. Ella llevó el papel, que todavía estaba enrollado, hasta el sofá y se sentó.

Por unos minutos, simplemente lo mantuvo en la mano, tratando de decidir qué es lo que haría. La aversión a abrirla no tenía sentido. ¿Qué podía haber de malo en eso? Era una carta de su madre que había sido escrita no se sabe los años que hacía. Algo que no tenía nada que ver con nada. Sin embargo, había algo en cuanto a esta situación que había hecho sonar toda clase de campanas de advertencia. Finalmente, desdobló el rollo.

3 de abril de 1988

Ana leyó la fecha y dejó caer el papel. La carta había sido escrita el día antes de que su madre se fuera por última vez. ¿Cómo era posible que hubiera encontrado el tiempo para escribir esa carta, pero no había podido decir ni siquiera una sola palabra de despedida a su familia? *Cobarde.* Ana sintió que la invadía un sentimiento de ira, lo cual la hizo sentir más fuerte. *Bueno, mamá, veamos cómo tratas de explicar lo que hiciste. No esperes que lo crea, te lo digo desde ahora.* Ella volvió a desenrollar el papel.

Mis queridas hijas:

No tengo el valor para decirles todo esto, así que estoy yendo por la ruta de los cobardes, y les escribo esto en una carta. No tiene mucha importancia. Sé que soy muy cobarde para dejarla en un lugar donde la puedan encontrar, porque tengo mucho miedo de lo que puedan pensar. La esconderé en el mismo lugar en que siempre escondí de mi mamá la marihuana. ¿Qué les parece esto como excusa?

Espero que estemos leyendo esta carta juntas. Eso querría decir que finalmente he podido enmendarme y he vuelto a buscarlas. Ahora esto parece como un sueño muy distante, pero anhelo mucho que sea realidad algún día. Si algo malo sucediera, si nunca regreso, entonces nadie jamás sabrá lo mucho que lo he intentado. Algún día esta carta desaparecerá con mi casa, y supongo que eso sería un final apropiado. Querría decir que me he destrozado y he desaparecido; y que mi carta probablemente tuvo el mismo fin. No hay otra forma de que ustedes la puedan encontrar, a menos que el Dios Todopoderoso interviniera, y yo no he visto mucho de eso en mi vida últimamente.

Ana dejó caer la carta al suelo. Ella había leído más que suficiente por una noche.

Tenías razón sobre una cosa, mamá. Habías ido demasiado lejos como para poder enmendarte por ti misma. Desafortunadamente, te equivocaste al pensar que esta carta desaparecería con la casa, porque aquí estoy. Ana miró el rollo que estaba en el suelo.

Las palabras que había leído se le repetían una y otra vez en la mente. *Si algo malo sucediera, si nunca regreso, entonces nadie jamás sabrá lo mucho que lo he intentado. Algún día esta carta desaparecerá con mi casa, y supongo que eso sería un final apropiado.* Aun su loca y confundida madre había sabido que esta carta nunca se encontraría. Después de todo había sido el lugar perfecto para ocultar sus drogas por todos esos años. Y ahora, irónicamente, alguien había encontrado la carta, gracias a que Ana se había despertado y creyó escuchar música proveniente de ese cuarto, y a la insistencia de Keith de que había un ángel y música en la pared, y al aparato eléctrico que se encendía y apagaba a pesar del hecho de que Ethan decía que no había nada defectuoso en cuanto a los cables.

La carta había estado en esa pared. Era como si alguien —o algo— quería asegurarse de que iba a ser encontrada. *A menos que el Dios Todopoderoso interviniera, y no he visto mucho de eso en mi vida últimamente.*

Ana caminó hacia la mesita de luz de Sara y abrió el cajón de arriba. Y como que en cierta forma lo sabía, allí había una Biblia. Ana la sacó, y por unos pocos minutos dio vuelta las hojas sin un propósito determinado. Luego buscó en las páginas del final para ver si había un índice. Ella quería ver lo que decía la Biblia sobre los ángeles, sus canciones y sus luces intermitentes, y por qué dejaban que la gente buena muriera, y por qué dejaban que otras personas, que claramente no lo merecían, siguieran vivas.

Encontró en la parte de atrás algo que estaba titulado «concordancia», lo que básicamente parecía ser un índice. Bajo la palabra *ángel* había una lista larga de referencias, la cual Ana miró sin que nada le llamara la atención, hasta que leyó la palabra *Agar*. Esa era la mujer del cuadro, ¿no? ¿La mujer con el ángel que no parecía serle de mucha ayuda?

Esa historia no tenía sentido. ¿Por qué Dios, en primera instancia, había permitido que pasara algo malo? ¿Dónde estaba él mientras sucedían todas esas cosas?

La historia, el cuadro, todo eso como que la perseguía. Pero antes de aun darse cuenta de lo que estaba haciendo, fue a su computadora y buscó el sitio Web del Museo de Arte Metropolitano. Después de buscar un poco, encontró de nuevo el cuadro de Beka, y lo imprimió. Entonces, por alguna razón, buscó en *Google* las palabras «Agar» y «cuadro». Lo que encontró fue que muchos artistas habían pintado esa historia. Ella se sintió intrigada con unas dos más, e imprimió las copias.

Una de ellas era *Abraham echando a Agar y a Ismael* por Guercino. Al costado izquierdo se encontraba Sara, de espaldas a la escena, y el costado de su rostro se veía en la sombra. En el medio, el rostro de Abraham demostraba preocupación, mientras les señalaba el camino a Agar y a Ismael. Y entonces, Agar, mirando hacia Sara, con Ismael, que lloraba en sus brazos. La imagen en su totalidad era muy fría.

Esa pobre mujer, que había sido enviada al desierto, junto con su hijo, probablemente a morir, y el hombre que los había enviado era el padre de su hijo, obligado por la insistencia de la mujer que, en primer lugar, había querido que Agar tuviera un hijo. No había nadie que la ayudara. Ella estaba completamente sola.

Ana se preguntaba si su propia madre había tenido esa misma mirada dura, al igual que la Sara bíblica, cuando puso sus cosas en su automóvil aquella última vez. Lo había hecho a medianoche, así que, ¿cómo lo podría saber? En la versión de ellas de la historia, Nana había sido la que tenía en brazos a Sara, que estaba llorando, al igual que Agar había tomado en brazos a Ismael. Pero Ana no había llorado, no en aquel momento. Durante los pocos meses que había vivido en el hogar de su madre, había vivido en temor, sabiendo que esa vez tampoco duraría. Cuando su madre finalmente desapareció, fue casi un alivio, de una vez por todas. Lo que era mejor, esta vez ella también había dejado a Sara. Ana no era la única que no alcanzaba las expectativas de su madre.

Se durmió soñando sobre Agar, que no era amada ni tampoco la querían. Ella podía escuchar su llanto desesperado, clamando a través del desierto. De alguna forma, en la noche, la canción de la capilla formó parte de su sueño. No mucho después de eso, los gemidos de Agar se acallaron.

Ana se despertó bañada en transpiración. La noche de sueños sobre Agar, ángeles y música que la perseguía ya había pasado, pero había más cosas que vendrían. Lo sabía. *¿Por qué? ¿Por qué?*, gritó en la casa vacía. ¿Por qué había sido ella la que quedara sola, dejada a sus sueños y a escuchar música extraña? El hombre que había causado todo esto yacía pacíficamente en algún lugar de un cementerio. ¿Por qué no había sido *él* quien tuviera que bregar con el dolor... preguntándose si estaba volviéndose loco? Era muy injusto.

Se sentó y se frotó los ojos, y luego caminó a tientas hasta la cocina para tomar un vaso de agua. Le dolían todos los músculos del cuerpo. Se sentó a la mesa de la cocina, descansó la frente en la mano izquierda, y se preguntó por cuanto más tiempo podría aguantar todo esto antes de sufrir un colapso. Tal vez debía buscar un consejero cuando regresara a Nueva York; tal vez habría alguna clase de medicamento que pudiera tomar. Por ahora, simplemente debía mantenerse muy ocupada como para pensar.

El plan para hoy era barnizar los pisos de los dormitorios, luego sacarles brillo, y entonces comenzar a aplicar el poliuretano. Ella comenzó a hacer los planes para el día, pero sus pensamientos se dirigieron hacia Ethan, y Tammy y Keith. Ella pensó lo tan acogida que se había sentido con lo de Tammy anoche, tan parte del grupo. Pero en la claridad de la mañana, sabía que todo había sido una gran ilusión que se había formado, sus ilusiones sobre gente que la amaba. Personas a quienes ella de verdad les importaba. Bueno, y también acerca de los ángeles, y de un Dios que se preocupaba lo suficiente como para enviar un ángel. Sí, era preciso que se apurara y se fuera de ese lugar antes de perder completamente la razón.

Comió una banana de desayuno, y luego se apresuró para comenzar su trabajo. Se vistió con ropa vieja y preparó los materiales, y entonces comenzó con el rincón más apartado de su antiguo dormitorio. Era mejor hacer ese cuarto primero, porque pensó que temprano por la mañana sería menos vulnerable a las cosas imaginarias que parecían perseguirla más tarde en el día.

Ella esparció el barniz con movimientos circulares en áreas cuadradas de un poco más de un metro de lado, tratando de enfocarse en lo que estaba haciendo. Pero como sucede siempre con el trabajo monótono, su mente no la escuchó, y muy pronto se encontró pensando acerca del día de ayer, de anoche, y de todas las cosas.

Cuando terminó con el cuarto, le dolían los brazos y la espalda. Se lavó las manos en el lavabo del cuarto de baño y fue a la cocina a buscar un vaso de agua, luego se dejó caer en el sofá para tomarse un corto descanso.

Trató lo más que pudo de mirar en otra dirección, pero la carta enrollada parecía clavarle la vista desde donde la había tirado en el piso. «¡No tienes poder alguno sobre mí!», y mientras decía esas palabras volvió a la cocina para volver a llenar el vaso de agua. Ella era la que estaba a cargo de su vida, ella era la que determinaría cuándo, y sí, iba a volver a mirar a esa cosa de nuevo. No le debía nada a su madre, y de eso estaba segura.

Un par de personas trotando pasaron por el frente de su cochera. Parecían adolescentes y estaban corriendo muy rápido. ¿Se estarían entrenando para ser corredores de su equipo en la secundaria? Le hicieron recordar a Eleanor. ¿Qué es lo que ella había dicho? *Es mejor enfrentar estas cosas lo antes posible.*

Tal vez ella tenía razón. Tal vez si Ana terminaba de leer esa tonta carta, podría olvidarla y continuar con su vida. Levantó la hoja de papel.

Anita, mi hija querida, aun cuando yo solo era adolescente, desde el instante en que el examen mostró positivo, y supe que estaba embarazada, me sentí encantada. Era como si finalmente hubiera encontrado una razón para vivir. Para ese entonces yo había dejado mis estudios, y ya no vivía en mi hogar. Pensé que sería fantástico estar por mi cuenta, sin nadie que me dijera qué hacer o qué no hacer. Los peores momentos fueron cuando los muchachos y muchachas que yo conocía de la secundaria venían a la pizzería en citas, o después de los eventos deportivos, lo que fuera. Se sentaban a las mesas, y se reían y bromeaban, y hablaban de los partidos de fútbol, de los juegos y de la fiesta de fin de año, y yo tenía un trabajo de tiempo completo, para tratar de pagar la renta. Apenas ganaba lo suficiente para cubrir ese gasto. La renta y el licor eran lo único que podía costearme. Y los hombres, bueno, ese consuelo por lo menos era gratis. Quisiera poder decirte quién es tu padre, pero en realidad no tengo idea. Tal vez no debería decirte cosas tan chocantes, pero como te dije, si estás leyendo esto, yo he cambiado.

¿Su madre ni siquiera sabía quién era su padre? Ana pensó en todas las veces que había soñado con su padre y se había imaginado cómo sería. Ella se había hecho ilusiones de que él regresaría a Charleston, porque, por supuesto él se había ido de la ciudad o de lo contrario estaría con ella. Él la habría mirado y habría dicho: «Esta bella niñita tiene que ser mi hija. ¿Por qué no me dijo Lorelei que estaba embarazada? Nunca me hubiera ido si lo hubiera sabido». Entonces él tomaría a Ana en sus brazos, y ellos viajarían fuera de la ciudad en su lujoso automóvil para vivir muy felices por el resto de sus vidas.

«O tal vez no». Ana llevó el papel a la cocina y lo tiró dentro de la lata de basura. «¡Basta ya!». Las palabras sonaron muy valientes cuando las dijo, pero entonces algo dentro de sí se desintegró y ella se desmoronó.

Capítulo 21

Ethan entró al estacionamiento de la iglesia, y estacionó su camioneta en el lugar de costumbre, pero no pudo apagar el motor. Todo dentro de sí estaba gritando que se fuera de allí, y se dirigiera a la casa de Ana. Pero eso no podía estar bien. Tenía que estar mal.

¿Qué es lo que diría en cuanto a su fidelidad a Dios si no iba a la iglesia para pasar tiempo con una mujer, especialmente después de lo que ella había dicho anoche? La Biblia era muy clara en cuanto a que un creyente no se debe casar con un inconverso, y aunque ellos estaban muy lejos de pensar en el matrimonio, el principio del «yugo desigual» era algo que había aprendido de manera muy dura hacía mucho tiempo. Esa era una línea que no podía cruzar. Y sin embargo... ¿por qué ese fuerte sentimiento de que debía ir a verla?

Finalmente apagó el motor y se obligó a salir de la camioneta, susurrando una rápida oración. *Señor, por favor, aclárame la mente para poder enfocarme en ti.* Caminó a través del pavimento hasta llegar adonde estaban algunos amigos. Mientras les sonreía y saludaba con la mano, cada célula en su cuerpo clamaba para que se diera vuelta. *Está bien, Dios, si por alguna razón este deseo de darme vuelta viene de ti, si hay alguna razón por la cual tengo que ir a ver a Ana ahora mismo, necesito recibir ese mensaje en forma clara y audible. Si no es así, por favor, dame la fuerza para vencer esta tentación.* Él caminó hacia adelante como si estuviera tratando de caminar contra la fuerza de vientos huracanados.

—Hola, Ethan —Stephanie Jones se estaba acercando a él—. Ed te estaba buscando.

—Hola, señor Ethan —lo saludó Samantha, de cuatro años de edad, mirándolo con sus enormes ojos color café.

—Hola, Samantha. ¿Cómo estás hoy?

—Bien. Les voy a enseñar la escuela dominical a los niñitos pequeños hoy —dijo las palabras *niñitos pequeños* separando las sílabas para agregarle énfasis.

—Oh, ¿de verdad? ¿Les vas a enseñar tú sola?

—Bueno, mamá me va a ayudar... porque son niñitos de dos años, y se precisa mucha ayuda con ellos. Pero yo la voy a ayudar a contar la historia. ¿Se la cuento ahora?

—Claro. Quiero escucharla.

—Se trata del buen San Martín. Él ayudó a un hombre que estaba lastimado y necesitaba ayuda.

Ethan miró a Stephanie por sobre el hombro de Samantha. Esta le sonrió y dijo: —Creo que quieres decir el buen samaritano.

—Sí, eso es lo que dije. Toda la gente religiosa pasó por su lado, pero estaban muy ocupados yendo a la iglesia y otras cosas para aún hablar con él. Pero no San Martín. Él vio al hombre que estaba herido, así que se paró y ayudó mucho al hombre. Eso es lo que nosotros tenemos que hacer.

Si la niña le hubiera dado un golpe en la cabeza a Ethan con un bate de béisbol, el mensaje hubiera sido más sutil. —Sabes qué, Samantha. Tienes razón.

Entonces, mirando a Stephanie agregó: —Dile a Ed que lo voy a llamar más tarde. Acabo de recordar algo que tengo que hacer.

—Claro que sí —Stephanie tomó a su hija de la mano—. Ven, querida. Nosotras las maestras tenemos que estar a tiempo.

Ethan se dio vuelta y se apresuró a llegar a su camioneta. *Dios, ese tenías que ser tú, ¿verdad? Se supone que vaya a ayudar a Ana por alguna razón, ¿no es cierto?*

Entró a la camioneta y condujo hacia la casa de Ana, esperando que en verdad esa fuera una intervención de Dios y no solo sus pensamientos torciendo las cosas para sacar ventaja. Lo que le pareció solo unos segundos después, él estaba abriendo el portón, caminando por el patio y había llegado a la puerta del frente. Antes de permitir que sus pensamientos cuerdos lo detuvieran, tocó el timbre.

Nada.

Él caminó alrededor del garaje, miró por la ventana, y vio el auto alquilado de Ana. ¿Tal vez había salido para dar una caminata? ¿O había ido a lo de Tammy? No, Tammy estaba en la iglesia. Estaba seguro de haber visto su automóvil allí.

Volvió al porche y tocó el timbre de nuevo. Todavía nada, pero pensó que había escuchado sollozos que venían de adentro. Su instinto fue dejarla y no inmiscuirse en su privacidad, pero esa tenía que ser la razón por la cual él estaba allí. Esta vez tocó la puerta con fuerza. —Ana, ¿estás bien? —volvió a tocar—. ¿Ana?

Esta vez escuchó que alguien caminaba hacia la puerta arrastrando los pies. Ella abrió la puerta; tenía los ojos hinchados y rojos, las mejillas mojadas por las lágrimas. —Fíjate bien. Así es como estoy de agobiada.

—Ah ... —el choque lo detuvo por una fracción de segundo, y entonces se dio cuenta que no le importaba lo que ella pensara de él, si él la irritaba o no, o si era o no la persona perfecta para ayudar en esa situación. El hecho era que él se iba a meter de lleno en la situación. Le fuera bien o le fuera mal. Un paso de... fe. Entró sin pedirle permiso, cerró la puerta tras de sí, y le preguntó: —¿Qué ha pasado?

Ana sacudió la cabeza. —Nada ha pasado. Esta soy yo. Agobiada, con una vida arruinada.

Siguiendo su instinto, él le puso un brazo alrededor del hombro a Ana, y la guió hacia el sofá. —Siéntate, y háblame de eso, por favor.

Se sentaron, uno al lado del otro, pero no hablaron. Después de unos pocos minutos, cuando había cesado el lloriqueo, ella miró el reloj. —Son las nueve y media. ¿No se supone que estés en la iglesia?

Él se encogió de hombros. —Sí, es la hora en que empieza la iglesia, y allí es donde por lo general estoy los domingos. Pero hoy, no sé, de alguna forma pensé que tú me necesitabas más aquí de lo que yo necesitaba ir a la iglesia. Mirándote el rostro ahora, diría que debo estar en lo cierto en cuanto a eso.

—Sí, bueno, no hay nada que tú puedas hacer por mí, así que es mejor que vayas a donde perteneces. Ve y pasa tiempo con personas como Tammy, las personas cuyas vidas están en orden, y sin problemas, y no alguien confundida y desubicada como yo.

—¿Personas con vidas en orden y sin problemas? ¿Es eso lo que piensas de nosotros?

Ana asintió. —¿No es eso de lo que se trata la iglesia? ¿No es un grupo de personas que se reúnen, y que no están tan desubicadas como el resto de la gente?

Él se rió en voz alta al escuchar eso. —No es nada parecido. Tú has estado a mi lado lo suficiente, y estoy seguro de que me conoces. Pero... quiero que me hables de ti. ¿Qué es lo que te afecta?

—Como te dije, así es como soy yo.

Él la miró sin hablar, solo esperando. Normalmente, él comenzaría una conversación nerviosa en estos momentos, pero esta vez iba a esperar que ella hablara primero. Por lo visto, ella esperaba lo mismo, porque el silencio se hizo insoportable. Él vio algunos papeles en el piso, al lado del sofá, así que se inclinó y los levantó. Eran imágenes de algunos cuadros. Él miró las hojas, tratando de ver qué había en ellas que atrajera a Ana... tal vez ella era aficionada al arte, en realidad él no lo sabía, pero eran dibujos muy tradicionales. Él no le iba a preguntar, porque iba a ganar esta competencia de silencio aunque le llevara todo el día. Así que continuó fingiendo interés en los cuadros mientras que oraba en silencio pidiendo dirección.

Finalmente, Ana se inclinó hacia adelante y señaló. —¿Ves esta mujer, con el niño que llora en sus brazos, mientras la otra mujer le da la espalda? Es Agar —pareció ahogarse al decir la palabra—. ¿Sabes quién es?

Él asintió. —Sí, era la sierva de Sara y madre de Ismael.

—Y a nadie le importó un comino si se iba a morir. ¿Ves? Ese es el padre del niño, el que la está echando. Fue su esposa la que insistió que Agar durmiera con él, y la que lo está haciendo que la eche mientras ella les da la espalda.

Ethan tomó la segunda hoja, agradecido ahora de que las había mirado todas. —Aquí está el cuadro que prueba que estás equivocada. Tal vez la gente que estaba en su vida no la cuidó, pero Dios lo hizo. Mira, fíjate aquí. Dios le mandó un ángel para que la ayudara —dijo señalando el cuadro de un niño y una mujer en el desierto, con un ángel volando sobre los árboles hacia ellos.

—Vi este cuadro en Nueva York con una amiga. Yo pensé que era una imagen horrible de un niño que se moría, y su pobre madre llorando a su lado. Mi amiga dijo lo mismo que dices tú, pero yo no estoy de acuerdo con eso. Ángel o no ángel, ella no tiene consuelo. Fíjate en su rostro.

—Eso es porque ella no sabe todavía que el ángel está allí. Podemos ver claramente que él la está observando, aun cuando ella se siente totalmente sola. Todas las personas que deberían de haberla cuidado, tal vez la han defraudado, en realidad más que eso, la han enviado a morir, pero ella no ha sido abandonada. A estas alturas, se siente sola, como que nadie la ama, pero eso no es verdad. Dios ha estado allí todo el tiempo, aun cuando ella no lo sintió o no lo vio. Lo mismo es cierto en cuanto a nosotros. Nunca estamos solos.

Él buscó la siguiente hoja. Su título era *Un ángel les aparece a Agar y a Ismael en el desierto*, por Salvator Rosa. Agar estaba de pie debajo de un árbol, el paisaje se veía agreste, azotado por el viento, e Ismael estaba acostado sobre una roca. Era difícil distinguir al ángel de las nubes en el trasfondo.

—Me gusta este cuadro —dijo Ethan—. ¿Ves como el ángel casi se ve difuso contra las nubes? Sería fácil no verlo, ¿no lo crees? Y sin embargo está allí y Agar lo ve. Así es como es Dios, Ana. Aun cuando no lo vemos o lo sentimos, él está allí, tratando de que le prestemos atención. Él sabe lo que necesitamos.

—Entonces, ¿por qué no nos lo da? ¿Por qué no llevó a Agar a un lugar seguro en lugar de dejarla llegar a ese punto? ¿Por qué no protegió a mi hermana de ese conductor ebrio?

—No lo sé. Pero sí creo que él amaba a Sara, estaba con ella, y le ofreció consuelo hasta el mismo fin. ¿Has considerado eso alguna vez?

—No —ella sonaba más defensiva que convencida.

—¿Y qué me dices de haber encontrado esa carta de tu madre? ¿Cuáles son las posibilidades de que eso sucediera? Había estado en la pared por no se sabe cuántos años, y nosotros «por casualidad» —hizo como que dibujaba comillas en el espacio— la encontramos mientras tú estabas aquí, después de la muerte de tu hermana, entonces es obvio que hay algo en esa carta que tú necesitas saber.

Ana se puso de pie y caminó hacia la lata de la basura y puso la mano adentro. Ella sacó el papel enrollado, el cual movió en el aire, enfatizando cada punto a medida que lo señalaba. —Sí, como el hecho de que mi madre no sabía quien era mi padre, o que ella dejó una especie de carta de confesión para aliviar su conciencia cuando nos dejó aquí —dejó el papel y volvió al sofá sentándose al lado de las hojas impresas.

Ana buscó el primer cuadro, el que mostraba cuando echaban a Agar, con Sara dándole la espalda, y dijo: —Tal vez por eso es que tengo sentimientos muy fuertes sobre esta historia. Esa era mi madre, dándome la espalda cuando me dejó aquí —dijo tocando el dedo de Abraham que le señalaba a Agar que se fuera—. A mí no me echaron, yo pude quedarme con mi abuela que me amaba y que me cuidó lo mejor que pudo, pero el abandono todavía se siente como abandono —y Ana comenzó a llorar de nuevo.

Ethan se volvió y puso sus brazos alrededor de ella. Él no estaba seguro de cuál de los dos estaba más sorprendido, pero ella se quedó allí y lloró sobre su hombro. Él la meció en sus brazos, le acarició el cabello y no dijo nada mientras ella lloraba copiosamente dejando salir su dolor. Finalmente, pareció que no le quedaban más lágrimas. Se apartó y lo miró, pasándose las manos por los ojos. —Siento mucho todo esto.

Él le secó la mejilla con la mano. —Estoy contento de poder estar contigo ahora. Tú has pasado por mucho, con el accidente de Sara. Estoy sorprendido de que te hayas controlado tan bien como lo has hecho.

—Lo tengo que hacer. No hay nadie que me pueda ayudar con eso.

—Tú y yo tenemos más cosas en común de lo que tal vez creas. En mi versión de ese cuadro, hubiera sido mi padre el que nos daba la espalda. Fue muy difícil para mí, nada como tu situación, pero como dije, el abandono se siente como abandono. Fue durante ese tiempo en que entendí el amor de Dios, de Aquel que nunca nos abandona —él colocó ambas manos en los hombros de Ana y la miró directamente a los ojos—. Ana Fletcher, tú no estás sola —cada fibra en su ser quería inclinarse y besarla. Consolarla. Ella estaba tan cerca, tan cerca. Pero él no lo podía hacer... no lo *haría*.

Ella lo miró fijamente, como si estuviera tratando de ver algo enterrado muy dentro de él. Después de un minuto, ella suspiró profundamente, se dio vuelta, y se encogió de hombros, tal vez en forma demasiado casual. —Bueno, ya que estás aquí, ¿quieres ayudarme con los pisos? Ya barnicé el dormitorio más pequeño. ¿Quieres ayudarme con el más grande?

—Bueno, te ayudaré a terminar ese trabajo, pero tienes que prometerme que vas a tomar un descanso al mediodía y que dejarás que te lleve a un almuerzo especial. Ha llegado la hora de tu próxima aventura turística.

—Ya he tomado la sopa de cangrejo típica de Charleston. ¿Qué otra cosa hay?

—Oh, esta vez el almuerzo no va a ser tan especial, pero el lugar al que te voy a llevar va a compensar eso.

—Mientras sea un lugar tranquilo.

—El lugar es muy, muy tranquilo.

Ana asintió. —Muy bien, entonces.

Ethan se puso de pie y extendió la mano para ayudar a Ana a pararse. —Manos a la obra.

Y por cierto que él necesitaba algo que lo mantuviera ocupado. Ahora que la había tenido entre sus brazos, aun si había sido en una situación especial, le sería mucho más difícil mantener la distancia.

Capítulo 22

—¿Sabes? Creo que me deberías dar un juego de llaves de tu casa.
Ana puso las manos sobre las caderas mostrándose burlona-
mente ofendida. —¿Qué te dé que? ¿Qué clase de mujer crees que
soy?

El rostro de Ethan se enrojeció. —Yo no... en realidad, yo....

Era apenas un poco después de la una de la tarde, y habían
terminado de barnizar el cuarto de Nana, y habían puesto la primera mano de poliuretano en el antiguo cuarto de Ana. Ella sabía
lo que él había querido decir, pero ver a Ethan falto de palabras
era muy gracioso, y ella no estaba lista para decirle que sabía lo que
había dicho.

—Entonces, ¿qué es lo que *quisiste* decir?

—Lo que estaba pensando es que yo podría venir aquí cuando
tú estés en Nueva York, volver a colocar los muebles donde van, y
tal vez comenzar a lijar en la sala y la cocina. ¿Sabes? Ayudar un
poco con las cosas que hay que hacer. Tú *sí* dijiste que querías tener
este lugar listo lo antes posible.

—*Claro* que eso es lo que quisiste decir. Los hombres en Nueva
York me dicen eso todo el tiempo. «Dame las llaves de tu apartamento, querida, y yo voy a venir a lijar tus pisos y arreglar tus muebles». ¿No puedes, por lo menos, decir algo que sea más original?

—En realidad, yo....

Ana lo miró y soltó una carcajada. —Oh, por favor, Ethan, tranquilízate. Sé que no lo dijiste con esa intención.

Él sonrió, y sus mejillas todavía estaban un poco rosadas. —¡Qué alivio! Por un instante pensé que estabas muy enojada conmigo.

—Créeme lo que te voy a decir. Si me enojo contigo, no te va a quedar la menor duda. Va a ser tan claro como el agua.

—Sí, creo que sí. Bueno, antes de que me meta en más problemas, es mejor que me vaya. Tengo que ir a mi casa y cambiarme la ropa de trabajo antes de nuestra salida a almorzar. Me parece que este es un buen momento para salir. Voy a regresar como en media hora, ¿está bien?

—Mejor regresa en cuarenta y cinco minutos. ¡Sabes bien el tiempo que nos lleva a nosotras, las bellezas del sur, arreglarnos para salir!

—Cuarenta y cinco minutos, entonces —mientras él salía por la puerta, Ana creyó escucharlo musitar algo que sonaba como «No quise decir eso», pero no estaba segura. Fuera lo que fuera, la hizo sonreír.

Ella fue a su maleta, de pronto deseando haber traído algo más bonito que remeras y shorts. Oh, bueno, no había razón alguna para querer verse bien delante de Ethan. Su futuro estaba en Nueva York, y los medios para cumplir su promesa a Sara y a Nana estaban en Nueva York. Patrick Stinson tal vez fuera un poco peligroso, pero allí había un sinfín de posibilidades.

Ana tomó una rápida ducha, y luego se decidió por una remera negra y ajustada y shorts estilo vaquero. Se cepilló el cabello y se puso un poco de color en los labios y en las mejillas, luego agregó un poco de rimel a sus pestañas.

«*Ana Fletcher, no estás sola*». Las palabras de Ethan le hacían eco una y otra vez en la mente. ¿Qué era lo que quiso decir exactamente? ¿A quién se refirió al decir que estaba con ella? ¿A él... o Dios? ¿O ángeles y su cuidado invisible y su música etérea? ¿Cuáles de esas cosas sería la más aterradora? Por el momento no tenía respuesta a esa pregunta, así que se puso a trabajar limpiando el fregadero de la cocina.

Cuando Ethan llegó a la puerta del frente, estaba usando una gorra del equipo de béisbol de los Atlanta Braves, una camiseta azul y shorts largos color caqui. —¿Estás lista?

—Creo que sí —Ana comenzó a caminar hacia fuera, pero Ethan la detuvo extendiendo la mano—. ¿Traes lentes de sol contigo?

—Sí, en la cartera.

—Qué bueno, los vas a necesitar —fue lo último que dijeron por los siguientes veinte minutos.

Él se dirigió a la Carretera 17, la cual corría de norte a sur por la costa. Ana la recordaba muy bien de su niñez. Reconoció que iban marchando en la dirección general de la ciudad de Savannah, y se le despertó la curiosidad. Pero estaba determinada a no formular preguntas. Finalmente, él entró en el estacionamiento de un pequeño centro comercial, salió de la camioneta y fue al otro lado para abrirle la puerta a ella.

—Estoy confundida.

Él sonrió y le señaló hacia un negocio donde vendían sándwiches submarinos. —Te dije que te invitaba a almorzar, ¿no es verdad?

—No quiero sonar mal agradecida, pero estoy segura de que hay un lugar donde venden estos sándwiches mucho más cerca de mi casa que este, y por cierto no veo nada que pueda atraer a los turistas en este pequeño centro comercial.

—Bueno, no vamos a comer aquí. Solo vamos a comprar la comida y seguiremos el viaje.

—¿Haremos un picnic?

Él sonrió pero no le contestó la pregunta. —No te lo voy a decir.

Unos pocos minutos después, él salió de la Carretera 17 y entró a Main Road, una autopista de dos carriles que, si recordaba bien, los llevaría a la playa.

—Espera un segundo. Este es el camino que lleva a Johns Island. Tú estás tratando de llevarme a Folly Beach usando caminos secundarios, ¿no es así? ¿Cómo se llama ese lugar que a ustedes los surfistas les gusta tanto? Se llama The Washout, ¿no?

Él se quedó en silencio por un segundo, y luego dijo: —No te voy a decir adónde vamos, pero te diré que tengo suficiente sentido común como para no llevarte a The Washout.

—Oh, ¿de verdad? ¿Tienes inconveniente en decirme por qué no?

—¿Estás bromeando? Las olas han estado muy altas últimamente. El lugar estará repleto de muchachos que buscan olas altas y mujeres hermosas. Hasta ahora, tú eres el secreto mejor guardado de Charleston. No te voy a llevar a The Washout y dejar que todos esos muchachos te vean. Voy a terminar como papilla tratando de defender tu honor.

—Claro —Ana comenzaba a decirle que no importaba, porque por lo general los surfistas siempre le habían caído mal. Pero cuando miró a Ethan y sintió la emoción del cumplido corriéndole por las venas, comenzó a preguntarse si tal vez eso no era tan cierto como antes.

Por fin entraron a un estacionamiento. Mientras Ethan sacaba del vehiculo los sándwiches y los refrescos, Ana se encontró mirando fijamente al árbol más increíble que jamás había visto. Era un roble, o por lo menos eso era lo que ella creía, pero sus ramas eran más gruesas que la mayoría de los *troncos* de los robles. Algunas de las ramas más bajas tenían que estar apoyadas en una forma de sistema de soporte ideado por alguien. La altura era de unos veinte metros, y el follaje caía en forma de cascada en todas direcciones, como si fuera una obra de arte de estilo abstracto.

—Es un árbol muy hermoso, ¿no es verdad? —dijo él —. El huracán Hugo lo maltrató mucho, pero el árbol se mantuvo firme en sus raíces y se rehusó a ceder. ¿Sabías que se cree que este árbol tiene mil quinientos años? Piensa en esto. Este árbol estuvo aquí mil doscientos cincuenta años antes de que los Estados Unidos fueran una nación.

—Es perfecto —dijo Ana en un suspiro. Caminó hacia el árbol y tocó un pedazo de su corteza, para asegurarse de que era real —. Conozco este lugar. Nana solía traernos aquí.

—Sí, el Ángel Roble —él colocó el almuerzo en una de las mesas de picnic—. Tus fotocopias de cuadros esta mañana me hicieron pensar en este árbol. La del ángel que estaba en el árbol que parecía casi estar en las nubes. Solían decir que le pusieron ese nombre a este árbol porque parecía un ángel.

—No creo poder verlo —Ana miró hacia arriba al laberinto de ramas—. Creo que me recuerda un poco a los dibujos de ángeles que hace Keith. Yo me sentía segura aquí.

—La verdad es que le pusieron el nombre de la gente que era dueña de este lugar. Se apellidaban Ángel —comió un poco de su sándwich, y luego la miró—. Tal vez esta sea la historia verdadera, pero para serte franco, me gusta más la otra historia.

Ana elevó la vista a las enormes ramas sobre su cabeza. Por entre las ramas podía ver tenues trocitos de nubes en el cielo. Una ráfaga de viento levantó una servilleta, la dio vuelta y luego la hizo revolotear por el suelo. En un movimiento totalmente instintivo, Ana la pisó, manteniéndola en el lugar. Las hojas sobre ellos ondearon en la brisa, haciendo una clase de baile espontáneo. Las ramas más pequeñas, de la parte de arriba, se movían con el ritmo del sonido de una ráfaga de aire. Sonaba como música.

Casi.

—A mí también me gusta más la otra historia —dijo ella con voz queda.

Después al atardecer, Ethan y Ana caminaron por la cochera hacia la vieja casa. Una suave brisa había enfriado el aire lo suficiente como para hacer agradable la luz del sol que se filtraba por las tenues nubes. *Casi perfecto.*

—¿Quieres entrar por un rato? —ella caminó un poco más cerca de él, lo suficiente como para que sus brazos se rozaran. Esa mañana, esos mismos brazos se habían sentido muy bien cuando la abrazaron mientras ella lloraba, le habían dado seguridad. ¿Cuánto tiempo hacía desde que se había sentido tan completamente segura? Ella anheló esa paz de nuevo.

—Yo.... —Ethan se detuvo y se volvió para mirarla de frente. Puso su mano izquierda contra la mejilla de ella para arreglarle un mechón de cabello—. En realidad....

Él cerró los ojos con fuerza. Durante unos pocos segundos, no se movió. Casi no se acordaba de haber respirado. Luego abrió los ojos.

—No puedo —dijo dando tres pasos hacia atrás—. Tengo que hacer algunas cosas.

—Está bien.

—Y mañana va a ser un día muy ocupado en el trabajo. Es probable que no pueda venir aquí. Voy a venir a poner los muebles en su lugar un poco más adelante en la semana, ¿está bien? Voy a tratar de ordenar todas las cosas para que estén listas para cuando regreses, cuando quiera que sea. Para entonces tendré las cosas en orden —y comenzó a caminar hacia su camioneta—. Te veo la próxima vez que vengas. Que tengas un buen viaje —le hizo cierta clase de saludo con la mano y se metió en su camioneta.

—Entonces está bien —Ana ocultó una sonrisita, pero una punzada de dolor le quemaba en el pecho. Ethan había vuelto a las frases incompletas y juntas y estaba en estilo de escape. ¿Eran nervios o rechazo?

Capítulo 23

—Ayuda, Anita, por favor.

Ana corrió hacia Sara con los brazos extendidos. —Sara, estoy aquí. Te voy a ayudar.

—No puede ir allí —la enorme enfermera le cortó el camino a Ana.

Cuando Ana miró sobre su hombro, vio la camilla de Sara que se alejaba de ella. Una de las enfermeras la miró y sonrió; su rostro mostraba tanta serenidad que casi resplandecía.

Entonces fue cuando Ana escuchó la música.

Ella se sobresaltó, tratando de respirar, pero la música todavía se podía escuchar. Sacudió la cabeza intentando despertar, aun cuando sabía que estaba despierta. —No eres real; esto no es real —dijo poniéndose la almohada sobre la cabeza—. Me rehúso a ceder a esto. No eres nada, nada sino mi imaginación.

Lentamente, nota por nota, el volumen de la música fue bajando gradualmente hasta que desapareció por completo.

¡Qué cosa! Después de todo, tal vez ella podía controlar esto. Sí, por supuesto que podía controlarlo. Lo único que necesitaba era tiempo y determinación.

Era muy bueno que hoy fuera lunes y que Ethan tenía un día de mucho trabajo. Cada vez que él venía, parecía que ella perdía el enfoque en lo que tenía que hacer, y estaba llegando a ser dolorosamente obvio que lo que tenía que hacer era irse de ese lugar. Y no volver. Después de la apresurada partida de Ethan de ayer, ella se preguntaba si tal vez él no pensaría lo mismo.

Ana se puso la ropa de trabajo y le agregó la última mano de poliuretano al piso de cada uno de los dormitorios. Los fabricantes de ese material recomendaban que no se pusieran de vuelta los muebles por varios días, y las alfombras por una semana completa. Bueno, eso no era un problema. Ella no pensaba regresar muy pronto. Debía regresar a Nueva York y preocuparse de que su carrera avanzara. Aun anhelaba ver de vuelta a Patrick Stinson. ¿Y qué si él era un hombre mujeriego? Ella todavía podría salir con él y disfrutar de su compañía, ¿no? Había algo que la hacía sentir libre cuando pensaba en un estilo de vida sin compromisos y de vivir el momento. Era divertido, y la entusiasmaba. ¿Por qué aún molestarse en buscar algo diferente?

Para la hora del almuerzo, ella estaba en un negocio de persianas y cortinas que se especializaba en el estilo moderno. Eso era lo que se necesitaba, un poco de modernización. De hecho, Ana también había decidido encontrar un lugar en el cual pudiera alquilar muebles para cuando pusiera la casa a la venta, después de haber vendido la mayor parte de los muebles que había allí. Ahora era el momento de deshacerse de todo lo viejo y de llenar el lugar de algunas cosas nuevas.

Cuando llegó a la casa, estaba descargando las cajas de persianas de su automóvil justo cuando Tammy y Keith se acercaban caminando por el césped. Esos dos tenían la rara habilidad de presentarse en los momentos más inconvenientes. —Hola, Ana. Me estaba preguntando si por favor pudieras ser mi maniquí en algún momento hoy. Sé que estás muy ocupada, pero me queda un pequeño dobladillo por terminar, y es una bendición tener una modelo en vivo.

—No tengo....

—Y mientras estés allí, te voy a mostrar mi nueva elefanta. Es preciosa —le dijo Keith, sonriéndole.

A pesar de sus mejores intenciones de mandarlos de vuelta a su casa con rapidez, Ana no pudo sino hacerle una pregunta a Tammy. —¿Su elefanta?

—Él recibió una tarjeta de Danielle hoy. Ella está en algún lugar del África, creo.

Ana trataba de reconciliar a la Danielle que había visto, poniendo los utensilios en las mesas, sirviendo panecillos y rosquillas, y diciéndole qué hacer a todo el mundo, con una persona que podía pasar meses en el África. Pero no lo podía hacer.

—Te voy a hacer un dibujo también a ti —Keith se había parado a su lado, sonriendo como si fuera la mañana del día de Navidad.

Ana miró el inocente rostro de Keith, pensó en todas las cosas con las que tenía que vivir todos los días, y la excusa murió en algún lugar de su garganta. Ella se volvió hacia Tammy, y pretendió abanicarse al tiempo que pestañeaba varias veces. —¿Yo? ¿Ser tu modelo? Bueno, nunca he escuchado algo tan encantador —dijo imitando el acento de los sureños.

Tammy se rió a carcajadas. —Sara tenía razón. Tú eres muy graciosa —dijo al tiempo que miraba las cajas—. Te vamos a ayudar a entrar estas cosas.

—Yo lo puedo hacer.

—Yo te voy a ayudar, Anita —Keith había tomado una caja larga y la estaba llevando hacia la puerta antes de que Ana lo pudiera detener.

—En realidad, yo lo puedo hacer.

Tammy tomó algo del maletero. —Por supuesto que lo puedes hacer, pero también lo podemos hacer nosotros. Keith, recuerda que se supone que la llamemos Ana.

—Sí. Lo siento, Anita, me olvidé.

—No te preocupes.

Tammy tomó un par de cajas y comenzó a caminar hacia la puerta. —¿Qué traes aquí?

—Persianas para las ventanas.

—¿Persianas? Oh, Ana, hubiera querido saber que estabas pensando en esto. Yo te podría haber hecho cortinas.

A Ana le pasó por la mente un pensamiento de flores y diseños, y de varios matices de rosado, amarillo y púrpura. —Oh, tú no puedes hacer todas las cosas que necesito, Tammy. Además, quiero agregarle un pequeño toque de mi personalidad a este lugar.

—Un toque de tu personalidad, ¿de verdad? Entonces, ¿estás pensando en quedarte? —no había forma de no darse cuenta del tono de esperanza en su voz.

—No, mi hogar es en Manhattan. Solo estoy tratando de arreglar algunas cosas para que la casa esté lista cuando llegue el momento de ponerla a la venta.

Para entonces ya habían entrado a la casa. Puesto que los muebles del dormitorio estaban apilados en la sala, había muy poco lugar para pasar. —Coloca las cajas donde encuentres lugar. Yo voy a probar esta persiana en la ventana de la cocina para tener una idea de cómo se verá.

—Oh, qué bueno. Me gustaría ver lo que has elegido, pero, ¿no vas a pintar la cocina? ¿No deberías esperar hasta después de hacerlo?

—Sí, en realidad no voy a colgarla, solo a sostenerla contra la ventana para ver si me gusta.

Cuando sacó de la caja el rollo de la persiana, blanca, de un material liviano, escuchó jadear a Tammy. No dio vuelta la cabeza sino que fue y colocó la persiana contra la ventana. Dejó que la persiana se abriera y admiró el bonito estilo simple contra la ventana. Mucho mejor que todo ese cortinaje de encaje. —¿Qué te parece?

—Son... bonitas —el rostro de Tammy contradecía lo que dijo, pero Ana sabía que Tammy no le diría nada contradictorio, absolutamente nada—. Bueno, ¿estás lista para ir a mi casa y ser «mi belleza sureña» por unos minutos?

¿Por qué había permitido que la dulzura de Keith la hiciera estar de acuerdo con eso? Cuanto antes lo hiciera, tanto mejor. —Claro, vamos.

Keith estaba sentado a la mesa de la cocina, tenía una mano en el mentón. Después de un gran bostezo, dijo: —Se ven muy lindas, Anita. Me gustan.

Es por eso. ¿Cómo podría alguien manifestarse contra eso? Antes de pensarlo más, Ana se agachó y abrazó a Keith. —Es muy bueno tenerte aquí, Keith, no sé cómo hubiera podido entrar todas esas cosas yo sola.

Él sonrió y la abrazó. —Te amo, Anita.

A pesar de lo que le decían todos los instintos dentro, ella le dio un beso en la cabeza. —Yo también —eso era lo más cerca de decirle «te amo» que podía ofrecer.

Tammy trató de no sonreír cuando vio a Anita con el vestido color crema y con encaje. Para lograrlo, ella debía mantener la atención en el dobladillo del vestido. Si levantaba la vista por mucho tiempo, comenzaba a sentir ganas de reírse.

—¿Qué clase de personas usan estos tipos de vestido? —el tono de la voz de Anita era tan gracioso como su expresión.

—Estos se van a vender en un remate que van a celebrar en el centro para beneficio de la fundación histórica.

—Es hora de mirar los *Wiggles*. ¿Te gustan los *Wiggles*, Anita? —Keith estaba frente al televisor, y acababa de colocar un video, señalando con mucho entusiasmo a los cuatro hombres vestidos de pantalones negros y camisas de colores brillantes.

—Oh, yo ... —Ana miró a Tammy.

—Son los Beatles del grupo de alumnos preescolar —asintió mirando a Keith—. Y de Keith.

Keith había levantado sus dos dedos índices y estaba moviendo las manos en círculos rápidos. —Es hora de escuchar a los *Wiggles* —dijo otra vez, bailando sin llevar el ritmo de la música—. A ti también te gustan, ¿verdad, Anita?

Ana asintió. —Ahora que sé quienes son, te digo que me gustan —se rió calladamente mientras se volvía a Tammy y le susurraba—, creo que sé lo siguiente que le voy a poner a mi iPod.

—Claro que sí. Pero ahora no te muevas.

—Así que la gente paga dinero por estos vestidos. ¿Por qué? No es como si los pudieras usar para salir.

—Oh, claro que hay bailes históricos de vez en cuando, y por supuesto que los puedes usar como un disfraz para la fiesta del día de la víspera del día de todos los santos.

—No me puedo imaginar yendo a una de esas fiestas con un vestido como este en Manhattan. A menos que se supusiera que fuera vestida como Scarlett O'Hara, de «Lo que el viento se llevó». Es probable que pudiera hacerlo, puesto que siempre la he admirado.

—¿Tú *admiras* a Scarlett? Espero que estés bromeando.

—No, no estoy bromeando. Supongo que es porque ella es una mujer fuerte. La vida le jugó varias malas pasadas, pero ella se recuperó y continuó hacia delante. Y en el proceso salvó la plantación de la familia. Una mujer que sabía qué hacer... ella hubiera tenido mucho éxito en Nueva York.

—Entonces estoy contenta de no vivir en Nueva York —Tammy colocó otro alfiler en su lugar antes de continuar—. Piensa en toda la gente que lastimó en el camino.

Ana se encogió de hombros, lo que hizo que el vestido se le escapara a Tammy de su mano. —A la larga, la mayoría de ellos la habrían herido a ella; simplemente ella se les anticipó.

Qué cosa. ¿Cómo responder a eso? *Dios dame las palabras correctas aquí. Esta pequeña muñeca está muy lastimada por dentro, pero no sé la forma de ayudarle sin ofenderla.*

—¿Por cuánto se venden estos vestidos?

—Dependen del estado de ánimo de los postores, creo. Por lo general se venden por unos cuantos cientos de dólares. El vestido que se remató por más dinero que yo sepa trajo un poco más de mil dólares.

—Tienes que imitar al mono —Keith estaba cantando muy alto y desentonado—. Imita al mono.

—Querido, estás cantando demasiado fuerte. ¿No le prometiste hacer un dibujo a Ana?

—Oh, sí, lo siento —él se sentó y continuó coloreando y cantando un poco más bajo que antes.

—¿Mil dólares? —Ana silbó—. ¿Quién lo hubiera creído? ¿Sabes? No entiendo por qué la gente se quiere vestir como se vestían en la antigüedad. Es como si trataran de ser alguien que no son.

—Mira quién lo dice —las palabras se le escaparon y de inmediato Tammy quiso haber podido borrarlas. Tenía la boca llena de alfileres y Keith todavía continuaba cantando; tal vez Ana no la había oído. Ella continuó trabajando sin levantar la vista.

—¿Qué quieres decir con eso?

Bueno, las palabras ya habían sido dichas, mejor era decir el resto, pensó ella. Se sacó los alfileres de la boca y los puso sobre la mesa. —Ana, tú sabes que te amo mucho, pero la verdad es que estás tratando con más vehemencia que nadie que conozco, de pretender que eres alguien que en realidad no eres. Estás corriendo de ti misma lo más rápido que puedes, pero todavía no te puedes alejar lo suficiente —Tammy habló casi en forma de ruego, pidiéndole a Anita que viera la verdad tal como era.

—No tengo idea de lo que hablas.

—¿De verdad? Fíjate en esas persianas, por ejemplo. Tal vez se vean muy bien en un alto edificio de apartamentos de Nueva York, pero en la vieja casa de tu abuela, parece como que quieres pretender algo que no es. No da resultado en la casa, y es algo que tampoco da resultado en la gente.

—No tienes ni idea de lo que hablas —la voz de Ana fue lo suficientemente alta como para hacer que Keith levantara la vista de su dibujo.

—Cuando se trata de decoraciones, creo que puedes tener razón —Tammy señaló a su sala y sonrió—. De hecho, estoy segura de que es así. Pero cuando se trata de ti, no lo creo.

—Bueno, estás equivocada.

—Querida, quisiera que disminuyeras la velocidad, que dejaras de correr el tiempo suficiente para reconocer que tienes algunas heridas bastante grandes, y que le dieras la oportunidad a Dios de que te las sane.

Keith se puso de pie y se dirigió hacia ella. —Los ángeles te van a ayudar, como me ayudan a mí.

—¿Te ayudan tus ángeles a sentirte mejor, Keith? —Ana se veía molesta, pero estaba agradecida por el cambio de conversación.

—No por fuera sino por dentro. Como cuando te caes y te raspas la rodilla y tu mamá te abraza bien apretado y te besa. Todavía te duele la rodilla, pero de todos modos te sientes mejor. Cuando ellos me cantan, yo me siento muy feliz por dentro.

—¿Cómo con los *Wiggles*?

Keith negó con la cabeza. —Los *Wiggles* solo pretenden. Son actores, eso es todo. Los ángeles son reales.

El rostro de Ana se empalideció. —Tammy, ¿ya has terminado? Tengo que volver y poner la última mano de poliuretano, y tengo un vuelo temprano mañana por la mañana.

Unos pocos momentos después, Ana salió de la casa de Tammy y regresó a su casa corriendo como si se estuviera escapando de alguien que la perseguía. Tammy sabía el nombre del que la perseguía.

Verdad era su nombre.

Capítulo 24

El calor del sol se reflejaba en las ventanas del edificio de veinte pisos. Se sentía en la vereda y afectaba a docenas de personas que salían del túnel del subterráneo. El aire olía a perfume y transpiración, cafés caros y suciedad, todo eso mezclado con la energía de la adrenalina y la desesperación. Las contradicciones que había en la ciudad de Nueva York en el verano nunca dejaban de emocionar a Ana. El lugar donde cualquier cosa era posible.

Cuando Ana empujó su maleta con ruedas por la puerta de Marston Staging, se sintió con más energía. —Hola, Jen.

—Margaret te quiere ver en la oficina en el instante en que llegues —la expresión ceñuda en el rostro de Jen le dijo a Ana más de lo que quería saber sobre el estado de ánimo de Margaret.

—Está bien —Ana dejó su maleta en su cubículo y entró a la oficina de Margaret.

—¿Querías hablar conmigo?

Ella se puso de pie. —Sí, quiero hablar contigo. Patrick Stinson me ha llamado un par de veces esta mañana. Me dijo que no estás contestando sus llamadas telefónicas.

—Margaret. He viajado por avión. Hay reglas en cuanto a apagar el teléfono celular. ¿Recuerdas?

—Bueno, deberías de haber revisado tus mensajes tan pronto como el avión aterrizó, y tu primera llamada debería haber sido a él.

—Sí, revisé los mensajes. Él no me dejó ninguno —Ana bajó la vista para mirar su teléfono nuevamente para confirmar—. No, ningún mensaje.

—Yo creo que debería ser suficiente ver su número en las llamadas perdidas para saber que le deberías haber devuelto la llamada.

De nuevo, Ana miró su teléfono. —Tengo cuatro llamadas que no recibí, y las cuatro dicen «número bloqueado». ¿Quieres que llame a Patrick Stinson cada vez que reciba una llamada no identificada en mi celular? Estoy segura de que eso le caería muy bien.

Margaret tomó asiento, luego se inclinó hacia delante y se apoyó sobre los codos, sin ninguna pizca de derrota en el rostro. —De cualquier forma, quiero que lo llames a su oficina ahora mismo.

—Por supuesto que lo voy a llamar —Ana se puso de pie para dirigirse a su cubículo.

—Ana, los trabajos de muchas personas dependen de este contrato. ¿Lo entiendes bien, verdad?

—Sí, lo entiendo perfectamente.

—Muy bien.

Ana volvió a su escritorio, pero se tomó un minuto para respirar profundamente antes de tomar el teléfono. La calma y el pensar claramente eran imprescindibles en ese momento.

Marcó su número. Después de hablar con dos secretarias y que pasaran tres minutos, ella escuchó: —Ana, estás de vuelta. Confío en que el tiempo que pasaste en Charleston fue productivo.

—Sí, lo fue. Encontré un par de negocios que venden cuadros que pensé que tal vez podríamos usar para un par de tus unidades. Tengo muestras que podría enviar por correo electrónico.

—Nunca me ha gustado trabajar por computadora. Soy más bien un tipo medio anticuado. Me gusta hacer mi trabajo en persona. ¿Sabes lo que quiero decir? —en su pregunta había una cierta clase de insinuación.

—Por supuesto. ¿Quieres que te envíe una copia por correo?

—¿Qué me dices de dármela en persona? ¿En la cena esta noche?

Todo lo que Ana quería estaba aquí mismo, envuelto en lo que era Patrick Stinson. Todo lo que tenía que hacer era tomar el regalo que la vida le estaba ofreciendo. Entonces, ¿por qué no le estaba contestando? ¿Por qué no podía siquiera musitar un sonido en respuesta?

—Te pasaré a buscar a las siete y media.

—No.

Patrick Stinson había hecho todo el trabajo por ella, y ella todavía luchaba. ¿Qué era lo que le pasaba? —Lo que quiero decir es que no quiero causarte molestias. Tengo varias cosas que hacer en la ciudad; nos encontraremos en un restaurante. ¿En qué lugar estabas pensando?

Ella podía escuchar el sonido de una computadora en el fondo, así que sabía que él todavía estaba al teléfono. No le estaba respondiendo. Finalmente le dijo: —Bueno, yo soy chapado a la antigua, y esto va contra mi naturaleza —su voz era tan suave como la seda—, pero si insistes, nos encontraremos en el restaurante La Maison a las ocho.

—De acuerdo.

—Estoy muy contento de que cenaremos juntos —él hizo una pausa, y Ana sabía que ella debería expresar lo contenta que también estaba, pero no pudo decirlo.

—Sí, siempre me encanta hablar sobre nuevas ideas de diseño —finalmente pudo arreglárselas para decir.

Él se rió bajito. —Esta noche —y la comunicación se cortó.

Eran casi las siete de la tarde cuando Ana llegó al edificio de apartamentos donde vivía. Antes de subir, se detuvo en su buzón, algo que por lo general no hacía cuando estaba apurada. Era algo estúpido ahora, lo sabía, pero le encantaban los dibujos que Keith le enviaba casi todos los días. Pero había salido de Charleston solo hacía doce horas, así que eso obviamente era una pérdida de tiempo. Aun si él le había enviado uno hoy, no estaría en el buzón. Ella hizo girar la llave en la cerradura y abrió la puerta para encontrar una pila de cuentas y un par de hojas de propaganda. Por supuesto que no había nada.

Ella subió en el ascensor hasta el piso octavo, y mientras caminaba por el pasillo hasta su puerta, pudo ver una carta apoyada contra su puerta. Había una notita amarilla pegada al sobre azul que decía:

Ana, esto estaba en mi buzón por error. Bienvenida de vuelta a tu hogar.
    Cristina

Entró a su apartamento y comenzó a abrir el sobre. Sacó un dibujo que mostraba a Ana con la mano extendida hacia una mancha amarilla a su lado. Parecía que ella estaba sosteniendo una simple letra *m*. Detrás de lo que Ana sabía que era el ángel de dibujo, había algo que parecía un cilindro.

Bueno, este era un dibujo un poco más difícil de descifrar que la mayoría. Lo colocó en su refrigerador, pensando que tal vez lo tendría que llevar consigo la próxima vez que fuera a Charleston y pedirle a Keith que se lo explicara. Algo dentro de sí le dolió por ese pensamiento. Bueno, no tenía tiempo para pensar en eso ahora.

A pesar del hecho de que iba a llegar tarde si no se apuraba, Ana tuvo más cuidado que de costumbre para elegir la ropa que usaría. Quería verse bien, pero no lucir demasiado atractiva. Ella participaría del pequeño juego de Patrick Stinson, tal vez hasta aun lo disfrutaría, pero quería que el contrato estuviera firmado antes de que esta relación tuviera alguna clase de giro personal. Pantalones negros y un sweater blanco, de mangas tres cuartos, con botones de seda, parecía ser lo apropiado: profesional, atractivo y lo suficientemente tradicional como para no ser demasiado según el último grito de la moda, pero tampoco anticuado.

Se apresuró a salir y paró un taxi, y llegó al restaurante tres minutos antes de las ocho. La Maison era un café pintoresco, con velas en las mesas y un pianista que tocaba música clásica en un piano de cola. Patrick Stinson todavía no había llegado, pero el camarero encargado de sentar a las personas llevó a Ana a una mesa. De inmediato llegó un camarero para preguntarle lo que quería tomar. Ella no tomaría nada que le pudiera perjudicar su discernimiento esa noche. —Agua, por favor.

Unos pocos minutos más tarde llegó Patrick Stinson. —Ana, siento mucho haberte tenido esperando. Recibí una llamada de último momento de uno de los constructores de nuestro equipo, y bueno, sabes, la crisis se pudo evitar, pero no sin haberme hecho llegar tarde para reunirme con mi bella acompañante para la cena. Por favor, discúlpame.

—Disculpa aceptada.

Él estaba usando un sweater negro de cuello alto debajo de una chaqueta gris de marca. Algo en cuanto al atisbo de rizo en su cabello, combinado con su hoyuelo en la mejilla izquierda, le daba cierto encanto juvenil. Eso aunado a su confianza, que se basaba en el poder, era algo muy atractivo. —Apenas pude esperar hasta que volvieras a la ciudad.

—Sí, déjame mostrarte algo de las piezas de arte que he encontrado. También hace poco hemos adquirido un par de muebles muy elegantes que creo que van a trabajar bien con tu plan general —Ana sacó su portafolio de debajo de su asiento.

Él lo tomó de la mano de ella, y su mano tocó la mano de Ana en el proceso. —Veamos qué es lo que tienes aquí —dijo abriendo el portafolio y pasando las hojas—. Todo se ve muy bien. Sí, todo se ve fantástico—, luego la miró a ella y dejó el portafolio a un lado—. Yo sabía que me iba a encantar trabajar contigo.

—Nosotros, todos los que trabajamos en la Compañía Marston Home Staging trabajamos como un equipo muy unido, hay muchas personas trabajando en este proyecto «entre bastidores» —aun Ana sabía que la palabra sonaba forzada y afectada, pero necesitaba que las cosas fueran más despacio. Necesitaba tiempo para pensar.

—Sí. Bueno, aprecio que toda esa gente trabaje entre bastidores, pero estoy realmente interesado en tu trabajo, en la línea del frente, donde no solo puedo disfrutar tu trabajo sino también tu compañía.

Ana observó la llama de la pequeña vela en el centro de la mesa. Cada vez que se abría la puerta del café, la llama titilaba y danzaba, totalmente a la merced de fuerzas exteriores. Eso es lo que era ella. Una llama que simplemente danzaba al capricho de cosas que no podía controlar. No le gustó ese sentimiento. —¿Por qué no hablamos sobre el espacio de la oficina? ¿Qué es lo que piensas en cuanto a eso?

—Digamos, para solo darnos una idea, que nosotros pondríamos *tu* oficina allí. ¿Qué es lo que tú querrías?

Había un nuevo matiz en su tono de voz que alarmó a Ana. Pero ella trató de pretender que no estaba allí. —Bueno, creo que para tu clientela, un escritorio de Moura Starr Century, totalmente en blanco, con la parte de arriba tapizada en cuero blanco. Sería muy llamativo. Un par de sillas blancas, ribeteadas de negro, y tal vez consideraría agregar una mesa de vidrio transparente, para conferencias, y con las patas en forma circular, hechas de acero inoxidable. La mesa sería elegante, moderna y sofisticada. A eso se le agregarían un par de piezas de arte, y sería perfecto. Traje algunas fotos.

—Eso no fue lo que te pregunté. Mi pregunta fue qué querrías allí si esa fuera tu oficina.

—Pero yo no soy tu clienta, así que lo que yo consideraría ideal, y el ideal de alguien que tiene los medios para alquilar tu oficina, no son la misma cosa.

—Si fuera tu oficina, la oficina de tus sueños, ¿qué es lo que harías?

Ana se encogió de hombros. Por lo menos estaban en el tema del trabajo. —Bueno, creo que comenzaría con el sorprendente escritorio que vi hace unas semanas. También tiene la parte de arriba con una cubierta de vidrio tallado, con diseños que llegan hasta el borde, el cual es claro. Es más una obra de arte que un escritorio, pero qué emocionante sería trabajar en ese escritorio. Habría estantes de vidrio en la pared, colocados a intervalos variables, adornos de cromo, algunos artículos negros colocados cuidadosamente que darían contraste, y tal vez una alfombra en un color muy brillante para agregarle un poco de variedad —Ana podía ver el cuadro total en la mente. Sonaba maravilloso.

—¿Y qué si te dijera que esa oficina podría ser tuya?

—¿De qué estás hablando?

—He estado pensando en la idea de comenzar mi propia compañía de decoración. A la larga nos ahorraría dinero, porque gastamos mucho dinero teniendo que contratar a nuestros decoradores. También nos daría otra entrada de dinero cuando hiciéramos las decoraciones para otros constructores, y nos ayudaría a mantenernos un paso adelante de lo que están haciendo nuestros competidores.

—Supongo que eso tiene sentido.

—Sí, creo que tiene mucho sentido. Ahora, de vuelta a tu oficina. ¿Puedes ver tu nombre en la puerta? —lo dijo y se inclinó hacia ella a través de la mesa.

Ana lo miró a los ojos, de color café oscuro, y tan, tan sinceros. ¿Le estaba ofreciendo lo que sonaba que le ofrecía? —Bueno, creo que eso depende. ¿Estaría yo a cargo de esa hermosa oficina, u ocuparía un cubículo en la parte de atrás?

—Basándome en lo que he visto hasta ahora, creo que es imposible imaginarme a ninguna otra persona siendo la que lleve la batuta.

Y ahí estaba. Así de simple. Aún más de lo que Ana se había atrevido a imaginar, allí mismo, dentro de su alcance. —Suena como un sueño.

Él extendió la mano a través de la mesa y tomó la de ella. —A veces los sueños se hacen realidad, ¿no es verdad? —él frotó su dedo pulgar en la palma de la mano de ella—. ¿Sabes? Podrías comenzar ahora mismo, que tu primer trabajo fuera el proyecto de Stinson Towers.

—Bueno, yo... —Ana miró a su mano en la de ella y supo que había un precio involucrado—. Prefiero no apresurar las cosas, y tengo un par de compañeras de trabajo que necesitan su empleo en Marston. ¿Por qué no procedemos un poco más lentamente? —ella tomó su vaso, queriendo una excusa para quitar su mano de la de él, y tomó más de un sorbo de agua.

—Lealtad, me gusta mucho en una mujer —él se tomó su whisky de un solo trago, luego lo mantuvo en el aire señalándole al camarero que quería otro—. Admito que no hay razón para apurar las cosas, pero yo no soy conocido por mi paciencia —y sonrió—. ¿Qué te parece si comenzamos ahora a hacer los preparativos preliminares, y cuando estemos listos para empezar el siguiente proyecto, entonces podríamos comenzar con este plan? Tus compañeras de trabajo, ellas también podrían ser parte del trato. Tú necesitarás un grupo de personas que trabajen contigo, tráelas a bordo.

—Suena perfecto —y sí, casi demasiado perfecto. Esa oferta de trabajo, o promesa de una oferta de trabajo, venía con ciertas condiciones. Mirando a través de la mesa, ella vio a un hombre con el cual la mayoría de las mujeres harían cualquier cosa por poder conectarse con él —condiciones o no. Si este asunto se concretara, ella podría emplear a Beka y a Jen, y todas podrían estar libres de la tirana Margaret. Ella no tendría que comprar parte de la compañía de Margaret. La venta de la casa le daría la libertad financiera que nunca soñó que tendría. Ella estaría loca si vacilara. Pero sin embargo....

No pierdas la cabeza, Ana. Piensa detenidamente en esto. Ana trató de concentrarse en las cosas a su alrededor, para aclararse la mente por un momento.

Una mujer estaba de pie hablando con el pianista, dándole la espalda a Ana. El pianista movió la cabeza asintiendo y sonrió mientras ella ponía un billete doblado en el jarrón de las propinas. La mujer se alejó. Pero sin embargo, no regresó a su asiento, ella caminó hacia la salida donde las luces de la calle iluminaron su cabello rojizo.

—Te has mantenido callada. Veo que una vez más me las he arreglado para aburrir a una persona con quien estoy cenando con demasiada conversación sobre negocios, lo cual me temo que es una de mis debilidades. Hablemos de ti, Ana Fletcher. Cuéntame todo sobre ti.

—No hay nada interesante para contar sobre mí. Hablemos de algunas de tus historias.

La música cambió el ritmo, y por el tiempo de unos cinco latidos del corazón, Ana escuchó la música que no quería volver a escuchar jamás. —No puede ser, no esa canción —dijo las palabras en voz alta antes de darse cuenta de lo que estaba haciendo.

—La sonata de Mozart No. 16 para piano, creo —Patrick Stinson movió la cabeza hacia el pianista, quien ahora era claro que no estaba tocando lo que Ana creyó haber escuchado—. ¿Sabes que aunque esta tal vez sea su obra más famosa, no fue publicada hasta un tiempo después de su muerte? —él tomó un buen trago de su whiskey antes de continuar—. Una de las cosas que encuentro más interesantes es que las notas de apertura se hicieron en realidad famosas porque se asociaban con la abuela en los dibujos animados de Silvester y Tweety. Irónico, ¿no es verdad? Una obra que nunca había sido publicada por uno de los compositores más famosos que jamás hayan vivido, llegó a ser famosa solo después de que fue usada en dibujos animados.

—No me di cuenta de que sabías tanto sobre música —en realidad esto no le importaba para nada a ella, pero tal vez si continuaba hablando, podría prevenir el inevitable colapso mental que sabía que le iba a dar.

—En realidad no. Cuando asistía a la universidad, escribí un trabajo sobre el papel que juega la buena suerte en el éxito, y cité esta obra musical como uno de los ejemplos más grandes.

Ana miró de nuevo alrededor del comedor, con la incómoda sensación de que estaba siendo observada pulsándole en la parte de atrás del cuello. ¿Estaban los ángeles observándola en este mismo instante, o esa alucinación se estaba convirtiendo en total esquizofrenia? *Mantén la cabeza, no te desmorones.* —¿Crees que el éxito tiene más que ver con la suerte que con el trabajo duro?

—Creo que es ambos. Por ejemplo, fíjate en nosotros. ¿Cuáles son las posibilidades de que estuviéramos en el mismo avión el día después de que le dijera a la compañía que me hacía las decoraciones que no los iba a contratar para el próximo proyecto? Luego, yo estaba sentado lo suficientemente cerca como para ver lo que tú estabas dibujando. Y ahora, aquí estamos, hablando de una posible asociación de negocios juntos. Si tú no hubieras sido una persona muy trabajadora, y si el destino no hubiera intervenido, entonces no estaríamos aquí en este momento.

Llegó la comida, y Ana se las arregló para comer unos pocos bocados, pero lo que más hizo fue mover la comida en el plato. Ella buscó algo que le pareciera normal. —¿Qué fue lo que te hizo cambiar de diseñadores, si no te molesta mi pregunta?

Él se encogió de hombros. —Ellos hicieron algunos proyectos buenos para nosotros, pero era hora de un cambio. Queremos algo nuevo y diferente.

Ana se preguntó si se refería al estilo de diseño o a una nueva mujer. —Ya veo.

—¿Conociste a Meredith en la fiesta, Meredith Radke?

—Sí, la conocí —Ana todavía podía recordar la perfección de sus diseños y su belleza.

—Tal vez también ha intervenido la suerte en que nuestros proyectos juntos terminaran, porque me enteré de que ella ha dejado su antigua compañía y ahora trabaja por su cuenta.

Ana sospechó que era menos «dejado su compañía» y más que «la despidieron por haber perdido los negocios con Stinson».

—¿Ella ha comenzado su propia compañía? ¿De verdad? Es muy valiente para hacer eso como está la economía ahora.

—De verdad. He escuchado un rumor de que le va muy bien, de hecho, ya ha conseguido un par de proyectos de mis competidores. Así que ves... otra vez, la suerte ha hecho su magia.

—Sí, magia.

En el restaurante hacía cada vez más calor y el ambiente estaba pesado, haciendo difícil que se pudiera respirar profundamente. Después de que el camarero se llevó sus platos, le trajo a Ana las rebanadas de pato asado, envueltas en papel de aluminio arreglado de tal manera que parecía un cisne.

Patrick Stinson caminó con ella hasta la salida, y esperó mientras el portero le llamaba un taxi. —¿Te gustó la comida? La próxima vez voy a tener que dejar que tú elijas el restaurante.

—No, estuvo muy buena. Es que después de haber viajado todo el día, nunca siento mucha hambre. Parece que los aviones tienen ese efecto en mí.

—Perdóname, no debía de haber insistido en que hiciéramos esto esta noche; es que estoy muy entusiasmado con este proyecto.

—No, fue una cena muy buena. Estoy ansiosa por trabajar en este proyecto y verlo completado —Ana le extendió la mano para darle un apretón, pero en cambio él la tomó y le besó la mano.

—Creo que hay muchos proyectos felices en nuestro futuro.

El taxista se aproximó a la acera, y Ana nunca había estado tan feliz de escaparse de una situación en toda su vida. Lo que era extraño, se encontró deseando que el taxi la estuviera llevando de vuelta a la casa en Charleston, lejos de Patrick Stinson.

Cuando el vehículo paró frente a su edificio, Ana salió a la vereda y se detuvo por un momento. Miró hacia la derecha y vio a un hombre, de los que viven en la calle, buscando en las latas de basura, con el pelo descuidado y la chaqueta rota en varios lugares. De pronto, sus pies comenzaron a caminar por sí mismos, y se encontró de pie al lado de él. Él retrocedió cuando notó que ella se aproximaba. Ella trató de sonreír, para que él no se asustara, pero la realidad era que *ella* estaba asustada, y la sonrisa no le resultó.

—Hola, me llamo Ana. Acabo de venir de cenar, y no pude terminar la comida. Me envolvieron lo que me sobró, pero sé que mañana no va a ser tan buena como hoy. ¿Quisiera esto?

Él la miró, mostrando sorpresa en los ojos. Su cabello era largo, gris y descuidado, y tenía una cicatriz irregular en la mejilla izquierda. —Yo la he visto a usted muchas veces y nunca me ha ofrecido nada.

Ana se encogió de hombros. —Tal vez he cambiado.

—Me alegro de escucharlo —el hombre estiró la mano cuidadosamente, observándola todo el tiempo como si esperara que ella retirara la oferta. Cuando finalmente tomó el cisne, movió la cabeza: —Gracias —se dio vuelta y se alejó caminando lentamente, mientras el papel de aluminio hacía el ruido típico metálico mientras era abierto.

—De nada —Ana se dirigió hacia la puerta de su edificio y estaba marcando la combinación en el teclado numérico cuando escuchó que el hombre silbaba. La cerradura hizo el clic de que podía abrir la puerta, y ella se encontró también tarareando mientras entraba... por lo menos hasta que se dio cuenta. La melodía que el hombre estaba silbando... la que ella estaba tarareando era....

—Oiga, ¿qué es esa...? —ella soltó la puerta y se dio vuelta. El hombre ya se había ido.

Capítulo 25

El cálido apartamento de Beka olía a panecillos calientes y a especias que se usan en la Navidad. Esa noche no era la excepción, a pesar del hecho que la cena había sido arroz y pollo frito con verduras, al estilo japonés. Era como si la salsa *teriyaki* hubiera entendido que su fragancia no era lo suficientemente hogareña para las decoraciones tradicionales y escogió no inmiscuirse. Ana admiraba la habilidad de su amiga de capturar tan completamente su propia esencia en su hogar, hasta el último pequeño detalle.

—Mamá, creo que Ana necesita terapia.

Al principio, Ana estaba demasiado sorprendida como para decir algo, pero finalmente se las arregló para musitar: —¿Qué?

Ella miró al otro lado de la pequeña mesa, cambiando su foco de Gracie a Beka, quien se estaba riendo a carcajadas.

Beka se rió por un minuto completo antes de poner la mano en el hombro de Gracie. —Oh, querida, tienes que tener cuidado en la forma en que dices estas cosas.

—¿Por qué? ¿Qué es lo que tiene de gracioso? —Gracie, de siete años de edad, miró a su madre con sus grandes ojos café muy abiertos—. A ti te gusta hacer terapia, ¿no es verdad, mamá? ¿Y no le gustaría también a Ana?

Beka se puso de pie, tomó a su hija y la hizo girar en un círculo, luego se detuvo y la abrazó apretadamente contra su pecho. Ella miró a Ana, con una sonrisa en su rostro que mostraba picardía.

—Bueno, ahora que pienso en eso, Ana necesita más terapia que ninguna persona que yo haya conocido.

—Fantástico. Voy a buscar las cosas —Gracie se deslizó del abrazo de su madre y fue a saltitos hacia el refrigerador.

Ana se cruzó de brazos y miró a Beka. —Creo que a estas alturas se supone que me sienta ofendida.

Beka comenzó a reírse de nuevo, lo cual escaló hasta otro ataque de risa. Ana no podía recordar cuándo había sido la última vez que había visto a su amiga así, tan alegre. Después de años de haber estado casada con un hombre iracundo que la maltrataba emocionalmente, y que por fin —y afortunadamente según pensaba Ana—, la había dejado por otra mujer, y de los problemas de salud de Gracie del año pasado, bueno... había sido un camino largo y difícil para Beka.

—Aquí está —Gracie le dio un recipiente plateado y grande, cubierto de papel de aluminio y luego se volvió para buscar algo en los gabinetes.

Beka quitó el papel de aluminio, revelando una gran masa blanca. Entonces miró a Ana. —Terapia ocupacional. Se supone que ella se mantenga haciendo ejercicio con los dedos para que la artritis no le cause que se endurezcan y pierdan la flexibilidad. Una de las formas en que lo puede hacer es jugar con la masa de una sustancia flexible. Pero hemos descubierto que es mucho más divertido hacerlo con la masa de las galletas. Así que, la mayor parte de las noches después de la cena, pasamos un poco de tiempo jugando con la masa y hacemos formas graciosas; luego las horneamos y las comemos de postre. Nuestra terapia.

Ana le revolvió el cabello a Gracie. —Bueno, ahora me siento mucho mejor. Y estoy muy contenta de recibir terapia esta noche. Lo que necesito es hacer algunas galletas dulces.

—Eso fue lo que pensé —ahora la voz de Gracie era muy seria—. Primero tienes que ir a lavarte las manos. Esa es la regla.

—Vamos a lavarnos las manos, entonces. Estoy lista para mi galletita.

Unos pocos minutos después, Beka puso una nube, un perro y un caballito en el horno. Luego miró a Ana. —Antes de comenzar a tomar Enbrel, ella nunca habría podido hacer nada de esto. Ese remedio nos ha cambiado la vida a las dos. No sé lo que hubiera hecho si hubiera perdido mi trabajo, y no se lo hubiera podido seguir comprando a ella. En realidad no lo sé.

Ana comenzó a decir algo como: «Podrías haber dejado que su padre pagara por eso», pero no lo hizo. Le tomó un gran esfuerzo, pero trató de no hablar mal de Richard frente a Gracie. Además ella sabía que él había perdido su trabajo en la bolsa de comercio hacía más de un año, y había escuchado el rumor de que él y su esposa actual iban a tener que declararse en bancarrota.

—Bueno, yo ... —Ana consideró si debía o no sincerarse acerca de lo inseguro que estaba el nuevo negocio. Pero cuando vio la sonrisa de Beka, decidió que no iba a agregar una carga extra a los hombros de su amiga. Ella se acercó y le dio un apretado abrazo. —Mantente optimista. Todavía no puedo darte detalles, pero creo que las cosas van aun a ser mejores. Hay una oportunidad en el horizonte que puede cambiarnos la vida a las dos.

¿Por qué había dudado Ana de querer trabajar con Patrick Stinson? Ella continuó: —Está muy lejos de ser algo concreto, pero te digo que no incluye a Margaret.

—No digas nada más. Estoy contigo —Beka se rió cuando abrió la puerta del horno—. Todo se ve perfecto.

Y por cierto que Ana esperaba que así fuera.

El viernes, Margaret y Ana se encontraron con Patrick Stinson en el depósito de Marston Home Staging. Muchas compañías de decoración de casas y de edificios a la venta arrendaban los muebles de diferentes compañías especializadas, y por cierto que Marston también lo hacía, pero Margaret había decidido hacía varios años comprar mucho del mobiliario que usaban. Entonces, ella no solo ganaría el dinero que pagaban por la renta, sino que controlaba quién recibía qué y por cuánto tiempo.

Los tres caminaron por los pasillos, que en mejores tiempos estaban casi vacíos. Pero en el mercado actual de la venta de casas, los pasillos estaban completamente llenos. La gente trataba de vender las propiedades más baratas, y pagar por una decoradora parecía un gasto extravagante, sin considerar las estadísticas que Ana sabía de memoria. Ella se preguntó si Patrick podía ver el enorme inventario por la señal de problemas que era.

Sí, por supuesto que lo vería. Sin duda, él se percataría del problema para tratar de conseguir mejores precios.

Ana tocó un sofá en particular, de estilo danés, que era uno de sus mejores muebles. —¿Qué crees de esto?

Él hizo una pausa y se puso la mano debajo del mentón, mirando el mueble como si pensara. —Es un sofá muy lindo. Y estaría bien para una de nuestras unidades más pequeñas, pero para nuestros modelos de lujo, quiero usar todos muebles hechos especialmente para nosotros.

El rostro de Margaret se mantuvo sereno, pero su dedo meñique estaba dando golpecitos en la tablilla que tenía en las manos. —Por supuesto que podemos hacer eso.

—Me gustan mucho los muebles que tienen en Blazes.

Ana contuvo la respiración. Como diseñadora, ella admiraba su gusto. Blazes tenía los muebles modernos más finos que ella jamás había visto. De hecho, el inventario de ellos estaba compuesto más bien por obras de arte en las cuales uno se podía sentar, si lo querías hacer. Pero puesto que esos muebles eran creaciones únicas, los precios de ellos eran altísimos.

Margaret continuó escribiendo sin levantar la vista. Ana sabía que estaba pensando en cuáles eran sus opciones. Si estaban con poco capital, ¿de dónde sacarían los fondos para comprar esos muebles? Finalmente, ella miró a Patrick y le dijo: —He estado pensando en comprar algunos de los muebles de Blazes. Gracias por darme la excusa que necesitaba.

—Bien —dijo él, más para confirmar su acuerdo que para darle un cumplido—. Estoy considerando hacer algo un poco diferente en algunas de las cocinas, manteniendo un estilo moderno, porque creo que todos estamos de acuerdo que nunca puede haber demasiada elegancia y belleza —frunció levemente una ceja mientras miraba a Ana—, pero también me gustaría que el estilo fuera un poco cálido. ¿Tienes alguna sugerencia?

—Mi sugerencia —Ana se detuvo para no darle el discurso que en realidad quería darle— es combinar gabinetes de madera suiza con aluminio anodinado. Las líneas horizontales de la madera se verían bien. Y los mostradores de cuarzo natural podrían ser un buen contraste al poner todo eso junto.

La sonrisa de él fue abierta, entonces se volvió a Margaret. —No soy alguien que dirija las cosas a la distancia. Me gusta mirar las cosas y mantenerme involucrado en todo. Pero... creo que con Ana aquí, tal vez me pueda tranquilizar un poco. Hasta aquí, sus ideas han sido simplemente maravillosas.

Margaret asintió. —Te dije que no te iba a desilusionar.

—Espero que no lo haga —le guiño el ojo a Ana, y luego sacó un pedazo de papel de su chaqueta y se lo dio a Margaret—. Me tomé la libertad de escribir los números de algunos de los modelos que me gustan particularmente en Blazes. ¿Me harías el favor de llamarlos para ver si esos muebles todavía están disponibles? Me gusta saber exactamente dónde estoy cuando firmo con un nuevo asociado.

—Por supuesto. Los llamaré esta tarde.

—No me siento muy bien por pedirte eso, ¿pero te importaría llamarlos ahora, para saber si están disponibles? —miró desde Margaret hasta Ana, y luego a Margaret, con una expresión que mostraba una forma de bochorno tan subida, que Ana supo que no era sincera—. En realidad, me gustaría que consiguiéramos algunas de las piezas ahora. Soy una persona visual, y me gusta ver las cosas con las que trabajo.

Él movió la cabeza hacia Ana y sonrió. —No te preocupes de dejarme aquí solo para hacer la llamada; con Ana aquí, estoy en muy buenas manos.

Una vez más Ana se recordó a sí misma que tenía que proceder con mucho cuidado con respecto a él. Proceder, sí, definitivamente, pero con los ojos bien abiertos.

—Por supuesto que haré la llamada ahora mismo —Margaret sacó el teléfono de su cartera y caminó hacia el final del pasillo.

Patrick puso la mano en el codo de Ana para guiarla hacia delante. —Estoy pensando que la semana que viene tal vez podríamos ir a ver alguna película y luego ir a cenar. ¿Tal vez un fin de semana en Hamptons en un futuro cercano? Tú has estado trabajando tanto últimamente, y no quiero que te agotes y dejes de trabajar en mis proyectos. Quiero verte salir y divertirte.

—Oh, yo me divierto lo suficiente; no te preocupes. Me gustaría mucho pasar más tiempo contigo; pero a mediados de la semana próxima voy a volver a Charleston para pasar allí el fin de semana —otro viaje de sorpresa a Charleston planeado de pronto, gracias a Patrick Stinson.

—Con todos esos viajes a Charleston, me estoy comenzando a sentir un poco dejado de lado.

Ana se encogió de hombros. —Tengo que atender algunos asuntos.

—¿Y qué me dices si te encuentro allí el fin de semana? Creo que el Festival Spoleto todavía está abierto; podríamos asistir a un concierto. Aun cuando mi madre se ha jubilado y vive allí desde hace unos veinte años, nunca he pasado mucho tiempo en esa ciudad. Tú me podrías mostrar la ciudad como alguien que ha nacido allí, ¿no?

Ana se podía imaginar la escena si Patrick Stinson apareciera cuando Tammy y Keith estuvieran con ella. El pensamiento la hizo querer llorar y reírse al mismo tiempo. —Hago muchos trabajos en mi casa cuando estoy allí, y en realidad no tengo tiempo para divertirme, y no sería una guía turística muy buena porque no he estado en Charleston desde hace mucho tiempo —excepto por el lugar del Ángel Roble, y ella no lo llevaría a él allí. Ese era un lugar muy especial.

—Si no supiera que no es así, diría que estás tratando de evitar mi compañía, Ana Fletcher. Pero sé que no es así, porque a mí no me gusta trabajar con gente que evita mi compañía.

Procede con cautela. Ella le sonrió. —Debo decir, señor Stinson, que estoy sorprendida de lo sensible que es usted en cuanto a sus sentimientos. ¿Quién lo hubiera sospechado, debajo de ese exterior de hombre de negocios fuerte? —lo dijo en un tono que sabía, sin duda alguna, que sonaba a coqueteo.

Él sonrió y dio un paso para acercarse más a ella. —Creo que tú estás haciendo salir un aspecto nuevo en mi personalidad.

—Bueno, entonces tengo que tratar y ver si puedo evitar eso en el futuro, ¿no es verdad? —ella mantuvo su tono ligero y como bromeando, aunque no se sentía de esa forma.

—Bueno, estoy de vuelta. Hablé con el gerente, y me aseguró que puedo tener todos esos muebles para fines de la próxima semana —Margaret caminó y se colocó entre los dos, inconsciente de los matices del encuentro. O... tal vez no.

—Estoy muy contento de estar trabajando con una compañía que hace las cosas eficientemente. ¿Así que ya has puesto la orden?

—Sí, lo hice —los dedos de Margaret estaban dando pequeños golpecitos en la tablilla que tenía en las manos—. No creo haberte mostrado las luces que tenemos. Están por aquí.

—Apenas puedo esperar para verlas —la expresión de su rostro demostraba casi demasiada satisfacción como para referirse solo a los muebles que quería.

En ese momento su teléfono comenzó a vibrar en su bolsillo. Miró quién lo llamaba y dijo: —Perdónenme. Debo contestar esta llamada.

Tan pronto como él estuvo a una distancia segura y absorto en su llamada, Ana le susurró a Margaret. —¿Cuánto te va a costar?

—Doscientos veinte mil. No reembolsable.

—¿Doscientos veinte mil? —Ana trató de que su voz no sonara chillona, pero no estaba segura de haberlo logrado—. ¿Hay alguna forma en que podamos correr con ese gasto?

Margaret la miró de frente, en forma muy seria. —Asegúrate de no hacer nada que pueda arruinar este contrato. Si lo haces... bueno, Beka va a ver muchos rostros conocidos en la línea de los que cobran seguro de desempleo, porque cada una de nosotras va a estar allí con ella.

Nunca le podrían sacar ganancia a ese gasto en muebles, especialmente si Ana comenzara a trabajar para Patrick Stinson, y con ello llevándose a su mejor cliente. —Margaret....

—Shh. Ahí viene.

Patrick Stinson caminó hacia ella dándose aires, y sonriéndoles ampliamente. —Bueno, damas, ¿dónde estábamos? ¿Tal vez vamos a almorzar?

Capítulo 26

Los pasillos del supermercado estaban repletos de personas extenuadas, abrumadas y totalmente malhumoradas, igual que Ana.

—Cuide a su hijo —le dijo de mal modo un hombre grande, calvo, a una mujer cuyo hijo se interpuso en su camino.

La madre, una mujer delgada, pálida, y que se veía enferma, ni se dio por enterada del comentario. Ella tomó a su hijo de la mano en el instante en que él iba a agarrar la bolsa de caramelos que quería. —Jonah, quédate al lado de mamá.

Parecía haber sido un día largo y difícil para todos. Ana escogió las cosas que eran absolutamente necesarias para la semana. Quería salir de allí lo antes posible.

Cuando llegó al pasillo en el que estaba la mantequilla de maní, pensó en el hombre que vivía en la calle. No estaba segura por qué eso la había hecho pensar en él. Tal vez fuera porque había escuchado una vez que la mantequilla de maní y las barras de cereal eran alimentos buenos para darles a los que no tenían casa, algo acerca del alto contenido de proteína y de no echarse a perder.

Siguiendo un impulso, compró un par de potes de mantequilla de maní, cremosa, y una caja de barras de cereal, y un paquete de bolsas de papel en las que se colocan los almuerzos.

Después de haber pagado, y antes de irse del supermercado, se detuvo para colocar algo en una de las bolsas de papel. Colocó en ella uno de los potes de mantequilla de maní, y dos barras de cereal, y luego la colocó encima de su bolsa de comestibles, por si veía al hombre camino a su casa. Y planeaba mirar bien para no pasarlo por alto. Ella quería respuestas, y quería que fueran lógicas. Tal vez si pudiera averiguar el nombre de la canción, probar que era una canción común y corriente, entonces se podría olvidar de toda esa locura. De seguro que un hombre sin hogar que vivía en las calles de Nueva York no iba a hablar tonterías acerca de ángeles.

Mientras se acercaba a su edificio, pudo ver una figura en las sombras, apoyada en la pared. No se pudo dar cuenta de si era él o no, pero dio un suspiro profundo y continuó hacia delante. Sentía que el corazón le latía con fuerza mientras se acercaba para poder verlo con claridad. Excepto... que no era él. De hecho, no era un hombre; era una mujer desalineada, con una bolsita de papel color café, en la que tenía una cierta clase de botella. —¿Qué es lo que quiere? —le preguntó.

—Lo... siento. Pensé que era otra persona.

—Querida, estoy segura de que sí —la mujer como que se rió, mientras tomaba un trago de la botella.

Por la mente de Ana pasó una escena de su madre, quien siempre necesitaba el siguiente trago, a pesar de todo lo que le costaba. Por primera vez en mucho tiempo, la escena le hizo sentir un destello de compasión. —Acabo de ir al supermercado. ¿Quisiera algo de comer?

La mujer miró la bolsita en la mano de Ana, y luego se inclinó hacia delante para sacársela rápidamente de las manos. —Gracias —dijo mirando lo que había adentro—. ¿Cómo se supone que coma la mantequilla de maní? ¿Con las manos?

Ahora Ana recordó por qué no hacía cosas como esa muy a menudo. —Va a tener que arreglárselas usted... y a propósito, *de nada*.

La mujer se rió. —Usted tiene un problema con su actitud —ella puso la bolsita debajo del brazo y se irguió—. Él tenía razón, usted está cambiando —dijo mientras comenzaba a alejarse caminando lentamente.

—¿Quién tenía razón? —le preguntó Ana, cuyo enojo se estaba desvaneciendo.

—Uri —dijo la mujer hablando por encima del hombro.

—¿Quién es Uri?

La mujer continuó caminando.

—¿Quién es Uri?

Varias personas que pasaban por allí se dieron vuelta para mirar a Ana después de que ella había gritado esa pregunta, pero la mujer simplemente siguió caminando. Ana sacudió la cabeza con frustración. ¿Qué era lo que exactamente quería averiguar? ¿En cuánto más ridículo se iba a poner antes de simplemente olvidarse de eso?

Entró al vestíbulo, lista para escaparse al santuario de su apartamento. Justo antes de que la puerta se cerraba tras ella, creyó haber escuchado una voz masculina familiar que dijo: —Sí, de seguro que está cambiando.

Ella se dio vuelta en forma repentina, y sacó la cabeza por la puerta antes de que esta se cerrara, buscándolo.

No vio a nadie.

Capítulo 27

Todo acerca de la casa de Sara se sentía mal. El mostrador beige estaba totalmente vacío, y no repleto con las frutas y flores de costumbre, los libros de estudios y las migas de galletas dulces. El sonido de la risa había sido reemplazado por el repiqueteo del ruido del martillo.

También le parecía raro a Tammy estar en la casa de Sara —la casa de Ana— mientras ninguna de las dos estaba allí. Pero Ethan se veía tan como en su casa aquí, y Keith había insistido que fueran allí para ayudarlo. Así que ella pasó por alto su inquietud y continuó barriendo. —Por cierto que sabes ensuciar un lugar muy bien.

Ethan se rió. —Sacar las cosas viejas es trabajo duro y desagradable, y sucio... ¡ay! —dejó caer el martillo de su mano derecha y comenzó a sacudir la mano izquierda —. ¡Ay! —dijo haciendo una pequeña danza por un minuto, antes de volver a componerse y recoger el martillo y el clavo de nuevo, entonces la miró directamente a los ojos—. Y a veces es doloroso. Pero tienes que estar dispuesto a atravesar el proceso si en realidad quieres ver un cambio verdadero. Algo menos es encubrimiento.

—¿Estás hablando ahora de la construcción o de teología?

Él se encogió de hombros y sonrió. —De ambas, creo. En realidad estaba pensando en Ana, como hago todo el tiempo. Tiene tantas heridas reprimidas en su interior. Quisiera que ella bregara con eso, en lugar de pretender que no existen.

—Sé lo que quieres decir.

—Yo también —dijo Keith levantando la vista del dibujo que estaba haciendo—. Ray Meal también lo sabe.

—¿Quién? —Tammy y Ethan formularon la pregunta al mismo tiempo.

—Ray es un ángel y quiere ayudarla.

Tammy miró a Ethan y le señaló hacia afuera con la cabeza. —Oye, Ethan, ¿quieres ayudarme a llevar algunas de estas cosas al tacho de basura afuera?

—Claro.

Ambos recogieron suficientes bolsas de basura para que se viera que esto era lo que querían hacer, y salieron de la casa, alejándose lo suficiente como para poder hablar en voz baja y no ser oídos desde adentro. —Ethan, tengo miedo. Sabes que él siempre ha hablado de ver ángeles, pero últimamente cada vez insiste más y más en los ángeles, y habla de ellos todo el tiempo. Lo escuchaste, acaba de llamar a uno de ellos por nombre. Temo que la mente le está comenzando a fallar.

Ethan sacudió la cabeza. —No. Este niño siempre ha sido mucho más espiritual que todos nosotros. Siempre lo he creído. A mí me parece algo lógico que ahora, con el sufrimiento de haber perdido a Sara, los ángeles fueran mucho más parte de su vida.

—Creo que tienes razón.

—Siempre tengo razón —y le dio un suave beso en la frente.

—Sí, claro que sí —Tammy le puso el brazo alrededor de la cintura a Ethan y caminaron hacia la casa. Keith estaba dibujando con mucha intensidad en el papel, pero sus ojos denotaban cansancio. —Vamos, Keith, tenemos que acostarte, jovencito.

—Está bien. Adiós, Ethan.

—Adiós, amiguito. Te veo mañana.

Más tarde aquella noche, con Keith arropado en su cama, Tammy fue a su cuarto de costura y tomó el más pequeño de seis vestidos de fiesta azul. Una cantidad de risueñas damas de honor estarían en su casa temprano por la mañana, cada una esperando que su vestido le quedara perfecto. Tenía mucho que hacer antes de esa hora. ¿Por qué había dejado que Keith la convenciera para ir a ayudar a Ethan en lugar de quedarse en casa y trabajar en esos vestidos? Eso le iba a llevar horas de trabajo, y todo lo que ella quería era desplomarse en su cama.

Sonó el teléfono que se encontraba sobre su mesa de trabajo.

—Hola.

—Habla Ethan. Oye, estaba pensando en lo que dijo Keith, lo que dijiste tú y lo que dije yo, y no podía dejar de pensar en eso, así que hice un poco de investigación. ¿Adivina lo que encontré?

—¿Qué?

—El nombre Ray Meal que mencionó Keith, suena como Rahmiel, ¿no es verdad?

—Y yo estaba pensando en los nombres de los ángeles que se mencionan en la Biblia. Hay uno que se llama Miguel y otro Gabriel. El nombre Rahmiel suena parecido a una combinación de los dos, ¿no es verdad?

—Sí, supongo que sí —ella trató de ocultar un bostezo.

—¿Sabes lo que significa Rahmiel?

—No, pero estoy segura que me lo vas a decir.

—Claro que te lo voy a decir. Es por eso que te llamé. Lo busqué. Es una palabra hebrea, que significa «Dios es amor y misericordia». Bueno, ¿no te suena como que esa es la clase de ángel que Dios les estaría mandando a ambos, Keith y Ana, en estos momentos? No puedo pensar en nada mejor. ¿Puedes pensarlo tú?

—No. No. No puedo —así que fue por esto que ella necesitaba ir a ayudar a Ethan esa noche. Dios sabía que ella necesitaba escuchar eso.

Tammy colgó el auricular con lágrimas en los ojos, y con el sentimiento, que no se puede definir, de ser amada totalmente latiéndole en el corazón.

—Gracias, Padre.

Capítulo 28

Cuando el sol ocultó su último vestigio de luz, las afueras de Charleston tomaron su propio arrebol. La humedad en el aire era tanta, que una leve neblina se cernía alrededor de las luces de las calles y flotaba afuera de las bien iluminadas ventanas. Ana entró el automóvil a la cochera de Sara, y dirigió la mirada hacia la casa de Tammy.

Las luces estaban encendidas en la sala y en la cocina, pero el resto de la casa estaba oscuro. Entonces, de alguna manera, Ana estaba caminando a través del jardín, llevada hacia la puerta de la cocina por una fuerza que parecía no poder controlar. Tocó suavemente la puerta de atrás, y no estaba segura si esperaba que alguien la escuchara o no.

Las cortinas de la puerta de atrás se movieron un instante; enseguida la puerta se abrió. —Oh, Ana, qué bueno es verte —Tammy puso sus brazos alrededor de Ana y la abrazó con fuerza—. Las cosas no son las mismas cuando tú no estás aquí.

Ana se soltó del abrazo tan pronto como pensó que no iba a herir a Tammy. —Bueno, quería saludarte a ti y a Keith.

—Él va a estar contentísimo cuando despierte por la mañana y sepa que estás aquí. No tienes idea de lo mucho que te extraña cuando tú te vas —entonces sonrió—. Bueno, creo que tienes una idea, dado el volumen de correo que recibes de él todas las semanas.

Ana pensó en la pila de papeles que tenía en el cajón de su mesita de luz. —¿Ya está acostado? Debe de haber tenido un día con muchas cosas que hacer.

—Todos los días son días con muchas cosas que hacer para Keith. Él nunca tiene la otra clase de días —Tammy suspiró mientras lo decía, pero ambas se rieron.

—Bueno, solo quería decirte que estoy de vuelta. No quería que vieras las luces en la casa y te preguntaras si había un ladrón o algo por el estilo —Ana ya estaba saliendo al porche cuando terminó la frase.

—Ha habido luces allí casi todas las noches. Creo que Ethan ha estado trabajando como loco.

Ana se detuvo. —¿Ethan?

—Sí, hace un par de días trajo a su equipo completo, y déjame decirte que hubo bastante ruido ese día. ¿Sabes?, el día en que echaron abajo esa pared. Por supuesto que Keith pensó que era lo más divertido posible.

Ana miró hacia su casa. ¿Cómo era que no hubiera notado una pared fuera de lugar cuando entró el automóvil a la cochera? Estaba oscureciendo afuera, pero la oscuridad no era *tan* grande. —¿Qué hicieron qué?

—¿Sabes? La pared de la cocina. Él me dijo que había hablado contigo sobre eso.

Sí, habían hablado sobre eso una vez, hacía varias semanas. Pero por cierto que Ana no había esperado que él lo fuera a hacer, y sin siquiera molestarse en hablarle a ella sobre el asunto. Pero no quería meter a Tammy en medio de eso, así que dijo: —Oh, sí. Me olvidé que lo iba a hacer cuando yo no estuviera aquí.

—Por cierto que es un muchacho maravilloso. Eso es todo lo que tengo que decir acerca de él.

Si Ana no hubiera estado tan enojada, es posible que hubiera estado de acuerdo con Tammy. —Bueno, voy a acomodar mis cosas ahora. Te veo mañana, ¿de acuerdo?

Ella caminó directamente hacia la nueva puerta de la cocina, o más bien, la puerta antigua, que ahora no estaba en un pasillo de un metro. Ahora estaba nivelada contra la casa, con un par de ventanas a cada lado, las cuales era obvio que habían sido agregadas para hacer que la puerta quedara bien en la pared. El estilo encajaba perfectamente con el resto de la casa. Ana sintió el deseo de romper las dos ventanas. ¿Cómo se había atrevido a hacer todo esto? Él sabía que ella no tenía dinero para pagar por esta clase de cosas.

Entró y vio que ahora la cocina tenía una pequeña despensa en la que uno podía entrar. También era perfecta. Los estantes, todo. Cada uno de los muebles de los dormitorios habían sido colocados en su lugar original, y Ana podía caminar libremente por la sala otra vez, sobre pisos que habían sido terminados desde la última vez que ella había estado allí. Había varias muestras de pintura apoyadas en varias paredes. Ana tomó un par. Una tarjeta mostraba diferentes matices de verde pálido, y otra tarjeta mostraba color crema hasta llegar a casi marrón grisáceo. Todos eran colores cálidos que Ana nunca había usado.

Sonó el timbre de la puerta, y la furia de Ana se elevó. ¿Ya lo había llamado Tammy? La forma en que esos dos funcionaban estaba llegando a ser casi una invasión a su privacidad. Ana caminó hasta la puerta, y la abrió de golpe.

Y allí estaba él, con una camiseta que tenía desgarrones, pantalones vaqueros viejos con manchas de pintura por todos lados, y una gorra de béisbol que antes tal vez hubiera sido azul, pero que ahora estaba desteñida y se veía gris. Él miraba hacia su camioneta, y parecía que se iba a dar vuelta y correr en cualquier momento. —No esperaba verte aquí. ¿Por qué no llamas y nos avisas cuando vas a venir?

Ana se cruzó de brazos. —¿Y qué es exactamente lo que hubieras hecho si hubieras sabido que yo iba a venir? ¿Redecorar toda la casa?

La sonrisa desapareció de su rostro. —Bueno, no, el asunto de la decoración es tu especialidad. Yo solo estoy tratando de terminar mi parte del trabajo.

La expresión de dolor en su rostro y la innegable sinceridad de sus palabras hicieron que Ana se sintiera culpable por enojarse, y comenzara a calmarse. Ella sacudió la cabeza. —No quise ser brusca. Es que no esperaba que movieras esas paredes. Sé que hablamos sobre eso, pero nunca tomamos una decisión, y esas luces del costado tienen que ser muy caras.

—En realidad, no. Es por eso que decidí sorprenderte con ellas. Las saqué de otro trabajo que estoy haciendo en el centro, y eran demasiado buenas para tirarlas a la basura. Comencé a pensar qué es lo que podía hacer con ellas y entonces me acordé que hablamos de mover esa pared y... bueno, me pareció que esas luces quedarían perfectas aquí. Y creo que sí. Quiero decir, por lo menos es lo que pienso. Si a ti no....

—Si no sabías que había vuelto a la ciudad, ¿qué es lo que estás haciendo aquí?

—Vine para poner sellante en algunas cosas en el baño. Las baldosas están en bastante buen estado, pero tenemos que sellar algunos bordes un poco mejor. Estaba en el porche del frente cuando noté que las luces estaban encendidas y me di cuenta que estabas aquí, así que creo que voy a hacer eso en algún otro momento, pero no me pareció correcto irme sin siquiera preguntarte cómo estabas, así que toqué el timbre y ....

—Me enteré que has estado viniendo aquí de noche, después de tu trabajo.

Sus mejillas se pusieron casi rosadas. —No todas las noches —él colocó una mano en el marco de la puerta y pasó un dedo a lo largo de él—. Me gusta venir aquí.

—¿Por qué?

Él la miró e inclinó ligeramente la cabeza hacia la izquierda.

—Bueno, yo... —miró hacia el interior de la casa y dijo: —¿Te gustó alguna de las tarjetas con las muestras de colores que escogí? Las paredes necesitan pintura, y aun yo sé que ese color amarillento está fuera de moda ahora. No tengo idea de lo que te gusta, así que escogí un poco de cada uno de los colores que he visto que la gente está usando en estos lugares. Ese tono de verde ha sido muy popular por más o menos un año, pero yo no sabía si tú pensarías que tal vez pasaran de moda muy pronto, así que también traje algunos de los colores más neutrales. Como te dije, en realidad no sé qué es lo que te gusta, así que estaba tratando de pensar en todas las cosas.

Él había cambiado el tema sin responderle la pregunta, pero puesto que esa era una especialidad que también tenía Ana, ella decidió no hacérselo notar. —En realidad todavía no las he mirado. ¿Por qué no entras?

Él la siguió adentro, y se miró la camiseta. —Creo que mi vestimenta deja mucho que desear. Como te dije, no esperaba ver a nadie esta noche.

—Me gusta el estilo artesanal rústico —ella se rió mientras lo decía, pero en ese momento había más que un poco de verdad en sus palabras, al tiempo que tomó las tarjetas de color verde pálido—. ¿Sabes? Siempre he decorado en blanco y negro. No estoy segura qué color me gustaría usar en estas paredes.

—Por cierto que no usarías esos colores en esta casa, ¿no?

No, Ana no los usaría, porque entendía lo suficiente sobre el mercado de la venta de casas como para saber que la gente que quería accesorios modernos también quería casas modernas, no casas estilo chalet artesanal. Pero sin embargo, no iba a admitir la derrota tan fácilmente. —No he descartado la posibilidad —lo dijo mirándolo directamente a los ojos, prácticamente desafiándolo a un argumento.

Él la miró, y parecía como si estuviera tratando de leerle la mente. Finalmente, se alejó frotándose las palmas de las manos.

—Bueno, creo que eso no me sorprende.

Ana no estaba segura por qué, pero de alguna forma esa declaración la ofendió. —¿Y por qué no te sorprende?

—Bueno, como que eso concuerda con tu personalidad. Si sucede algo que no te gusta o con lo que no puedes bregar, lo cubres con alguna otra cosa, esperando que nadie se dé cuenta. Tú puedes pretender que esta casa no es la construcción tradicional que es cambiando las cosas ornamentales, pero todavía es una casa tradicional —tomó una de las tarjetas de muestra con varios tonos de beige, la sostuvo en la mano a la distancia del brazo y movió la cabeza hacia un lado—. Puedes pretender que tienes todas las cosas bajo control y que no necesitas a nadie, pero eso no cambia el hecho de que tienes el corazón destrozado y que tienes mucho miedo de dejar que alguien se te acerque. La apariencia exterior no cambia nada de lo que hay dentro —y dejó que la tarjeta cayera al suelo.

—Tú no sabes nada sobre mí.

Él puso sus manos sobre los hombros de ella y bajó la cabeza para estar directamente a la altura de sus ojos. —¿No sé nada? —no se movió, solo continuó mirándola.

La mitad de su ser quería empujarlo lejos de sí, decirle que él junto con sus tonterías analizadoras salieran de su casa. La otra mitad quería arrojarse en sus brazos, llorar sobre su hombro, y rogarle que la ayudara para no tener miedo nunca más. En cambio, se apartó, y cambió el tema. —Voy a estar aquí cuatro días esta vez. ¿Qué te parece si mañana miro unos dos lugares, de los que estás trabajando, que creas que necesitan un poco de decoración? Si pinto y cambio las cortinas o las persianas, voy a estar adelantada en cuanto a mis planes. Creo que no voy a lijar pisos, como había planeado. Muchas gracias por eso.

—De nada —él la miró como si no estuviera seguro de lo agradecida que estaba—. Y no espero que hagas ese asunto de la decoración ahora. Sé que tienes muchas cosas por las cuales preocuparte ahora.

—Por supuesto que voy a cumplir mi parte de nuestro trato.

Él sacudió la cabeza levemente y jugueteó con la visera de su gorra de béisbol. —No estoy seguro de que eso sea....

—¡Córtala! Un trato es un trato. Quiero comenzar mañana.

—Si eso es lo que quieres —se sacó la gorra, y con la otra mano se frotó el cabello, y luego se volvió a poner la gorra—. Bueno, voy a dejar que arregles tus cosas. ¿Qué te parece si te vengo a buscar mañana por la tarde alrededor de las tres? Te voy a llevar a ver uno de los lugares que ha estado a la venta por un tiempo.

—Me parece bien. Te veo entonces.

Ella caminó con él hasta la puerta. Por mucho tiempo después que él se había ido, ella continuó pensando en lo que había dicho en cuanto a no necesitar ayuda. Luego pensó en la cantidad de trabajo que él había hecho mientras ella no estaba allí. Entonces, lentamente, se dio cuenta qué era lo que pasaba. Él estaba tratando de evitar verla.

Capítulo 29

Ana caminó directamente hacia la sección donde estaba el color blanco. Blanco antiguo, blanco cremoso y blanco natural. Ella se imaginó cada una de las paredes de la casa, y luego se imaginó un sofá negro de cuero allí.... El pensamiento desapareció y de pronto vio el sofá recubierto en material listado de color rojizo y marrón, sintiendo el calor de la combinación, lo bien que se veía allí... por lo menos en esa casa. No en Nueva York, y seguramente que no en ninguna casa en que ella alguna vez viviera, pero sí, tal vez un tono más cálido para las paredes. Probablemente haría que la casa se vendiera con más rapidez, y como había dicho Ethan, era lo que quedaba bien en la casa. Bueno, había marrón bronceado, marrón rojizo, y ese otro que tenía algo de grisáceo que a ella le gustaba, y un color verde plomizo, que también era bonito.

—¿Puedo comprar solo un pote pequeño de marrón bronceado y otro de verde plomizo? Quiero probarlos y ver cuál se ve mejor.

—Claro. Se los voy a mezclar.

Mientras el hombre colocaba las cantidades exactas de color para cada muestra en la pintura base, Ana caminó por la tienda eligiendo pinceles, rodillos y telas para cubrir el piso. Este sería un buen lugar para que una decoradora de casas a la venta comprara materiales. Con la amplia selección que tenían, sería fácil ayudar a un cliente a sacarle el mejor provecho posible a una propiedad. No tenía el ritmo frenético de los lugares en los que ella compraba en Nueva York, y quedaba muy cerca del centro de Charleston, pasando el Río Ashley, cerca de la casa de Nana. Ella esperaba que los decoradores de Charleston apreciaran lo que tenían allí, aunque de cierta forma dudaba de que reconocieran ese lugar por lo que era.

Cuando llegó a la casa, apenas podía esperar para abrir las latas de pintura. Ella pintó dos pedazos de madera con cada uno de los colores, luego los colocó sobre dos paredes opuestas. El marrón bronceado era demasiado oscuro para cuartos tan pequeños, se veía oscuro y apagado, pero el marrón grisáceo tenía la exacta cantidad de luz y tono cálido. Además, tenía suficiente gris y pensó que no estaba cediendo totalmente en cuanto a sus principios de decoración. Sí, ella podría vivir en una casa pintada de ese color.

Allí estaba. Ese pensamiento de nuevo. Sacudió la cabeza para aclararse la mente. *Mantén la guardia, Ana. No cedas el control. No vas a vivir en esta casa, no importa del color que la pinten.*

Hora de empezar a trabajar. Ana volvió al lugar donde vendían la pintura y compró varios galones de marrón grisáceo, tratando de mantener la mente en lo que tenía que hacer. Ella no estaba planeando vivir allí; estaba arreglando la casa para quien fuera que la comprara.

Pasó la mañana preparando las paredes para pintarlas, lijando, cubriendo las irregularidades y poniendo cinta adhesiva para proteger los lugares donde no debía pintar. Lo primero que pintó fueron las paredes del cuarto de Nana. Con cada pasada del rodillo, el color que había elegido le gustaba un poco más. Un tono bonito. En realidad, perfecto. Con la música de Harry Connick Jr., que se escuchaba en su *iPod*, y las paredes que comenzaban a verse tan bonitas, ella se sintió más tranquila y casi... feliz. Traer su *iPod* con ella en ese viaje había sido una idea brillante. Escuchar la música que ella elegía, podía cerrarle el paso a otras melodías en las cuales prefería no pensar. ¿Por qué no había pensado en eso antes? Era obvio que no había seres sobrenaturales en esa casa, y la buena música proveía una buena forma de recordarlo. Sí, nada en absoluto sobrenatural a su alrededor, ni alucinaciones, solo un sueño provocado por el estrés. Eso es lo que continuó diciéndose a sí misma hasta que algo la tomó del hombro.

Ana se dio vuelta sobresaltaba, con el rodillo en la mano, lista para enfrentar lo que fuera que le estaba haciendo eso a ella. Cuando se dio cuenta de lo que estaba pasando, ya le había dado a Ethan en la cabeza con un rodillo lleno de pintura marrón grisáceo. Ella retiró la mano rápidamente, mirando el daño que le había hecho a su gorra del equipo de los Atlanta Braves, y se sacó los audífonos de los oídos. —Oh, no. Lo siento tanto —la histeria del alivio la invadió, y soltó una carcajada—. No te oí venir, y me asustaste. Oh, Ethan, lo siento mucho —aunque estaba muy apenada por lo sucedido, no podía dejar de reírse.

Ethan simplemente se quedó de pie allí, luego se sacó la gorra para ver el daño que había sido causado. —Escucho lo que dices en cuanto a sentirlo mucho y lo demás. Es que no estoy muy seguro de creerlo. Puedes decir que estoy loco, pero a mí no me parece que sientas remordimiento por esto. De hecho, yo diría que te resultó divertido.

Ana no lo pudo aguantar más. Por lo menos tuvo la cordura de colocar el rodillo de pintar en la bandeja, pero se dobló, muerta de risa. Tenía lágrimas en los ojos y le dolía el estómago cuando finalmente logró cierta forma de control.

Ethan se agachó frente a ella, mirando desarrollarse la escena, con lo que parecía una sonrisa en el rostro. Ana se secó las lágrimas y dijo: —De verdad, lo siento mucho. Nunca hubiera hecho eso a propósito. Por alguna razón, me hace muchísima gracia. No sé por qué.

Él todavía tenía la gorra en las manos, con los ojos entrecerrados, concentrándose. —Bueno, ¿de verdad? —se inclinó hacia delante y se puso la gorra de nuevo, luego movió la cabeza hacia un lado y asintió—. Sí, es mucho más gracioso cuando le pasa a otra persona. Creo que me debes una nueva gorra, señorita Fletcher —su voz denotaba seriedad, pero sus ojos parecían bailar.

—Por lo menos eso —Ana se puso de pie—. En verdad, lo siento.

—Sí, te creo.

Entonces se le ocurrió a Ana por qué estaba él allí. —¿Ya son las tres? Lo siento. Tenía la intención de estar lista cuando tú llegaras. Simplemente comencé a trabajar y se me pasó el tiempo.

—No se te pasó tanto. Es apenas un poco después de la una. Yo estaba haciendo un par de mandados a la hora del almuerzo, y pensé pasar por aquí para ver tu progreso —miró alrededor del cuarto—. Encontré esto al lado de la puerta de la cocina cuando entré —y le extendió una hoja de papel doblada.

—¿Qué es?

—¿Y cómo habría de saberlo? Por cierto que no lo abrí. Después de todo no estaba en *mi* porche. ¿Qué crees que soy, alguna clase de metido?

Ana desdobló la hoja de papel blanco y encontró un dibujo hecho con crayones. Este mostraba a Ana, con su cabello negro, y una especie de mancha amarilla. Parecía que la envolvía por todos lados, como si la estuviera protegiendo, o abrazándola. —Un dibujo de Keith —dijo, y salió sin mirar hacia atrás—. Voy a ponerlo en la puerta del refrigerador.

Ethan la siguió a la cocina. —Sí, desde que tú apareciste, yo ya no recibo tantos dibujos como antes. Estoy pensando que estás tratando de apoderarte de mi territorio.

Ana usó uno de los imanes de Sara en forma de girasol para colocar el dibujo en la puerta del refrigerador blanco. Igual que cuando Nana solía colocar sus preciosas obras de arte cuando ellas eran niñas. —¿Te dibuja Keith a ti también figuras de ángeles?

—¿Ángeles? No. La mayoría son sobre temas de fútbol, y en ocasiones de béisbol. Nunca he sabido que él dibuje figuras de ángeles para nadie más que sí mismo. Es decir, hasta que tú llegaste. Me pregunto por qué tú recibes un trato especial.

Ana no se quería formular preguntas. De hecho, no quería pensar en eso. En realidad, tan pronto como Ethan se fuera, ella iba a colocar el dibujo en algún cajón para no verlo. Ella se volvió hacia la sala. —La pintura está saliendo bien.

—Sí. Me gusta el color que elegiste. Cae bien con tu personalidad y con este lugar.

—Gracias —la palabra casi la ahogó. ¿Por qué sintió un rubor de satisfacción con el comentario de Ethan? Le hizo recordar la forma en que se sentía cuando Nana alababa una buena tarjeta de calificaciones o colocaba un proyecto hecho en clase en la puerta del refrigerador. Pero había sucedido mucho tiempo atrás, y la aprobación de Ethan no debería importarle a ella. En realidad, tampoco la aprobación de nadie más. La única aprobación que necesitaba era la que mantenía su sueldo llegándole en forma regular.

—Así que vine a decirte que en realidad no tienes que hacer esto; ayudarme con la decoración de esas casas, quiero decir. Como te dije, me gusta hacer el trabajo en esta casa. Llamémoslo un regalo, ¿qué te parece?

¿Qué era lo que había en este carpintero testarudo que le hacía tan difícil aceptar la ayuda de otra persona? —¿Has almorzado? No tengo muchas cosas, pero podría preparar unos sándwiches.

Él miró por la ventana por un momento, con la quijada crispada. —No me contestaste.

—Bueno, tú no me has contestado a mí.

—Siempre como mi almuerzo mientras conduzco de un lado a otro haciendo mandados. No es algo que haga la alta sociedad, pero así puedo hacer más cosas.

—Y yo no voy a recibir obras de caridad. Así que voy a volver a mi trabajo ahora para poder estar lista cuando regreses a las tres.

Él sacudió la cabeza lentamente y luego suspiró profundamente. —Está bien, te veo a las tres. Tú sí que eres una mujer testaruda.

—Gracias.

—No lo dije como cumplido —él tiró la visera de la gorra hasta que casi le cubrió los ojos a Ana—. ¿Sabes?, es mucho más graciosa cuando la usas tú. Por lo menos más mona —le hizo una guiñada mientras se daba vuelta y salía del cuarto.

Por bastante tiempo después que él se hubiera ido, Ana se encontró mirando hacia la puerta. Casi... ¿qué? ¿Deseando algo?

Capítulo 30

Los planes de Ethan habían fracasado. Totalmente.

Las últimas semanas había estado tratando de terminar los trabajos en la casa de Ana, por lo menos la parte que le correspondía a él, antes de que ella regresara, pero sin resultado. Y él debería de haber sabido que Ana sería demasiado testaruda como para aceptar que él no iba a usar la parte de ella del asunto del intercambio de trabajos. ¿Cómo se suponía que mantuviera la distancia ahora que ella había regresado?

A medida que guiaba a Ana a través de la casa, cada vez se sentía más nervioso en cuanto a lo que ella pudiera pensar. —Esta casa ha estado a la venta por casi un año. La cocina era la original, y estaba en un estado terrible, pero le llevó al agente de bienes raíces varios meses convencer a la familia que necesitaban hacer algunos arreglos antes que tuvieran siquiera una remota posibilidad de vender la casa... y allí es cuando me llamaron a mí. Hace mucho tiempo que conozco a la pareja que son los dueños de esta casa. Tienen más de setenta años de edad y ya se han mudado a Tennessee para vivir cerca de su hija. De hecho, ahora están viviendo con ella, su esposo y sus cinco hijos, y estarán allí hasta que la casa se venda. Estoy escuchando lo suficiente de este asunto para saber que necesitan tener su propia casa lo antes posible. La tensión se está haciendo un poco incómoda. ¿Sabes lo que quiero decir?

Ana se rió. —Me doy cuenta —dijo y caminó por toda la casa de tres dormitorios, tocando los mostradores de los gabinetes, abriendo cajones y mirando el cielo raso. —Es obvio que los baños han sido remodelados dentro de los últimos diez años. No son el último grito de la moda, pero no están mal.

Cuando ella entró a la cocina, Ethan sintió que el corazón le latía con más fuerza.

—Esta cocina es sorprendente. ¿Se usó madera de arce?

—Sí.

—Muy buena elección de granito —dijo pasando la mano sobre los mostradores, y entonces comenzó a abrir y cerrar los gabinetes. Cuando sacó el porta especias, que había sido especialmente construido, preguntó: —¿Ha sido todo esto hecho por encargo?

—Sí —dijo él pretendiendo mirar por la ventana.

—Tienes mucho talento.

Él se volvió para darle las gracias, pero ella ya había entrado al comedor. —Las alfombras son nuevas, ¿no es verdad? Y las paredes parecen haber sido pintadas hace poco.

—Sí, hicieron todo eso antes de poner la casa a la venta.

—Esta casa se vería mejor si tuviera menos cosas. Si pudieran arrendar un lugar donde se guardan cosas por un mes, y se sacara la mitad de los muebles y casi todos los adornos, este lugar parecería mucho más grande y más despejado.

Eso tenía sentido. —Si los puedo convencer, y no veo por qué no lo podría lograr, ¿me ayudarías a elegir los muebles que deben quedar aquí y los que deberíamos guardar en un depósito?

—Por supuesto —Ana caminó por el comedor y puso una mano en una de las viejas sillas de roble—. Esta mesa y sillas no son mi estilo, pero quedan muy bien en este lugar. Sin embargo —ella colocó la mano sobre el enorme aparador que estaba contra la pared—, este mueble y el cristalero en ese lado del cuarto, hacen que este lugar se vea demasiado lleno de cosas y lo hacen ver más pequeño de lo que es. Yo creo que este comedor se vería mucho mejor con solo la mesa y las sillas.

Ethan miró los muebles y trató de imaginarse el lugar sin esos grandes muebles. Es probable que hiciera que el lugar se viera más grande. —Me parece bien, ¿qué más?

Caminaron por toda la casa y hablaron sobre las cosas que debían quedar y las cosas que debían guardarse. —Bueno, estoy contento de haberte hecho caer en la trampa de ayudarme con esto. La familia Krutenants son buenas personas, y me gustaría ayudarlos todo lo más posible.

—¿Caer en la trampa? Claro. Te he tenido haciendo trabajos manuales por más de un mes en mi casa, y ahora yo he pasado una hora aquí, y *tú* crees que *me* has hecho caer en una trampa.

Él se apoyó contra el marco de la puerta y la miró. Le tomó un gran esfuerzo de voluntad mantener las manos a ambos costados, porque todo lo que tenía dentro clamaba para que las extendiera y la tocara. —Oh, pero sí te hice caer en una trampa. Nunca hice todo ese trabajo para que tú me ayudaras. Allí es donde también te hice caer en la trampa.

—Entonces, ¿por qué es que lo estabas haciendo?

A pesar de todos sus esfuerzos por controlarse, él extendió la mano y le apartó un mechón de pelo de la cara, con los dedos tardando más de lo necesario sobre la mejilla de ella. Tan bella. Tan increíblemente suave. *Oye, es mejor que te vayas de aquí antes que hagas algo estúpido. Realmente estúpido.* De alguna forma se las arregló para retirar la mano, y luego se dio vuelta y caminó hacia la puerta de entrada. —Vas a tener que tratar de dilucidar eso por ti misma —él abrió la puerta y la sostuvo para ella—. ¿Vamos?

Ella sonrió y agachó la cabeza para pasar por debajo de su brazo. —Si, vamos.

—Este no es el camino de vuelta a la casa.

—No, claro que no lo es.

—Bueno, ¿a dónde vamos, entonces? ¿A ver alguna otra de tus casas?

—No.

A Ana en realidad no le importaba la respuesta. Se sentía... ¿feliz? Parecía extraño, pero no había otra palabra para describirlo. Ya sea que le importara o no la respuesta, todavía estaba el aliciente de tratar de sacar la información de un informador que no cooperaba. —Vamos, *pasé toda la tarde* —dijo estas palabras con el mayor dramatismo que pudo— ayudándote con tu proyecto. De seguro que por lo menos estarás dispuesto a darme una pista.

—Eso no es pelear limpio. No te lo voy a decir, pero sí te voy a dar una pista. Estamos otra vez haciendo un recorrido turístico. Hoy vamos a ver un par de Charlestons.

—¿Hay más de uno?

Él simplemente se encogió de hombros y sonrió. —Sí, uno para ti y otro para mí.

Él detuvo su automóvil en un estacionamiento, y muy pronto estaban caminando por East Bay Street. Solo le llevó un momento a Ana darse cuenta de adónde era que iban. —¿A Rainbow Road? ¿Me has traído toda esta distancia para ver la cuadra de casas antiguas, pintadas con los colores del arco iris? Si bien admiro la elección, demuestra una sorprendente falta de imaginación. Todo turista que ha venido a Charleston visita Rainbow Road. Podríamos haber parado en una tienda y comprado una tarjeta postal con menos esfuerzo.

—Estoy tratando de no sentirme herido por tu suposición. No, no te he traído toda esta distancia solo para ver Rainbow Road, aunque pasar caminando por aquí por cierto que fue el plan cuando elegí el lugar donde estacioné el auto. Yo creería que alguien que trabaja con arquitectura y diseño podría apreciar este lugar más que la mayoría de la gente.

—No dije que no lo apreciaba. Dije que la elección no había sido muy original.

La brisa del océano movió las ramas de las palmeras mientras caminaban. Llegaron a las dos cuadras de casas del estilo original de Charleston que estaban frente al puerto. Esas casas, construidas una pegada a la otra, en una hilera de colores pastel —azul, salmón, verde aceituna, amarillo, rosado— fueron construidas hace unos doscientos años, y han sobrevivido guerras y huracanes y aun un terremoto. Ana sintió que la nostalgia la estaba comenzando a sobrecoger. Trató de mostrarse indiferente, pero sabía que no estaba engañando a Ethan. —Bueno, yo prefiero los colores más apagados, pero tengo que admitir que hay cierto encanto aquí.

—Ana, si hay algo que tienes, es el don de la atenuación.

Ana se rió y se detuvo frente a la puerta en forma de arco, de una casa de estuco pintada de amarillo. Estiró el cuello para ver la parte de arriba de las ventanas. —Está bien, me rindo. Son encantadoras. Y a pesar de mi declaración anterior, una tarjeta postal no le hace justicia a este lugar. Definitivamente es mucho mejor verlo en persona.

—Eso está más cerca de la realidad.

—¿Es este mi Charleston o el tuyo?

—Este en realidad no es el Charleston de nadie, podríamos decir que es una Suiza. De esto se trata este pequeño paseo previo. Simplemente te estoy preparando para lo que es importante.

Mientras Ana caminaba al lado de Ethan hacia el final de la península, trató de imaginarse el resto de la aventura. —Estoy un poco atrasada en cuanto a la geografía de Charleston, pero, ¿vamos hacia los jardines de White Point?

—Bueno, vamos hacia allí, pero de camino te voy a deslumbrar con algunos hechos.

—¿Cómo cuales? —ahora iban caminando por Battery Row, una hilera de mansiones del pasado glorioso de Charleston. A pesar de que ese no era realmente el estilo de Ana, ella sintió la misma emoción que sienten los turistas que ven este lugar por primera vez.

Se detuvieron frente a una casa de tres pisos, hecha de ladrillo con persianas pintadas de verde, la cual tenía dos columnas blancas. Ethan señaló hacia la casa y dijo: —Esta es la casa de Roper.

—Estilo griego, ¿tal vez del siglo diecinueve?

Ethan se frotó el mentón. —No muy mal para una muchacha citadina. Pero esta tiene que ser una de las casas más interesantes de la ciudad, especialmente para nosotros, los hombres, pero también les intriga a ustedes, las damas, por otra razón.

—Qué gesto tan lindo el que nos incluyas a nosotras. Me parece que este es *tu* Charleston.

—Sí.

—¿Y por qué? ¿Por qué es antiguo e irrelevante?

—¿Cuándo te vas a dar cuenta que el pasado no es irrelevante? Lo que te lo va a probar es la historia que te voy a contar.

—Entonces, por supuesto, escuchémosla.

—Cuando el ejército de la Confederación tuvo que abandonar la ciudad, la mayor parte de sus cañones se encontraban allí, en The Battery, ¿no es verdad? —dijo señalando hacia el rompeolas.

—Sí, supongo que sí.

—Bueno, lo último que querían hacer era darles a los yankees más armas cuando llegaran aquí, así que comenzaron a destrozar todas las cosas que no podían llevar consigo. Hicieron volar un cañón Blakely, de treinta y ocho toneladas, que desafortunadamente para la familia Roper, dejó una parte en el ático de su casa. Hasta hoy en día todavía está allí, y se dice que tal vez pese unos doscientos cincuenta kilos o más.

Ana miró a las barandas blancas que había en el techo y trató de imaginarse parte de ese cañón estrellándose contra la elegante estructura. —Supongo que esto haría una conversación interesante para fiestas.

—Claro que sí.

—Es una historia interesante, pero tú dijiste que ibas a probar la importancia. ¿Qué es importante en cuanto a esto?

—Bueno, si tú fueras el dueño de esta casa, o si fueras un constructor que estuviera trabajando en esta casa, ¿no crees que saber que ese enorme pedazo de metal está en algún lugar del techo podría hacer una gran diferencia en lo que harías o no harías hoy? Si no sabes que está allí, un pequeño trabajo de remodelación podría convertirse en una demolición. ¿Te das cuenta de lo que quiero decir?

—Ah, sí. Explicaste tu punto muy bien.

—Gracias —dijo y caminó algunos pasos.

—Sí, en uno de dos millones de casos, esos casos en que hay partes de cañones en los áticos, el pasado puede ser importante, estoy de acuerdo con eso.

—Estás siendo difícil, ¿sabes? ¿Qué me dices en cuanto a daños ocasionados por inundaciones? ¿No quisieras saber eso? ¿O terremotos pasados que pueden haber dañado los cimientos? Solo porque yo te dije lo más interesante, no quiere decir que no haya muchas otras cosas válidas.

—Sí, creo que sí —caminaron por los jardines de *White Point*, bajo la sombra de robles y musgo, pasaron al lado de una caseta abierta, blanca, y por varios monumentos y artillería de la Guerra Civil, y luego por la rambla en el lado más lejos. Ana miró sobre la baranda al oleaje debajo. —Esto es muy bello.

—Sí, es donde el río Ashley se encuentra con el río Cooper para formar el Océano Atlántico, en caso de que lo hayas olvidado.

Ana se rió. —Ahora hablas como un esnob de Charleston. ¿Me vas a contar ahora sobre cuando tu familia llegó y se asentó en este lugar? Tanto como detesto esa forma de hablar acerca de «cuando mi familia llegó a este lugar», te digo que yo soy la sexta generación en esta zona. Tal vez somos de la clase baja, pero de todos modos, la sexta generación.

—No puedo ganarte en eso. Mi mamá y yo nos mudamos aquí en el año 1996. Siempre voy a ser un advenedizo —lo dijo con un tono afectado como de quererse hacer ilusiones, lo que hizo que Ana quisiera darle un abrazo.

Ella decidió cambiar el tema. —¿Solo tu mamá?

Él se encogió de hombros. —Mi mamá y mi papá habían estado separados por unos dos años. Mi papá trabajaba muy duro para alcanzar el éxito y dejó de lado todo lo que lo pudiera hacerle perder tiempo, y eso incluyó a mi mamá y a mí. Mi madre quería empezar de nuevo, lejos de todos los que ella conocía. Lo único que no pudo dejar fue el océano, así que nos fuimos de la parte norte del estado de la Florida y vinimos a Charleston.

—Dijiste que *estuvieron* separados. ¿Se reconciliaron alguna vez?

—Sí, solo le tomó a mi padre unos pocos meses darse cuenta de lo que había perdido, y lo quiso recuperar. Le tomó a mi madre un par de años estar convencida para regresar, pero finalmente él la convenció.

—Pero tú te quedaste en Charleston.

—Sí, para ese entonces yo había descubierto en mí la pasión por la restauración de casas antiguas, y no me gustaba el estilo de vida frenético que había causado que mis padres se hubieran separado. También encontré un sentido de propósito en surfing.

—¿Encontraste propósito en surfing? —Ana todavía tenía problemas en reconciliar la idea de que Ethan era aficionado al surfing. Definitivamente no era el tipo que uno se imagina en ese deporte—. ¿No hubieras podido hacer eso también en la Florida?

—Sí, lo podría haber hecho también en la Florida, aunque mi padre nunca me lo había permitido hacer. Él es el tipo de persona que solo piensa en trabajar, siempre vio el surfing como la antítesis de todos sus principios. Esa es la razón principal por la cual inicié el deporte cuando llegué aquí. Fue como mi rebelión para vengarme de él por destrozar nuestra familia —él miró a un punto distante—.

Luego comencé a conocer a algunos de los muchachos en la playa, y vi que había muchos que estaban heridos, y solo buscaban paz y esperanza. Compartir mi fe y ver que sus vidas cambiaban, bueno, esa es una de las ocasiones en que me siento más vivo que nunca.

Ana pudo pensar en muchas preguntas que le quería formular, pero no quería cruzar la línea para hablar de algo muy religioso, así que cambió el tema. —Tu padre es constructor, ¿no es verdad? ¿Han trabajado los dos juntos alguna vez?

—No —Ethan se rió—. Mi padre construye condominios que la gente compra para pasar sus vacaciones, y quiere que se construyan muy rápido. No pasa tiempo ni gasta dinero para encontrar los tesoros en lo antiguo. Para él, todo tiene que ser nuevo y desechable —miró hacia el mar—. Creo que es por eso que me gusta tanto Charleston. Esta ciudad entiende el valor del pasado.

Ana miró al otro lado del agua a Fort Sumter. —Es maravilloso pensar que la gente estuvo aquí, en este mismo lugar, y observó el principio de la Guerra Civil.

—Sí, así fue. En ese momento no tenían idea de que la vida, tal como la habían conocido hasta ese momento, iba a cambiar para siempre —él sacudió la cabeza, y se dio vuelta para recostarse en la pared—. Ahora es tiempo de que comas algo antes de continuar.

—¿Comida japonesa?

—Ni te lo sueñes. Le dijimos a Keith que lo llevaríamos con nosotros cuando comiéramos comida japonesa, y ni te pienses que lo voy a hacer dos veces. Así, que como te dije, después de nuestra comida no japonesa, vamos a ir a tu Charleston.

Ana estaba comenzando a sentir como que pertenecía a ese lugar. Ese pensamiento la asustó más que ninguna cosa que hubiera enfrentado hasta ahora.

Ethan había considerado llevar a Ana al Café Lisa. Una vez, él había pensado que la llevaría allí si tuviera el valor de invitarla a una cita.

Pero ahora... bueno, tal vez fuera mejor no hacer nada que pudiera parecer romántico.

Esa noche irían a Hominy Grill, con atmósfera de restaurante familiar, muchas luces y mucho ruido. Perfecto para lo que él necesitaba. Cuando abrió la puerta, la campana de vaca en la parte de adentro de la manilla anunció su llegada.

Ana entró, dio vuelta la campana en la palma de su mano, y lo miró. —Qué toque tan apropiado.

—¿Qué puedo decir? Mi lema es «nada sino lo mejor».

Ella se rió. —Muy bien, entonces —y comenzó a caminar hacia un asiento tipo sillón, cerca del fondo.

Ethan pensó que no era una buena idea. —Oye, espera —Ethan la tomó del codo—. ¿No te gustaría sentarte en el mostrador? Captura más el sabor del lugar.

—Creo que hay suficiente sabor unos cuantos metros lejos de la acción donde te sirven platos grasosos, gritan las órdenes y sirven café —Ana continuó caminando en su dirección original y se deslizó en uno de los asientos—. Además, si nos sentamos aquí, tenemos nuestra pequeña cajita de música personal. ¿Cuánta más atmósfera se puede pedir? —ella miró la lista de canciones mientras Ethan se sentaba frente a ella—. Muchas canciones de Elvis de las cuales escoger.

—Bueno, muy bien —Ethan enganchó las manos detrás del cuello y trató de estirarse para aliviar la tensión. Cuando levantó la vista, Ana lo estaba mirando fijamente.

—Bueno, ¿quieres decirme qué es lo que te pasa?

—¿Qué quieres decir?

—Vamos, Ethan. Has estado actuando en forma muy extraña desde que regresé. ¿Hice algo que te hizo enojar? ¿Estás arrepentido de haberme ofrecido tu ayuda? ¿Qué es exactamente lo que te pasa?

Ethan sacó sus cubiertos de la servilleta en que estaban envueltos. —A ti no se te escapa mucho, ¿no es verdad?

—Estás cambiando el tema.

Bueno, por lo menos él había tratado. —No es nada, de verdad —esto le daría vergüenza—. Bueno, yo, es que estaba pensando en pedirte que saliéramos juntos, y realmente lo quería hacer, y entonces, justo en el tiempo en que me animé para hacerlo, me enteré que tú no eres creyente. Y bueno, ahora eso cambia todo.

—¿Qué? ¿Soy como una leprosa, o algo por el estilo?

—No, no eres como una leprosa. Eres maravillosa. Pero... nuestras vidas van en diferentes direcciones. No compartimos el mismo futuro.

—Así que, espera, creo que no te entendí bien. Pensé que estabas hablando de una *cita*. No me di cuenta de que estábamos planeando el futuro.

Oh, ahora ella se estaba alterando. Esto se iba a poner feo muy pronto. —Hace varios años, yo estaba saliendo con una joven, y ella no compartía mis creencias, pero pensé que con el tiempo ella también llegaría a amar a Dios. Yo creo que ella tal vez estaba pensando lo mismo. Las cosas comenzaron a ponerse serias entre los dos, pero había una pared que nos separaba en el mismo centro de quiénes éramos. Para decirlo en pocas palabras, la ruptura fue mala. Solo mi experiencia pasada sería suficiente para asustarme —él trató de mirarla, pero la mirada no pasó de la Coca Cola de dieta de ella, y no se pudo elevar.

Ella se quedó callada por algunos minutos, y con los dedos trataba de doblar el sorbete en el vaso. —¿Sabes? Yo también tengo algunos asuntos en Nueva York. Ninguno de los dos necesita la complicación de que esto sea nada sino lo que es, pero yo en realidad disfruto mucho nuestra... bueno, nuestra amistad —ella tomó un sorbo de su refresco—. ¿Qué te parece esto? ¿Podemos trabajar juntos, aun divertirnos juntos, si prometo tener cuidado con las manos? —y extendió las manos en un acto de fingida capitulación.

La tensión se fue de inmediato, y él dijo: —Bueno... —hizo una pausa de algunos segundos para ser dramático—, no estoy muy seguro que tú seas lo suficientemente fuerte. Soy tan buen mozo y encantador que eso es suficiente para hacerme irresistible, y a eso agrégale los lugares finos a que te llevo a cenar —hizo un gesto señalando el lugar—. Sé muy bien que a ustedes, las neoyorquinas, les encanta esta clase de cosas, y no estoy seguro que te puedas controlar.

Lo dos rieron, y Ethan extendió la mano. —¿Amigos?

Ana la tomó y la estrechó a través de la mesa. —Amigos.

—Bueno, desde aquí en adelante, tienes que tener los ojos cerrados. No puedes entreabrirlos.

—Oh, no —Ana trató de sonar gruñona pero dudaba que lo estuviera logrando—. ¿Cuánto tiempo va a durar esta etapa?

—No te lo voy a decir.

Acababan de subirse a la camioneta de Ethan, y él le hizo cerrar los ojos antes de salir del estacionamiento.

—Por favor, dime que no vamos a ir a un lugar donde las guías usan vestidos largos con faldas campana. Ah —Ana se estremeció con el pensamiento.

—No te lo voy a decir.

Ethan condujo por varios minutos y luego dijo: —Hemos llegado. Pero mantén los ojos cerrados por ahora. Lo digo en serio.

Ana pudo sentir que la camioneta daba una vuelta cerrada, y luego se detuvo y el motor se apagó. Tuvo que ejercer todo su dominio propio para no entreabrir un poco los ojos y mirar.

—Quédate donde estás, y ni se te ocurra entreabrir los ojos. Voy a ir a tu lado y te ayudaré a salir.

Ana escuchó que la puerta se abría, luego sintió la mano de Ethan en la suya cuando él la sacaba de la camioneta. Él puso el brazo alrededor de los hombros de ella para guiarla, y ella no pudo evitar arrimarse un poco más a él.

—Camina hacia delante, muy bien, sigue con el mismo paso. Ahora hay un escalón, y unos dos más —entonces se detuvo—. Ahora puedes abrir los ojos.

Ana abrió los ojos y se encontró mirando las dos torres en forma de diamante del puente Arthur Ravenel. Cables de suspensión bajaban de las dos torres, creando dos triángulos de entretejido que le recordaron a Ana un velero. La escena estaba muy iluminada, de ambas, la luz del sol poniente y la luz de los focos puestos por manos humanas que brillaban desde abajo. Impresionante. Asombroso.

—Pensé que esto tal vez te gustaría más. Sé que no estás mucho en las cosas históricas, y las cosas no pueden ser mucho más modernas que esta belleza, aun si no es en blanco, negro y cromo.

Ana se rió. —Tal vez me deberían de haber consultado a mí sobre eso —dobló el cuello para mirar hacia arriba—. Me recuerda los rascacielos de Nueva York.

—Sí, vi en un documental que estas torres tienen ciento setenta y tres metros de altura, así que pueden compararse muy bien con algunos edificios de Nueva York. El edificio Waldorf Astoria tiene ciento ochenta y siete metros de altura. Así que no hay tanta diferencia, solo la muchedumbre.

—¿Tú sabes la altura del Waldorf Astoria?

Ethan se encogió de hombros. —Leí un artículo sobre eso esta semana. Ese edificio es un lugar histórico, tú lo sabes. Debo admitir que hay algunos edificios con historia en tu parte del mundo —hizo un pausa mirando al puente—. ¿Sabes que es el puente más largo sujetado por cables del país? Se construyó para resistir huracanes, terremotos y el ocasional choque de barcos. Es hermoso, ¿no es verdad?

—Sí, es hermoso —Ana había visto fotos del puente en las noticias y en fotos, pero nunca lo había visto en persona, puesto que nunca había estado en esta sección de Charleston desde que el puente había sido construido unos pocos años atrás—. Es raro que nunca haya pensado en ir a Mount Pleasant desde que he estado aquí. Creo que es porque mi subconsciente todavía se niega a conducir sobre el puente viejo.

—Yo siempre lo he encontrado como algo emocionante, el temor y la fascinación combinados. Casi como cuando vas en una montaña rusa.

—Excepto que con la mayoría de las montañas rusas tú tienes una expectativa razonable de salir con vida. Hay algo en cuanto a esas pistas angostas y la forma en que se mueven cuando conduces sobre ellas, bueno... bueno, no gracias —Ana se estremeció ante el recuerdo—. Pero este es sorprendente. Verdaderamente bello.

—Creo que esto es particularmente cierto en estos momentos, cuando el sol comienza a ocultar su luz. ¿Quieres caminar por el puente? Hay un carril bueno para caminar y andar en bicicleta del lado del puerto.

—Creo que me encantaría.

Los dos caminaron por el puente, sin apuro, simplemente disfrutando del panorama, la puesta del sol, y la compañía mutua. Cuando llegaron a la primera de las torres, Ana se detuvo y puso la mano en una de las inmensas vigas. —No puedo creer que no haya venido aquí para ver esto antes.

—Como ves, hay más en cuanto a Charleston que el pasado. También está el futuro.

—Tal vez, pero este puente prueba *mi* punto, que lo mejor es demoler el pasado y olvidarlo.

—Equivocada de nuevo. Si los ingenieros hubieran tratado de no tomar en cuenta a los puentes del pasado, en lugar de aprender de sus errores, bueno... estaríamos de pie en otro puente angosto y lleno de baches ahora, ¿no es verdad?

—¿Siempre tienes un argumento para cada cosa?

—No siempre, solo cuando tengo razón, lo cual, por supuesto, es casi siempre. Algún día vas a llegar a apreciar mi genialidad.

—Si yo fuera tú, no contaría con eso —y aun mientras lo decía, Ana se dio cuenta que era menos cierto con cada instante que pasaba.

Capítulo 31

El domingo por la mañana, Ana se encontró andando abatida por la casa. Ethan, su «amigo» le había prometido que vendría después de la iglesia, lo cual había sido hacía varias horas desde ese entonces.

Bueno, había suficientes cosas que hacer en la casa. Sabía que tenía que revisar las cosas de Sara, pero todavía no estaba lista para hacerlo. Así que para prepararse, decidió pasar la mañana limpiando los gabinetes de la cocina. Habría cosas que le recordarían a su hermana, pero nada demasiado personal. Ella tomó la gorra de béisbol de Ethan, completa con la pintura marrón, y se la puso. Le mantendría el cabello lejos de la cara mientras trabajaba.

Billy Joel cantaba en su iPod mientras ella organizaba el cajón de los cubiertos y doblaba las toallas. A continuación puso un líquido limpiador en el fregadero de la cocina, vio que la porcelana se volvía de un tono blanco brillante, y notó que el olor a cloro la hizo recordar nuevos comienzos. Mientras enjuagaba lo último del limpiador, miró hacia afuera por la ventana de la cocina.

Qué raro. El automóvil de Tammy estaba en la cochera. ¿Por qué no estaba ella en la iglesia?

Ana tomó un sorbo de agua. Un dolor profundo la invadió cuando caminó a través del jardín. Había algo malo, lo podía sentir.

Cuando llegó a la puerta, tocó con suavidad. No hubo respuesta. Tocó más fuerte. Luego aún más fuerte. Luego siguió tocando, y tocando. —Tammy, Keith, Tammy....

Tammy llegó a la puerta, todavía usando un camisón celeste. Tenía círculos oscuros debajo de los ojos. —Hola, Ana.

—Tammy, ¿qué pasa?

Tammy se estremeció. —Keith no se siente bien. Anoche estuvo mucho tiempo despierto tosiendo y respiraba con mucha dificultad, le pasa esto de vez en cuando. Hoy lo estoy dejando dormir.

—Oh, y tú también estabas descansando. Lo siento. No tuve la intención de despertarte. Es que vi tu automóvil en la cochera y supe que algo estaba mal.

—No te preocupes, está bien. Estaba levantada.

—¿Quieres que te lleve al doctor, o alguna otra cosa? ¿Necesitas que vaya a buscarte alguna cosa al supermercado?

—Tú eres tan dulce como tu hermana —ella extendió la mano y apretó la de Ana—. En realidad no necesitamos nada —ella sonrió con tanta ternura que se le formaron lágrimas en los ojos—. Hablé con el doctor y dijo que nos verá en su oficina mañana a primera hora, si Keith no se siente mejor.

Ana asintió. —¿Hay alguna cosa que pueda hacer para ayudarte?

—Déjame ir a ver si está despierto. Sé que te querrá ver si está despierto —ella regresó un momento después—. Está durmiendo, y el pobre necesita descansar. Le diré que tú estuviste aquí.

Ana se dio vuelta para salir. —¿Estás segura que no hay algo que pueda hacer?

—Querida, ya lo has hecho, al estar aquí.

Ana salió, pensando que no era merecedora de lo que fuera que Tammy y Keith veían en ella.

De vuelta en la casa, a Ana le daba vueltas en la cabeza el sentido de pertenecer a ese lugar que había tenido durante esta visita. La forma en que toda la gente parecía amarla, a pesar del hecho de que ella sabía que no merecía nada de eso. La hizo sentir... *nostálgica*.

Su teléfono celular sonó desde adentro de su cartera. Tal vez Ethan había decidido no ir a la iglesia y estaba llamando para decirle que venía de camino. Ella estaba sonriendo mientras contestaba. —Habla Ana.

—Sí, hablo con Ana, y estoy muy contento por eso —él hizo una pausa lo suficientemente larga como para que la realidad surtiera efecto—. Puesto que te has escapado de mí otra vez, pensé que era mejor que te llamara para asegurarme de que todavía piensas en mí —la voz de Patrick Stinson sonaba dura, casi amenazadora.

—Oh, creo que vas a tener que seguir preguntándote eso —el tono de su voz era suave—. Te digo que tengo tu proyecto bajo control. De hecho, he pasado los dos últimos días chequeando muestras de pintura —Ana miró a los nuevos colores en las paredes de su casa—. Definitivamente, estoy avanzando con el trabajo.

—Qué bien. Esperaba no estar muy lejos de tu mente. Me agrada saber que tus prioridades están en el lugar correcto.

La monotonía del tono de él, la amenaza oculta en su voz estaban muy lejos del calor que ella había experimentado en la casa de Tammy hacía poco. Sin embargo, esos sentimientos agradables no tenían nada que ver con que ella avanzara en su meta, en cuanto a cumplir la promesa que les había hecho a Sara y a Nana. —Yo diría que mis prioridades están exactamente donde deberían estar.

—Perfecto. He estado pensando acerca de nosotros y de nuestra futura asociación, y me parece que con todos tus recientes viajes, no hemos podido cimentar apropiadamente nuestra relación.

—Es verdad, todavía no hemos firmado un contrato. Y es algo que definitivamente tenemos que hacer —ella lo malinterpretó deliberadamente, esperando poder ganar un poco de tiempo, y sacar del panorama la amenaza de perder ese trabajo.

Él hizo una pausa de un instante. —No, yo estaba pensando más acerca de nuestra relación personal. Es importante para mí tener un vínculo fuerte antes de comenzar a hacer negocios con alguien. Tus frecuentes ausencias parecen haber impedido que nos conectemos de la forma en que me gustaría hacerlo.

Ana no era tan ingenua como para no darse cuenta del significado de las palabras de él. Este era un ultimátum, ni siquiera dicho en una luz romántica falsa. Pero si ella continuaba dándole respuestas vagas, tal vez podría mantener sus opciones. —No va a ser por mucho tiempo. Mi casa está casi lista para ponerla a la venta.

—Esas son muy buenas noticias. ¿Cuándo vas a regresar a Nueva York?

—Mañana por la tarde.

—¿Qué te parece lo siguiente? Mañana por la noche salimos a cenar, vamos a un teatro, y tal vez aun a bailar. A ti te gusta bailar, ¿no es verdad? Después de una buena velada de celebrar nuestra asociación, nos reuniremos todos en la oficina el martes por la mañana para firmar los contratos.

—¿No se hace por lo general la celebración después de que se firman los contratos?

—Prefiero mezclar las cosas un poco —dijo eso con humor en la voz, pero a Ana no se le escaparon las inferencias. Si ella iba a trabajar con él ya no existía la opción de seguir con las evasivas.

¿Qué alto precio estaba dispuesta a pagar por el trabajo de sus sueños? Ella sabía que no podía continuar trabajando en la compañía Martson *sin* ese contrato. Pensó en la compra de Margaret de $220,000 dólares de muebles, en la esperanza de Beka y de Gracie en un remedio muy caro, y en los despidos que se estaban planeando hacer aun antes de que la compañía hubiera sido afectada por la baja de ventas de casas en el mercado de los bienes raíces. Ahora no había nada entre la falta de trabajo para todo el personal y Patrick Stinson.

Ella pensó en Ethan, y en Tammy y Keith, y en el amor desinteresado con que la amaban.... No, no a ella. Al igual que Lorelei, ellos amaban a Sara, no a Ana. Tammy parecía pensar que ella era igual a Sara, pero no lo era.... Ethan había asumido que ella tenía la misma fe que Nana y Sara, pero no era así.... En realidad, todo era una ilusión. Allí no había nada para ella. Todo lo que tenía era su vida en Nueva York. Era lo único que importaba porque era lo único que era real.

Ana inhaló aire profundamente, y dijo: —Está bien. Entonces, te veo mañana de noche.

—Perfecto. Estoy muy contento que te veré mañana.

Menos de una hora más tarde, un hombre le trajo a su casa un ramo de flores grande. La tarjeta simplemente decía «En anticipación». No estaba firmada. No tenía que estar firmada. Ana tomó su teléfono celular y comenzó el proceso de traer esa parte de su vida a un final.

—¿Estás segura de que quieres poner esto ahora? Podemos esperar algunas semanas hasta que tengas el lugar listo para que la gente lo venga a ver —los rizos pelirrojos de Eleanor bailaban en la suave brisa.

Ana asintió. —No la muestres todavía. No pongas anuncios ni la coloques en la lista múltiple de venta de bienes raíces hasta que estemos listos, pero necesito hacer esto aquí ahora mismo. Es mi declaración de intención de vender, podríamos decir.

—Esto me parece un poco precipitado. Quisiera que fueras un poco más despacio, que lo pensaras en todos sus detalles, y asegurarte de que no estás actuando motivada por un impulso.

—He tomado la decisión.

—Está bien —dijo Eleanor Light y extendió la mano para estrechar la de Ana—. Lo que sea que te haga feliz. Puedo ver que tienes visita, así que es mejor que me vaya. Me comunicaré contigo la semana que viene.

Ana se dio vuelta para ver la camioneta de Ethan entrando a la cochera. Eleanor lo saludó con la mano mientras caminaba el largo de la cochera y subía a su auto Mazda azul estacionado en la calle.

Ethan salió despacio de su camioneta y caminó hacia donde estaba Ana, una acusación con cada paso que daba. Él puso la mano en el cartel y le preguntó en forma calmada: —¿Qué es esto?

Ana se encogió de hombros en lo que parecía una forma despreocupada. —Es un cartel que dice SE VENDE. ¿Qué es lo que parece?

—Pensé que... bueno, creo que esperaba que....

—¿Qué es lo que esperabas, Ethan? ¿Que me quedara aquí y pretendiera ser cierta clase de belleza del sur a quien le interesa lo que los vecinos comen para cenar o a quien le gusta vivir en casas viejas con cortinas de flores? ¿Que me gustaría estar en esta vieja y dilapidada ciudad porque tiene un puente nuevo? Bueno, te puedo decir ahora mismo que eso no va a suceder. Tengo que terminar este trabajo para irme de aquí. Me he querido ir de aquí desde que tengo uso de razón, y es por eso que vivo en Nueva York ahora. Allí está mi hogar; allí es donde pertenezco.

Él asintió y Ana se dio cuenta de que estaba tratando de entender lo que ella le decía. Era obvio que el enojo en la voz de ella lo había herido, pero esa había sido la intención de ella. Ella necesitaba herirlo lo suficiente para que él no tratara de persuadirla a cambiar su decisión. Necesitaba que él se fuera de su vida para siempre.

—Está bien entonces. Lo siento. Creo que no me di cuenta que tus sentimientos fueran tan fuertes sobre esto.

—Bueno, ahora lo sabes. Tú dijiste que era más fácil para ti cuando había cierta distancia entre los dos. ¿Y sabes qué? Nueva York queda a bastante distancia de aquí.

Él asintió. —Bueno, dije que iba a venir esta tarde para ayudarte, así que comencemos a trabajar —el dolor en la voz de él casi la hizo caer de rodillas, pero se mantuvo firme.

—¿Sabes? Creo que puedo continuar sola de aquí en adelante. Gracias por todo lo que has hecho, pero no quiero usar más de tu tiempo. Ella se dio vuelta y entró a la casa sin mirar hacia atrás. Después de cerrar la puerta, se apoyó contra ella, luego se deslizó hasta sentarse en el suelo. Pero no se permitió llorar. Después de escuchar el ruido del motor alejándose, respiró profundamente, enderezó los hombros, y se puso de pie. Ella tenía trabajo que hacer. Lo primero era volver a la tienda donde vendían la pintura y comprar varios galones de pintura blanca. No habría colores cálidos en ese lugar. No mientras Ana tuviera algo que ver con eso.

Capítulo 32

Después que Ana se fuera, Tammy tomó un poco de desayuno y luego durmió como una hora más. Ahora estaba de pie frente al fregadero, lavando los platos de ayer y los de hoy. Keith todavía no se había despertado. Ella oró que ese día fuera mejor, después de una noche tan difícil.

—¡Anita, Anita!

Tammy dejó caer el plato de nuevo en el fregadero y corrió hacia el cuarto de Keith, siguiendo el ruido de los gritos. —Keith, ¿qué te pasa?

Él se estaba moviendo de un lado para otro dentro de las sábanas: los brazos, las piernas y la cabeza, todo moviéndose en una danza asimétrica de pánico. —¡Anita!

—Keith, Keith, despierta —Tammy extendió la mano y con suavidad sacudió el hombro de Keith—. Despierta, querido. Es solo un sueño. Solo una pesadilla.

El cuerpo de Keith se calmó, y apoyó la cabeza en la almohada. Cuando finalmente despertó, sus ojos estaban bien abiertos y se veía una expresión de temor. —¿Dónde está Anita?

—Está en su casa. Todo está bien.

—Algo está mal, mamá. Algo está terriblemente mal.

—¿Tuviste una pesadilla sobre Anita?

—No, no fue una pesadilla. Algo está mal —sus brazos salieron con dificultad de entre las sábanas y tomó la mano de ella—. Algo malo le pasa a Anita.

—¿Qué es lo que te hace pensar que es así?

—Lo puedo sentir.

—Querido, estoy segura de que ella está bien. Ella vino a verte hace un par de horas. Tú estabas durmiendo, pero tal vez escuchaste su voz, ¿no? Eso es lo que sucedió. La escuchaste y de alguna forma en la mente, porque estabas durmiendo, pensaste que algo malo le estaba pasando.

—No —su rostro comenzó a enrojecerse—. ¡No! —y comenzó a toser.

—Tienes que calmarte —ella le colocó otra almohada debajo de los hombros y le alcanzó un vaso de agua.

—Anita me necesita —tomó un sorbo de agua, pero la tos no se le calmó totalmente.

—Querido, ahora necesitas quedarte en la cama y descansar. Lo dijo el doctor —ella miró a su hijo y supo que tenía que pensar en algo para calmarlo—. ¿Quieres que vea si ella puede venir por unos minutos? ¿Te haría sentir mejor eso?

—Sí —la voz se le calmó y el rubor comenzó a desaparecer de su rostro—. Ve a buscarla, por favor.

Tammy miró por la ventana hacia la casa de Anita. No quería dejar solo a Keith, pero sabía que si Ana estaba pintando, tendría los audífonos en los oídos y no escucharía el teléfono.

—Lo siento, mamá. No quise gritar.

Tammy le acarició la frente. —Está bien. Voy a ir a buscar a Anita. Pero quédate bien quieto, ¿de acuerdo?

—De acuerdo.

Tammy caminó muy rápido por el jardín, no queriendo dejar a su hijo solo por demasiado tiempo. Él estaba lo suficientemente calmado ahora, pero ¿qué si algo más sucedía? Casi había llegado a la cocina de Ana cuando vio el cartel que decía SE VENDE.

Simplemente lo miró, sin moverse, sin respirar, sin siquiera poder pensar. Finalmente, caminó a tropezones, entumecida y tocó a la puerta.

Ana abrió la puerta de un tirón, su rostro se veía endurecido. —Estoy pintando. ¿Qué es lo que necesitas?

Todo en el rostro de Ana se veía diferente a como se veía hacía apenas unas horas. Su voz sonaba tan vacía, su mirada no tenía expresión.

—Yo... Keith quiere verte. Se despertó de una pesadilla y no se va a conformar hasta que vea que estás bien.

Ana se frotó la mejilla con el hombro. —Dile que estoy bien, pero que ahora acabo de pintar la mitad de una pared y que necesito terminar de pintarla. Dile que tal vez lo voy a ver más tarde.

Tammy asintió mirando hacia el cartel. —¿Te vas?

—Por supuesto. Ese ha sido mi plan todo el tiempo, ¿no ves? Tengo que vender esta casa y continuar con mi vida —la voz de Ana sonaba con mucho enojo. Algo debía de haber pasado, algo terrible. Keith tenía razón.

—Anita, ¿estás bien?

—Me llamo Ana, y estoy bien.

—Muy bien —Tammy se dio vuelta y dio un paso hacia su casa, pero no podía siquiera pensar en enfrentar sola a su hijo—. Por favor, Ana, ¿por lo menos podrías venir a hablar con Keith? Él está muy angustiado y preocupado por ti.

—Estoy muy ocupada tratando de terminar algunas cosas antes de irme. Ahora no puedo tomar tiempo para eso. Por favor, dile que estoy bien, y dile adiós por mí.

Tammy la miró, no estaba segura si debía empujar la puerta y entrar para averiguar que había pasado, o si simplemente debía irse. —Si estás segura de que eso es lo que quieres.

—Estoy segura —Ana le cerró la puerta en la cara a Tammy. Tammy no se movió, no podía ni respirar. ¿Qué es lo que había sucedido desde que había visto a Ana hacía solo unas dos horas?

Lo que era peor, ¿cómo iba Keith a soportar otro golpe tan duro? Esto lo destrozaría.

Ella se apresuró a llegar a su casa, temiendo en qué estado lo encontraría. Una vez adentro, solo escuchó el monótono ruido que hacía el reloj de cucú. Entró en puntas de pie al cuarto de Keith esperando que él estuviera durmiendo, pero no fue así.

Simplemente la miró y dijo: —¿Dónde está Anita?

Tammy casi no pudo hablar. —Ella está muy ocupada ahora, querido. Está pintando, y simplemente no es un buen momento para que venga aquí. Me dijo que te dijera «hola» —el cambio que hizo Tammy para no decirle «adiós» era algo con lo que podía vivir.

—Ella se va, ¿no es cierto? —él lo dijo con una voz tan calmada y resignada que sorprendió a Tammy.

—Sí, querido. Creo que se va.

El asintió con la cabeza y cerró los ojos. Las lágrimas comenzaron a correrle por las mejillas. —No está bien. Se supone que ella viva aquí.

Después de un tiempo, Tammy lo había consolado y le había dado algo para comer, y él se durmió. Solo entonces fue que las lágrimas de Tammy comenzaron a correrle por el rostro.

El lunes por la mañana, Ana había dormido muy poco, pero las paredes ahora estaban pintadas de blanco, el blanco de la nieve. Ella caminó por toda la casa y recogió todos los almohadones con motivos florales y los metió en una enorme bolsa de plástico negro. Los lados de las bolsas se estiraron en algunos lugares, haciendo que se viera como de tono grisáceo en esos lugares. Lo siguiente en su lista: las fotos debajo del vidrio en la mesa de la sala.

Sacó una caja de zapatos vacía del closet de Sara, luego sacó las fotos, con cuidado de no mirar ninguna de ellas. Cuando la última estuvo dentro de la caja, Ana le puso la tapa y la aseguró con dos vueltas de cinta adhesiva de la que usan los plomeros. Ella colocó la caja debajo de su brazo, y se puso la bolsa al hombro, y luego llevó todo al garaje que era un lugar separado de la casa.

Mientras caminaba de vuelta hacia la casa, no pudo evitar mirar al cartel que había sido colocado en su jardín, frente a la casa, lo cual era su declaración pública de que se estaba yendo de ese lugar para siempre. Su hogar nunca había sido allí, y cualquier persona que hubiera pensado lo contrario tenía que ver la dura realidad por lo que era.

Ana echó una mirada de culpabilidad hacia la casa de Tammy. Ella sabía que la había herido a ella, a Ethan y a Keith. Ellos habían llegado a significar tanto para ella, pero no los merecía. Lo mejor era terminar esta farsa de felicidad ahora mismo. Ethan merecía una *buena* muchacha, y Tammy y Keith merecían una amiga que tuviera corazón. Ana colocó su maleta en el auto alquilado y miró su reloj. Lo tarde que era la sorprendió. Se tendría que apurar para llegar al aeropuerto a tiempo.

Puso la llave para arrancar el automóvil, sintiendo la finalidad de su partida. Claro, volvería, pero después de esta vez, todo lo que una vez la había atraído hacia ese lugar ya no existiría. Sintió que los ojos le comenzaban a arder cuando hizo girar la llave.

No sucedió nada. Ni un ruido, ni siquiera un clic. El motor no se encendió. —Esto sí que es bueno.

Sacó su celular de la cartera y buscó en el compartimiento de los guantes el contrato de alquiler del automóvil. Ella sabía que tenían servicio disponible si sus automóviles se descomponían, y era mejor que vinieran pronto. Comenzó a localizar el número, y luego esperó cuatro timbrazos antes que alguien finalmente contestara. «Si desea continuar en inglés, por favor presione el uno».

¡Ah! Ana presionó el uno, la presión sanguínea le subía con cada segundo que pasaba. «Si desea reservar un automóvil, por favor presione el uno. Si desea cancelar una reservación, por favor presione el dos. Si desea escuchar una lista de lugares donde alquilan automóviles, por favor presione el tres».

Ana tenía ganas de tirar el teléfono, pero sabía que eso significaría que tendría que empezar todo el proceso de nuevo. Finalmente escuchó: «Si tiene un automóvil alquilado y necesita ayuda, presione el ocho».

Ana apretó el dedo en el número ocho con tanta fuerza que le dolió, luego se puso el teléfono al oído. —No puedo hacer arrancar el automóvil. Necesito....

«Si usted quiere entregar el automóvil en un lugar diferente del que indicó en su contrato original, presione el uno. Si quiere extender su reservación, presione el dos. Si necesita ayuda por un desperfecto, presione el tres». Ana presionó el número tres. «Todas las líneas están ocupadas en estos momentos. Por favor, no corte, y el primer representante de ayuda al cliente disponible estará con usted lo antes posible».

Frustrada, Ana golpeó la palma de la mano contra el volante. Ella no tenía tiempo para esto. Ella hizo girar la llave una y otra vez mientras esperaba. Absolutamente nada.

—Ayuda al cliente. Habla Debbie. ¿En qué puedo ayudarla? —la mujer hablaba con lentitud, y tenía el acento característico de las personas que viven en el sur del país. Esto puso muy nerviosa a Ana, puesto que ella estaba apurada.

—Mi automóvil no marcha, y necesito salir para el aeropuerto ahora mismo. Necesito alguien aquí lo antes posible.

—Siento mucho que tenga problemas. Sé que eso causa muchos inconvenientes, y le pido disculpas —la mujer sonaba como que estaba preocupada por eso, pero Ana no quería sus disculpas. Ella quería resultados. Resultados inmediatos.

—Así que, ¿cuándo es lo más pronto que puede mandar a alguien aquí?

—Por favor, espere en la línea mientras hablo con el equipo.

De pronto música de orquesta se escuchó en la línea lo que le indicó a Ana que en realidad estaba esperando en la línea. La música continuó y continuó, y la monotonía de la melodía no hizo nada para calmarle los nervios. Luego escuchó un sonido. —Oh, qué bueno, usted está todavía en la línea.

Pero la música de orquesta todavía se escuchaba y entonces el sonido que escuchó era el que hace el teléfono cuando la batería está descargada. ¿No era eso formidable?

—¿Señorita Fletcher? Acabo de hablar con el equipo que trabaja ayudando en estos casos. Están terminando un trabajo cerca de donde está usted, y van a estar allí en una media hora.

—Yo necesito alguien aquí ahora —y mientras decía esas palabras, Ana se dio cuenta de que no eran lógicas. Aun si los mecánicos llegaban en ese momento, las posibilidades de que pudiera alcanzar su vuelo eran pocas o ninguna.

—Les dejaré saber que usted está apurada.

—Gracias —Ana cortó la llamada sintiéndose derrotada. Pensó que lo mejor era llamar a la aerolínea y ver si tenían un vuelo más tarde.

Entró a su casa. No había razón alguna de quedarse en ese terrible calor para hacer la llamada. Entonces pensó en que la batería de su teléfono estaba casi totalmente descargada. Sara no tenía teléfono fijo en su casa.

Pero Tammy sí.

¿Cómo podría ella ir a esa casa y pedir un favor? Probablemente Tammy la recibiría bien como siempre, pero Ana no quería verla de nuevo.

Desafortunadamente, no tenía otra opción.

Ella caminó por el césped, pensando en lo que le iba a decir. Algo como: «Sé que ayer fui muy brusca contigo, pero ¿puedo usar tu teléfono para hacer una llamada sin cargo?» Sí, eso sonaba bastante bien.

Cuando Tammy abrió la puerta, una gran sonrisa se dibujó en su rostro, y todo lo que Ana había preparado se le fue de la mente. —Hola.

—Oh, Ana. Esperaba que vinieras para despedirte antes de que te fueras hoy. Sí, esperaba que lo hicieras. He estado pensando en ti toda la mañana, y hemos estado preocupados de que algo pudiera estar mal.

—Bueno, si consideras el hecho de que mi automóvil no arranca, y que voy a perder el vuelo como algo malo, entonces yo diría que tienes razón.

—Oh, ¿necesitas que te lleve al aeropuerto? Yo podría ... —dijo mirando hacia el cuarto de Keith—llevarte.

Ana sabía que lo haría. Ella iría a despertar a Keith, lo pondría en el automóvil, y se aseguraría de que Ana llegara a tiempo al aeropuerto. Keith estaría contento con eso, pero ella no podía permitir que lo hicieran. —No, está bien, de todos modos tengo que esperar que venga la gente de la agencia de automóviles. Pero me estaba preguntando si podría usar tu teléfono. Mi celular está casi totalmente descargado, y debo llamar a la aerolínea para ver si puedo conseguir un vuelo más tarde.

—Por supuesto que sí. El teléfono está aquí.

Le extendió el auricular de un teléfono portátil y le dijo: —Voy a estar en el cuarto de costura. Ven a buscarme si necesitas algo.

—Gracias —Ana se preguntó en qué estaría trabajando Tammy hoy, ¿un traje de fiesta para una belleza del sur? ¿Cortinas llenas de volantes? El dolor que sintió la sorprendió de nuevo.

Ella necesitaba enfocarse en su vida en Nueva York, en llegar a su ciudad esa noche, a tiempo para su cena con Patrick Stinson. Demasiadas personas dependían de ella.

Cinco minutos más tarde, ella había terminado la llamada, y se las había arreglado con bastante facilidad para cambiar su vuelo a uno que salía dos horas más tarde que el original, aunque los

$150 dólares que le cobraron por el cambio, los iba a sentir. Ana miró a través de la puerta, y vio que Tammy estaba cosiendo un cuadrado de tela negra.

—Gracias, Tammy.

Tammy se sobresaltó al escuchar la voz de Ana, y con rapidez se puso de pie frente a la máquina de coser, haciendo que no se pudiera ver. —De nada —le dijo, y caminó hacia la puerta sacando a Ana del cuarto.

—¿Qué era eso? —Ana volvió la cabeza hacia la máquina de coser, llevada por la fuerza magnética de algo que Tammy estaba obviamente ocultando.

—Algo en lo que estoy trabajando. ¿Pudiste cambiar tu vuelo?

—Sí, hay un vuelo dos horas más tarde —ella señaló hacia el cuarto de costura—. ¿Qué es eso en lo que estás trabajando?

—Un proyecto.

—Vamos, nunca te he visto que guardes secretos. Vamos, dime.

Tammy sacó la mano que tenía en el brazo de Ana, para impedirle que volviera al cuarto y dijo: —Oh, es un almohadón cuadrado, si quieres saberlo.

—¿Negro? Eso no parece lo que por lo general haces.

—No lo es. Estoy... bueno, estoy haciendo eso para ti. Ethan me dijo que tú prefieres el blanco y el negro, así que pensé que tal vez te gustaría algo así para tu casa en Nueva York, y te iba a sorprender con eso la próxima vez que vinieras, pero tú ya lo has visto, así que no será una sorpresa.

Ana sintió que se le cerraba la garganta. Puso sus brazos alrededor de Tammy y la abrazó con más fuerza de lo que había abrazado a nadie. —Quisiera ser más merecedora de la amistad que me has dado. Y también Keith.

—Querida, tienes que abrir los ojos. Todos nosotros vemos lo que tú no ves o no quieres ver. Eres una mujer maravillosa, hecha por Dios para ser de la forma en que eres, muy amada y merecedora de ese amor —finalmente Tammy se soltó del abrazo—. Puesto que tienes un poco de tiempo ahora, veamos si Keith está despierto. Sé que te quiere ver antes que te vayas.

Tammy caminó sin hacer ruido hasta el dormitorio de Keith y abrió la puerta, entonces le hizo señas a Ana para que entrara. Keith estaba medio sentado, apoyado en varias almohadas, pero se veía muy pálido. Le sonrió. —Hola, Anita.

—Hola, amiguito. ¿Cómo te sientes?

—Estoy bien —aspiró profundamente un par de veces—. No quiero que te vayas.

Ana miró su dulce rostro y luchó por encontrar algo que le pudiera decir para hacerlo sentir mejor. Puesto que no podía cambiar de idea en cuanto a irse, habló sobre el tema que sabía que lo alegraría. —¿Te han estado cantando tus ángeles últimamente?

—Sí —sonrió y cerró los ojos.

Después de un momento, Ana pensó que estaba dormido y le dio un beso en la frente, y se dio vuelta para irse.

—¿Los escuchaste en el auto?

—¿Qué? —dijo Ana dándose vuelta.

—En tu auto. Los vi allí. Creí que estaban cantando.

Ana miró hacia el automóvil a través de la ventana de Keith. Luego volvió la mirada hacia Keith. *Los ángeles no existen*, se recordó a sí misma. *Y si existieran, ¿por qué no hicieron que el motor de mi automóvil marchara?* Era solo la imaginación de Keith. Él la había visto en su automóvil, la luz que se reflejaba del parabrisas, eso era todo. Ella le puso la mano sobre la frente y lo despeinó. —No los escuché en mi automóvil, pero si los escucho, tú vas a ser el primero a quien se lo diga, ¿de acuerdo?

—De acuerdo.

Ella vio el vehículo que prestaba servicios entrando a su cochera. —Me tengo que ir ahora. Voy a regresar en unas dos semanas.

¿Sabes? —bueno, aquí estaba su plan de romper con este lugar para siempre. Se sintió casi como una drogadicta que quiere dejar un mal hábito. Simplemente no lo podía hacer.

—Okey —él se durmió antes de pronunciar la palabra.

Capítulo 33

Ana subió al avión a las dos y media. Miró su reloj por vigésima vez, lo cual no hizo nada para cambiar la hora. Ella aterrizaría un poco antes de las cinco y llegaría a su apartamento un poco después de la seis, asumiendo que todo saliera bien. Eso le daría media hora antes de que tuviera que salir para ir en taxi al restaurante.

Miró por la ventanilla, y vio a los hombres de uniforme azul cargando el equipaje en el avión que estaba al lado del de ella. Había bolsos, maletas, palos de golf y cochecitos de bebé. Personas felices que estaban viajando, tal vez yendo a visitar a alguien que amaban. Ana ya no tenía familia a quien amar. Y en cuanto a la gente que amaba... bueno, no importaba. El que quería que la amara no la amaba en realidad, así que ¿cuál era el sentido de siquiera pensar en eso?

Cuando sus pensamientos volvieron al presente, se preguntó por qué el avión todavía no había salido a la pista. Miró su reloj: 2:50. Hacía cinco minutos que debían de haber salido, y todos los pasajeros estaban en sus asientos, pero el avión no se movía. Ana tomó una revista del bolsillo del asiento frente al de ella, y comenzó a dar vuelta a las páginas sin un propósito en mente, y vio artículos sobre lugares exóticos y recomendaciones para viajar. Una lista de las personas más famosas. Se esforzó para leer un artículo sobre los restaurantes más famosos de París, aunque no había muchas posibilidades de que ella alguna vez visitara Francia. Concluyó que el restaurante Reynaud's era un lugar que le gustaría probar si alguna vez viajaba a París.

Puso la revista en el bolsillo del asiento de adelante, y miró su reloj: 2:55. «Señoras y señores, les pedimos disculpas por la demora. Desafortunadamente, hemos tenido que llamar al equipo de mantenimiento sobre un asunto, y va a tomar algunos minutos que lleguen aquí. Los vamos a mantener informados. Por favor, permanezcan sentados, con el cinturón de seguridad abrochado, y vamos a partir tan pronto como sea posible y seguro hacerlo».

Un sonido colectivo de queja se escuchó en el avión. Ana se recostó en su asiento y cerró los ojos, tratando de pensar en cualquier otra cosa que no fuera estar en ese avión. Definitivamente no en el lugar adonde iba o en lo que estaba dejando.

El altoparlante sonó de nuevo. «El equipo de mantenimiento ha visto cuál es el problema y me alegro de poder informarles que lo van a poder arreglar en poco tiempo. Dentro de media hora deberíamos estar volando».

Ana miró su reloj de nuevo. Se le iba a hacer tarde para su cena con Patrick Stinson. Tomó su teléfono celular, lo trató de encender, y no sucedió nada. Entonces recordó el sonido de advertencia esa mañana. La batería estaba descargada.

Estupendo. Simplemente estupendo. Ella se imagina lo bien que esto iba a caer. Tan pronto como aterrizara en el aeropuerto de Newark, buscaría un teléfono para llamar. Excepto ... que el número telefónico de Patrick Stinson estaba programado en su celular, el cual actualmente no funcionaba. Ella podría llamar a su oficina desde allí, suponía, pero no quería comenzar ninguna clase de chismes cuando se enteraran de su reunión con Patrick después de las horas de trabajo. Si Beka se llegara a enterar, se daría cuenta que algo estaba pasando, y molestaría a Ana hasta que encontrara la respuesta que buscaba, y esa era una respuesta que no le gustaría.

Y Margaret... su sexto sentido estaría imaginándose el potencial de una futura asociación de negocios entre Ana y Patrick. No, ella no podría hacer nada hasta que llegara a su casa y pudiera cargar el teléfono.

De todos los momentos en que esto pudiera suceder, ¿por qué ahora? Un avión descompuesto, un celular sin batería, y un automóvil que no marchaba, todo en el transcurso de una tarde. Era como si todo el universo se hubiera confabulado contra ella para asegurarse de que nada saliera bien. ¿El universo o...? Ella se rehusó a completar el pensamiento.

Ana llegó a su apartamento media hora después de que estaba supuesta a encontrarse con Patrick Stinson. Enchufó su celular y miró para ver qué mensajes tenía. No había ninguno, ni siquiera uno que no hubiera contestado. Esto la conmovió como una cierta clase de señal siniestra.

Ella presionó el número de él, y la llamada enseguida fue al buzón de llamadas. Cuando escuchó el sonido que le indicaba que podía grabar, ella dijo: «Habla Ana Fletcher. Mi vuelo llegó una hora y media retrasado. Mi celular estaba descargado. Lo siento. No pude comunicarme contigo antes para decirte que no podría llegar a tiempo para la cena. Me voy a disculpar personalmente mañana por la mañana cuando te vea en la oficina. De nuevo, te pido disculpas». Cortó la llamada sintiendo más alivio que pesar. Por esa noche, por lo menos, no tendría que tomar una decisión sobre el futuro.

Se sirvió un vaso grande de vino blanco y se desplomó en una silla en su mesa. Entonces se dio cuenta que todavía era temprano esa noche. Si revisaba sus mensajes, una llamada tal vez podría hacer que los eventos de esa noche pudieran realizarse, aun si fuera un poco más tarde de lo planeado.

Ana pensó en lo que estaba en juego. Tantas cosas, tantas personas, una compañía completa. Pero sin embargo, ¿era mejor la alternativa? Para ella no había respuestas fáciles. Nunca las había habido.

Ella tomó su celular, suspiró profundamente, y lo apagó. Por esa noche, de todas formas, su decisión ya había sido tomada.

Capítulo 34

Ana podía ver a Sara y supo instintivamente que la estaba viendo dar su último suspiro. Una enorme masa redonda, brillante, que parecía una especie de pulpo, se cernía sobre Sara, no haciendo otra cosa sino mirarla. Entonces el pulpo estaba sobre el automóvil de Ana, otra vez solo observando el desastre que ocurría. No tenía sentido. Si el pulpo estaba cerca de su automóvil, entonces, ¿por qué no pudo hacer arrancar el motor? ¿Y por qué murió Sara? ¿No podía hacer algo el pulpo? ¿No tenía poder para cambiar las cosas? Si no lo tenía, ¿cuál era su propósito?

Ana se despertó de golpe, todavía escuchando algunos compases de la música. Era extraño, no había escuchado la canción durante su sueño, pero ahora cada nota sonaba dentro de sí, a pesar del hecho de que parecía estar llegando desde muy lejos. Lentamente se desvaneció, y ella se forzó a ponerse de pie, frotándose el rostro con las manos. Era hora de levantarse y comenzar. Había muchas cosas que hacer esa mañana.

Ana encendió su celular y oprimió el número de Patrick Stinson. Él respondió en el segundo timbrazo. —Bueno, bueno, ¿y quién me podría estar llamando tan temprano?

—Habla Ana —era obvio que él ya lo sabía, pero la respuesta le salió de golpe—. Siento mucho no haber podido llegar a tiempo para nuestra cena. El avión se atrasó, y mi teléfono estaba descargado. Fue un contratiempo detrás del otro, todas las catástrofes sucedieron.

Silencio en la línea, solo el ruido de una sirena en la calle abajo.

—Ya veo. ¿Así que me estás diciendo que estabas dispuesta a estar allí anoche, pero que problemas con el viaje te impidieron ir?

—Sí, fueron problemas con el viaje.

—Bueno, veamos, ¿qué crees que deberíamos hacer en cuanto a eso?

Ana entró a su pequeña cocina y sacó una botella de agua del refrigerador. —Estoy segura que podemos llegar a algún acuerdo —ella tomó un sorbo de agua y miró los dibujos que cubrían la puerta del refrigerador, todos de Keith. Ana y los ángeles. Ella pensó en el comentario de Keith de que los ángeles estaban al lado de su automóvil. Entonces es cuando supo la respuesta a la pregunta de su sueño.

El propósito del ángel, para ella por lo menos, había sido evitar que hiciera algo que después se hubiera lamentado. Bueno, el ángel la había salvado una vez, y ahora era hora de que Ana decidiera qué hacer con el respiro temporal.

—Creo que nos deberíamos reunir esta mañana en la oficina, como planeamos, firmar los contratos, y luego sentarnos y hablar sobre lo que fuera que querías hablar anoche. En realidad, creo que deberíamos hacer la mayoría de las reuniones en la oficina, desde ahora en adelante.

—Bueno, ¿dónde está la diversión en eso? Me gusta trabajar con la gente a un nivel más personal, y eso no se puede hacer en una oficina.

Ana estaba atrapada, y necesitaba saber exactamente a qué altura se iba a salir de esa situación. Ninguna persona que conociera iba a usar la palabra *mojigata* para describirla, pero ella tenía sus límites, y esto definitivamente estaba fuera de límite. La sorprendió y le produjo alivio darse cuenta de esto. Ella se preparó para la reacción de él. Sabía lo que le iba a costar, pero si bien no era una mojigata, tampoco era una prostituta.

—Señor Stinson, si algunos almuerzos casuales hacen que le sea más fácil trabajar conmigo, eso está bien, pero otras cosas más allá de eso, bueno... no cuente conmigo.

—Ya veo —él hizo una pausa de un segundo—. Entonces, está bien. Me alegra saber que te sientes de esa manera. Es mejor saber qué esperar cuando se comienza una asociación. Es bueno poner todas las cosas sobre la mesa al principio.

Ana miró por la ventana a la calle abajo, sorprendida por lo que había escuchado. Ni siquiera había discutido o amenazado, ni una insinuación de que estaba enojado. En realidad debía de haber sido un ángel el que estaba al lado de su automóvil ayer. Tal vez, en realidad estaban allí para ayudarla. —Yo creo lo mismo. Muchas gracias por ser tan comprensivo por lo de anoche.

—Ni lo menciones —él cortó la llamada sin esperar respuesta alguna.

Ana llegó temprano a la oficina. Margaret ya estaba allí. Ella había pensado que sería así. Margaret salió de su oficina y se dirigió a Ana antes de que esta tuviera tiempo de poner sus cosas en su cubículo. —En mi oficina, ahora.

Ana asintió y la siguió. Se sentó en una silla frente al escritorio de Margaret, quien caminó alrededor de su escritorio, pero no tomó asiento. Se inclinó sobre el escritorio apoyada en ambas manos. —Recibí una llamada de Patrick Stinson esta mañana —dijo mirando a Ana y esperó, pero la expresión de su rostro no concordaba con lo que siguió— y me dijo que tú habías arreglado las cosas muy bien.

Ana se movió en su asiento mientras sentía un malestar cada vez mayor en la boca del estómago. —¿Qué fue lo que dijo?

—¿Qué es lo que crees que dijo? ¿Crees que tiene algo que ver con el hecho de que has estado haciendo un complot a mis espaldas?

—¿Dices que yo he estado haciendo un complot?

—Podría decir que le has pedido que te emplee personalmente en lugar de usar mi compañía, y creo que eso caería bajo esa definición, ¿no crees?

—Margaret, él fue el que lo dijo. Hablamos de eso solo *una vez*. Nada oficial ha sucedido. Y le dije que yo no dejaría de trabajar para Marston hasta que el proyecto de Stinson Towers estuviera finalizado, porque no quería que hubiera despidos.

Margaret le dirigió una mirada dura. —Bueno, él tiene una versión muy diferente de los eventos, te lo puedo decir. Va a venir hoy de mañana a hablar de eso conmigo. No está seguro de querer usar a nuestra compañía para ese trabajo.

—¿Qué es lo que podemos hacer? ¿Podremos sobrevivir sin este contrato?

—No lo sé, pero ahora no voy a hablar sobre lo que *nosotros* vamos a hacer. Ahora quiero hablar acerca de lo que *tú* vas a hacer.

Ana se preparó para las inevitables disculpas que iba a tener que hacer y las humillaciones que tendría que soportar. —¿Y qué es eso?

—Saca las cosas de tu escritorio de inmediato. Patrick Stinson va a estar aquí en un par de horas, y lo que *yo voy* a hacer es lo que sea necesario para salvar ese trabajo.

Ana la miró fijamente por unos momentos, tratando de comprender lo que Margaret le había dicho. —Margaret, él está mintiendo. Como te dije, hablamos de que yo podría trabajar para él *después de este proyecto*, y sí, fue algo que pensé que me gustaría hacer. Pero sucedió que había demasiadas condiciones... y hoy de mañana se lo dije bien claro.

Ella se inclinó hacia delante, imitando la postura de Margaret. —Piensa en esto. Sabes que he trabajado muy duro en este proyecto, diseñando todo alrededor de los muebles que él escogió y que tú compraste. He estado haciendo todo lo que puedo para que este lugar, *tu compañía*, continúe siendo solvente, incluyendo aceptar una reducción de sueldo.

Margaret no se movió mientras Ana hablaba. Ahora se sentó y dijo: —No importa lo que *pienso* que sé. Lo que sé es que Patrick Stinson no quiere seguir trabajando contigo, y esta compañía se irá a la quiebra a menos que podamos conseguir este negocio. Así que tú vas a recibir dos semanas de pago, según tu contrato, pero eso es lo mejor que puedo hacer por ti.

Ana se puso de pie. —Yo podría ir a un abogado y poner una demanda esta tarde sobre las bases de acoso sexual —ella aspiró aire profundamente, tratando de sacar una nueva estrategia del estado precario de su mente. Tenía que tomar la ofensiva—. Y eso es exactamente lo que voy a hacer. No tendré otro camino que nombrar a la compañía Marston como cómplice.

—Yo lo pensaría muy bien antes de hacerlo —Margaret se recostó en la silla, y su ceja izquierda se veía levantada—. Estoy segura de que Patrick Stinson tiene un equipo de abogados que podrían hacer que esto no se solucionara por años. Entre tanto, nadie va a querer darte trabajo, porque tendrás reputación de persona que crea problemas.

Ana sabía que había algo más que un poco de verdad en lo que le estaba diciendo Margaret, pero a estas alturas estaba demasiado enojada como para que le importara. —Creo que ese es un riesgo que tendré que correr. ¿Estás dispuesta a tomar ese riesgo, Margaret?

—Un pleito definitivamente pondría estrés financiero en esta compañía. Por supuesto, si eso sucediera —ella pasó una de sus uñas postizas a través del portafolio en su escritorio— tendríamos que implementar nuestros planes de despidos. Y creo que sabes quién sería la primera que perdería el trabajo —ella hizo una pausa lo suficientemente larga como para que las palabras surtieran efecto—. Y eso no es lo que quieres, ¿verdad?

Ana pensó en Beka y en Gracie, de lo que ya habían pasado y lo mucho que podrían empeorar las cosas. Ella no les podía hacer eso a ellas. —No — y caminó hacia la puerta pero se detuvo antes de abrirla—. Espero que sepas en lo que te estás metiendo.

—Buena suerte, Ana —el tono de su voz le hizo dudar a Ana si a Margaret en realidad le importaba la clase de suerte que tendría ella.

Ana volvió a su apartamento, tomó una almohada, y luego puso la cara contra ella y gritó en la almohada por cinco minutos.

¿Cómo podía él hacer esto? Sacarle la oferta de trabajo era una cosa, pero en forma deliberada hacer que la despidieran, bueno, eso era algo totalmente diferente.

¿Qué clase de persona haría algo semejante? ¿Qué clase de hombre malintencionado y malvado?

La respuesta era obvia, la clase de persona que conseguía lo que quería a cualquier costo. Una persona como Patrick Stinson.

La única pregunta que quedaba ahora era ¿qué es lo que haría ella acerca de eso?

Ella tiró la almohada en la cama, abrió el cajón de la mesita de luz, y tomó papel y un lapicero. Era hora de hacer otro plan.

Lo más sensato ahora era actualizar su currículum, enviarlo a tantos lugares como fuera posible, y luego irse a Charleston para ver que la casa se vendiera lo antes posible. Sería difícil conseguir trabajo con la economía de hoy, pero si vendía la casa, eso le daría suficiente dinero para poder vivir por lo menos un año. Y le daría tiempo para recuperarse económicamente.

La parte menos sensata de ella quería regresar a Charleston y quedarse allí por un tiempo. Tomar un poco de tiempo para pensar en el pasado, pasar tiempo con Tammy, Keith y Ethan. Pensar en lo que era importante para ella. Sin embargo, esta no era una opción. Ella había alejado a Ethan de su vida, y era claro que él no quería estar alrededor de ella. De todas formas, ella no se podía dar ese lujo. Además, ahora era el momento de cortar definitivamente con todas las cosas del pasado que le pudieran impedir avanzar.

Abrió su computadora portatil y comenzó a buscar pasajes de avión. Oh, $635 dólares si salía mañana. Si esperaba hasta la semana siguiente, el costo bajaría a $350. Está bien, esperaría una semana. A estas alturas, ella necesitaba ahorrar tanto dinero como le fuera posible. Esto le daría una semana para enviar sus currículums por correo, algo en lo que era mejor que comenzara a trabajar ahora mismo. Su portafolio sería positivo, lo sabía, pero primero tenía que hacer que su historial de trabajo se viera lo suficientemente atractivo como para lograr que la llamaran para una entrevista.

En algún punto de su tercer borrador, un toque a la puerta la interrumpió. Abrió la puerta y se encontró con Beka, quien tenía los ojos rojos de llorar. —Dime qué pasó.

Ana abrió la puerta e hizo entrar a su amiga. —Primero dime qué es lo que te dijeron.

—Cuando llegamos esta mañana, Margaret nos dijo que tú habías renunciado, y que la renuncia era efectiva inmediatamente. Ana, yo sé que eso no fue así. No hay forma de que tú dejaras tu trabajo de esa forma, y especialmente sin decirme a mí lo que estabas pensando. ¿Qué ha sucedido?

Ana se sentó en un taburete blanco, y le hizo señas a Beka que hiciera lo mismo. —¿Te dijo algo más?

—No. Ella ha estado en una reunión con Patrick Stinson toda la mañana y no permite interrupciones.

—Bueno, Patrick Stinson... —Ana pensó mejor en lo que estaba a punto de decir. Si le contaba todo a Beka... bueno, no había razón para que se lo dijera—. No pude asistir a varias reuniones con Patrick Stinson debido al tiempo que he pasado en Charleston, y para decirte la verdad, mi corazón no estaba en ese proyecto. Se tomó la decisión, de que bajo esas circunstancias, yo sería más feliz trabajando en otro lugar.

—Ya veo —Beka se cruzó de brazos—. ¿Debo entender, entonces, que esta fue verdaderamente decisión tuya?

—Es la mejor decisión para todos los involucrados —y una de las personas involucrada era Beka. Ana miró su reloj en forma bien notoria—, y ahora, amiga, es mejor que vuelvas a la oficina. Sabes bien la posición de Margaret cuando uno se toma demasiado tiempo a la hora del almuerzo.

—A estas alturas yo creo que tú te deberías dar cuenta que no me puedes ocultar nada. Hay más detrás de esta historia. Tú estás pagando las consecuencias por otra persona, ¿no es así?

—Tu sexto sentido finamente ha fallado. Yo creería que a estas alturas tu sentido común te diría que yo «no pago las consecuencias por nadie».

Beka se acercó a ella y la abrazó con fuerza. —¿Qué es lo que vas a hacer?

—Voy a volver a Charleston la semana que viene, y es probable que me quede allí hasta que la casa esté lista para ponerla a la venta. Mientras tanto estoy enviando mi currículum a muchos lugares aquí, esperando algo nuevo y emocionante.

—Ya veo —era claro que Beka no estaba convencida, pero no era el tipo de persona que empuja. Lo iba a dejar pasar, por ahora—. ¿Qué te parece si cenamos juntas mañana por la noche en mi casa?

—Claro. Creo que podría usar un poco de terapia ahora.

Ambas rieron mientras Beka entraba al pasillo. —¿Te veo a las siete?

—Me parece bien —Ana cerró la puerta y volvió a seguir trabajando en su currículum.

En algún momento de este proceso recordó una conversación que había tenido con Patrick Stinson en lo que parecía un siglo atrás. Una conversación que tal vez tuviera la respuesta para ella.

En su computadora, comenzó a tratar de encontrar el nombre Meredith Radke. No le llevó mucho tiempo encontrar *Superior Staging, Meredith Radke, diseñadora en jefe*. Había un número telefónico, y unos pocos minutos más tarde, ella tenía a Meredith en la línea.

—Habla Ana Fletcher. Hablamos hace unas semanas en la recepción de tu proyecto para Stinson.

—Sí, me acuerdo —su voz no era ni muy amistosa ni dura.

—Bueno, me encuentro sin trabajo, y... me preguntaba si tienes lugar para otra diseñadora.

—No llevó mucho tiempo, ¿no es así?

—No, no llevó mucho tiempo.

No hubo sino silencio en la línea por algunos momentos. Finalmente, Meredith le dijo: —Para decirte la verdad, yo necesito alguien que trabaje conmigo. Yo esperaba diversificar en lugar de contratar a otra especialista moderna, pero, ¿por qué no me envías tu currículum y entonces hablamos?

—Te lo envío por correo hoy.

—Nos comunicaremos —y la llamada se cortó.

Un poco más tarde, Ana sacó una tarjeta de su billetera y marcó un número. «Hola, este es el buzón de Eleanor. Déjeme un mensaje y lo voy a llamar pronto. Gracias».

«Hola, Eleanor, te llamo para dejarte saber que ha habido un cambio en mis planes. Voy a volver a Charleston la semana que viene. Voy a pasar el tiempo que se requiera para preparar la casa para ponerla en venta. Tenemos que hablar seriamente sobre el precio, porque tengo que vender la casa muy rápido».

Ana dobló una blusa blanca sin mangas y la puso en su maleta, preparándose para su vuelo de mañana. Todavía no estaba segura de qué es lo que iba a hacer. Meredith Radke la había llamado para una entrevista hacía dos días. Ella había mirado su portafolio, haciendo comentarios corteses, pero no la había llamado de vuelta.

Mientras Ana cerraba su maleta, sonó el teléfono, y antes de contestar, vio en el identificador de llamadas: Superior Staging. Ana presionó el botón para hablar, y se preparó para lo peor:
—Hola.

—Hola, Ana. Habla Meredith Radke.

Ana contuvo la respiración. —Hola, Meredith.

—Como prometí que lo haría, verifiqué tus referencias —ella no continuó.

Ana sabía lo que vendría, era mejor que lo supiera ahora mismo. —¿Y?

—Tu última jefa no dio referencias demasiado elogiosas, pero, dado lo poco que sé de la situación, no esperaba que fuera diferente.

—Yo pienso exactamente lo mismo.

Meredith se rió. —Entonces llamé a varios de tus clientes, y no podían decir suficientes cosas buenas acerca de ti. De hecho, todos dijeron que usarían mi firma para su próximo proyecto si tú trabajaras aquí.

—Me alegra escuchar eso.

—Sí —ella hizo una pausa—. Yo no podría pagarte lo que ganabas antes.

—Lo sé —estoy dispuesta a trabajar por menos —todo lo que tenía que hacer era vender la casa y entonces no tendría problemas financieros.

—Está bien. Sé que estás a punto de salir de la ciudad. ¿Cuándo puedo esperar que empieces a trabajar?

—¿En dos semanas?

—Estoy entusiasmada con que trabajes conmigo.

—Yo también —Ana cortó la llamada y danzó por el cuarto.

Sí, finalmente algo en su vida estaba marchando bien.

Después de una cena ligera, Ana se sentó en su balcón y pensó en todas las cosas que habían sucedido desde la muerte de Sara... la música, la luz titilante; Ethan, Tammy y Keith; el automóvil que no pudo hacer arrancar; el avión que se retrasó. Todo eso. Se puso de pie y se inclinó sobre la baranda para observar a la gente en la calle, que era uno de sus pasatiempos en la ciudad de Nueva York. Esta noche, sin embargo, ella envidiaba a la gente que caminaba por la calle... parejas tomadas de la mano, una mujer caminando con su perro... personas que vivían una vida normal y feliz.

Miró un poco más lejos hacia su derecha y observó a una familia que estaba cruzando la calle. El padre tenía en brazos a un pequeño niño que era obvio que estaba durmiendo. La madre tenía de la mano a una niña de edad de escuela primaria que tenía puesto un vestido y usaba medias largas. Una hermosa velada en el teatro, ¿tal vez?

Cuando volvió su atención a lo que sucedía debajo en su vereda, vio la espalda encorvada de alguien que estaba revolviendo la basura. Entonces fue cuando supo lo que tenía que hacer. El hombre sin hogar que había silbado la canción del ángel, tal vez él le podría decir algo que pudiera aclarar las cosas... o por lo menos probarle a ella, de una vez por todas, lo ridículas que habían sido sus imaginaciones.

Antes de poder pensarlo, tomó una bolsita de papel, puso en ella un pote de mantequilla de maní y algunas barras de cereal, y luego salió rápidamente. Se alegró que el ascensor estuviera en su piso, y en menos de un minuto se encontró en la calle, del otro lado del basurero donde estaba el hombre. —Por favor, ¿podría hacerle una pregunta?

—¿Hacerme una pregunta? —el hombre levantó la vista de lo que estaba haciendo. Era negro, probablemente de unos sesenta años de edad, con cabello largo y grisáceo—. ¿Qué es lo que me quiere preguntar?

—Oh, lo siento. Lo confundí con otra persona.

—Claro que sí. ¿Qué es lo que tiene en la bolsa? ¿Vino?

Ana miró hacia abajo. —Oh, no. Es comida. ¿La quiere? —dijo extendiendo el brazo.

El hombre la miró con cautela, luego le sacó la bolsa de la mano. —¿A quién es que busca? —mientras le hacía la pregunta estaba rasgando la envoltura de una barra.

—No sé. Creo que se llama Uri. Eso es lo que otra mujer lo llamó. Es un hombre que viene aquí algunas veces. Pensé que tal vez... bueno, no sé lo que pensé —Ana se dio vuelta para entrar.

—Espere un segundo. Usted me ayudó a mí. Tal vez yo pueda hacer lo mismo por usted —el hombre tenía una expresión tan afable que le hizo preguntarse a Ana cuánto tiempo hacía que no tenía casa —. ¿Qué es lo que quiere de ese hombre?

—No importa. No tiene sentido.

—Soy muy bueno para las cosas sin sentido. ¿Por qué no lo prueba? —dijo poniéndose el resto de la barra en la boca.

Tal vez porque él era tan casual, o tal vez porque ella pensó que iba a perder la mente si no se lo decía a alguien, Ana comenzó a hablar. —Él silba una melodía que he escuchado un par de veces, ¿sabe? No sé, hay ángeles alrededor a veces cuando la escucho. Yo quería saber qué es lo que sabe sobre eso.

Él abrió otra barra de cereal. —Eso es fácil de darse cuenta. Tal vez él es uno —dijo y le dio un gran mordisco a la barra, pero como que le sonrió mientras masticaba.

—¿Uno qué?

—Un ángel.

Era obvio que esto había sido una gran pérdida de tiempo. Una vez más, Ana no sabía lo que había estado esperando, pero definitivamente no era esto. —No puedo creer que un ángel ande caminando por la ciudad de Nueva York como una persona que no tiene hogar.

—Joven... —se dio una palmadita en el costado y se rió—. Es obvio que no ha estado pasando tiempo en los lugares correctos. ¿Nunca ha leído la Biblia?

Ana se encogió de hombros. —Un poco. Pero nunca leí nada sobre ángeles sin hogar.

—No se olviden de practicar la hospitalidad, pues gracias a ella algunos, sin saberlo, hospedaron ángeles... es de la Biblia. Tal vez su amigo también es un ángel. Espero que también haya sido amable con él.

—¿Qué?

De nuevo el hombre se dio una palmada en el costado. —Solo bromeando con usted. Un amigo mío me enseñó ese versículo hace casi diez años. Es uno de los favoritos que utilizo cuando pido limosna cerca de una iglesia... Si uno lo dice en el momento oportuno, bueno... puede ser muy bueno para los negocios —sonrió y asintió con la cabeza—. Sí, muy bueno. Esa melodía, ¿cómo suena? No la he escuchado antes, pero tal vez la use la próxima vez para ver si me ayuda.

—Oh, no importa —Ana caminó hasta el banco y se sentó, cubriéndose el rostro con las manos—. Usted tiene razón, nada de esto es real.

El hombre hizo una especie de gruñido mientras iba a sentarse al lado de ella. —No dije eso. ¿Quién sabe? Cuando usted escucha la música, ¿sucede algo bueno? Tal vez sea real.

—No, por lo general la escucho cuando sucede algo malo. Como cuando se murió mi hermana, o cartas que quisiera no haber encontrado nunca escondidas en la pared, o cuando mi automóvil no quiso arrancar.

—¿El automóvil que no le arrancaba, eh? No me suena mucho a algo que hagan los ángeles a mí tampoco —la tapa del frasco de mantequilla de maní hizo una especie de chasquido cuando la desenroscó—. Qué bueno que haya puesto una cuchara de plástico para esto. La mayoría de la gente no piensa en cosas pequeñas como esa.

—Usted le puede dar las gracias a una de sus amigas que no tienen hogar por eso —Ana miró la suciedad entre las uniones de la vereda a sus pies. Se preguntó cuántos pies habrían caminado sobre ese lugar solamente hoy. ¿Cuánta de esa gente se sentía tan desorientada y sola como ella?

—Esto tiene muy buen gusto —el hombre hizo un chasquido con los labios—. Cuando su automóvil no arrancó, tal vez evitó que tuviera un accidente o algo. O de ir a un lugar al cual usted no debía ir.

Ana pensó en su reunión con Patrick Stinson. Levantó la vista para mirar al hombre, su mejilla izquierda ahora con una mancha de mantequilla de maní. —Como que me impidió una cosa. Por supuesto, cuando mi automóvil arrancó, yo todavía tuve que enfrentar ese asunto.

—¿Hizo algo diferente de lo que hubiera hecho si su auto hubiera arrancado la primera vez?

¿Qué es lo que hubiera hecho? ¿Haberle dicho a Patrick Stinson lo que pensaba de él, o haberle seguido la corriente y conseguir la carrera de sus sueños? —Es probable que sí.

—¿Se da cuenta? Tal vez ellos, los ángeles le estaban dando un poco más de tiempo para llegar a la decisión correcta. No le dijeron cuál era. Como que le dieron un poquito más de tiempo para pensar en eso para que pudiera darse cuenta de qué es lo que quería.

Ana lo miró y asintió. —Tal vez tenga razón —ahora estaba poniéndose de acuerdo con el razonamiento de un hombre que vivía en la calle que ni siquiera conocía. ¡Fantástico! Se preguntó qué otra locura era la próxima que iba a suceder.

—Tal vez sí —el hombre se puso de pie—. Gracias, por esto, ¿ve? Espero verla de nuevo alguna otra vez. Tal vez la próxima vez me puede enseñar esa melodía.

—Tal vez.

Ana entró al vestíbulo, con pensamientos encontrados dándole vueltas en la cabeza como una pelota dentro de una máquina de *pinball*. ¿Cuándo tendrían sentido de nuevo las cosas?

Capítulo 35

No fue solo el aterrizaje lo que sobresaltó a Ana cuando el avión aterrizó en el aeropuerto de Charleston. Tal vez esa sería la última vez que ella iría allí, y aunque ansiaba dejar atrás el pasado, algo todavía le dolía.

No había nada que valiera la pena para ella aquí. No quería que le recordaran que nadie estaba tan dispuesto a mantenerla en ese lugar como ella estaba dispuesta a ser mantenida allí. Esa ciudad estaba llena de cosas a las que ella había tenido que renunciar, y no iba a entrar en eso esta vez.

Cuando entró a la cochera esa noche, miró hacia la casa de Tammy y Keith. Esperaba que Keith apareciera en cualquier instante del lado de la ventanilla del pasajero, como siempre hacía, pero no estaba por ningún lado. Miró hacia la casa justo a tiempo para ver que las cortinas se movían en lo que sabía que era el dormitorio de Keith.

Unos segundos después, la puerta de atrás se abrió de pronto y él se apresuraba a llegar al automóvil de Ana. —Anita, Anita, yo sabía que tú ibas a regresar pronto. Lo sabía —él estaba sin aliento para cuando llegó a su lado, y extendió los brazos y la abrazó fuertemente.

Ana le devolvió el abrazo, sorprendida del sentimiento de amor que parecía seguir a ese niño. —¿Lo sabías? ¿Y cómo es que lo sabías?

—Me lo dijo.

—¿Tu ángel?

—No —él mantuvo sus brazos alrededor de ella, abrazándola con fuerza—. Me lo dijo mi corazón —parecía que tenía dificultad en respirar.

Ana le puso la mano en la mejilla, haciendo todo lo más posible por no llorar delante de él. —Tu corazón te dijo la verdad.

—Sí, lo sé —entonces se separó de ella, y su sonrisa iluminaba todo el mundo—. Nunca dudes de lo que te dice tu corazón —dijo como si le estuviera diciendo que el sol se levanta todas las mañanas y que se pone todas las noches.

Tammy caminó a través del jardín para unirse a ellos en ese momento. —Bienvenida —le dio un rápido abrazo a Ana—. ¿Cuánto tiempo te vas a quedar esta vez?

Ana se encogió de hombros. —Un par de semanas.

—¿Dos semanas? —la voz de Tammy obviamente le salió más alta de lo que había querido, porque habló con más suavidad cuando continuó—. Nunca te has quedado tanto tiempo aquí antes.

—Bueno, algunos asuntos pasaron con mi trabajo en Nueva York que me dieron un poco de tiempo libre extra, y decidí venir acá y terminar todo lo que hay que hacer en la casa, y arreglar tantos asuntos como me sea posible —Ana le despeinó el cabello a Keith—. Qué bueno es verte levantado de nuevo. La última vez que estuve aquí tú tenías un resfrío bastante malo.

—El doctor me dio remedios.

Ana le sonrió. —Qué bueno.

—Y Ethan me trajo algunas de sus galletas dulces de chocolate que son mundialmente famosas. Eso me hizo sentir *muchooo* mejor. ¿Quieres una?

Ethan. El escuchar su nombre le hizo sentir dolor. Ana miró a Tammy y vio que la miraba fijamente, como si estuviera esperando una reacción. Ana podía pensar en varias cosas que quería decir, y varias otras cosas que quería preguntar. Finalmente se decidió por: —¿Cómo le va?

—Keith, ve y tráele a Ana una de tus galletas, ¿de acuerdo?

—De acuerdo, mamá —él comenzó a ir hacia su casa, caminando con mucha rapidez.

—Camina más despacio. No quieres que te hagan descansar en la cama otra vez, ¿no? —Tammy se volvió hacia Ana—. Creo que él está tan bien como es posible para un hombre que tiene el corazón roto.

—¿El corazón roto? —ella no había esperado eso—. Claro —como que se rió tratando de decir las palabras como si fueran una broma insignificante—. Él es el que no me quiere a mí. Yo no caigo en el molde correcto para ser lo suficientemente buena para él.

Tammy dio vuelta el rostro para el otro lado, con la boca en una línea tensa. —La mayoría de la gente daría lo que no tiene por lo que tú estás tirando con las dos manos.

Ana abrió la boca para discutirle, pero luego la cerró. Tammy tenía razón. Al igual que con cualquier otra oportunidad de felicidad que tuvo, ella estaba construyendo una pared alrededor de sí misma. No quería estar tan cerca como para que la pudieran herir. Era un hábito viejo, y no estaba segura de poder romperlo, aun si en realidad lo quisiera hacer.

—Aquí está, Anita —Keith tenía la galletita con la mano levantada alta, como si hubiera tenido que sacarle esa galletita a una turba de personas que comen muchas galletas—. Aquí está.

—Gracias, Keith —Ana extendió la mano y tomó la galletita—. Se ve fantástica.

—Lo es. ¿Tienes leche? Las famosas galletas de Ethan son mejores con leche.

—Todavía no he ido al supermercado, así que creo que me la voy a tener que comer sin leche.

—Te voy a traer leche. ¿Lo puedo hacer, verdad, mamá?

—Keith, Ana ha estado viajando todo el día. Dejémosla sola por ahora, ¿de acuerdo?

—No, estoy bien, Keith, si quieres traerme leche, y tal vez una galletita y leche para ti, creo que eso sería fantástico.

—¿De verdad? —y miró hacia su madre—. ¿Puedo hacerlo?

—Claro. Pero no te quedes demasiado tiempo en casa de Ana.

—Está bien, mamá.

Cinco minutos después, Ana y Keith estaban sentados a la mesa de la cocina, cada uno mojando su galletita en la leche.

—Nunca supe que Ethan hiciera galletas.

—No las hace —dijo Keith con la boca llena.

—Pero tú dijiste que estas eran las galletas famosas de Ethan.

—Él las compra en el lugar donde venden galletas, pero son muy ricas. Tan ricas que son famosas.

—Ya veo —Ana trató de entender eso, pero no estaba segura de haberlo logrado.

—Estoy contento por las galletas de Ethan, y por mis sueños de ángeles.

—¿Tus sueños de ángeles?

—Sí. A veces cuando me voy a dormir, estoy con los ángeles. Es muy brillante y cálido, y ellos tocan música, aun sus alas hacen música. Me ayuda a olvidar las cosas tristes.

—¿Qué clase de cosas tristes?

—Mi papá no me quiere —dijo y mojó su galletita otra vez en la leche—. Eso me da tristeza a veces.

—¿Qué es lo que te hace pensar que no te quiere?

—Él se fue, y es culpa mía.

Ana extendió la mano para estrechar la de él. —Eso no es culpa tuya, Keith. Es culpa de tu padre. Él es el que está equivocado y el que se ha perdido de conocerte a ti, o divertirse comiendo galletas contigo.

—¿Tu papá también te dejó a ti?

Esa pregunta le trajo la usual lluvia de recuerdos que Ana no quería enfrentar. —En realidad no, pero mi mamá me dejó.

—¿Te hizo sentir triste eso?

Ana asintió. —Sí.

—Es por eso que Dios nos manda ángeles a ti y a mí, tal vez. Para que no estemos tristes más.

—Tal vez.

Cuando finalmente Ana se acostó esa noche, no se podía dormir. Se sentó en el sofá, luego se acostó, y luego se volvió a sentar. Caminó por la cocina, iluminada solo por la luz de la luna y el brillo suave de las luces de la calle que se filtraba por las ventanas. Se sirvió un vaso de agua fría del refrigerador y miró por la ventana hacia la casa de Tammy. Pensó en lo que había dicho Keith acerca de que Dios mandaba ángeles. Sus ángeles para que él no estuviera triste.

Se dio vuelta y se recostó contra el mostrador de la cocina.

—Dios, si en realidad estás allí, si en realidad tienen ángeles que van por todos lados ayudando a la gente, ¿por qué no hacen verdaderamente algo que ayude? ¿Por qué no salvaron a Sara?

Algo que Keith había dicho le vino a la mente con tanta fuerza que casi lo podía escuchar a él diciéndolo: «*Ellos me consuelan como cuando tu mamá te toma en brazos porque te duele algo. El dolor todavía está allí, pero tú te sientes mejor*».

Sí, bueno, pero eso no era suficiente para Ana. Ella quería alguien que realmente *hiciera* algo, no solo cantar una canción que la consolara mientras todo eso sucedía. Ella se dirigió hacia la mesa, que estaba llena de papeles, y buscó en las pilas hasta que encontró las copias de las pinturas de Agar. Miró al rostro arrogante de Sara, quien estaba de espaldas, mientras Agar era echada del lugar. Luego miró el siguiente cuadro y vio a Agar en el desierto, llorando desesperada al lado de su hijo que moría. Pero sin embargo el ángel venía de camino. La ayuda ya había sido enviada. Si ese era el caso, entonces en esta historia, es probable que Dios hubiera estado cuidando a Agar todo el tiempo, aun desde antes que ella estuviera embarazada.

¿Pero por qué Dios no había hecho algo para ayudarla antes de llegar a este punto? Dios, si hay un Dios, es o totalmente poderoso o totalmente amoroso, pero no puede ser las dos cosas. Bueno, si él no tiene poder, entonces, ¿por qué tenerlo en consideración? Y si él no ama a la gente, entonces, ¿cuál es el sentido?

Sintió ansiedad, y sabía que no se podría dormir por mucho rato. Encendió el televisor, pero entonces recordó que había hecho desconectar el cable.

De vuelta miró por la ventana hacia la casa de Keith, envidiando su sencilla fe, aun si probablemente estaba colocada donde no correspondía. «Keith, por tu bien, espero que realmente haya ángeles, y espero que estén contigo ahora mismo». Entonces apagó la luz.

Mientras yacía allí, con los pensamientos revoloteándole en la mente, se imaginó el pulpo dorado de Keith en lo alto, por encima de su cabeza, que la observaba, en realidad preocupándose por lo que le había pasado. Dispuesto a intervenir, o por lo menos a «tomarte en brazos, como lo hace tu mamá cuando te toma en brazos porque te duele algo». ¿Era en realidad posible que una criatura tal existiera? ¿Y que la estuviera mirando ahora mismo? Por primera vez, a Ana como que le gustó esa idea.

Capítulo 36

Ana se despertó más temprano que de costumbre a la mañana siguiente, sorprendida por el silencio. Ni una nota de música. Aunque debió haber producido alivio, y lo hizo hasta cierto punto, también la dejó sintiendo como que algo le faltaba.

Algo faltaba, claro que sí, y el término médico para eso era *paracusia*. Tal vez, finalmente se estaba recuperando de esas alucinaciones.

Hoy era el día en que debía hacer algunas cosas en ese lugar. Lo primero en su lista era quitar todas las cortinas y reemplazarlas con las persianas blancas, que protegían de la luz sin ser demasiado gruesas, que había comprado en su penúltimo viaje.

En unos pocos minutos, el ruido del destornillador eléctrico llenó la casa. Cuando Ana quitó las cortinas de «su» dormitorio, vio un poco del marrón plomizo que no había sido cubierto por dos manos de pintura blanca. Algo más que necesitaba retocar. Puso los dedos sobre ese color, recordando cómo se había sentido aquel día pintando las paredes con un color diferente a los que usualmente usaba. Qué bien se había sentido ese color cálido.

Era sorprendente cómo se había engañado a sí misma. No había tomado mucho tiempo para que las cosas volvieran a su estado normal y que la sacaran de eso. Daba lo mismo. Todas esas ilusiones falsas debían parar si ella iba a volver su vida al ritmo normal.

Sonó el timbre. Fue a la puerta, pensando que probablemente Tammy ya le hubiera dicho a Ethan que ella estaba de vuelta. Abrió la puerta, con una sonrisa forzada en el rostro a pesar de sí misma, y se encontró mirando a Eleanor Light a los ojos.

—Hola, Ana. Solo estoy aquí para ver cómo marchan las cosas. ¿Crees que tendrás el lugar listo para comenzar a mostrarlo el próximo fin de semana?

—¿El próximo fin de semana? —Ana pensó en todo el trabajo que tenía que hacer antes de poder mostrar la casa, pero, ¿qué otras cosas tenía que hacer?—. Claro, tendré la casa lista. Estaba cambiando las cortinas.

—Oh, ¿puedo verlas?

—Todavía no las he colocado todas, pero las de los dormitorios están listas. Puedes pasar para ver el progreso.

Eleanor entró, y se escuchaba el ruido de sus tacones contra el piso de madera. —Estos pisos te han quedado muy bien, te lo digo. Eso va a ser un punto bueno para ayudar a la venta —ella dejó de caminar y miró alrededor de la sala—. Pensé que ibas a pintar esto de otro color, algo un poco más cálido.

—Bueno, traté, pero en realidad no me dio resultado.

—¿Realmente? Esta casa es tan acogedora y cálida, parece que un color cálido sería perfecto para aquí.

—Lo traté, y no dio resultado, ¿sabes? —lo alto de su voz y el tono de irritación la sorprendió aun a ella.

Eleanor dio un paso hacia atrás y arregló una arruga imaginaria en la manga de su chaqueta. Continuó haciendo eso hasta mucho después que se había llegado al punto de un silencio cómodo.

Finalmente Ana dijo: —Quieres ver lo que puse en las ventanas en los dormitorios, ¿verdad?

—Por supuesto que sí —Eleanor no hizo ningún comentario ni su expresión demostró que había sido ofendida. Simplemente siguió a Ana al dormitorio.

—Oh, estas son muy bonitas —Ana se volvió para ver a Eleanor levantando un poco las cortinas que acababan de ser quitadas y que estaban sobre la cama—. No me acuerdo lo que tenías antes aquí, pero estas son perfectas. Buena elección.

—Eleanor, eso *era* lo que había antes aquí. Las saqué para poner estas —Ana hizo bajar una de las persianas para que Eleanor pudiera apreciar el efecto total transluciente sobre la ventana. A Ana le encantaba la forma en que protegían de la luz del sol sin ocultarla totalmente. Un efecto tan simple y tan moderno.

Se volvió a Eleanor, lista para escuchar su aprobación. En cambio, la vio mirando las nuevas persianas y las antiguas cortinas, con una expresión de confusión en el rostro. Le tomó mucho tiempo decir algo, pero finalmente dijo: —¿Qué es lo que te dio la idea de cambiar a estas persianas modernas?

—Las casas que decoro en Nueva York son súper modernas. Pensé que podía poner un poco de mí en esta casa.

Eleanor asintió con la cabeza, estaba pensando con el ceño fruncido. —No quiero ofenderte con nada de esto, es obvio que también querías que las paredes fueran blancas, ¿pero no crees que a las paredes blancas y a las persianas modernas les falta... un poco de color? ¿Calidez? Después de todo, estamos en Charleston, y no en un rascacielos de Nueva York.

Las palabras la hirieron. Los comentarios similares de Tammy podían ser descartados como los de alguien que no tiene buen gusto. Pero los de Eleanor... bueno ella era una experta. Ana suspiró lenta y profundamente, y declaró con mucha calma. —Creo que hay variaciones de gusto en Charleston, tanto como las hay en otros lugares.

—Es verdad. Hay algunas casas muy modernas en Charleston, donde esto no solo se vería muy bello sino también totalmente apropiado. Esta es tu casa y tú puedes hacer lo que crees que es mejor, pero como tu agente de bienes raíces, te tengo que decir que para mí esta casa está tratando de ser algo que no es, al igual que cuando una persona trata de aparentar ser una cosa que no es, mientras que por dentro sabe que es algo diferente. Eso no funciona con la gente, y no funciona con las casas —su teléfono sonó y ella miró para ver quién la llamaba—. Tengo que ir a otro lugar, pero quisiera que pensaras en esto, Ana, no temas dejar que la gente vea lo que en realidad hay dentro.

—No sé de lo que hablas —pero sí lo sabía, y el pensamiento la aterrorizó más que ninguna otra cosa que hubiera enfrentado hasta ahora.

«Aparentar ser una cosa que no es». La frase todavía le sonaba en la mente a Ana mucho después de la hora de la cena. Ella no estaba tratando de ser algo que no era; estaba tratando de ser ella misma. Pero todo Charleston parecía estar conspirando contra ella. Bueno, esta era una batalla que iba a ganar. Era fuerte e independiente, y capaz de hacer sus propias decisiones, y no necesitaba a nadie más.

Ana entró a su antiguo dormitorio. *Soy quien soy. No estoy tratando de ocultar nada. No necesito este cuarto ni nada de lo que hay dentro.* Miró hacia el enchufe de la pared y agregó: *Ni ninguna cosa que alguna vez estuvo en él.*

En ese momento supo lo que tenía que hacer. Fue al cuarto de Nana y encontró el papel enrollado sobre la mesita de luz. Si ella le iba a decir adiós a todo esto, era necesario que atara todos los cabos posibles. Tomó el papel. *Te saqué de la lata de basura la última vez, pero esta vez no va a haber una segunda oportunidad.* Ella entró a su automóvil y manejó como una enajenada hasta que llegó a Battery Walk.

La luna llena hacía fácil ver la intersección de los dos ríos que se unían *«formando el Océano Atlántico».* El recordar el comentario de Ethan casi la hizo sonreír, pero los recuerdos solo causaban dolor, y era hora de deshacerse de tantos recuerdos como le fuera posible. Una carga excesiva podía hundir un barco... o una persona. Este pequeño recordatorio de su madre sería lo primero que debía desaparecer. Ella ni siquiera había leído el resto de la carta, y eso era mejor. Era otra parte del pasado que podía dejar.

Ana extendió la mano, viendo que la luz de la luna brillaba en el papel. Comenzó a mover un dedo a la vez para soltarlo. Era hora de hacer que esto desapareciera. Dejar que todo desapareciera.

Sus dedos parecían estar congelados, doblados sobre el papel, a pesar de su esfuerzo de enderezarlos. Miró a su alrededor, tratando de hacer todo lo más posible por calmarse. Eso era algo que tenía que hacer.

El sonido del océano, y la vista de las mansiones y del puente Ravenel no hacían que su tarea fuera más fácil. Finalmente pudo enderezar el dedo meñique, y el dedo anular lo siguió. Era hora de darle al Océano Atlántico otro pedazo de un sueño roto, al igual que los pedazos de los barcos naufragados que una vez habían estado en la arena del fondo. Solo una víctima más.

—¿Eres tú, Ana? —de pronto la voz de Eleanor la estaba llamando desde un poco más lejos del sendero. Varias personas se volvieron para mirar a Ana.

—Eh, ¿qué está haciendo ella? Mamá, está tirando basura. Detenla —la voz de tono agudo llegó desde el lugar donde había una familia muy bien vestida que caminaba por allí, incluyendo a una niña de vestido floreado y un enorme moño blanco en el cabello.

—Usted no puede tirar eso en el océano. Está contaminando. Dile, mamá —la niña dijo con un tono nasal que era irritante.

Ana estaba tan abrumada que no pudo pensar en la forma de responder, ni siquiera qué hacer. Cuando recobró la noción de lo que estaba pasando, apretó el papel en la mano y salió de allí corriendo. A toda velocidad. No paró hasta que llegó a su automóvil, entró de un salto, y trancó las puertas.

Camino a su casa, comenzó a reír histéricamente. ¿De qué se trataba todo eso? Como si ella le fuera a tenerle miedo a una niña de seis años con una cinta en el cabello y sus ideas en cuanto a la contaminación. Y sin embargo, la había desconcertado tanto que aquí estaba ella, entrando a su cochera, con la carta sobre el asiento del pasajero.

¿Y qué iba a pensar Eleanor? Que Ana estaba loca era lo más probable, y que era alguien que pretendía ser lo que no era, como les gustaba tanto decir a todos ellos.

Aspiró una gran bocanada de aire y decidió bregar con esa situación de una vez por todas. Terminaría de leer la carta. *Entonces* podría dejar eso atrás.

Llevó el rollito de vuelta a la sala, encendió la lámpara, y se sentó atravesada en el sillón, apoyando la espalda en uno de los brazos del sofá y poniendo los pies sobre los almohadones. Con lentitud, desenrolló el papel y pasó la vista por la carta hasta llegar al lugar donde había dejado de leer la vez anterior. Solo le faltaban dos párrafos por leer. Reunió todo el valor que le quedaba.

Las estoy dejando con mamá. Ella las ama muchísimo a las dos. No sé cómo lo podría soportar de otra manera. Siento como que hay esta hambre dentro de mí y sin importar lo que haga, nunca se satisface. La única vez que esa hambre se aplaca un poco es cuando he tomado algunos tragos, o cuando estoy en un bar y veo un hombre que me mira en una forma que dice que soy alguien especial. Ojalá que pudiera estar satisfecha con algo, cualquier cosa, pero no lo estoy. Todavía estoy buscando, todavía mi hambre no se ha saciado. Así que estoy haciendo las maletas y voy a cortar por lo sano. Ustedes estarán mucho mejor sin mí.

Mamá las va a cuidar muy bien. Espero que algún día se den cuenta de lo mucho que las amo a las dos. Es que estoy destrozada por dentro, y no tengo nada más que darles.

Con todo mi amor,
Lorelei (su mamá)

Ana reconoció algunos de sus pensamientos en las palabras de su madre. Ella entendió el principio de «cortar por lo sano». Pero desde esta perspectiva, leyéndolo en la carta de su madre, sonaba mucho como abandonar. Qué raro que pareciera mucho más noble cuando era ella la que estaba cortando por lo sano. ¿Era esto lo que estaba haciendo aquí? ¿Cortando por lo sano?

Ella volvió a enrollar el papel y lo puso en la mesita de luz de Nana. Volviendo al sofá, una vez más se recostó allí preguntándose si algo o alguien en realidad la estaba observando a ella ahora mismo. Alguien a quien ella le importara. Con esas preguntas que le daban vueltas en la mente una y otra vez, no encontró alivio.

Capítulo 37

Ana hizo el hoyo para la última planta de petunias, contenta de estar terminando ese trabajo. Tammy había venido a ayudarla, y Keith estaba recostado en una silla plegable en la sombra, mirando algunos de sus libros. De vuelta estaba tosiendo, y parecía un poco letárgico.

—Ana, ¿te puedo pedir un favor? —le preguntó Tammy. Ella estaba toda cubierta con tierra de plantar y transpiración. No había nada que Ana le pudiera rehusar.

—Claro. Dime qué es.

—Keith y yo tenemos que hacer varios mandados esta tarde, y es obvio que necesito ducharme antes, pero le prometí a Ethan que le llevaría algunas galletas de chocolate de las que horneé hoy. No creo que vaya a tener tiempo para hacerlo, así que, ¿te puedo pedir el favor de que se las lleves por mí?

Ana no había hablado con Ethan desde que había regresado. Cruzó los brazos. —¿Sabes?, si esta es tu manera de tratar de que los dos seamos amigos de nuevo, no va a funcionar.

Tammy la miró con una expresión de sorpresa que rebosaba inocencia. —No sé de lo que hablas. Las puedes llevar antes de que él regrese a su casa. Y nunca sabrá que fuiste tú quien se las llevó —ella casi sonrió.

—Así que, ¿se las debo dejar en el porche del frente?

—No, si no te importa, ponlas sobre la mesa de la cocina. La puerta de atrás da directamente a la cocina, y va a estar sin llave.

—¿Él deja la puerta de atrás sin llave?

De nuevo Tammy se veía un poco demasiado inocente. —Por lo general, sí.

Bueno, definitivamente Tammy estaba tramando algo.

Vámonos, Keith, tenemos que lavarnos para nuestro viaje al centro.

—Está bien, mamá. Anita, ¿quieres que te deje este libro para que lo leas? Es muy bueno. Clifford es apenas un cachorrito.

—Ese es muy bueno, pero ya lo leí.

—¿De veras? ¿Es tu favorito?

—Ah... —Ana tenía una vaga idea de que Clifford era un perro rojo, pero estaba inventando las respuestas a medida que hablaban—. Sí, creo que ese es.

—También es mi favorito —puso el libro en la pequeña mochila que había traído y se la echó al hombro—. Adiós, Anita —dijo despidiéndose con la mano y sonriendo a medida que se alejaba.

Cerca de una hora después, Ana se puso en camino hacia la casa de Ethan. Recordó el día que Eleanor y ella habían pasado caminando frente a la casa, y Eleanor le había dicho lo perfecto que era ese lugar para él. Solo en ese momento le pareció raro que nunca hubiera visto la casa por dentro. Ella había ido a tantos lugares con él, pero ni siquiera una vez a su casa.

Caminó por la cochera, pensando cómo esta casa pintada de blanco, con persianas verdes y una veleta de las que indica el viento, en forma de ballena, en la parte de arriba de la chimenea, parecía como que pertenecía a un anuncio televisivo para vender cereales. Definitivamente encantadora, de estilo hogareño.

Ella se dirigió a la puerta de atrás. Sintiéndose casi como un ladrón, trató de hacer girar la manilla. Giró, y abrió la puerta sin esfuerzo. Qué extraño era que la dejara sin llave.

Pero luego vio el interior de la casa. Es probable que un ladrón se diera vuelta y se fuera después de echarle una mirada. Las paredes no estaban terminadas, con hileras de material de aislamiento a la vista, y unos que otros cables eléctricos. Ella entró a lo que debería de ser la cocina. Las cubiertas de los mostradores y las puertas de los gabinetes no existían. Por lo menos había un refrigerador y una cocina. Hacia el lado derecho, vio una mesa cubierta con plástico sobre la cual dejó las galletas de chocolate.

Salió de allí medio aturdida. Todo el tiempo que él había estado trabajando en la casa de Sara —la casa de Ana— mientras que su propia casa estaba sin terminar. No había ni un lugar en el que pudiera cortar verduras en su cocina, muchos menos hacer galletas. El darse cuenta de lo que Ethan había hecho casi le quitó la respiración.

Más tarde aquella noche, Ana caminó hasta la casa de Tammy y se sentó a la mesa de la cocina. —Le llevé las galletas de chocolate a Ethan.

—Fabuloso. Yo no podía ni siquiera pensar en no cumplir con lo que le había prometido.

Ana miró a su alrededor. —¿Dónde está Keith?

—Durmiendo. Tuvo otro día difícil.

—Sí —Ana tiró de un hilo suelto en el dobladillo de su falda—. No me di cuenta que Ethan estuviera haciendo una remodelación tan grande en su casa.

—Cuando compró esa casa el año pasado, estaba en un estado terrible, a mí me pareció que la habían tratado de arreglar con una aplanadora. Pero por supuesto que para Ethan era un proyecto. Así que puso manos a la obra, pasando cada minuto libre trabajando allí. Cuando la compró yo creí que estaba loco, pero al ver lo que está haciendo, creo que va a ser algo sorprendente cuando la termine.

—Seguro que sí —Ana miró a Tammy—. Déjame adivinar, él dejó de trabajar en su casa más o menos hace dos meses porque estaba ocupado trabajando en mi casa.

—Bueno —dijo Tammy limpiando un mostrador de la cocina que estaba perfectamente limpio—, se puede decir que el trabajo allí ha avanzado con mucha lentitud en los últimos tiempos.

Ana sacudió la cabeza. —Ojalá lo hubiese sabido. No le hubiera dejado hacerlo.

—Estoy segura que él lo sabía, y es por eso que nunca te dijo nada sobre eso —Tammy enjuagó la esponja azul y la puso al lado del fregadero —. Él haría cualquier cosa por ti.

Una vez más, Ana sintió en su corazón que ella no merecía a Ethan.

Era hora de que Ana caminara a través de la casa con los ojos de una profesional. ¿Qué era lo que ella le recomendaría al dueño de esta casa particular? Por supuesto que los dueños no hubieran sido clientes de ella, puesto que Beka era la que tradicionalmente se encargaba de las propiedades no comerciales. Bien, entonces, ¿qué es lo que diría Beka?

Ana entró al dormitorio de Nana. —Beka, ¿qué es lo que me dirías?

Haciendo su mejor imitación de la voz profunda de Beka, con su acento característico de la región central del país, Ana dijo: —Se ve bastante bien. No hay demasiadas cosas. Los muebles no son de lujo, pero son apropiados para la casa y están en bastante buen estado.

Ana le sonrió a su imaginaria compañera. —Gracias, Beka, eso es lo que yo pensé.

Cuando salió de ese lugar, se encontró hablando de nuevo, imitando la voz de Beka. —Me alegro que hayas sacado algunos de esos almohadones con motivos florales de donde los tenían guardados. Era lo correcto. Sin embargo, las persianas no son apropiadas para este lugar, están tratando de hacer que la casa parezca algo que no es.

Ana se detuvo y movió la cabeza de un lado a otro con fuerza. Ella había escuchado ese tonto comentario tantas veces que lo estaba usando en su conversación imaginaria ahora.

Ella tomó su celular y marcó el número de Beka. Después de saludarse, Ana le explicó: —Estoy a punto de poner la casa a la venta, y estaba caminando por toda la casa, y tuve una conversación imaginaria contigo, así que pensé en llamarte y hablar contigo.

—Bueno, espero que te haya dado buenos consejos.

—Como de costumbre, estabas poniendo en tela de juicio algunas de mis decisiones, pero como de costumbre, yo te mostré que estabas equivocada.

Beka se rió. —Me suena familiar.

—¿Cómo marchan las cosas por esos lados?

Silencio. Nada por unos largos instantes de silencio. —Ana, no te lo iba a decir hasta que regresaras.

—¿Decirme qué?

—El trabajo con Stinson no se concretó. Margaret despidió a todo el personal. Se habla de que va a declarar bancarrota, pero no sé si es cierto.

—Eso no puede ser. ¿Qué sucedió? ¿Cuándo?

—Después que te fuiste, pareció como que todo el asunto comenzó a desintegrarse. De pronto, a él no le gustaron ninguna de nuestras ideas, nada estaba lo suficientemente bien. Creo que lo que pasó es que nunca hubo un contrato firmado, lo que no puedo entender. Margaret siempre ha tenido tanto cuidado en cuanto a eso. Así que él no tiene ninguna obligación financiera en nada. Al parecer, Margaret había comprado una gran cantidad de muebles caros para él, y ahora no los puede pagar. Creo que su negocio ya no existe, y nosotros ya no tenemos trabajo.

Ana se dejó caer en una silla. —¿Qué es lo que vas a hacer?

Otra larga pausa. —Por supuesto que me gustaría quedarme aquí, así que voy a buscar otro trabajo. Pero enfrentando la realidad, creo que voy a regresar a Wisconsin dentro de unos pocos meses. El costo de vida es más bajo y es mucho más cerca de mi familia.

—Oh, Beka, no.

—Está bien. Vamos a estar bien; siempre estamos bien. Ahora —Ana escuchó el sonido apagado de lo que le pareció llanto— háblame sobre la casa. ¿Has logrado terminar todo a tiempo?

El día que iba a mostrar la casa parecía algo muy insignificante ahora. Pero sabía que Beka necesitaba que ella fuera fuerte. —Más o menos, sabes cómo es, siempre hay algo más que se podría hacer. Ahora debo pasarle un trapo a los pisos de madera para quitarles el polvo, y limpiar el baño una vez más.

—Deja todo bien brillante y sin ninguna mancha.

—Haré lo mejor posible —Ana se esforzó para levantarse de la silla—. Te llamo cuando regrese la semana próxima.

—Te vamos a invitar a cenar.

Eleanor Light estaba vestida con un traje de lino blanco. —Bueno, ¿estás lista?

—Creo que sí.

Eleanor entró a la casa y miró a su alrededor. —Has hecho un trabajo muy bueno preparando este lugar para la venta. Tengo que admitirlo. Aun te las has arreglado para impartirle un aspecto hogareño a pesar de que algunas de las decoraciones dicen lo contrario —ella miró a Ana en ese momento—. ¿Estás segura de que quieres continuar con esto?

—Por supuesto. ¿Por qué no querría?

—No sé. Me parece que tal vez tú serías más feliz si te quedaras aquí. ¿Estás segura de que estás lista para vender?

—No tengo otra salida.

—Ah, eso es lo que la gente se dice a sí misma, pero la verdad es que siempre hay una opción.

—¿Qué es lo que quieres decir...?

—Es mejor que te vayas. La gente va a comenzar a llegar en cualquier momento. Ve, tómate un día libre, pasa algún tiempo visitando por última vez los lugares que una vez te encantaban.

De alguna forma se le había ordenado a Ana a salir de su casa y ahora estaba sentada en su automóvil preguntándose qué era lo que iba a hacer. Bueno, tal vez seguiría el consejo que le habían dado y visitaría de nuevo algunos de los lugares del pasado. Decidió emprender la aventura.

Tal vez no había podido arrojar la carta de su madre al océano, pero hoy comenzaría el proceso de decirle adiós a Charleston. Quizá la mejor manera era ir a decirles adiós a Nana y a Sara.

No le pareció bien ir a visitar el cementerio sin llevar nada, así que se detuvo en una pequeña florería y compró una docena de rosas. Sabía que había cosas más apropiadas para llevar a una tumba, pero nada más podía demostrar mejor el amor que sentía que las rosas.

Condujo hacia el cementerio, pero a lo largo del camino, perdió el valor y dobló hacia la isla St. John, decidiendo que tal vez un pequeño rodeo le podría dar tiempo para serenarse.

El sol del verano y la alta humedad ya habían vuelto el aire muy pesado cuando Ana entró al estacionamiento del parque Ángel Roble. Se le hizo difícil respirar mientras caminaba hacia el enorme roble, que con sus ramas extendidas parecía estarle dando la bienvenida a su refugio. Recordó cuando Ethan le dijo que ese árbol había recibido mucho daño con el huracán Hugo. Mil quinientos años de vida, y entonces una gran tormenta casi lo mató. Ahora, veinte años después, su ojo inexperto no podía ver evidencia de que había habido una tormenta. Se veía fuerte y majestuoso, completamente invencible.

En ese momento, ella se dio cuenta de que así era como la gente la veía a ella. Con el fuerte, y a veces seguro rostro que a veces mostraba, nadie podía saber lo destrozada que estaba por dentro. Ella era como esa casa tradicional enterrada en adornos modernos... todo era mentira.

Sin poder seguir soportando esa introspección del alma, Ana volvió a subir a su automóvil. Regresó por los caminos menos conocidos del lugar hasta que pasó por los portones de hierro del cementerio. El complejo diseño estaba cubierto de polvo, y tenía el desgaste de muchos años expuesto a los elementos. Se estacionó un poco más lejos de las tumbas de lo que era necesario. Después de tomar una bocanada de aire, caminó hasta el lugar final de descanso de su hermana y de su abuela.

—Hola, soy yo —se sintió un poco tonta hablando en voz alta, pero no dejó que eso la detuviera—. Vine solo para decirles adiós... me voy a ir muy pronto, y no voy a regresar —hizo una pausa lo suficientemente larga como para cobrar valor—. Debo decirles que después de todo no cumplí mi promesa. Lo siento —la voz se le quebró y le tomó un minuto recobrar la compostura antes de seguir—. No conseguí el éxito que les dije que obtendría. Todo lo contrario, en realidad, eché a perder todas las cosas —y comenzó a llorar—. No sé qué hacer. He arruinado todo.

Se sentó al lado de su hermana y de su abuela, se rodeó las rodillas con los brazos, y comenzó a mecerse. —Quisiera que estuvieras aquí, Nana, tú sabrías qué hacer. Y tú también, Sara. Ustedes dos me podrían ayudar a resolver qué es lo que tengo que hacer. Todo esto, porque nada tiene sentido para mí —y apoyó la cabeza en las rodillas.

Pasó un tiempo, ella no tenía ni idea de cuánto, pero finalmente el dolor dentro de sí comenzó a calmarse. Comenzó a sentir la misma paz que sentía cuando era pequeña y Nana la mecía en sus brazos hasta que se quedaba dormida. Casi podía escuchar su voz. «¿Sabes qué, Nana? Comenzar un negocio importante puede ser muy bueno, hacerme famosa en el mundo de los diseños de Nueva York hubiera sido fabuloso, pero no al precio que hubiera tenido que pagar. Eso hubiera sido un fracaso de la peor clase. Tal vez tuve éxito, después de todo, aun si estoy de nuevo en una compañía que comienza con un salario de principiante».

Pensó en el nuevo trabajo, las posibilidades que le presentaba. Otro sendero que la podría guiar al éxito. Entonces pensó en Beka y en Gracie, lo que ellas iban a hacer. «Pero hay algo más que se supone que haga. Si en realidad voy a ser *exitosa*, tengo que dar otro paso. Eso es lo que tú me dirías, ¿no es verdad?»

Ana se puso de pie, y recién entonces recordó que había dejado las flores dentro del automóvil. Comenzó a retroceder para buscarlas, pero luego se dio vuelta. «Tú en realidad no estás aquí, Sara. Le voy a llevar estas flores a Tammy, para alegrarle el día un poco. Estoy segura que eso es lo que tú querrías que hiciera».

De vuelta en su automóvil, ella tomó su celular. Era hora de dar el siguiente paso. Era una locura, y le iba a costar todo lo que había dejado, pero era lo correcto. Marcó el número y esperó. Después de que Meredith Radke contestó, ella comenzó a hablar.

—Hola, Meredith, te habla Ana Fletcher. Escucha, han cambiado algunas cosas que están fuera de mi control, y no voy a poder aceptar el trabajo. Creo que tenías razón cuando dijiste que estabas buscando diversificar. Ese sería un paso mejor en tu negocio, y ambas lo sabemos —ella tomó una bocanada de aire y luego miró hacia la tumba de Nana. *Continúa, tienes que completar esto*—. Conozco a una diseñadora muy talentosa que no tiene trabajo, y no es culpa de ella. Se llama Beka Simons. Se especializa en los estilos tradicional y del medio oriente, y es una persona sorprendente. Creo que ella encajaría mejor en tu compañía.

—Bueno, lamento escuchar que has cambiado de idea, Ana —Meredith hizo una pausa corta—. Beka suena como que podría resultar para mi firma. ¿Por qué no le pides que me llame, y partimos de allí?

—Por supuesto que lo haré —Ana apenas había cortado la llamada cuando presionó un número de los que tenía programados—. Hola, Beka, soy yo. Creo que he encontrado el trabajo perfecto para ti.

Ana le dio a Beka la información que necesitaba pero mantuvo los detalles sin mucha explicación. Ella no quería que Beka conectara demasiados puntos.

Cuando se puso de camino a su casa, Ana sintió la sensación de alivio más maravillosa. Estaba segura que iba resultar bien para Beka, y que ella y Gracie estarían bien.

De nuevo Ana no tenía trabajo, sin ninguna perspectiva en el horizonte, pero había hecho lo correcto. Tal vez había tenido un poco de éxito. Se lo tendría que recordar cuando regresara a Nueva York, yendo de un lado a otro en busca de trabajo.

Mientras conducía, se preguntaba qué clase de resultados habría dado la primera vez que mostraba su casa. El lugar debía de venderse pronto; ella necesitaba el dinero.

Ana estacionó el automóvil en el garaje y salió al calor del atardecer, el cual hacía difícil aun moverse. A la distancia, el ruido de unas sirenas flotaba en el aire, pero parecía que ellas también sonaban un poco más lentamente y parecían estancarse en la pesada humedad del verano. Comenzó a caminar a través del pasto, buscando un sendero que la llevara de la sombra de un árbol a la de otro. Cuando había llegado a mitad de camino hacia la casa de Tammy, el sonido de las sirenas era mucho más fuerte. Entonces fue cuando se dio cuenta adónde iban.

Dejó caer las flores y comenzó a correr. Sin molestarse a tocar, abrió la puerta trasera y entró corriendo. —¡Tammy! ¡Tammy!

—Estoy acá —la voz de Tammy venía del dormitorio de Keith. Ana se detuvo de pronto justo al pasar el marco de la puerta, ya alarmada por el sonido rasposo de la respiración de Keith. Su rostro se veía gris —. ¿Qué sucedió?

Las sirenas sonaban cada vez más fuerte. Tammy inclinó la cabeza hacia la puerta. —¿Podrías indicarles el camino hasta aquí?

—Por supuesto —Ana corrió a la cochera. La ambulancia estaba todavía como a una cuadra de distancia, pero eso no le impidió a Ana comenzar a agitar las manos en forma frenética y gritar: «¡Aquí! ¡Aquí!». La ambulancia parecía moverse más despacio. Ana movió las manos con mucha más fuerza. «Apúrense, tienen que apurarse». Al fin el vehículo entró a la cochera y los paramédicos salieron. «Síganme. Rápido».

Ella corrió hacia la casa, siguió por el pasillo y entró al dormitorio de Keith, entonces se quedó en una esquina del cuarto, la más alejada, para no impedir el paso a nadie. Mientras observaba la escena, la mente apenas le registraba a las personas vestidas de azul, la camilla, o las instrucciones en frases cortas que se daban unos a otros. Ella se había encogido, retrayéndose a algún lugar profundo dentro de sí misma, donde no tuviera que experimentar esto, sentir esa desesperación.

La camilla de Keith era sacada con rapidez del cuarto, y de pronto Tammy estaba de pie frente a ella. —Encuéntranos en el hospital, ¿de acuerdo? Y llama a Ethan y dile lo que está pasando. Él va a poner en funcionamiento a la cadena de oración.

Ana asintió con la cabeza como si estuviera adormecida. —Claro, por supuesto—. Entonces los vio desaparecer a todos. El sonido de las sirenas y el resplandor de las luces un poco después, y ella estaba sola.

De alguna forma se las arregló para ponerse de pie e ir a tropezones hasta su automóvil, donde sacó el celular de su cartera. Apretó el nombre de Ethan de su lista de contactos y luego presionó el botón de llamar. Sonó y sonó y sonó, y finalmente la llamada pasó al contestador automático. —Ethan, soy yo —¿qué era lo que se suponía que dijera? Había muchas cosas, demasiadas cosas—. Están llevando a Keith de emergencia al hospital, no sé lo que pasó, pero él estaba luchando para respirar. Ven tan pronto como puedas. ¿Sí? —eso fue todo lo que pudo lograr decir. Presionó el botón para cortar la llamada e hizo arrancar el motor. Estaba como por la mitad de la cochera cuando se dio cuenta que no sabía a qué hospital lo habían llevado.

Lo más inteligente sería regresar a la casa y hacer algunas llamadas telefónicas, pero Ana ya había pasado el punto de actuar en forma inteligente. Ella condujo hacia el hospital médico de la universidad, pensando que ése sería el lugar más lógico para llevar a un niño. Desafortunadamente, era la hora de más tránsito, y de acuerdo a los informes del tránsito que daba la radio, había un auto averiado y un accidente en algún lugar delante de ella. El tránsito estaba casi completamente parado.

Había pasado una hora cuando entró al vestíbulo principal, encontró una voluntaria que la ayudara, y se dirigió hacia la zona de cuidados intensivos de pediatría. La sala de espera tenía paredes amarillas y blancas, y sillas de colores llamativos. Había varias personas allí, algunas hablando en grupos, una pareja de pie en la esquina más lejana, y se veían preocupados, pero no vio a Tammy. Ana se aproximó al escritorio donde había una mujer, con el cabello recogido alto en la cabeza, y tenía las arrugas características de las personas que sonríen mucho alrededor de los ojos. —¿Puedo ayudarla? —le preguntó ella antes de que Ana hubiera llegado al escritorio. Ana suponía que en un lugar como ese, ella había aprendido a responder con rapidez a la urgencia de la mayoría de las personas.

—Sí, creo que Keith Litton fue traído aquí. ¿Me puede dar alguna información?

La mujer miró algunas hojas en un sujetapapeles que tenía enfrente. —¿Y usted es...?

¿Por qué debía importarle eso a ella? —Soy su veci.... —por alguna razón se detuvo antes de completar la frase y cambió el curso—. Me llamo Ana Fletcher.

Ella asintió con la cabeza. —Sí, veo su nombre aquí en la lista de familia. Lo acaban de traer. Sígame —Tammy había puesto el nombre de Ana en la lista de familiares. ¿Por qué cosas como esa continuaban sorprendiéndola? Ana no tuvo respuesta mientras seguía a la mujer a través de las puertas dobles.

La unidad de cuidados intensivos de pediatría era un cuarto enorme, tal vez con unas doce divisiones que formaban cuartos individuales. Ana podía ver a Tammy inclinada sobre una cama en uno de esos cuartos. Cuando Tammy levantó la vista y la vio, ella extendió su mano izquierda a Ana mientras continuaba sosteniéndole la mano a Keith con la mano derecha.

Ana puso sus brazos alrededor de Tammy y la abrazó con fuerza. —¿Qué sucedió? —miró el rostro de Keith que estaba más pálido de lo que nunca antes lo hubiera visto. Tenía los ojos cerrados. Tubos de oxígeno, tubos de alimentación intravenosa y más cosas que las que se podía imaginar, estaban conectadas a su pequeño cuerpo, y una cantidad de monitores pestañeaban en el fondo. Era una pregunta tonta, pero preguntar «¿Es grave su condición?», no parecía apropiado.

Al principio, Tammy simplemente sacudió la cabeza indicando no. Tomó un momento, luego le respondió pestañeando rápidamente y tomando profundas bocanadas de aire: —Él nació con un problema al corazón... —se frotó la mano en la frente—. Y a veces se le acumula líquido en los pulmones, lo cual le hace difícil respirar, y eso le afecta el corazón. Es un círculo vicioso. Siempre he sabido que en cualquier momento... —ella se puso la mano en la boca, como si tratara de contener el dolor dentro. Después de otro minuto dijo: —Su pobre corazoncito ya casi no puede contener todo el amor que tiene dentro.

Ana pensó en la verdad de esa declaración. El amor de Keith era más puro y más fuerte que el amor que la mayoría de la gente jamás pudiera experimentar, y sin embargo, él a menudo era rechazado y malinterpretado. Pero todavía nada de eso tenía sentido para Ana. ¿Por qué debía ser él quien muriera cuando había personas como los terroristas, los asesinos y ese malvado de Patrick Stinson que todavía estaban vivos? ¿O cuando había gente que merecía menos vivir como ella misma?

Ana puso la mano sobre el brazo de Keith. —Mantente firme y lucha, amiguito. Te necesito.

Pareció que la comisura de sus labios hizo un movimiento. Era probable que Ana se lo hubiera imaginado, porque eso era lo que ella quería creer, pero todavía quería una señal que indicara que la reconociera, o una evidencia de que estaba mejorando. Cualquier cosa que le pudiera dar esperanza.

Durante horas, ella estuvo sentada en silencio al lado de su cama. Las enfermeras entraban y salían, cambiando las bolsas de alimentación intravenosa, sacándole sangre, haciendo lo que fuera que hacían. Tammy y Ana simplemente estaban a ambos lados de la cama, cada una tomándole una mano a Keith. Los labios de Tammy se movían silenciosamente casi todo el tiempo, y Ana sabía que estaba orando. Tal vez era hora que Ana le diera a eso otra oportunidad.

Dios, sé que no somos lo que se puede decir amigos, pero sin embargo, tengo que admitir que hay algo que sucede en este lugar que parece tener que ver contigo y con tus ángeles. Si en realidad estás aquí, si en realidad existes y envías a tus ángeles para que nos cuiden, por favor, ¿podrías mandar un ángel para que ayude a Keith?

Se encontró esforzándose por escuchar, y se le ocurrió que en realidad estaba escuchando música. La canción. Por primera vez quiso escuchar la canción. Más que querer... *necesitaba* escucharla.

Silencio.

La enfermera entró e inyectó algo en una de las bolsas de alimentación intravenosa de Keith. Ella miró a Tammy. —Por ahora está estable, si quiere puede ir a comer.

Tammy sacudió la cabeza y luego miró a Ana. —Tú deberías ir a comer algo.

Ana ni siquiera había pensado en comer. —No tengo hambre, pero ¿por qué no voy a tu casa y te traigo algunas cosas? Creo que vas a estar aquí algunos días. ¿Quieres que te traiga algunas cosas de higiene personal y una muda de ropa?

—Claro. Eso sería muy bueno —Tammy continuaba sosteniendo la mano de Keith, y parecía casi no notar que ella estaba hablando.

Con renuencia, Ana se puso de pie y le apretó la mano a Keith. —Voy a regresar. Cuida a tu mamá mientras yo no estoy —ella salió por las puertas dobles de la unidad y miró hacia la sala de espera.

Inclinado en una silla, con el rubio cabello sobre la frente y los ojos, los codos sobre las rodillas, no había forma de equivocarse que se trataba de Ethan. Ella se acercó y le tocó el hombro. —¿Cuánto tiempo hace que estás aquí?

Él levantó la vista. —No lo sé. Tal vez un par de horas. Desde que encontré tu mensaje.

—Admiten familiares allí, ¿sabes? Puedes ir a verlo. Estoy segura de que Tammy puso tu nombre en la lista.

—Sí, lo hizo. Es que solo admiten dos personas a la vez.

—¿Qué? —Ana dijo apenas la palabra—. ¿Has estado aquí porque yo estaba en tu lugar todo este tiempo? Oh, Ethan, hubiera dado cualquier cosa por saberlo. Habría salido.

—Sé que lo hubieras hecho. Es por eso que no quise avisarles que estaba aquí. Es tanto tu lugar como el mío. Keith te ama de una forma tan especial, y lo mismo Tammy. Tú tenías derecho a estar allí.

Una vez más Ana estaba sobrecogida por el amor que no sentía merecer. —Bueno, voy a ir a la casa a buscar algunas cosas para Tammy, así que ve a pasar tiempo con tu mariscal de campo.

Él asintió con la cabeza. —Quiero decirle a Tammy que la cadena de oración está marchando. Personas por todo Charleston están orando por Keith ahora mismo.

Ana asintió. —Espero que ayude.

Y ella dijo esas palabras con más convicción que nunca en toda su vida.

Capítulo 38

La difusa sombra del cartel que decía SE VENDE en su jardín le recordó que hoy habían mostrado la casa al público, y que eso le parecía muy importante hacía apenas unas horas.

Ana entró a su casa, encendió un par de luces, y se dio cuenta que ese lugar tal vez no le iba a pertenecer por mucho más tiempo. Ni los pisos en los cuales había pasado tanto tiempo puliéndolos, ni los cuartos en los cuales Nana, Sara y ella habían pasado tantos años juntas; no, la casa en la cual su madre había tomado la decisión final de dejarlas para siempre. Esa casa nunca había estado amoblada con cosas caras, pero había estado llena de amor. El amor de Nana. El amor de Sara. Ana había pasado tanto tiempo sufriendo por la pérdida del amor de su madre, que nunca había aprendido a apreciar lo que tenía allí.

¿No estaba haciendo lo mismo ahora? ¿Con Tammy? ¿Y con Keith? ¿Y con Ethan?

Bueno, no podía hacer nada en cuanto a eso. Sin trabajo y sin perspectivas de un trabajo, ella *necesitaba* vender la casa; no había otra opción.

La voz de Eleanor le sonó en la mente: *«Siempre hay otra opción»*.

«No en este caso, Eleanor. No en este caso». Ella musitó las palabras, luego sacudió la cabeza para aclararse los pensamientos.

Era hora que fuera a la casa de Tammy para recoger lo que le iba a llevar.

Cuando llegó de vuelta al hospital, fue directamente a la sala de espera de la unidad de cuidados intensivos de pediatría. La mujer que estaba detrás del escritorio la reconoció. —Su hermano me pidió que le avisara tan pronto como usted llegara. Un minuto, por favor.

Ana asintió. Su hermano. Puesto que solo admitían miembros cercanos de la familia en esa unidad, Tammy había anotado a Ethan y a Ana como hermanos de ella. —Muy bien. Muchas gracias.

Un momento después, Ethan siguió a la mujer a través de las puertas dobles y se dirigió hacia donde estaba Ana. Ella le extendió el bolso que tenía en la mano y le dijo: —Aquí están las cosas de Tammy.

Él no extendió la mano para tomarlo. —¿No quieres llevárselas tú misma?

Ana negó con la cabeza y se acercó más a él, cuidando que su voz fuera baja en la sala de espera. —Tú siempre te estás sacrificando por mí. Dejaste tu casa sin terminar para ayudarme a arreglar la casa de Sara. Estuviste sentado aquí toda la tarde porque yo estaba en el lugar que te pertenecía a ti.

Él le puso la mano debajo del mentón y le levantó el rostro para que ella lo tuviera que mirar de frente. Cuando sus ojos se encontraron con los de él, Ethan le dijo: —No me arrepiento en lo más mínimo.

—Quisiera poder decir lo mismo... Ethan, lo siento, yo....

—Shhh —él bajó el rostro para que estuviera a la altura del de ella—. Entra allí, pasa tiempo con Tammy y con Keith. Vamos a hablar sobre algunas cosas cuando Keith esté mejor. ¿De acuerdo?

Ana asintió con la cabeza. —De acuerdo.

—Toma todo el tiempo que necesites.

Tammy tenía la cabeza apoyada en el respaldo de la silla, y sus ojos estaban cerrados. Ana no estaba segura si estaba durmiendo u orando, pero de todas formas entró en puntas de pie. Ella tocó a Keith. Tenía el rostro con un tinte azul, pero respiraba con menos esfuerzo. *Dios, si estás allí, ayúdalo.* Era todo lo que podía pensar para orar.

—¿Cuánto tiempo hace que estás aquí? —Tammy estiró los brazos y luego se inclinó hacia la cama de su hijo.

—Acabo de llegar. ¿Cómo está?

—Los doctores dicen que todavía no está fuera de peligro.

Se escuchó el jadeo de Keith, y luego respiró con dificultad un par de veces. Tammy comenzó a susurrar oraciones que Ana no podía entender del todo. Pero entendió claramente porque otro sonido comenzó a llenar el lugar.

En realidad lo sintió antes de escucharlo. Una sensación cálida le envolvió todo el cuerpo. Cuando la música comenzó, parecía estar dentro de ella, penetrando todo su ser, luego pasó al cuarto, muy baja al principio, pero haciéndose más y más fuerte cada segundo. La armonía tenía varios niveles, y ahora no era solo instrumental. Ella escuchó que cantaban y más de una canción. La melodía de una canción se complementaba con la melodía de otra, y cada voz se podía escuchar claramente mientras que armonizaba con las otras. El sonido era bello, celestial... puro. Keith comenzó a moverse en la cama. Estaba respirando con mucha dificultad, y sus pulmones hacían como un silbido mientras luchaba dentro de las sábanas.

La canción aumentó el volumen hasta que fue más alta que todos los demás sonidos. Ana extendió la mano que tenía libre sobre la cama y apretó la mano de Tammy. —Él no tiene miedo. Están aquí ahora.

Tammy la miró y su rostro expresaba pánico. —¿Qué es lo que quieres decir? —ella volvió la vista hacia Keith—. ¿Quiénes están aquí?

—Escucha —Ana miró a Tammy esperando que se diera cuenta de la realidad.

Tammy simplemente le dirigió una mirada vacía. —¿Qué? ¿Qué es lo que oyes?

—Tammy, la música. ¿No la puedes escuchar? —había aumentado el volumen y por el cuerpo de Ana corrían escalofríos debido a la absoluta belleza de ella. Las voces armonizaban con una perfección que era imposible para ningún ser humano—. Los ángeles están aquí. Están aquí con Keith.

—No escucho nada —las lágrimas se le caían de los ojos a Tammy—. No escucho nada. ¿Por qué no la puedo escuchar?

—Keith continuaba respirando con dificultad, pero sus movimientos en la cama cesaron. Él movía los dedos como si estuvieran acariciando a una mascota que amaba.

—Él está bien ahora. Están con Keith ahora, y él no tendrá temor.

Keith hizo un sonido gutural. Tammy se puso una mano sobre la boca y tomó grandes bocanadas de aire mezcladas con sollozos. —¿Todavía están cantando?

La canción comenzó a bajar de volumen. Keith resolló; luego sus sonidos cesaron a medida que nota a nota, la música desapareció.

Keith abrió los ojos, le sonrió débilmente a su madre, y luego los volvió a cerrar. Y le apretó la mano a Ana.

Fue entonces que Ana se dio cuenta del increíble regalo que Dios le había dado al permitirle escuchar lo que no podían escuchar la mayoría de los seres humanos —con la excepción de su hermana que moría, y la persona más increíble que conocía, en la forma de un preadolescente con mongolismo. La canción de los ángeles de Dios. La canción de aquellos que están en Su presencia, aun cuando nadie más en el lugar la pudiera escuchar, la pudiera sentir o aun saber sobre ella. Dios está aquí. Ahora. Siempre.

Capítulo 39

Ayuda. Anita. Por favor. Ayuda. Anita. Por favor. Ayuda. Anita. Por favor.

Ana se despertó de golpe. El recuerdo de las últimas palabras de Sara se le repetían una y otra vez en la mente. Ella nunca sabría qué era lo que Sara quería de ella, nunca sabría lo que era que podría haber hecho para ayudar a su hermana.

Se recostó sobre el brazo del sofá, con el corazón roto por su inhabilidad de ayudar a Sara en su último pedido. Todavía las palabras le daban vuelta en la mente; todavía podía ver el rostro de Sara, la expresión de paz cuando la miró sobre el hombro. «Ayuda. Anita. Por favor».

Mirándola sobre el hombro.

Su expresión de paz.

Ana se puso de pie de un salto. Sara había estado escuchando la canción del ángel. Ella había estado sintiendo esa sensación cálida, maravillosa y calmante. Ella no había estado pidiéndole ayuda a Ana; ella le había estado pidiendo a Dios que ayudara a Ana. *Ayuda para Ana.*

De eso se trataba todo. Sara le había pedido al ángel que ayudara a Ana. Es por eso que Ana había podido escuchar la canción, y por eso es que había habido tantas coincidencias. Dios había respondido al último pedido de Sara. La enorme magnitud de esto le cortó la respiración. Ella corrió a su cuarto y se puso shorts y una remera. Había algo que tenía que hacer.

Salió por la puerta del frente, con un poco de esperanza de ver a Eleanor trotando temprano por la mañana. En cambio, vio la camioneta de Ethan estacionada en la cochera de Tammy, y luego lo vio sacar la cortadora de césped del garaje.

Ana sabía que se estaba preparando para cortar el césped y tenerlo arreglado antes de mañana, que era cuando se esperaba que le dieran de alta a Keith del hospital. Lo saludó con la mano, pero continuó hacia su meta.

Él vino corriendo hacia ella. —Hola, ¿cómo estás?

Ana caminó hacia el letrero que decía SE VENDE, y comenzó a tratar de sacarlo. —¿Sabes qué? Estoy cansada de aparentar ser valiente. Estoy cansada de ocultarme del pasado. Es hora de un nuevo comienzo. En un lugar nuevo, pero sin embargo viejo. Es hora que comience a creer en algo.

Ella dejó de tirar del letrero y miró a Ethan. —Dios ha tratado que lo escuche por mucho tiempo, y... bueno, ahora digamos que sé que él está aquí. Te dije una vez que no sabía en qué creer, ¿pero sabes qué? Estaba equivocada.

—¿De veras? —Ethan la miró intensamente por un segundo, luego asintió con la cabeza—. Estoy contento de escucharte decir eso.

—Pensé que lo estarías —ella tiró del letrero una vez más, pero ni se movió. Se quejó y dijo—, no sé qué voy a hacer. No es como si pudiera decidir *no* vender esta casa. Tengo que pagar mi alquiler en Nueva York.

—Allí es donde actúa la fe. Confías en que Alguien más grande que tú puede manejar la situación, y aprendes que está bien aceptar ayuda de vez en cuando en lugar de siempre ser tú la que ayuda a los demás.

Ethan se acercó más, y le dio al letrero dos tirones fuertes. Se soltó del suelo y él lo tomó con ambas manos. —¿Qué quieres que haga con esto?

—Voy a llamar a Eleanor Light y decirle que venga a buscarlo. Ya no lo voy a necesitar —en algún lugar muy dentro de sí, ella sabía que el trabajo de Eleanor ya estaba hecho.

Ethan sonrió. Se inclinó hacia delante y puso el cartel sobre el césped. Entonces se enderezó y tomó a Ana en sus brazos. —Bienvenida a tu hogar.

—Mi hogar —dijo ella—. Háblame más de mi hogar.

Ethan bajó los ojos para mirarla. —Tengo mucho que decir en cuanto a ese tema.

Ana envolvió sus brazos alrededor del cuello de él. —¿Cómo qué, por ejemplo?

—Bueno, déjame pensar si se me ocurre algo —él se inclinó y puso sus labios sobre los de ella.

—No me dejes ir nunca —susurró ella contra la mejilla de él.

—No tengo planes de hacerlo, mi dulce Ana.

—Llámame Anita —ella levantó el rostro y lo besó de nuevo.

Capítulo 40

—Hola, Keith, tengo una pregunta sobre uno de tus dibujos —Ana se volvió de la caja que estaba desempacando y caminó hacia el sofá donde Keith estaba descansando. Ella estaba contenta de ver que el color le había vuelto al rostro.

—Está bien.

Ella le mostró el dibujo con la letra «M» que parecía estar aplastada, el ángel y el cilindro. —¿Qué quiere decir este?

Él sonrió. —Eso es una lata de basura —Keith señaló el cilindro—. Y eso es un ave, y eso es un ángel. Se llama Uriel, y él te cuida.

—¿Por qué le estoy dando un ave a un ángel? —entonces Ana sintió que se le secaba la boca—. —¿Dijiste Uriel? Suena como Uri, el nombre del hombre que vive en la calle.

Ella recordaba la noche en que le llevó la comida de la cena con Patrick Stinson. Era lo que ella no se había podido comer, y estaba envuelta en papel de aluminio, con la forma de un cisne.

Keith sonrió.

Ana recordó el versículo bíblico que había aprendido del otro hombre que vivía en la calle, el que tenía el cabello rizado. Ella no le *quiso creer*, pero ahora....

—¿Sabes, Keith? Creo que tienes razón.

—Claro que tengo razón. Yo y Ethan siempre tenemos razón. ¿No es verdad, Ethan?

—Claro que sí, amigo.

—Por supuesto —Tammy se rió mientras ponía alfileres en el dobladillo de las nuevas cortinas de la sala—. Creo que podría ofrecer algunos ejemplos que probarían lo contrario.

—No hay razón de ponerse quisquillosos. Tenemos razón en las cosas importantes, es cierto. Keith sabe acerca de los ángeles que no tienen hogar llamados Uriel, y yo sé acerca de una hermosa mujer llamada Anita. En cuanto a mí, eso es todo lo que importa.

—¿Oh, sí? —Ana caminó hacia él y se sentó sobre sus rodillas—. Háblame sobre eso.

—Ay, eso es desagradable —se oyó la risita entrecortada de Keith desde algún lugar detrás de ellos, pero a Anita no le importaba.

Ethan la besó suavemente. —Espero que tengas tiempo, porque tengo muchas cosas que decir sobre este tema.

—Toma todo el tiempo que necesites —ella ocultó el rostro en el hombro de él—. Tengo todo el día.

—Estoy pensando que algo a un plazo un poco más largo podría ser necesario.

Ana levantó la cabeza.

—Vamos, Ethan —interrumpió Keith—. Vayamos a jugar al fútbol. Esto se está poniendo demasiado sentimental para mí —dijo Keith mientras le tiraba del brazo.

—Keith, es posible que siempre tengas razón, pero tu sentido del tiempo definitivamente tiene que mejorar —él y Anita se pusieron de pie. Ella lo vio comenzar a caminar hacia la puerta con Keith, pero entonces se volvió y la miró—. Esta conversación va a continuar.

—Cuento con eso.

Agradecimientos

Sheila quiere expresar su agradecimiento a las siguientes personas:

Rick Christian: Eres mucho más que un maravilloso agente literario. Eres un buen amigo y un hombre muy gracioso. Es muy bueno ser parte de la familia «Alive».

Lee Hough: Estoy muy agradecida de que seas mi agente. Tú le has dado forma a este proyecto en todos sus niveles, a medida que un sueño se hacía realidad. Muchas gracias.

Allen Arnold y el equipo de ficción de Thomas Nelson: Ha sido una experiencia maravillosa trabajar con cada uno de ustedes. En verdad son los mejores en su profesión. Son fieles mayordomos del lugar de honor y respeto que Dios les ha dado, y es un gozo ser parte de esta familia.

Ami McConnell: Te has dedicado en forma incansable a la publicación de este libro, y tu atención a los detalles es una de las razones por las cuales te destacas tanto en lo que haces. Muchas gracias por escucharme y por tu corazón abierto.

Jen Deshler, Natalie Hanemann y Katie Bond: Muchas gracias por usar sus dones, su sabiduría, su apoyo y su aliento.

Mary Graham y el equipo de Mujeres de fe: Muchas gracias por darme una plataforma para compartir mi pasión y mi llamado, y por su amistad firme mientras compartimos este camino al corazón de las mujeres.

Barry Walsh: Tú entendiste esta visión desde el principio y has caminado conmigo paso a paso. Muchas gracias por las horas que pasaste revisando el manuscrito y por hacer que le hiciéramos justicia a Charleston, tu hogar. Tú, y nuestro amado hijo, Christian, han puesto una canción en mi corazón.

De Kathryn Cushman:

Lee Cushman — No sé cómo hubiera podido sobrevivir el año pasado sin tu amor y apoyo. Gracias por ser el hombre que Dios te llamó a ser.

Melanie Cushman — Mientras escribía este libro, pasé treinta y dos días al lado de tu cama en el hospital, y muchos otros días en oficinas de doctores, viéndote pasar por mucho más de lo que ninguna joven de dieciséis años debería sufrir. Tu valor y tu actitud optimista nunca dejan de sorprenderme.

Carl Perrish — Tu valor y tu sentido del humor al enfrentar el cáncer me dan una razón más para estar orgullosa de que tú seas mi padre. Tu nieta es igual a ti.

Ora Parrish — Mamá, tú siempre has sido mi mayor admiradora, siempre me has apoyado y eres mi mejor amiga. Te amo.

Carl, Alisa, Leah, Katy, Lisa — Tengo la mejor familia del mundo.

Gary y Carolyn, Kathleen, Brenna, Kristyn, Judy, Carol, Denice — muchas gracias por su amor y apoyo durante tiempos muy difíciles.

Lori Baur — Amiga, vecina y mi gerente de Relaciones Públicas.

Carrie Padgett, Julie Carobini, Michael Berrier y Shawn Grady — mis compañeros escritores y de oración.

Jim Rubart, John Olson, Katie Vorreiter y Jenn Doucette — los *Winklings*.

Ami McConnell — Eres una excelente editora. No sé cómo hubiéramos podido poner todas estas ideas divergentes en una historia coherente sin tu guía.

Jenny Baumgartner — Tú atención a los detalles me maravilla y me inspira. Muchas gracias por tu apoyo en oración y por todas esas palmaditas en la espalda que parecían llegar en el momento oportuno.

Lee Hough — En verdad eres el agente ideal. Eres la serena voz de la razón en cada situación.

Bill Hogan — Gracias por llevarme paso a paso por el mundo de surfing de Charleston.

Guía para la lectura en grupo

1. *La canción del ángel* es una historia de contrastes: el norte y el sur del país, lo viejo y lo nuevo, la vida y la muerte, lo natural y lo hecho por el hombre, la honradez y el engaño, la debilidad y la fortaleza. ¿En qué forma usan las autoras estos contrastes para presentar el mensaje del libro? ¿Puedes pensar en ejemplos de cada uno de estos contrastes?

2. A través de todo el libro, Ana escucha una música que nadie más puede oír, mientras que Keith ve seres que nadie puede ver, específicamente ángeles. ¿Has tenido alguna vez ese tipo de experiencia? ¿Has sentido alguna vez la presencia de Dios o de sus ángeles a través de uno de tus cinco sentidos? ¿Qué sucedió?

3. «Eleanor se acercó más al cuadro sobre Sodoma y Gomorra. "Es interesante, ¿no?, los diferentes trabajos que tienen los ángeles. Este está destrozando la ciudad; este otro está ayudando a un desamparado en el desierto. Una descripción de trabajo bastante diferente"». Estas son solo dos descripciones de lo que hacen los ángeles. ¿Qué es lo que nos dice la Biblia sobre la naturaleza y función de los ángeles?

4. Hay muchos incidentes cuando Dios, por medio de sus ángeles, se quiere comunicar con Ana. ¿Cuál crees que fue el punto en que Ana finalmente se dio cuenta, y cuándo decidió creer lo que le estaban diciendo los ángeles?

5. Cuando accidentalmente Keith rompe la valiosa jarra de Sara, ella le dice: «Desde hace mucho tiempo he estado pensando que algo tan bello no debería ser puesto en un estante donde nadie nunca lo ve....He estado pensado en romperlo y llevar los pedazos a un amigo que hace baldosas de mosaico. De esa forma, lo podría poner en algún lugar en que lo viera todo el tiempo. Me podría hacer feliz todos los días». Esta explicación es una parábola de lo que a menudo sucede en la vida: algo que en el momento parece un desastre es lo que en realidad necesitamos para ver las cosas de forma diferente. ¿Puedes pensar en algún desastre en tu vida que en realidad fue una bendición en cierne?

6. Hay otro mensaje cuando Sara le dice a Keith: «Aun algo que parece roto, en las manos de un artista, puede transformarse en algo más hermoso que el original». ¿Cuál es el mensaje? ¿Quiénes son los personajes que se benefician cuando aprenden este mensaje?

7. Eleanor aparece en momentos clave a través de toda la historia: ella está en la escena del accidente automovilístico, por ejemplo, y en el museo en Nueva York. Eleanor aparece en momentos oportunos con palabras de sabiduría que hacen pensar a Ana. ¿Cuál es el papel que juega ella? ¿Crees que Eleanor podría haber sido un ángel? ¿Por qué?

8. En un encuentro fortuito en su propia calle, Eleanor le dice a Ana: «Si hay algo que no quieres enfrentar, cuanto antes lo enfrentes, tanto mejor... Y si parece demasiado grande para manejar, lo divido en pequeños pedazos... Pero no me permito no cumplir con mi meta». Si crees que Eleanor era un ángel, ¿qué es lo que crees que le estaba tratando de decir a Ana?

9. En el hospital, Ethan le dice a Ana que sintió en su espíritu que debía ayudarla. Él no sabía por qué, pero lo sintió con tanta fuerza que no desistió aun cuando ella lo rechazó. ¿Has sentido alguna vez un sentimiento como ese? ¿Qué fue lo que hiciste? ¿Cuál fue el resultado?

10. Al leer las palabras «*cortar por lo sano*» en la carta de su madre, Ana se sorprende al darse cuenta como su forma de pensar era similar a la de la mujer que la había abandonado. *Qué raro que parecía mucho más noble cuando era ella la que estaba cortando por lo sano,* entonces fue cuando Ana comienza a reconsiderar sus planes. ¿Cuál es la diferencia entre cortar por lo sano y abandonar? ¿Has sentido alguna vez que estabas cortando por lo sano, pero otras personas te acusaron de abandonar la lucha? ¿Cómo manejaste eso?

11. Discutiendo con Ethan, Ana le dice: «¿Ves? Este es el problema que tienes. Estás totalmente metido en todo lo que es anticuado. Casas viejas, pisos viejos, y costumbres antiguas. Fíjate en las cosas nuevas que hay en el mundo, es mucho más liberador poder vivir en el momento». Ethan comienza a responderle: «Ahí es precisamente donde estás equivocada. Necesitamos lo antiguo para...», pero en ese momento es interrumpido. ¿Qué es lo que piensas que hubiera dicho? ¿Estás de acuerdo o en desacuerdo con él? ¿Por qué?

12. Ethan le dice a Ana: «Sacar las cosas viejas es trabajo duro y desagradable.... Y a veces es doloroso. Pero tienes que estar dispuesto a ir por el proceso si en realidad quieres ver un cambio verdadero. Algo menos es encubrimiento». Él está hablando del proceso de remodelar casas, pero también podría estar hablando de cambiar la vida de uno. ¿Estás de acuerdo con él? ¿Qué personajes de *La canción del ángel* estuvieron dispuestos a pasar por el difícil proceso de cambiar?

13. Un hombre sin hogar cerca del apartamento de Ana le cita Hebreos 13.2: «No se olviden de practicar la hospitalidad, pues gracias a ella algunos, sin saberlo, hospedaron ángeles». Este concepto le agrega algo a lo que ella entiende sobre los ángeles, y comienza a reconsiderar todo lo que le ha sucedido. ¿Con cuántas personas que no conocía se ha encontrado Ana? ¿Cuántas de ellas tal vez fueron ángeles? ¿Te has encontrado alguna vez con una persona desconocida, que pensando en retrospectiva tal vez creas que pudo haber sido un ángel?

14. Acerca de su hijo Keith, Tammy piensa: *Si todos los demás pudieran ver que el que creían que era débil en realidad era el más fuerte de todos ellos.* ¿Qué es lo que quiere decir? ¿Qué es lo que dice la Biblia sobre situaciones como esta?

15. Cuando Ana ve un cuadro de cuando echan a Agar, una esclava que fue la madre del primer hijo de Abraham, se siente afectada de que echaran a una joven madre para que fuera al desierto, aunque la experiencia de tener que arreglárselas por sí misma no es muy diferente de la de ella. Entonces es que ve a un ángel en el cuadro. A medida que Ana aprende más sobre Agar y los ángeles, por primera vez comienza a entender la naturaleza de Dios. ¿Has tenido alguna experiencia en la cual te sentiste completamente sola? En retrospectiva, ¿puedes decir cuándo fue que te diste cuenta que Dios había estado contigo en todo momento?

16. Ana dice: «Si Dios existe, ¿por qué no cuida mejor a la gente que realmente cree en él?» Esto hace pensar en la antigua pregunta: ¿por qué les suceden cosas malas a los creyentes? ¿Crees que *La canción del ángel* le responde esa pregunta a Ana? ¿Y a ti?

Querida amiga:

Siempre me he sentido fascinada por el poder de una buena historia. A veces, cuando se cuenta en forma correcta, te olvidas que en realidad es una historia. Es como si conocieras tan bien a los personajes que se han convertido en amigos. En esas historias te ríes, lloras y te sientes un poco menos sola. Una buena historia hará esto por ti como así también lo hará por un grupo de amigas. Quiero presentarte a mi grupo de amigas.

Durante los últimos quince años he tenido el privilegio de ser parte de un equipo llamado «Mujeres de fe». A medida que hemos viajado de una parte a otra del país, compartiendo con más de cuatro millones de mujeres, una cosa se nos ha hecho muy clara: todas tenemos una historia que contar. Cada semana observo que algo sucede, lo que todavía es un misterio para mí. A medida que cada una de mis amigas sube a la plataforma para cantar, hablar o participar en un drama, siento que la audiencia presta atención y aprende en el proceso. Hay momentos que el silencio es tan absoluto que se podría escuchar el vuelo de una mosca, y a veces la risa es tan intensa que se esparce en ondas. Otras veces cuando corren las lágrimas, sabemos que está ocurriendo sanidad.

Me gustaría invitarte para que te reúnas con nosotras un fin de semana y experimentes esto por ti misma. La respuesta más común de las mujeres que asisten por primera vez es: «¡No tenía ni idea!» Entiendo lo que sienten, porque así es como me sentí yo después de mi primer fin de semana en el año 1997. Así, que revisa tu calendario, invita a algunas de tus amigas y vengan a nuestras reuniones. Creo que puedo decir con bastante confianza que será una experiencia que te cambiará la vida... y cuando vengas, búscame y dime qué piensas sobre *La canción del ángel*. ¡Me gustaría mucho saberlo!

Tu amiga,
Sheila

Visión Mundial

QUIÉNES SOMOS:

Visión Mundial es una organización humanitaria cristiana dedicada a trabajar con niños, familias y sus comunidades a través del mundo para que alcancen su potencial máximo, enfrentando las causas de la pobreza y de las injusticias sociales.

A QUIÉNES SERVIMOS:

Motivados por la fe en Jesucristo, Visión Mundial sirve entre los pobres y los oprimidos como una demostración del amor incondicional de Dios por todas la gente.

POR QUÉ SERVIMOS:

Nuestra pasión es por los niños más pobres del mundo cuyo sufrimiento le rompe el corazón a Dios. Para asegurar un futuro mejor para cada niño, nos enfocamos en la transformación, a largo alcance, de las comunidades necesitadas. Trabajamos con individuos y con comunidades, ayudándolos a desarrollar acceso adecuado a agua potable, comida, cuidado de la salud, educación y oportunidades económicas.

CÓMO SERVIMOS:

Desde el año 1950, Visión Mundial ha ayudado a millones de niños y de familias al proveer ayuda de emergencia a aquellos que han sido afectados por desastres naturales y por conflictos civiles, desarrollando soluciones a largo plazo dentro de las comunidades para aliviar la pobreza y fomentar la justicia a favor de los pobres.

USTED PUEDE AYUDAR:

Visión Mundial provee formas tangibles de darle honor a Dios y de poner la fe en acción. Trabajando juntos podemos hacer una diferencia perdurable en las vidas de los niños y las familias que están luchando para salir de la pobreza. Para saber más acerca de cómo puede ayudar, por favor visite www.visionmundial.org.

Acerca de las autoras

SHEILA WALSH es una oradora que comunica su mensaje muy bien, es maestra bíblica y autora de éxitos de librería con más de cuatro millones de libros vendidos. Es una de las oradoras principales de «Women of Faith», y ha alcanzado a más de tres millones y medio de mujeres al combinar en forma artística la honestidad, la vulnerabilidad y el sentido del humor con la Palabra de Dios.

Es autora del éxito de librería *Honestly*, y ha sido nominada para recibir el premio «Gold Medallion» por su libro más reciente titulado *The Heartache No One Sees*. Su libro *Beautiful Things Happen When A Woman Trusts God* incluye una guía de estudio bíblico para doce semanas. La serie *Gigi, God's Little Princess*, en libro y video, ha ganado dos veces el premio *National Retailer's Choice Award*, y es la marca más popular para niñas pequeñas en los Estados Unidos.

Sheila ha sido co-anfitriona de *The 700 Club*, y tiene un programa propio titulado *Heart to Heart with Sheila Walsh*. Actualmente está terminando sus estudios para obtener una Maestría en Teología, y vive en Dallas, Texas, con su esposo, Barry, su hijo Christian, y sus dos perritos llamados Belle y Tink.

Visita el sitio Web de Sheila en sheilawalsh.com para más información.

KATHRYN CUSHMAN es graduada de *Samford University* con el grado de farmacéutica. Después de haber ejercido su profesión, dejó su carrera para pasar más tiempo en el hogar con sus hijas, y desde entonces ha perseguido su sueño de escribir. Es autora de *Living Yesterday*, *Waiting for Daybreak*, y *A Promise to Remember*. Kathryn y su familia actualmente viven en Santa Barbara, California.